〈엄마 친구아들〉을 사랑해 주신 모든 분들 진심으로
감사합니다. 참이 따뜻하고 힐링받는 순간이였습니다.
여러분에게도 그런 작품으로 남기를 바라요.
몸도 마음도 건강하기를 바랄게요! ♡

〃석류〃 정소민 이

행복과 즐거움이 가득한 하루하루를 응원합니다!
부디 건강해세요.

엄마친구아들

2

신하은 대본집

엄마친구아들 2

초판 1쇄 발행 2024년 11월 11일
초판 2쇄 발행 2025년 3월 11일

지은이 | 신하은
펴낸이 | 金滇珉
펴낸곳 | 북로그컴퍼니
책임편집 | 김나정
디자인 | 김승은
주소 | 서울시 마포구 와우산로 44(상수동), 3층
전화 | 02-738-0214
팩스 | 02-738-1030
등록 | 제2010-000174호

ISBN 979-11-6803-091-6 04810
ISBN 979-11-6803-089-3 04810 (세트)

신하은 대본집

엄마친구아들　2

일러두기

1. 이 책의 편집은 신하은 작가의 집필 방식을 따랐습니다.

2. 드라마 대사는 글말이 아닌 입말임을 감안하여, 한글맞춤법과 다른 부분이라 해도 그 표현을 살렸습니다. 지문의 경우 한글맞춤법을 최대한 따르되, 어감을 살리기 위해 고치지 않고 그대로 둔 경우도 있습니다.

3. 대사와 지문에 등장하는 말줄임표나 쉼표, 느낌표와 마침표 등의 문장부호 역시 작가의 집필 의도를 살리기 위해 그대로 실었습니다.

4. 드라마에서 장면을 나타내는 '씬(scene)'의 경우, 표준국어대사전에는 '신'으로 등록되어 있지만 작가의 집필 형식과 현장에서 쓰이는 방식에 따라 '씬'으로 표기했습니다.

5. 이 책은 작가의 최종 대본으로, 방송된 부분과 다를 수 있습니다.

6. 본문 내 인용된 저작물은 저작권사의 인용 사용 허가를 받아 수록했습니다.

차 례

용어정리

S#	장면(Scene)을 의미하며 같은 장소, 같은 시간 내에서 이루어지는 일련의 행동이나 대사가 한 씬을 구성한다.
insert	화면의 특정 동작이나 상황을 강조하기 위해 삽입한 화면. 인서트 화면이 없어도 장면을 이해하는 데에는 별다른 지장이 없으나 인서트를 삽입함으로써 상황이 명확해지는 한편 스토리가 강조된다.
cut to	가까운 공간 안에서의 각도 전환을 의미한다.
flash cut	화면과 화면 사이에 들어가는 순간적인 장면. 극적인 인상이나 충격 효과를 주기 위해 삽입되는 매우 짧은 화면을 지칭한다.
flash back	회상을 나타내는 장면. 지금 일어나고 있는 사건의 인과를 설명할 때 쓰이기도 하고, 인물의 성격을 설명하기 위해 쓰이기도 한다.
몽타주	따로따로 편집된 장면들을 짧게 끊어 붙여서 하나의 긴밀하고 새로운 장면을 만드는 기법을 뜻한다.
오버랩	현재의 화면이 사라지면서 뒤의 화면으로 바뀌는 기법이다.
(N)	내레이션(Narration)의 약자로, 장면 밖에서 들려오는 목소리를 나타낸다.
(E)	효과음(Effect)의 약자로, 보통 등장인물은 보이지 않고 소리만 나는 경우에 사용한다.
(F)	필터(Filter)의 약자로, 전화기 너머의(필터를 거쳐 들려오는) 목소리 등을 표현할 때 쓴다.

9화

암

삼

S#1. 과거. 미국, 석류의 아파트 (낮)

2021년. 석류와 현준, 편한 실내복 차림으로 소파에 기대앉아 시간을 보낸다. 석류, 여행지 정보를 찾아보다가 책 읽는 현준에게 말한다.

석류	우리 이번 여름휴가 말이야. 시원하게 알래스카 어때? 한번 가보고 싶었는데.
현준	(시큰둥) 글쎄.
석류	아니면 요세미티 국립공원으로 하이킹 갈까?
현준	(무신경) 그닥.
석류	(약간 서운해지려는) 그럼 뉴욕은? 미술관도 가고 공연도 보고.
현준	별론데.
석류	(토라져서) 됐어. 안 가. 아무 데도 가지 마!
현준	(석류의 반응에 그제야 슬쩍 보면)
석류	(서운한) 난 우리 둘 다 워낙 바쁘니까. 휴가라도 제대로 보내고 싶었던 건데. 나만 신나고 나만 기대하고 혼자 설레발 떨었네.
현준	(봉투 하나 내밀며) 열어봐.
석류	이게 뭔데?

현준	열어보면 알아.
석류	(열어보면 인천행 E-Ticket 들어 있는) !
현준	한국 못 간 지 오래됐잖아. 엄마 안 보고 싶어?
석류	(엄마라는 말에 자동 반사적으로 눈물 그렁해지는)
현준	(귀엽게 보는) 울긴. 참고로 두 장이야. 나도 같이 갈 거라.
석류	(놀라서) 현준 씨...?
현준	봉투에 아직 안 꺼낸 게 남아 있는 것 같은데.
석류	(털어보면 다이아몬드 반지 나오는, 놀라서 보는)
현준	(소파에서 내려와 한쪽 무릎 꿇고) 내가 파자마 바지 입고 이런 말을 하게 될 줄은 몰랐는데. 성질 급한 배석류 씨. 저랑 결혼해주시겠습니까?
석류	(격하게 끄덕이며) 네! 해요. 할래요.
현준	(반지 끼워주며) 더 좋은 날 더 좋은 데서 주려고 했는데.
석류	지금이 제일 좋아. 어떻게 이보다 더 좋을 수가 있어!

석류, 현준에게 와락 안기고 현준, 그런 석류를 사랑스럽게 본다. 인생에서 가장 행복했을 순간, 첨예하게 전화벨이 울린다. 불안하리만치 쨍하고 날카로운. 그 위로 겹쳐지는 소리.

의사(E)	I'm afraid it stomach cancer. [위암입니다.]

S#2. 과거, 미국, 병원 진료실 (낮)

며칠 뒤. 석류, 의사로부터 청천벽력 같은 암 선고를 받는다.

의사	It appears to be early-stage, but the exact staging can only be determined at surgery. We'll need to arrange an operation for you as soon as possible, then discuss treatment options post-surgery. [일단은 초기인 걸로 보이는데, 정확한 병기는 수술을 해봐야 확인할 수

있습니다. 최대한 빨리 수술하고 순차적으로 치료 계획을 세우는 게 좋겠습니다.]

석류, 멍하니 듣고 있는데 삐— 날카로운 이명과 함께 점차 의사의 목소리 멀어진다.

S#3. 과거. 미국, 병원 복도 (낮)

진료실에서 나온 석류, 하얀 복도를 걸어간다. 창밖으로 쨍한 햇빛이 쏟아져 들어온다.

석류(N) 잠이 부족했다. 식사가 불규칙적이었다. 스트레스에 과도하게 노출돼 있었다. 내가 암에 걸린 이유를 찾다가 문득 창밖을 보니 하늘이 지나치게 맑았다. 만 서른이었다.

햇빛에 부유하는 먼지처럼 우두커니 선 석류 위로 **9화 오프닝 타이틀. 암**

S#4. 석류를 찾아다니는 승효 몽타주 (밤)

승효, 온갖 병원을 뒤지며 석류를 찾아다닌다. "혹시 여기 환자 중에 배석류라고 있나요?", "환자 중에 배석류라는 이름이 있는지 확인 가능할까요?", "복통 환자인데 배석류라고." 승효, 똑같은 질문 반복하며 석류를 찾아 헤맨다. 병원 나오면서 다시 석류에게 전화를 거는데 계속 받지 않는다. "앤 왜 전화를 안 받아...!" 승효, 이번엔 모음에게 전화를 건다. "정모음! 난데, 근방에 응급실 있는 병원들 좀 가르쳐줘. 하나도 빼놓지 말고 전부 다."

S#5. 정헌대학병원, 응급실 (밤)

석류의 휴대폰 무음으로 울리고 있다. '최승효' 이름 비춰진다. 침상에 기대앉은 석류, 전화 오는 걸 알지 못한 채 전임의와 얘기 중이다.

전임의 어지럽거나 토할 것 같진 않아요?
석류 네. 괜찮아요. (하다가 의사 가운에 적힌 '정헌대학병원' 보고 놀라는) 여기가 정헌대병원이었어요?
전임의 (황당한) 예. 그걸 모르고 오셨어요?
석류 아, 그게 아깐 정신이 없어서. 혹시 지금 여기 최경종 교수님 계세요?
전임의 네? 아, 오늘 오프신데. 혹시 교수님이랑 아는 사이세요?
석류 (황급히 일어나려 하며) 아뇨! TV에서 봤어요. 워낙 유명하시잖아요. 저이제 괜찮은 것 같아요. 그만 가볼게요!
전임의 잠시만요. 검사 결과는 듣고 가셔야죠.
석류 네? 아, 네에.

내용 들리지 않게 석류와 의사 멀게 비춰진다.

S#6. 정헌대학병원, 건물 앞 주차장 (밤)

병원 건물을 초조하게 바라보던 현준, 도망치듯 황급히 걸어오는 석류를 발견한다.

현준 석류야!
석류 (멈칫) 현준 씨? 왜 안 가고 있어?
현준 널 두고 어떻게 가. 검사는 받았어? 의사가 뭐래? 설마 혹시 재ㅂ...

현준, 재발에 대해 물으려는데 그 순간 둘 앞에 끼익 차가 정차한다. 운전석에서 급하게 내리는 승효! 곧장 석류를 향한다.

승효 배석류!

석류　(놀라서) 최쏭?

승효　(석류 미친 듯이 살피며) 야, 너 괜찮아? 배는? 안 아파?

석류　(엉겁결에) 어? 어어.

승효　왜 그런 거래? 왜 아팠던 거래?

석류　(당황) 아, 그게... 야. 너 근데 여기 어떻게 알고 왔어? 설마 누가 알려줬어?

승효　알려주긴 누가 알려줘! 아, 병원에서 뭐라 그랬냐니까!

석류　(더 크게) 아, 괜찮대! 고요 속의 외침 찍냐? 왜 소릴 지르고 지랄이야.

현준　(끼어들며) 저기요. 옆에 있는데 아는 척 좀 하죠?

승효　아. 있었습니까? 제 안중에는 없었어서.

현준　(피식 웃고 자기 차 문 열며) 석류야. 타. 내가 바래다줄게.

승효　(질세라 문 열며) 배석류. 이쪽이야! 집에 가야지.

석류　(병원 쪽 돌아보며) 어느 쪽이든 상관없고 일단 빨리 가자.

현준　(으르렁) 인터셉트에 꽤 재능이 있으시던데 규칙은 좀 지킵시다. 이건 석류랑 나, 둘만의 게임이거든요.

승효　(맞서는) 우리 놀이가 먼저였습니다. 술래잡기 끝! 배석류 가자!

석류를 사이에 두고 승효와 현준, 양쪽 차에서 신경전을 벌인다. 석류의 선택을 기다리는 두 남자의 눈에 불꽃이 인다. 석류는 그저 여기를 벗어나고 싶을 뿐이다.

석류　현준 씨. 나 집엔 최쏭이랑 갈게.

현준　(당황해서) 어?

석류　같은 방향이기도 하고. 오늘 고마웠어. 야, 최쏭! 빨리 가자!

승효　(의기양양해져서) 웅!

현준　(할 수 없이) 도착하면 연락 줘. 기다리고 있을게.

승효　(도발) 기다리지 말죠. 애 일찍 재울 거니까.

현준　(맞받아치는) 나한테 석류는 애 아닙니다. 여자죠.

승효의 차에 타려던 석류, 잠시 멈칫했다가 탄다. 잠시 미간 꿈틀했던 승효, 보조석 문 닫아준 뒤 자신도 운전석에 올라탄다. 승효의 차가 떠나면 현준, 그 뒷모습 보며 생각에 잠긴다.

현준(E) 위암... 이라고?

S#7. 과거. 미국, 석류의 아파트 (낮)

2021년. 믿을 수 없다는 듯 혼란스러운 표정이다. 석류, 그제야 공포가
밀려오는 듯하다.

석류 (울먹) 나 어떡해?
현준 (멍하니 보는)
석류 (힘겹게) 나 무서워. 너무 무서워.
현준 (안아주며) 무서워할 필요 없어. 내가 고쳐줄게. 무슨 일이 있어도 낫게
해줄게. 요즘 의학 기술 좋아져서 조기 발견하면 별 문제 없대. 나 그 병
원에 친한 선배 있거든? 당장 연락해서 수술 날짜 앞당길 수 있는지 알아
볼게.
석류 (가만히 끄덕이는)
현준 (침착하게) 그래. 그럼 내일 당장 병가부터 내자. 나도 휴직계 제출할 테
니까.
석류 현준 씨도? 지금 중요한 사건 맡았잖아. 한창 바쁜데 어떻게...
현준 너보다 중요한 건 없어. 걱정 마. 내가 네 옆에 있을 거야.

S#8. 승효의 차 안 및 석류의 집 근처 골목길 (밤)

석류, 생각에 잠겨 창밖을 본다. 어느새 차가 혜릉동 골목길에 들어섰다.
승효, 아무 말 없이 운전만 하고 있다. 석류, 그런 승효를 보더니 말한다.

석류 (툭) 땀 냄새 나.
승효 (나 얘기하는 건가? 멈칫하면)

석류	너 혹시 뭐 그런 거 아니지? 드라마에서처럼 막 날 찾아서 격정적으로 뛰어다녔다거나.
승효	(발끈) 미쳤냐. 날씨를 봐라. 가만있어도 땀나지.
석류	이제야 입을 여네. 야, 너 화났지?
승효	아니?
석류	근데 왜 집 다 와 갈 때까지 아무 말도 안 해?
승효	운전 중이잖아. 네 목숨, 내 목숨에 차 할부 값까지 달렸는데 집중해야지.
석류	차 되게 아끼시네.
승효	(걱정되고) 배 아픈 건 정확히 이유가 뭐래?
석류	(농담조로) 왜 남의 내밀하고 사적인 의료 정보를 캐낼라 그러냐?
승효	장난 그만하고. 위경련 뭐 그런 거야?
석류	(씩 웃으며) 변비래. 지금은 아니고. 아주 깔끔하게 잘 해결하고 왔지.
승효	(여전히 심각하게) 진짜 괜찮은 거지?
석류	그렇다니까. 야, 나 여기 내려주고 너 주차하러 가.
승효	(운전석에서 내려 석류가 탄 보조석 문을 열어주는)
석류	(내리며) 뭔데? 왜 이러는 건데.
승효	매너야. 남자가 이런 거 해주면 당연하단 듯 좀 받아들여라.
석류	하지 마. 이상해! 맨 무수리 취급만 받다 공주님 대접에 정신이 다 혼미하네.
승효	송현준은 이렇게 해준 것 같던데 왜.
석류	(멈칫) 어?
승효	(괜한 말을 했구나) 아니다. 들어가라.

승효, 석류를 남겨두고 다시 차에 올라탄다. 석류, 잠시 그 모습 보다가 대문을 연다. 백미러로 집에 들어가는 석류를 보는 승효, 답답하고 짜증나는데 그때 전화 걸려 온다.

모음(F)	야! 대체 무슨 일이길래 다짜고짜 병원을 읊으래?

S#9. 석류의 집, 현관 및 거실 (밤)

석류, 현관에 들어서면 부엌과 거실 불 모두 꺼져 있다. 적막한 집 안, 안 방 문틈 사이로 유일한 불빛이 새어 나온다. 석류, 그 빛을 보며 잠시 생각에 잠긴다.

현준(E)   한국에, 부모님껜 말씀드려야 하지 않아?

S#10. 과거. 교차편집. 미국, 석류의 아파트 + 석류의 집, 거실 (밤/아침)

석류, 착잡한 얼굴로 한국으로 전화를 건다. 신호가 채 두 번 울리기도 전에 미숙, 전화를 받는다. 김치를 담그던 중에 얼마나 급했는지 고무장갑 한쪽은 벗지도 못했다.

미숙   (대뜸) 야, 이 지지배야. 너 요새 왜 연락이 안 돼! 뭔 일 난 줄 알았잖아.
석류   (담담한 척) 일은 무슨. 엄마 뭐 해?
미숙   너 주려고 김치 새로 담그는 중이야. 떨어질 때 됐잖아.
석류   됐어. 보내지 마. 여기서 사 먹으면 돼.
미숙   타국서 그 맛 참 잘도 나겠다. 배추를 강원도에서 갖고 왔는데 엄청 실해.
석류   (속상함에 버럭) 보내지 말라니까! 지난번에도 싫다는데 기어코 보내 갖 고 박스에 김칫국물 질질 새고. 내가 얼마나 쪽팔렸는지 알아?
미숙   야. 그거는 내가 욕심내서 꽉꽉 담느라. 이번엔 안 새게 잘 싸서 보낼,
석류   (말 자르며) 싫다고! 접때 김치도 다 못 먹고 버렸다고! 필요 없다는데 왜 엄마는 사람 말을 안 들어?!
미숙   (풀 죽었지만 애써) 그럼 한국 왔을 때 실컷 먹고 가. 언제 온다 그랬지?
석류   나 못 가. 그리고 당분간 통화도 힘들어.
미숙   (힘 빠진 목소리) 왜? 많이 바쁘냐?
석류   새 프로젝트 들어가야 돼. 엄청 중요한 일이야.
미숙   알았어. 우리 딸 큰일 하는데 방해하면 안 되지. 시간 없어도 밥 잘 챙겨 먹고 물 많이 마시고 잠 잘 자고,

석류 (눈물 참으며) 엄마. 나 회사에서 전화 온다. 끊을게. (끊고 난 뒤) 됐어. 큰일 아냐. 배석류. 다 낫고 그때 얘기하면 돼.

S#11. 석류의 집, 거실 및 계단 (밤)

현재로 돌아와 안방 문을 보던 석류, 조용히 2층 계단을 올라간다.

S#12. 석류의 집, 안방 (밤)

벽을 보고 누워 있던 미숙, 문밖에서 인기척 느껴지는지 한 번 돌아본다. 석류임을 짐작하지만 다시 끄응 하고 돌아눕는다. 속 시끄러운 얼굴이다.

S#13. 야구배팅장 (밤)

초록색 그물의 낡은 야외 야구배팅장. 탕! 탕! 배팅 머신에서 공이 나오면 승효, 배트를 있는 힘껏 휘두른다. 마치 분풀이처럼 느껴지기도.

flash back.
8화 S#68. 석류가 승효 대신 현준을 선택해 병원에 가는 장면.
S#6. "나한테 석류는 애 아닙니다. 여자죠." 하던 현준의 말.

승효, 생각을 떨치려는 듯 배트를 강하게 휘두른다. 그때 모음, 옆 부스 문 열고 들어온다.

모음 (휘파람 불고) 타격 폼 좋고 타이밍 기막히고.
승효 (배트 돌리며) 왔냐?
모음 사람 식겁하게 해놓고 혼자 팔자 좋게 공 치고 있냐?
승효 너도 치든가. 천 원짜리 한 장 줘?

모음	(기계에 돈 넣으며) 나도 있어. 어디 한번 간만에 몸 좀 풀어볼까?

배팅을 시작하는 모음. 카랑카랑한 공 소리와 함께 두 사람 배트 휘두르며 대화한다.

모음	아무리 봐도 신기하단 말이야. 관상에 운동이 없는데.
승효	싸움 걸러 온 거면 미뤄 둬라. 날이 아니다.
모음	네 기분이 아닌 거겠지. 왜? 또 배석류냐?
승효	('석류' 이름이 나오자 헛스윙하는) ...!

S#14. 야구배팅장 앞 (밤)

야구배팅장 앞에 임시로 내놓은 플라스틱 의자에 승효와 모음 앉아 있다.

모음	그러니까 석류가 너 말고 그 자식이랑 병원에 갔다고? 이야, 내가 직구를 제대로 날렸네.
승효	(울컥) 재미있나?
모음	(씨익) 약간. 석류한테 물어는 봤어? 왜 하필 그 순간 송현준을 택했는지.
승효	...아니.
모음	하, 이 답답이 빙충이 고질병 아직도 못 고쳤네. 결국 내가 등판해야 되나?
승효	됐거든?
모음	하긴. 홈런을 치든 병살타를 치든 네가 알아서 할 일이다. 그럼 계속 응원이나 하게 말 좀 해봐. 네 마음. 지금 네 기분 상태가 어떤지.
승효	더러워. 그리고 질투 나.
모음	(어랏? 솔직한 표현에 보면)
승효	석류한테 왜 파혼했는지 안 묻겠다고 했는데. 그 자식한테 둘 사이 이미 지난 일 안 궁금하다고 쿨한 척했는데. 묻고 싶어 미치겠어. 궁금해 돌아버리겠어.
모음	(보면)

승효	나랑 배석류 사이에 괄호가 있다는 게 그 안에 송현준이, 내가 모르는 그 애가 숨겨져 있다는 게 좀 분해.
모음	야, 니들이 같이한 시간이 얼만데. 걔들이 미국 역사면 너넨 거의 4대 문명이야. 이집트, 메소포타미아라고! 그니까 쫄지 마. 쭈그러들지 마!
승효	쭈그러들진 않았어.
모음	아냐! 너 요새 쭈글쭈글해졌어. 늙었어.
승효	(흠칫 얼굴 만져보며) 진짜?
모음	하여간 그놈의 짝사랑이 뭔지... (하다가 퍼뜩) ...야. 근데 너 심장도 뛰냐?
승효	심장 안 뛰면 사람이 어떻게 살아.
모음	그 말이 그 말이 아니잖아! 사람이 사람을 좋아하면 막 심장이 뛰냐고.
승효	그치. 같이 있어도 뛰고, 딴 놈이랑 있으면 더 뛰고.
모음	(단호 생각) 세마치, 굿거리, 자진모리로? ...아니다. 못 들은 걸로 해라.
승효	북 치고 장구 치냐?
모음	됐고! 그럼 석류는 괜찮은 거야?
승효	(걱정되고 복잡한) 글쎄.
모음	요새 영 깨작거리고. 걔도 늙나? 옛날엔 흙을 파먹고도 멀쩡했는데.

S#15. 석류의 방 (밤)

씻고 방으로 돌아온 석류, 휴대폰 확인한다. 현준으로부터 문자메시지
와 있다.

현준(E)	약 꼭 챙겨 먹어.

석류, 병원에서 받아온 처방약을 비롯해 서랍 속 약병*들을 보며 중얼거
린다.

----

* 석류가 평소 복용하는 약으로 우루사정(300mg), 메코발라민정(B12), 유산균, 비타민제 등이다.

석류	지긋지긋하다. 약.

S#16. 석류의 집, 대문 앞 (밤)

승효, 석류의 집 앞에 서 있다. 석류 방에 불이 켜져 있는 걸 보며 중얼거린다.

승효	늦었는데 자라 좀.

그러자 깜빡. 마치 대답하듯 방의 불이 꺼진다. 피식 웃는 승효.

승효	잘 자라. 배석류.

S#17. 석류의 방 (밤)

어둠 속 침대에 눕는 석류. 천장의 야광별만이 이 방의 유일한 빛이다.

석류(N)	아프고 나서부터 매일 밤 침대에 누워 생각했다. 암癌은 왜 암일까 하고. 뭐든 이름이 중요한 법인데, 암癌은 너무 캄캄하고 무섭잖아. 꽃이나 달, 별. 좀 더 밝고 환한 이름이었다면 좋았을 텐데.

천장의 별들 비춰지다가 암전.

S#18. 혜릉동 전경 (아침)

S#19. 석류의 집, 안방 (아침)

근식, 옷장에서 셔츠를 꺼낸다. 마침 방으로 들어오는 미숙, 근식을 단속한다.

미숙   당신 밤새 심경의 변화 같은 거는 없었지?
근식   (셔츠 입으며) 아침부터 뭔 자다 봉창 두들기는 소리야.
미숙   석류 말이야. 요리는 절대 안 된다는 당신 입장 변함없냐고.
근식   당연하지. 내 눈에 고춧가루가 들어가도 안 돼.
미숙   평생을 로또만치 안 맞더니 모처럼 만에 맘이 쫙 들어맞네. 당신 약속했어! 석류가 아무리 구슬려도 절대 넘어가면 안 돼!
근식   (단추 잠그며) 그럴 일 없으니까 염려 붙들어 매.
미숙   (흡족해서 단추 대신 잠가주며) 보너스 번호까지 다 맞춘 기분이야 그냥.

S#20. 석류의 집, 거실 (아침)

석류, 2층 계단에서 내려오고 동진 1층 화장실에서 나온다. 두 사람 서로를 투명 인간 취급한다. 동진, 신발 꿰어 신고 나가면 석류, 울컥한다.

석류   저 새끼가 뭘 잘했다고!
미숙·근식 (마침 안방에서 나오는)
석류   (먼저 근식을 부르는) 아빠.
근식   (못 들은 척 미숙에게) 갔다 올게.
미숙   응. 다녀와요.

근식, 석류를 지나쳐 나간다. 머쓱해진 석류, 그 자리에 섰는데 미숙이 먼저 말을 건넨다.

미숙   엄만 너 요리학원 다니는 거 안 말려. 배워놔서 나쁠 거 뭐 있어. 다 피가 되고 살이 되는 거지.
석류   (뜻밖의 반응에) 정말?
미숙   그럼. 다 먹고살자고 하는 짓인데 얼마나 좋은 취미야. 잘 기억해뒀다가 시집가서 해 먹어.

석류   (하... 그럼 그렇지)

미숙   그리고 엄마가 생각해봤는데, 미국 가기 싫으면 안 가도 돼. 대신 여기서 취직해. 너 정도 스펙이면 대기업 들어가는 건 일도 아니라더만.

석류   (이거였구나) 엄마!

미숙   잠깐 방황할 수 있어. 그래도 여태 해온 게 있는데 네 미래를 생각해야지.

석류   (단호하게) 내 미래는 내가 결정해. 그리고 그게 요리야.

미숙   웃기지 마. 엄마 아빠는 절대 용납 못 해! 세상 어느 부모가 자식 엇나가는 걸 두고만 보냐?

석류   엇나가는 게 아니라 제대로 가는 거야. 어디가 길인지도 모르고 미친 듯이 뛰다가 이제야 방향 찾았다고.

미숙   가시밭길이야. 진흙탕 길이야. 헛물 그만 켜고 취업 준비나 해!

석류   (무시하고 홱 나가버리면)

미숙   (문에다 대고 버럭) 이제 애미 얘긴 들을 가치도 없다 이거냐? 죽겠다고 키워놨더니 저 혼자 태어난 줄 알지?

S#21. 석류의 집, 대문 앞 (아침)

엄마와 다툰 석류, 오만상을 쓰고 나온다. 승효, 담벼락에 기대 석류를 기다리던 중이다.

승효   왜 이제 나와? 배고파 죽을 뻔했잖아.

석류   뭐냐. 우리 사이에 나 모르는 선약이라도 있었냐?

승효   이모랑 또 파이트 떴지?

석류   남이사.

승효   맛있는 거나 먹으러 가자. (하고 앞장서서 간다)

석류   (살짝 혹하는) 맛있는 거 뭐?

S#22. 죽집 (낮)

석류, 죽을 앞에 두고 죽상을 하고 앉아 있다.

석류   메뉴 선정 꼭 이래야만 속이 후련했냐?
승효   얼굴이 딱 죽사발이길래 죽으로 골라봤는데 왜.
석류   이게 진짜! (하는데 배에서 꼬르륵 소리 난다)
승효   먹어. 먹어보고 말해.
석류   (투덜투덜) 소중한 내 끼니를 유동식으로 때우다니. 분하다. (먹어보더니) 뭐야? 왜 맛있어?
승효   맛있을 거라고 했잖아. 아무렴 내가 너 데려가는데 아무 데나 왔을까.
석류   (민망함에 괜히) 뭐, 뭐래. 너도 얼른 먹어라.

몽타주 느낌으로 석류, 죽과 반찬 신나게 먹는다. 승효, 그런 석류를 귀엽게 본다.

석류   (대만족) 잘 먹었다!
승효   투덜거릴 땐 언제고 그릇까지 먹는 줄 알았다.
석류   그럼. 철근도 씹어 먹을 수 있는데 이깟 사발 정도, (하다가 표정 바뀐다)
승효   (알아채고) 왜? 또 어디 아파?
석류   아니. 슴슴한 걸 먹었더니 갑자기 떡볶이가 땡기네.
승효   그렇게 먹고 또 들어갈 데가 있냐?
석류   자리야 만들면 되지. 이모! 여기 화장실에 휴지 있어요?
죽집사장   (카운터에서) 없어. 거기 두루마리 뜯어 가.
석류   네! (하며 두루마리 휴지 통째로 들고 나간다)
승효   (현타 오는) 하... 내가 저런 걸 미쳤다고.

S#23. 건물 화장실 (낮)

화장실로 들어온 석류, 어지러움에 세면대 붙잡고 섰다가 결국 못 참고 쪼그려 앉는다.

석류   너무 급하게 먹었나. 덤핑*이 또 오네.

석류, 창백한 얼굴로 힘없이 중얼거리고는 그렇게 잠시 숨을 고른다.

S#24. 혜릉헬스장 (낮)

동진, 운동 기구에 앉아 인플루언서 트레이너들 계정을 염탐하고 있다.
몸 자랑과 함께 올라와 있는 각종 핫딜 공구들!** 동진, 부러워 죽겠다.

동진   아, 이런 공구 하나면 수백 수천씩 번다던데. 나한테도 제안 한 번만 오
        면, (하는데 DM이 도착한다)
소리(E)   안녕하세요. 저희는 건강식품제조업체 헬스 이즈 마이 라이프입니다. 다
        름이 아니오라 저희가 찾고 있는 이미지에 딱 맞으셔서 저희 신제품인
        단백질 벌크업몬스터의 공동구매를 제안드리려 합니다.
동진   (눈 반짝) 왔다. 인생 역전의 기회! 두고 보자, 배석류. 내가 너 보란 듯이
        성공한다.

동진, 답장을 쓰기 시작한다. "감사합니다. 제가 공구는 처음이라 어떻게
하면 되나요?"

S#25. 승효의 집, 안방 (낮)

----

* 덤핑증후군: 위 절제술 이후 발생할 수 있는 대표적인 합병증. 섭취한 다량의 음식물이 소장으로 급격히
  이동하면서 발생하게 되는 오심, 구토, 현기증, 발한, 빈맥 등의 증상.
** 삼삼디 맨즈트레이닝 세트 핫딜 공구 진행합니다. 숨은 명품 브랜드인데 제가 이번에 좋은 가격으로 업
  어왔어요. 한 벌에 5만 원 초반대. 세뚜세뚜 상품이에요. / 오늘부터 나도 민나시! 덜렁거리는 팔뚝살 착
  붙여주는 신제품. 슬리머365. 오늘 제 계정에서만 공구 1+1! 특가로 진행합니다. 최저 마진으로 진행되
  는 제품인 만큼 교환·환불은 불가능하세요. / 오늘 2시 호호효소 오픈합니다. 여러분들 아시죠? 저 예민
  하고 까다로운 거. 공구 문의도 제안도 많았지만 모두 거절해왔던 제가 한 달 전부터 꾸준히 복용해본 뒤
  진행을 결정했어요. 맛과 기능을 다 잡은 기특한 아이. 오늘만 특별히 핫딜로 진행합니다.

혜숙, 앨범을 넘겨 보고 있다. 승효의 어린 시절 사진들 비춰지는데 대부분 석류와 찍은 사진, 아님 미숙·근식과 찍은 사진이다. 경종과 승효 둘의 사진도 보인다. 자신만 부재중이다.

혜숙   같이 찍은 사진이 이렇게 없었나.

쓸쓸하게 읊조리는데 그때 밖에서 펑! 요란한 폭발음 들리고. 혜숙, 소스라치게 놀란다.

S#26. 승효의 집, 다용도실 (낮)

다용도실 문 열면 드럼세탁기 폭발해 있다. 혜숙, 유리 조각 널린 바닥에 발 디디려는 순간 뒤에서 경종이 혜숙을 당긴다. 혜숙, 균형 잃으면 경종, 혜숙을 받치고. 마치 〈바람과 함께 사라지다〉 속 한 장면 같다. 심쿵한 혜숙, 눈 깜빡이며 올려다보면 경종, 혜숙을 세워준다.

경종   (놀람과 걱정) 괜찮아? 안 다쳤어?
혜숙   (발그스레) 응. 갑자기 세탁기가...
경종   위험하니까 가 앉아 있어. 내가 치울게.
혜숙   (이상하게 떨리는) 응? 으응.

S#27. 승효의 집, 부엌 (낮)

윙— 진공청소기 소리 울리다 그친다. 식탁에 앉아 있는 혜숙, 신경 쓰이는 듯 다용도실 힐끗거리다 경종 나오면 얼른 책 보는 척 시선 돌린다. 경종, 혜숙 옆에 와 말한다.

경종   다 치웠어. 청소기도 밀긴 했는데 파편 있을지 모르니까 맨발로 들어가지 말고.

혜숙   (고개 숙인 채 듣고만 있는)

경종   세탁기 AS는 내가 신청할게. (하고 돌아서려는데)

혜숙   (경종 발끝에 시선 고정한 채) 저기, 당신 피.

경종, 자기 발 내려다보면 양말 끝에서 빨갛게 피가 배어 나오고 있다. 경종, 당황한다!

S#28. 승효의 집, 거실 (낮)

테이블에 구급상자 올려져 있고 경종, 맨발을 부끄럽게 꼼지락거린다.

경종   내가 한다니까.

혜숙   (소독약 꺼내며) 내가 해.

경종   (멋쩍은) 내가 그래도 명색이 응급의학과 교순데.

혜숙   응급의학과 교수도 유리에 찔리면 피 나네 뭐. (하며 소독한다)

경종   (자동 반사적으로) 앗, 따가워!

혜숙   (피식) 엄살도 피우고.

경종   (민망한) 나도 다른 사람들이랑 똑같이 아파. 통각은 공평하니까.

혜숙   통각?

경종   당신 알아? 통각은 육체적 통증과 감정적 통증의 차이를 구별 안 한단 거. 유리에 찔렸을 때도 마음을 베였을 때도 똑같이 반응해.

혜숙   (치료 마무리하며) 그래?

경종   응. 그냥 그렇다고. 그럼 나 나가볼게. (하고 일어나려 한다)

혜숙   (뒤에서) 저기! ...라면 먹고 갈래?

경종   (놀라서 돌아보는) !

S#29. 승효의 집, 부엌 (낮)

혜숙, 싱크대에서 라면과 냄비 꺼낸다. 경종, 식탁에 앉아 그 뒷모습을 보는데.

혜숙   그만 좀 쳐다보지?

경종   (화들짝 눈 내리깔며) 웅? 으응! ...뒤에 눈이 달렸나.

라면 끓이는 혜숙, 계량컵으로 물 눈금을 맞추고 타이머를 작동시킨다. 그런 혜숙 보는 경종의 입가에 웃음이 걸리지만, 혜숙이 돌아보면 금세 무표정으로 돌아온다. 냄비 속 끓는 물이 어느새 라면으로 완성돼 있다. 혜숙과 경종, 함께 식사한다.

경종   맛있네. 면도 꼬들하고 간도 딱 맞고.

혜숙   라면은 원래 과학이야. 그리고 내가 안 해봐서 그렇지. 조리법만 알면 다 잘해.

경종   이러고 있으니까 옛날 생각나네. 학교 앞 내 자취방에서 자주 끓여 먹었잖아.

혜숙   기억나? 그때 당신 해부학실습 다녀와서 라면 먹다 토했던 거.

경종   (당황) 내가 언제 그랬어.

혜숙   그랬어. 얼굴 허옇게 질려갖고 당신이 더 시체 같더라니까?

경종   무슨 소리야. 나 그때부터 될성부른 떡잎에 유망주였어.

옛날 얘기하며 라면 먹는 두 사람. 여전히 어색하지만, 슬쩍 풀어진 분위기다.

S#30. 죽집 건물 앞 (낮)

석류, 화장실이 있는 건물에서 나오면 승효, 입구에서 기다리고 있다.

석류   너 왜 나와서 기다려?

승효   다 먹었는데 뭘 앉아 있어. 자. (하며 석류 가방 건넨다)

석류	(받으며) 땡큐! 잘 먹었다.
승효	이것도. (하며 검은 봉지 건넨다)
석류	뭐지. 이 기대감을 불러일으키게 하는 물건은? 설마 센스 있게 떡볶이? (하며 열어보면 소화기 관련 약이 한가득 들어 있다)
승효	증상에 따라 골라 먹어.
석류	좋다 말았네. 이딴 거 필요 없거든?
승효	(그러거나 말거나) 나 이제 회사 들어가 봐야 돼. 내일은 닭죽이다.
석류	누가 너랑 먹어준대?
승효	(마침 명우에게 전화 걸려 오는) 간다! 어, 형. 나 지금 들어가.
석류	(비닐봉지 내려다보며) 바보. 많이도 샀네. 무겁게.

S#31. 건축 아틀리에 인, 승효의 사무실 (낮)

승효, 사무실로 들어서면 명우가 냉장고 앞에서 몸을 일으키고 있다. 일어나며 흰 우유를 뜯으려는 명우의 모습이 승효의 눈에 슬로모션으로 비춰진다.

명우	야. 너 왜 이렇게 늦어?
승효	(경악으로) 동작 그만!
명우	(승효의 엄포에 얼어붙어) 왜? 왜! 뭐 무슨 일 있어?
승효	그 우유 설마 내 냉장고에서 납치한 거야?
명우	(영문 모르고) 그렇다고 볼 수 있지?
승효	조용히 내려놔. 아니 순순히 나한테 넘겨.
명우	야! 넌 치사하게 고작 우유 하나 가지고.
승효	(발끈) 고작이라니! 거기 내 인생이 걸려 있다고.
명우	네 방엔 뭐 이렇게 걸려 있는 게 많냐. 접때 뭔 나무엔 회사 명운이 달렸다더니, 으아악…!
승효	(이번엔 본인이 놀란) 왜? 왜! 형은 또 왜?
명우	(석류나무 가리키며) 우리 회사가! 우리 회사가 시들고 있어!!!

승효, 보면 정말로 석류나무가 시들었다. 이파리들 처져 있고 몇 개는 노랗게 갈변해 있다!

S#32. 혜릉동, 꽃집 (낮)

준비 중 팻말 걸려 있는 예쁜 화원. 사장, 우아하게 꽃을 다듬고 있는데 문 쪽에서 쿵쿵 소리와 인기척(멀리서 들리는 '살려주세요' 소리) 난다. 뭐야 하며 나가면 아무도 없다. 그냥 돌아서려는 순간, 갑자기 나타난 승효 유리문을 두들기며 절규한다. 사장, 기겁한다.

승효   얘 좀, 우리 석류 좀 살려주세요!!!

cut to.
사장, 석류나무 화분을 살펴본다. 승효, 그 옆에서 손톱 물어뜯으며 초조해하고 있다.

꽃집사장   전 또 무슨 사고 난 줄 알았잖아요. 다급하게 살려달라셔서.
승효   갑자기 애가 시들시들하니까 응급 상황인 줄 알고.
꽃집사장   평소에 애랑 대화 많이 안 해보셨구나?
승효   네?
꽃집사장   우리가 못 들었을 뿐이지 식물도 말을 해요. 힘들다. 배고프다. (이파리 들어 보며) 얘는 습하다고 하네요. 이러면 열매 맺는 데 방해 돼요.
승효   (눈 동그래져서) 열매를 맺을 수가 있어요? 꽃도 피우고요?
꽃집사장   그럼요. 올해 할 일이 많겠네요, 이 친구.
승효   그... 제가 이 녀석 말을 들으려면 어떻게 해야 해요?

S#33. 요리학원 앞 (낮)

석류, 수강생들과 즐겁게 대화하며 나온다. "아까 석쇠에 북어 굽는데 역시 생선보단 고기라고 삼겹살이 그렇게 먹고 싶은 거예요!" 석류의 얼굴에 웃음기 가득한데 기다리고 있던 현준, 석류를 보고 한 손을 번쩍 든다.

현준(E) 좀 전에 좋아 보이더라.

S#34. 혜릉동 공원 (낮)

석류와 현준, 벤치에 나란히 앉아 대화 중이다.

석류   응?
현준   예쁘게 웃길래. 내가 아는 평소 네 모습으로 돌아간 것 같았어.
석류   평소 내 모습이 어떤데?
현준   캘리포니아 햇빛보다 환하지. 밝고 긍정적이고 에너지 넘치고.
석류   (의미심장하게 보면)
현준   (봉투 내밀며) 열어봐.
석류   (열어보면 CIA 관련 자료 들어 있는)
현준   지난번 내가 요리학교 얘기한 적 있지? 유학원에서 받아온 자료야. 기왕
       시작한 거 제대로 된 코스를 밟았으면 좋겠어. 실패하지 않게.
석류   ('실패'라는 말이 마음에 와 박히는)
현준   봉투 안에 뭐 하나 더 들어 있는데.
석류   (S#1에서처럼 열어보면 같은 다이아몬드 반지 나오는) 이건...
현준   맞아. 네가 남기고 간 우리 약혼반지. 네가 다시 꿈꾸기 시작한 것처럼 우
       리도 다시 시작하자. 옆에서 계속 응원하고 싶어. 함께하고 싶어.

석류, 반지를 가만히 보다가 자신의 비어 있는 네 번째 손가락에 끼운다.
현준, 기쁨과 놀람으로 눈이 커진다. 석류, 쨍하게 맑은 하늘에 반지 낀
손을 들어 비춰 본다.

S#35. 혜릉동 골목길 (밤)

어둑어둑해진 골목길. 승효, 퇴근하는데 뭔가 훅 날아든다. 승효, 본능적으로 낚아채서 보면 아이스크림 '씽씽바'다. 뭐야 싶은 순간 전봇대 뒤에서 석류 나타난다.

석류   오, 반사신경 제법인데?
승효   대한민국 국가대표 출신의 자존심이 있지. 이거 나 주는 거야?

S#36. 혜릉동 놀이터 (밤)

승효와 석류, 정글짐 꼭대기에 앉아 반으로 쪼개진 씽씽바를 입에 물고 있다.

석류   씽씽바는 반땅이 국룰이지.
승효   (베어 물며) 인정.
석류   (하늘 올려다보며) 오늘은 달도 별도 안 보이네.

승효, 아이스크림 먹는 석류를 힐끗 보는데 모음이 했던 말이 떠오른다.

모음(E)   석류한테 물어는 봤어? 왜 하필 그 순간 송현준을 택했는지.
승효   (잠시 망설이다가 용기로) 그날 말이야,
석류   (거의 동시에) 나 프러포즈 받았어.
승효   (귀를 의심하는) 어?
석류   프러포즈 받았다고. 현준 씨한테.
승효   (진심 화난) 미친 자식. 최소한의 예의는 지켜주려고 했더니 진짜 욕 나오게 하네. 이제 와서 뒤늦게 뭐 하는 짓,
석류   (툭) 안 늦었으면?
승효   (예상치 못한 말에) 뭐?
석류   (담담하게) 두 번째 프러포즈를 받은 순간, 그런 생각이 들었어. 어쩌면 늦지 않았을 수도 있겠다.

승효	(쿵 해서 보면)
석류	(꿈꾸는 표정) 그 사람은 자꾸 날 좋았던 시절로 데려다 놔. 마음에 바람이 불고 옛날에 접어뒀던 페이지가 펼쳐져. 잊고 있던 기억들도 떠올라. 처음 만난 날 먹었던 오삼불고기 되게 맛있었는데.
승효	...내가 있는데도?
석류	네가 있는데도.
승효	...내가 고백했는데도?
석류	그랬는데도.
승효	(충격으로) 나 말고 그 사람이랑 병원 간 것도 같은 이유야?
석류	(끄덕) 본능 같아. 사람이 원래 아플 때 제일 약하고 솔직해지잖아. 그 순간 그냥 현준 씨한테 기대고 싶었나 봐.
승효	(쿵) 난 기댈 만하지 못해?
석류	응. 넌 내 눈에 여전히 정글짐 꼭대기에서 울던 다섯 살 꼬맹이야. 씽씽바 나눠 먹던 소꿉친구, 잘나디잘난 엄마 친구 아들이야.
승효	(상처) 너 진짜 잔인하다. 어떻게 그렇게 내가 제일 할 말이 없게 만드냐.
석류	가르쳐주는 거야. 착각이라고. 넌 날 좋아하는 게 아니라 각인된 거야.
승효	(보면)
석류	알지? 새끼오리는 처음 본 누군가를 엄마라고 생각하고 쫓아다니는 거. 난 너한테 그냥 오리 엄마 같은 거야.
승효	함부로 단정 짓지 마!
석류	(멈칫해서 보면)
승효	네 마음은 상관없어. 내가 아니어도 어쩔 수 없어. 근데 내 마음은 판단하지 마. 내가 아무리 널 좋아해도 너 그럴 권리 없어.
석류	승효야...
승효	아직 우유 유통기한 남았고! 난 더 이상 정글짐 같은 거 안 무서워.

승효, 정글짐에서 휙 뛰어내린다. 석류를 남겨 두고 돌아서서 가는 표정, 참담하고도 비장하다. 석류, 혼자 남아 그 뒷모습을 가만히 본다.

S#37. 혜릉119안전센터 외경 (아침)

박반장(E) 기사 나온 거 보셨어요?

S#38. 혜릉119안전센터, 사무실 (아침)

박반장, 단호의 기사를 소리 내어 읽는다. 모음, 심드렁하게 휴대폰 보고 있다.

박반장 우리 얼굴까지 실렸던데요? 역시 마스크팩 하길 잘했어요.
연반장 그거 링크 좀 보내줘봐. 우리 와이프 보여주게.
박반장 알겠습니다! 정반장님, 기사 죽이죠?
모음 글쎄요. 아직 보질 못해서.
박반장 네? 그래도 우리 얘기고 기자님 성의가 있는데. 좀 읽으시지.
모음 관심 없습니다.

모음, 시크한 대답과 달리 휴대폰으로 단호의 기사 보고 있다. 칭찬 댓글들 보며 비죽 웃음이 새어 나오는데. 그 순간 전화 걸려 오며 액정에 단호의 이름이 뜬다. 심쿵하는 모음!

S#39. 혜릉119안전센터 앞 (아침)

모음, 저만치 서 있는 단호를 발견하고 슬쩍 옆머리를 귀 뒤로 꽂는다. 단호, 모음을 보고 목례하면 모음, 몸짓과 달리 퉁명스럽게 말한다.

모음 들어오라니까 왜 귀찮게 사람을 나오라 그래요.
단호 다들 일하시는데 방해될까 봐요.
모음 저는 뭐 놀아요?
단호 (봉투 건네며) 그런 뜻은 아니구요. 이거 들어가서 같이 나눠 드세요.
모음 우리 공무원이라 이런 거 안 받는데.

단호	기자 아니고 동료 강단호가 드리는 겁니다. 고작 하루였지만.
모음	(받으며) 되게 사람 거절 못 하게 말하는 재주가 있으시네요. 잘 먹을게요.
단호	기사 쓸 수 있게 도와주셔서 감사합니다. 정반장님 덕분에 초심을 찾았어요.
모음	(금시초문) 제가요? 제가 뭘 어쨌길래.

flash back.
6화 S#50. "포기는 하지 말죠? 저도 아빠가 일찍 돌아가셨거든요. 그래서 좀 아는데 전 엄마가 저 때문에 뭔가를 희생하는 게 제일 싫었어요."
7화 S#32. "어떤 사람이 차에서 딱 내리더니 수신호로 도로 통제하고 길을 뚫어주는데. 완전 히어로가 따로 없었다니까요?"

단호	(피식) 그런 게 있습니다. 그럼 이만 가볼게요.

단호, 돌아서는데 하필 또 그 티셔츠다. 등판에 '갯벌아 사랑해' 적혀 있고 모음, 심장이 뛰는 걸 느낀다. 덩 덕쿵덕 쿵 덕쿵덕 자진모리장단에 당황한 모음, 얼굴 벌게져 단호를 부른다.

모음	저기요 기자님! 앞으로 그 티 입지 마요.
단호	(가다 말고 돌아서서) 예? 아... 왜...?
모음	(버럭) 입지 말라면 입지 마요! 옷이 그것밖에 없어요? 뭐 애착티예요?
단호	애착까진 아니지만 면이 부드러워요. 쫀쫀하고.
모음	아, 내가 더 좋은 거 사 줄 테니까 그만 입어요!
단호	(당황) 네? 정반장님께서 왜 저한테 옷을...?
모음	(역시 당황) ...동료라면서요! 동료한테 티쪼가리 하나도 못 사 줘요?
단호	아니요. 그건 아니지만.
모음	가세요! (하고 홱 돌아서서 간다)
단호	(그 모습 멍하니 보는데)
모음	(가슴에 손 올린 채) 조만간 심전도를 봐야겠어. 뭔가 문제가 있어.
수리기사(E)	다 고쳐졌습니다!

S#40. 승효의 집, 부엌 및 다용도실 (낮)

수리 기사, 혜숙에게 세탁기 수리가 다 됐음을 알린다.

혜숙   감사합니다. 근데 고장 원인이 뭔가요?
수리기사 (티스푼 내밀며) 아, 그게 세탁기에서 얘가 나왔어요.
혜숙   이게 왜 거기에... (하다가 세탁기 앞 세탁물 중 로브가 눈에 들어온다)

flash cut.
8화 S#13. 로브 차림의 혜숙, 티스푼으로 유자차 타던 장면.

수리기사 스푼이 안에서 문제를 일으킨 것 같은데 정말 큰일 날 뻔하셨어요.

혜숙, 이런 실수를 왜 했을까 당황한 기색이 역력하다. 마침 출근 준비 마친 승효, 부엌으로 들어온다. 혜숙, 스푼을 얼른 감추며 기사에게 말한다.

혜숙   고생하셨어요. 조심히 들어가세요.
수리기사 네. 그럼 안녕히 계세요.
승효   (기사 가고 나면) 뭐 고장 났어요?
혜숙   (말 돌리듯) 별것 아냐. 근데 요새 계속 잠을 못 자니?
승효   (멈칫했다가) 아니요. 왜요?
혜숙   안색도 안 좋고. 밤에 불이 자주 켜져 있길래.
승효   일이 많아서요. (마침 전화 오면) 잠시만요. 네, 여보세요. 응. 형. 뭐라고?

S#41. 부령동 주택 공사 현장 (낮)

공사가 상당 부분 진행된 주택 외관 비춰지는 가운데 승효, 헐레벌떡 뛰어온다. 미리 와 있던 명우와 나윤, 난감한 얼굴이다.

승효	공사를 중단하라니, 뭐가 어떻게 된 일이야?
명우	구청에 민원이 들어왔단다. 당장 공사 중지하라고.
승효	뭐? 주변에 양해 다 구하고 허가까지 진행했는데 대체 왜?
명우	옆집에서 신고했대. 일조권, 조망권이 침해된다나 뭐라나.
승효	말도 안 돼. 몇 번을 확인했어. 법규 위배되지 않게 담당 주무관이랑 사전 협의도 끝냈고.
나윤	그랬죠. 근데 담당자가 바뀌었대요.
승효	(하아) 상황 설명부터 협의까지 전부 다시 해야 한다는 뜻이네. 그럼 일단 민원 제기한 쪽을 직접 만나서 설득하는 게,
옆집노인	(저만치서 오며) 오호라. 그 잘난 집 짓는 양반들이 드디어 오셨구만!
나윤	(속닥이는) 양반은 못 되시네. 저 할아버지예요.
승효	(공손하게) 안녕하세요. 어르신. 제가 이 집 설계한 건축사사무소 대표입니다. 공사 중 어떤 불편 사항이 있으셨는지 들어볼 수 있을까요?
옆집노인	(버럭) 불편한 게 한두 가지여야 말을 하지! 긴말 필요 없고 당장 집어치워.
나윤	어르신. 분명히 지난번에 공사에 동의하셨잖아요.
옆집노인	내가 땅에다 집 짓는 거 허락했지, 그 위까지 침범하랬어? 늙을수록 빛을 봐야 된다는데 내가 저 집 때문에 단명하겠어. 햇볕은 꼴랑 한 줌 들어오고 하늘은 반토막 나고. 어디 그뿐인지 알아?

S#42. 건축 아틀리에 인, 회의실 (낮)

명우, 화난 얼굴로 울분을 토한다. 승효, 침착하게 상황을 곱씹고 있다.

명우	지반이 기울었다, 소음에 꽃이 말라 죽었다까진 어떻게든 이해해보겠어. 근데 우리 때문에 갑자기 수맥이 흐르기 시작했단 게 말이 돼?
나윤	(이 와중에) 그래도 직접 보여준다고 옷걸이 구부려서 온 건 웃겼잖아요.
명우	(장단 맞추는) 근데 그게 진짜 돌아가더라?
승효	(한심한) 둘이 같이 손잡고 나가.

명우/나윤	(동시에) 미안. / 죄송합니다.
형찬	처음부터 이럴 속셈이었던 것 같아요. 현장 갈 때마다 나와서 이것저것 묻고 유심히 들여다보고 그랬거든요.
명우	결국 바라는 건 합의금이지 뭐. 그냥 동의해주고 나니 아쉬워서 말 바꾼 거야.
나윤	그럼 이제 우리 어떡해요?
승효	공사협조동의서. 이런 날을 대비해서 미리 받아뒀잖아, 우리. 최악의 경우 민사까지 간다 해도 각하棄下시킬 수 있어.
명우	맞네! 내가 왜 그 생각을 못 했지? 누가 받아뒀더라?
형찬	(한 손 들며) 저요.
명우	(신나서) 얼른 가져와! 이 기회에 사인의 중요성을 좀 가르쳐드리게.

S#43. 청우일보, 사무실 (낮)

단호, 자기 기사에 실린 단체 사진(S#38)을 보고 있다. 확대해보면 나란히 서 있는 자신과 모음의 얼굴 비춰진다. 단호, 모음 보며 저도 모르게 웃는데 어느새 영인 뒤에 와 서 있다.

영인	모니터 안으로 그냥 들어가지 그래?
단호	(모니터 가리며) 부장님. 왜 자꾸 뒤에 와 서 계세요! 계속 이러시면 저 직장 내 괴롭힘으로 신고합니다.
영인	나도 신고할 거야. 중립을 지켜야 할 기자가 사심으로 기사 쓴다고.
단호	(황당) 예? 제가 언제요.
영인	갑자기 체험 기사를 쓴다고 한 이유가 저분이지? 아는 구급대원. 문장에서 왜 이렇게 애정이 느껴지나 했더니, 피사체에 대한 연정 때문이었어.
단호	(극구 부인하는) 그런 거 아니라니까요! 저 기사에 담은 사심이 있다면 그건 존경심, 경외심 같은 거예요.
영인	그렇구나. 야, 근데 미인이시다. 잘해봐. (하고 그냥 간다)
단호	(얼굴 벌게져서 영인 뒤에 대고) 외모에 대한 칭찬도 평가인 거 모르세요? 그리고 잘해보긴 뭘 잘해봐요!

S#44. 석류의 방 (저녁)

모음, 침대에 누워 석류에게 단호의 기사를 읽어준다. 들뜨고 설레는 눈빛과 목소리다.

모음   구급대원 그들의 의기에서 진정한 히어로의 향기가 느껴졌다. 그리고 상상해보았다. 만약 어벤져스에 구급대원이 있었더라면 타노스에게 좀 더 쉽게 이기지 않았을까 하고.

석류   오, 기사 좋다.

모음   (대흥분) 야! 좋은 정도가 아니지. 역사에 길이길이 남을 명문이지. 발로 뛴 자의 진정성이 느껴진달까? 그날도 어찌나 열심히 하던지. 키보드나 두들겨 본 고사리 같은 손으로 뭐라도 도와보겠다고.

석류   (요것 봐라 하는 느낌으로 보는)

모음   사람이 원래 좀 그런 것 같더라. 정의롭고 막 솔선수범하고. 하긴 그러니까 갯벌맨이었던 거겠지.

석류   갯벌에 푹 빠졌네, 정모음. 퍽 질퍽질퍽한 게 쉽게 못 나오겠어.

모음   응?

석류   너 지금 30분째 강기자님 얘기만 하고 있는 거 알아?

모음   (당황해서 변명) 그건...! 기사가 좋으니까. 직업정신에 대한 찬사지. 원래 사람이 본업을 잘하면 다 멋있어 보이고 그러잖아. 하다못해 최승효도 설계도 그릴 땐 봐줄 만해진다?

석류   (흠칫) 말도 안 돼. 걔가 무슨.

모음   야. 최승효 요새 너한테 뭐 별말 안 하디?

석류   (말끝 흐리는) 글쎄. 본 지 좀 돼서.

S#45. 건축 아틀리에 인, 승효의 사무실 (저녁)

승효, 담당 주무관과 통화 중이고 명우, 옆에서 귀를 쫑긋하며 듣고 있다.

승효	네, 알겠습니다.
명우	(승효 전화 끊으면) 주무관이 뭐래?
승효	예상한 대로야. 행정기관은 민원이 들어오면 일단 제재할 수밖에 없다고. 원만하게 합의하는 게 좋을 것 같다고.
명우	내가 다시 만나볼까? 정 안 되면 적당한 선에서 정리해야지 뭐.
승효	안 돼. 부당한 요구에 굴복하면 계속 악용하는 사람들이 생겨. 우리가 안 좋은 선례를 남길 순 없어.
명우	(그때 똑똑 문 두드리는 소리 들리면) 들어와.
형찬	(우물쭈물하며 들어오는)
승효	공사협조동의서는? 가져왔어?
형찬	(어렵게) 그게요... 죄송합니다. 대표님. 동의서 제가 분실했어요.
명우	(경악으로) 뭐? 어디서?
형찬	(울 것 같은) 그게 잘 모르겠어요. 분명 그날 잘 받아뒀었는데. 책장, 책상, 차 수납박스, 트렁크까지 몇 시간을 찾았는데도 안 보여요.
명우	(울컥) 인마, 그걸 말이라고. 너 일 그따위로밖에 못 해?
형찬	죄송합니다.
명우	죄송하다면 다야! 죄송하다고 하면 일이 뚝딱 해결돼?
승효	(일단 말리는) 형, 잠깐만. 흥분하지 말고. 박형찬. 너 지금 이 실수가 어떤 의미인지 알아?
형찬	회사에 막대한 손해를 끼쳤습니다.
승효	틀린 말은 아냐. 공사 지연되면 일정 딜레이되고 그럼 비용 증가되니까. 근데 그것보다 더 큰 게 있어. 그게 뭐일 것 같아?
형찬	(기어가는 목소리) 잘 모르겠습니다.
승효	나가서 곰곰이 생각해봐. 그리고 답 찾으면 다시 와.
형찬	네. (주눅 든 얼굴로 나간다)
명우	(이 와중에) 근데 답이 뭐야? 나도 뭔지 모르겠는데?

S#46. 혜릉동 골목길 (밤)

깊은 생각에 빠진 승효, 시선 내리깐 채 걸어오는데 맞은편에서 장바구니 든 미숙 걸어온다.

미숙   땅에 돈 떨어졌냐? 왜 바닥만 보고 걸어?
승효   ...이모.
미숙   저녁 아직 안 먹었지?

S#47. 석류의 집, 부엌 (밤)

식탁에 푸짐한 한 상 차려져 있는 가운데 미숙, 승효 앞에 국을 놓아준다.

승효   이모 속여먹은 놈 뭐 이쁘다고 잡아다 밥까지 먹여.
미숙   나도 날 이해할 수가 없다. 근데 어떡해. 너 뭔 일 있는 거 빤히 보이는데.
승효   (놀라는) 어떻게 알았어?
미숙   너 내 손으로 키웠어. 자식이나 진배없어.
승효   (미안해져서) 이모. 석류 일 얘기 안 한 건 미안.
미숙   그게 어디 네 잘못이겠냐. 나도 괜히 화풀이한 거지 뭐.
승효   이모. 근데 석류 정말로 진심이야. 나 봐준 것처럼 개도 그냥 좀 봐주면 안 돼?
미숙   (앞치마 풀며 일어나는) 먹고 가.
승효   뭐야. 듣기 싫다고 나 버리고 가?
미숙   반상회 있어. 안 가면 벌금 내야 돼.
승효   (원빈인 줄) 얼마면 돼? 얼마면 우리 미숙 씨랑 겸상할 수 있는 건데?
미숙   얼마나 줄 수 있는데...는 개뿔. 어디 이모 앞에서 돈 자랑을! 먹고 더 먹어.
승효   (웃으며) 응.

미숙, 나가고 나면 승효, 웃음기 남은 채 먹던 밥을 마저 먹는다. 석류, 부엌으로 들어온다.

승효	(멈칫했다가) 집에 있는지 몰랐어.
석류	(어색하게) 나도 너 온지 몰랐어. 엄마는?
승효	반상회 가셨어.
석류	아... 먹고 가라. (하며 부엌에서 나가려 한다)
승효	(툭) 너 나 왜 피하냐?
석류	(어색하게) 피하긴 누가 피해! 맞다. 나 뭐 마시러 왔지. 아, 목말라. (냉장고를 여는데 우유 보이고) ...야, 최승.
승효	왜.
석류	(결심한 듯) 너 그때 그 우유 버려라.
승효	(쿵) 뭐?
석류	미리 대답하는 거야. 나한테 너 친구 이상은 안 돼. 불가능해.
승효	(충격으로) 끝내 그게 다야?
석류	응. 미안.
승효	재고의 여지가 전혀 없어?
석류	(멈칫했다가) ...응. 며칠은 어색하겠지만 금방 괜찮아질 거야. 우리가 이런 애매한 일 좀 있었다고 쉽게 깨질 우정은 아니잖아? 먹고 그릇은 개수대에 넣어놓고 가라. (하고 가려는데)
승효	(뒤에서) 우정? 더 이상 그딴 거 없어.
석류	(쿵! 그러나 못 들은 척 계단 올라가는)

S#48. 석류의 방 (밤)

방으로 들어오는 석류, 심호흡 같은 한숨을 푹 쉬고 마음을 가라앉히려는 듯 두 손을 문지른다. 비어 있는 손가락 비춰지며.

S#49. 과거. 혜릉동 공원 (낮)

S#34에서 이어지는 장면. 석류, 하늘 향해 올렸던 손을 내리며 현준에게 묻는다.

석류   현준 씨. 나 처음 아팠을 때 기억나? 위 3분의 2 잘라내고 항암 시작했을 때. 몸무게만 10킬로그램 빠졌을 때.

S#50. 대과거. 미국, 석류의 투병 생활 몽타주

1) 미국, 병실 안 (낮)

환자복 차림의 석류, 치료 전 현준과 대화한다. 현준, "항암 힘들다던데." 석류, "괜찮아. 나 수술도 거뜬히 잘했는걸? 나 배석류야. 꼭 이겨낼 거야." 웃으며 현준을 안심시킨다.

2) 미국, 석류의 아파트, 침실 (밤)

석류, 침대에 현준과 나란히 기대앉아 지구본을 보며 재잘거린다. "다 나으면 우리 우유니사막에 가자. 아냐. 마추픽추 보러 페루에 갈까?" 현준, 석류 머리 사랑스럽게 쓰다듬으며 "다 가면 되지." 한다.

3) 미국, 석류의 아파트, 거실 (낮)

석류, "나 복직 신청했어."라고 말한다. 현준, "벌써?" 놀라면 석류, 화사하게 웃으며 "나아졌으니까 다시 일해야지." 한다. "무리하는 거 아냐?" 걱정하는 현준에게 "이렇게 머물러 있을 수만은 없잖아. 몸 좀 아팠던 게 뭐. 난 의지로 다 이겨낼 수 있어!" 한다. 현준, 그런 석류를 안아주며 "배석류 진짜 대단해. 옆에서 지켜보며 늘 생각했어. 내가 생각한 것보다 더 강하고 단단하구나. 존경해. 그리고 사랑해." 석류, 감동한 듯 현준을 본다. 모든 게 정상으로 돌아간 듯 행복해 보이는 두 사람 뒤로 창밖 녹음이 파랗게 우거져 있다.

S#51. 대과거. 미국, 석류의 아파트 창밖 풍경 (낮)

시간 경과. 창밖으로 계절이 지난다. 여름에서 가을을 지나 다시 여름이 되어 있다.

S#52. 대과거. 미국, 석류의 아파트 (낮)

석류, 초췌해진 얼굴로 무릎 끌어안은 채 소파에 앉아 있다. 현준, 들뜬 목소리로 말한다.

현준 레이먼이 팜스프링스에 있는 별장으로 우릴 초대했어. 너랑 꼭 같이 오래.
석류 (고개 저으며) 그냥 집에 있을래.
현준 그러지 말고 가자. 한동안 여행도 못 가고 병원, 집, 회사만 오갔는데.
석류 (무기력한) 싫어. 귀찮아.
현준 주치의가 그랬잖아. 우울증엔 햇볕 많이 쬐는 것도 도움 된다고. 상담 치료는 적극적으로 받고 있는 거지? 약도 잘 먹고 있고?
석류 (텅 빈 눈동자) ...응.
현준 (은연중의 압박) 그래. 그래야 빨리 낫지. 레이먼한테는 내가 잘 거절할게. 우리 결혼 준비로 바쁘다고.

S#53. 대과거. 미국 그레이프 본사, 카페테리아 (낮)

4화 S#52와 같은 장면으로 뒤의 내용이 이어진다.

피터 Does she honestly believe she can do everything? Try as she might, she'll only hit the ceiling one day.
[정말 자기가 전지전능하다고 믿기라도 하는 거야? 아무리 열심히 해봐야 천장에 머리나 부딪치고 고꾸라질 텐데.]
크리스 You think she's affection-deprived? Maybe that's why she's so desperate for praise and recognition, like a little kid.
[애정결핍, 인정욕구 뭐 그런 거 아닐까? 꼭 칭찬에 굶주린 꼬마 같잖아.]

피터   By the way, did you hear? About why she took a break from work the year before last.
        [근데 너희들 들었어? 재작년에 석류가 휴직했던 이유.]

크리스   (알고 있다는 듯) Oh that? Yeah, that was quite big, what happened to her. Stomach cancer.
        [아아, 그거? 걔한테 큰일이 있긴 했지. 위암이었잖아.]

수잔   Really?
        [정말?]

크리스   To think that she returned to the office after literally working herself to death! I don't know whether to call it crazy or craz—y.
        [몸이 만신창이가 될 정도로 일하고도 바로 복직하다니. 독하다고 해야 하나 멍청하다고 해야 하나.]

피터   Talk about a loyal dog.
        [사냥개도 충성심이 그 정도는 아니겠다.]

수잔   That poor little girl doesn't know how to take care of herself, does she? Aw, that poor little girl.
        [스스로를 아끼는 법을 모르는구나. 오, 가여운 리틀 걸.]

석류   (충격으로 보는) !

S#54. 대과거, 미국, 고급주택 정원 및 수영장 (밤)

2화 S#40-3과 같은 장면이다. 파티가 열린 저택. 석류, 넋 나간 얼굴로 인파를 헤치며 누군가를 찾는데 화려한 그곳과는 어울리지 않는 허름한 모습이다. 그러던 중 선베드에 앉아 있는 현준의 뒷모습을 발견한다. 석류, 그를 향해 다가가는데 현준, 어떤 여자와 키스하는 듯 보인다. 충격받아 얼어붙었던 석류, 화난 걸음으로 가 현준의 어깨를 거칠게 잡아챈다.

석류   이게 지금 뭐 하는 짓, (소리치다가 멈칫하는) ...!
현준   (놀라서) 석류야?

현준의 손가락에 여자의 콘택트렌즈가 들려 있다. 상대 여자의 눈이 빨갛게 충혈되어 있다. 현준이 여자의 눈에서 렌즈를 빼주던 중이다. 그제야 상황을 파악한 석류, 당혹스럽다.

S#55. 대과거. 미국, 석류의 아파트 (밤)

석류, 현준과 크게 다툰다.

현준 어떻게 날 의심할 수가 있어?

석류 그러게 전화를 받았어야지. 먼저 연락 두절 잠수 탄 건 현준 씨잖아!

현준 아무리 그래도 꼭 그런 모습으로 나타나야 했어?

석류 (자기 옷차림 내려다보고) 왜? 내가 창피해? 부끄러워?

현준 그게 아니라 회사 사람들 다 있는 자리였잖아. 적어도 약혼녀라면 내 입장은 생각을 해줬어야지!

석류 (빈정거리는) 내가 당신 약혼녀가 맞기는 해?

현준 뭐?

석류 (냉소) 약혼녀가 아픈데 이렇게 맘이 힘든데 파티가 가고 싶었어? 내가 어떤지는 안중에도 없이 사람들이랑 시시덕거리고 싶었냐고.

현준 (폭발하듯) 그래! 그러고 싶었어!

석류 (멈칫해서 보면)

현준 나도 숨 좀 쉬자 제발! 너 아프면서부터 나도 다 포기했어. 휴직하고 네 옆에서 간병하며 골프, 여행, 친구, 내 삶을 다 미뤄뒀어. 그렇게 좀만 견디면 될 거라고 생각했어. 넌 강하니까, 이겨낼 거니까, 우리 같이 극복할 거니까. 근데 갑자기 뭐? 빌어먹을 우울증?

석류 (충격으로) ...빌어먹을 우울증 계속 그렇게 생각했던 거야? 나 이해한다며.

현준 어떻게 이해해! 치료 잘 받아놓고 뒤늦게 너답지 않게 구는데. 내가 아는 배석류가 아닌데 그걸 어떻게 받아들여! 제발 정신 좀 차려. 언제까지 그 우울에서 허덕일 거야! 끝내 내 발목 잡아 너 있는 바닥까지 끌어 내리면 그때 그만할래?

석류	(상처 입은 눈빛으로 보는)
현준	(실언했다) 석류야. 방금 그 말은,
석류	벌써 바닥이야.
현준	(쿵 해서 보면)
석류	(슬프고도 차분한) 현준 씨. 방금 우리 바닥을 봤어.

S#56. 현준의 차 안 (밤)

한강변에 주차된 차 안. 현준, 복잡한 눈으로 석류가 남기고 간 반지를 보고 있다.

S#57. 과거, 혜릉동 공원 (낮)

S#49에서 이어진다. 석류, 손가락에 낀 반지를 돌려 본다. 반지가 커서 헐겁게 움직인다.

석류	반지가 크다. 처음엔 딱 맞았는데.
현준	살이 많이 빠져서. 괜찮아. 우리 미국 가서 리사이징 하자.
석류	(반지 빼며) 현준 씨. 반지는 리사이징 할 수 있어도 우리 사이는 바꿀 수 없어.
현준	(거절이구나) 석류야. 그때는 내가 정말 미안했어. 나도 너무 힘들어서 지쳐서 제정신이 아니었어.
석류	나한테 사과할 필요 없어. 현준 씨가 얼마나 최선을 다했는지 내가 제일 잘 알아. 그냥 내가 버거워서 그래.
현준	(보면)
석류	있잖아. 아마 난 내년에도 내후년에도 재발을 걱정할 거야. 5년 채우고 완치 판정받아도 완전히 자유롭진 못할 거야. 죽음 근처에서 발을 동동거리며 조금 불안하고 가끔 슬퍼질 거야. 난 앞으로 그런 채로 살아가야 해.

현준   (보면)

석류   그래서 나는 이제 사랑은 됐어. 내 남은 위^胃로는 꿈을 소화시키는 것만
        도 버겁거든.

S#58. 석류의 방 (밤)

석류, 거울 앞에서 옷을 걷으면 배에 수술 흉터가 선연하게 남아 있다.

전임의(E) 내시경 결과, 문합부에 염증 소견이 보여요.

S#59. 과거. 정헌대학병원, 응급실 (밤)

S#5에서 이어진다. 석류, 전임의의 말을 듣고 멈칫한다.

전임의   말 그대로 그냥 염증일 확률이 높긴 한데 확실히 할 겸 해서 조직검사 시
        행했습니다. 결과는 며칠 걸릴 거예요.

S#60. 석류의 방 (밤)

흉터를 보던 석류, 담담한 얼굴로 가만히 중얼거린다.

석류   잘했어. 잘한 거야. 이게 맞아.

S#61. 석류의 집, 부엌 (밤)

승효, 그 자리에 우두커니 아프게 앉아 있다. 식탁 위 음식들이 그대로 식
어간다.

S#62. 단호의 집 전경 (아침)

단호(E) 왜? 아빠가 만든 거 맛이 없어?

S#63. 단호의 집, 부엌 (아침)

단호, 연두에게 아침 먹이고 있는데 정작 연두는 먹는 둥 마는 둥 시큰둥
하다.

연두 아니. 입맛이 없어.
단호 그래도 잘 먹어야지. 균형 잡힌 성장 발달은 어린이의 의무야.
연두 칫. 어린이는 의무가 너무 많아. 당근도 먹어야 되고 양치질도 잘해야 되
고 잠도 일찍 자야 되고.
단호 (귀엽게 보는데 마침 전화 오는) 네. 이모님. 아... 괜찮으세요? 그럼요. 건
강이 우선이시죠. 일단 병원부터 가시고 결과 나오면 말씀해주세요.
연두 (단호가 전화 끊으면) 무슨 전화야?
단호 시터 이모님이 욕실에서 넘어지는 바람에 허리를 다치셨대. 오늘은 우리
연두 아빠랑 있어야겠다.
연두 아빠 오늘 중요한 취재 있다 그랬잖아.
단호 아빠한테 연두보다 중요한 건 없어.
연두 아니야. 아빠 가. 나 같이 놀 친구 있어.

S#64. 모음의 집, 마당 (낮)

단호와 연두, 모음의 집 마당에 서 있다. 모음, 감격에 겨운 표정으로 되
묻는다.

모음	언니랑 놀자고?
연두	(끄덕이며) 네!
모음	(기쁜데 복잡한) 너무 좋아. 언니 너무 기뻐. 근데 어쩌지? 언니가 오늘 중요한 일정이 있어서 지금 막 나가던 중이거든.
단호	(얼른) 죄송해요. 저희가 갑자기 너무 무리한 부탁을 드렸죠? (연두와 눈 맞추며) 연두야. 정반장님이랑은 다음에 놀자. 응?
모음	(그 순간 다급하게) 잠깐만요! 좋은 방법이 있어요.

S#65. 혜릉부동산 (낮)

단호, 연두를 데리고 어색하게 서 있다. 라벤더 멤버들, 두 사람을 빤히 쳐다본다.

재숙	(사람 좋게) 모음이 전화 받았어요. 걱정 말고 두고 가요.
단호	(제품 내밀며) 감사합니다. 저 빈손으로 오기 뭣해서 이거라도...
재숙	(맘에도 없는 손사래) 아유, 뭐 이런 걸 사 오고 그래요. 근데 이게 뭐래?
단호	이게 건강기능식품인데 혈당 관리에 도움이 된답니다.
재숙	(좋아하며) 세상에! 나 요새 식후 혈당 높은데 완전 맞춤 선물이네!
미숙	(혹해서 단호에게) 그래? 우리도 같이 맛이나 봐도 되나?
단호	물론입니다. 그럼 염치없지만 저희 연두 좀 잘 부탁드리겠습니다. 연두 야, 아빠 다녀올게!
연두	(야물딱지게) 아빠 잘 다녀와! 운전 조심하고! 넘어지지 말고!
재숙	(단호 나가자마자) 야, 가위. 거기 주둥이 좀 잘라봐 봐.
인숙	응. 나 두 개 마셔도 돼? (하다가 재숙에게 째림당하고 깨갱한다)
미숙	(하나 마시며 혜숙에게) 야, 너도 한 포 할래?
혜숙	(뉴욕타임스 보다가 연두에게) 난 됐어. 넌 이름이 뭐니?
연두	강연두요. 제가 봄에 태어났거든요. 겨울 지나고 처음 돋는 이파리 색깔 처럼 생명력 넘치게 살라는 뜻이래요.
혜숙	(보던 신문 덮으며) 좋은 이름이네. 너 아주 야물고 똑똑하구나?
재숙	그러게. 아빠가 기자라 그런가.

미숙	(재숙 쿡 찌르며 작게) 이래서 네가 기자님은 안 된다 그랬구나?
재숙	(끄덕이고는) 연두야. 오늘 하루 우리 신명 나게 놀아보자.
인숙	(어린이 홍삼 꺼내며) 우리만 먹을 수 없지. 이거 이모가 사은품 받은 건데,
연두	(팩폭) 이모 아니라 할머니 같은데.
인숙	(경악) 뭐? 할머니? 얘! 나 어디 가면 40대 초반으로밖에 안 봐.
혜숙	(신문을 미숙 가방에 집어넣으며) 글쎄다. 어린애들 눈이 제일 정직한 법이야.
미숙	연두야, 너도 아빠 따라 기자 해도 되겠다. 애가 뼈를 잘 때리네.
인숙	(얼굴 만져보며) 내가 콜라겐 양을 늘리든가 해야지. 하여간에 이거 너 먹어.
연두	(받아 들며) 감사합니다. 잘 먹겠습니다.
재숙	어린애한테 홍삼 먹여도 괜찮아?
인숙	그럼. 홍삼에 그 좋은 성분 있잖아. 그 뭐라더라. 사, 사, 샤,
혜숙	(의기양양) 샤프란. 넌 그렇게 약을 많이 먹으면서도 그거 하날 모르니?
미숙	(갸웃) 샤프란 아니고 사포닌 아냐?
재숙	응. 나도 사포닌으로 알고 있는데.
혜숙	(당황해서) 나, 나도 사포닌이라고 했어.
미숙	(신나서) 웃기시네. 야, 너 샤프란이라 그랬어.
혜숙	(침착한 척) 발음이 잠깐 꼬였어. 그렇게 들릴 수도 있겠다.
재숙	(놀리는) 천하의 서혜숙이도 나무에서 떨어질 때가 다 있네?
미숙	(낄낄) 샤프란이란다, 샤프란. 그거 세제 이름 아니냐?
혜숙	(호박고구마를 연상케 하는) 사포닌인 거 나도 알아. 사포닌, 사포닌, 사포닌!
연두	(아웅다웅하는 미숙과 혜숙 보며) 샤프란은 향신론데. 그거 되게 비싼데.

S#66. 혜릉헬스장, 사무실 (낮)

찰칵찰칵. 동진, 각도를 바꿔가며 단백질 제품 사진을 찍는다. 상당히 수상쩍어 보이는 제품 외관. 사진을 다 찍고 인스타에 업로드를 준비한다.

동진	뭐라고 써야 사람들이 낚이려나. 삼대 오백의 근육을 갖고 싶으십니까? 고객님. 이 아이는 제가 심혈을 기울여 셀렉한 제품으로 이번 공구만 최저 마진으로 진행되세요.
슬기	(어느새 뒤에 와서) 영양성분표가 왜 안 보이냐? 이거 어디 제품이야?
동진	(당황하며 숨기려는데) 과, 관장님. 오늘 못 나오신다더니.
슬기	(표정 굳는) 너 지금 검증도 안 된 이런 제품을 사람들한테 팔려던 거야?
동진	(변명하는) 네? 아, 제가 공구를 제안받기는 했는데. 아직 글 안 올렸어요. 사진만 한 번만 찍어본 건데.
슬기	(정색) 나가라.
동진	(물건 챙기며) 네.
슬기	이 방 말고 센터에서 나가라고. 너 같은 놈은 트레이너 될 자격이 없다.
동진	(흠칫) 예?
슬기	알맹이는 부실하고 껍데기에만 관심 있는 놈. 뭐 하나 죽어라 해본 적도 없이 요행만 바라는, 그저 인생에 헛바람만 든 놈.
동진	(발끈) 말씀이 너무 심하신 거 아니에요?
슬기	내가 틀린 말 했나? 사람들 건강을 책임지고 도와야 할 놈이 본업엔 설렁설렁, 그저 쉬운 돈벌이에 혹해가지고.
동진	(정곡을 찔리고) 관장님!!!
슬기	너 같은 놈들 때문에 우리 일 쉽게 생각하는 사람들이 있는 거야.
동진	아, 더러워서 진짜! 때려치면 될 거 아니에요! 이깟 코딱지만 한 헬스장 하면서 훈계질은. (하며 박차고 나간다)

S#67. 건축 아틀리에 인, 미팅룸 (낮)

서류 보는 승효, 컨디션이 썩 좋아 보이지 않는다. 나윤, 옆에서 그런 승효를 빤히 본다.

승효	(서류에 시선 고정한 채) 왜 그렇게 빤히 쳐다봐?
명우	쟤가 너 저렇게 쳐다보는 게 어디 하루 이틀 일이냐?

나윤	그게 아니라요. (하는데 똑똑 노크 소리 난다)
승효	들어와.
형찬	(고개 푹 숙인 채 들어와 사직서라고 적힌 흰 봉투 내미는)
승효	이게 네가 찾은 답이야?
형찬	아뇨. 답은 못 찾았고 제가 책임질 방법이 이것밖에 없는 것 같아서요.

명우, 라이터 꺼내 사직서에 불붙인다. 놀라는 형찬. 명우, 빠르게 타들어 가는 봉투에 "앗, 뜨거 뜨거!" 하며 호들갑 떨면 나윤, 물뿌리개로 불을 꺼준다.

승효	형. 그냥 좀 평범하게 가면 안 돼?
명우	아 왜. 새롭고 멋지게 해볼라 그랬는데.
나윤	하나도 안 멋져요. 스프링쿨러 터지면 어쩌려고.
승효	(형찬 보며) 부령동 해결했다.
형찬	네? 어떻게요?
명우	옆집 할아버지랑 합의했어. 그 집 수도관 우리가 교체해주기로. 저 꼬장꼬장한 최승효가 웬일로 그러자더라.
형찬	말도 안 돼요! 그거 우리 잘못 아니잖아요.
승효	맞아. 내가 원래 이렇게 현실과 타협하는 편이 아닌데, 이게 내 답이야. 넌 아틀리에 인의 소중한 구성원이고, 우린 회사의 손익보다 너란 사람이 더 중요해.
형찬	대표님...
승효	그러니까 이번 실수를 통해서 쑥쑥 커라. 이 안에서 틀리기도 하고 부딪치고 깨지면서 계속 네 답을 찾아나가.
형찬	(감동으로) 네.
나윤	(형찬보다 더 감동한) 역시 선배! 오늘도 멋있어.
명우	하여튼 멋있는 건 혼자 다하고. 야, 최승효는 날 때부터 천재 같지? 아냐. 얘도 왕년에 사고 많이 쳤어. 실수 어쩌고 저거 다 지 얘기다?
승효	없는 얘기 지어내지 말고.
나윤	근데 대체 건축주한테 얼마나 시달린 거예요?
명우	말도 마라. 내가 3일 밤낮을 얼마나 들들 볶였는지 생각하면.

나윤	(의아하다는 듯) 승효 선배 아니고요?
승효	(영문 모르고) 응? 나?
나윤	네. 아까 말하려고 했는데 선배 눈 밑이 시커매요. 볼도 빨간 게 열도 있는 것 같고. (하며 뺨에 손 가져다 댄다)
승효	저리 안 치워? (하며 처내려는데 팔에 힘이 안 들어가는) ...어?!
명우	야. 너 아픈가 본데?
승효	내가 아프다고? 아냐. 나 멀쩡해. 나 안 아파.

승효, 일어나는 순간 휘청한다. "어어?!" 나윤과 명우, 형찬이 놀라며 승효를 부축한다.

S#68. 승효의 방 (낮)

승효, 식은땀 나는데 혼자 이불 뒤집어쓴 채 끙끙 앓고 있다. 잠과 꿈 사이를 헤매는 얼굴.

S#69. 과거. 혜릉동 골목길 (밤)

6화 S#41의 장면. 혜숙이 탄 차가 떠나면 승효, '엄마'를 부르며 쫓아간다. 그러나 결국 멀어지는 차를 따라잡지 못한다. 승효, 눈물 범벅이 되어서 있는데 석류 와다다 달려온다.

석류	야. 너 울어? 너 아직도 애기구나?
승효	(눈물 그렁한 채 발끈) 나 애기 아니거든?
석류	엄마 일하러 가는 건데 이렇게 울면 애기지.
승효	(눈물 닦으며) 안 울어.
석류	(주머니에서 딱지 꺼내 주며) 이거 내가 어제 딴 딱지인데 다 너 줄게. 내가 너 내일 무궁화꽃이 피었습니다 술래도 시켜줄게.
승효	(딱지 만지작거리며) 그건 좋은 거 아니잖아!

석류	(들켰네) 그럼 내가 너 피카추 돈까스 사줄게.
승효	너 돈 있어?
석류	(쩝) 떡볶이 먹자. 우리 아빠한테 가면 돼.

S#70. 승효의 방 (낮)

혼자 앓던 승효, 희미하게 눈을 떠보면 흐릿한 시선 속 혜숙이 보인다.

승효	엄마...

눈 감았다 뜨면 혜숙의 얼굴이 석류로 바뀌어 있다. 석류, 걱정스러운 얼굴이다.

승효	배석류... 진짜 있네? ...다행이다.

석류 얼굴 보고 안심한 듯 다시 잠드는 승효, 입가에 옅은 미소가 남는다.

S#71. 모음의 집 전경 (저녁)

재숙(E)	어서 와요. 기자님.

S#72. 모음의 집, 거실 (저녁)

단호, 반겨주는 재숙에게 민망한 얼굴로 감사를 전한다.

단호	갑작스러우셨을 텐데 정말 죄송합니다. 오늘 연두 때문에 고생하셨죠?
재숙	고생은 무슨. 징그럽게 큰 것들만 보다가 간만에 애를 보니 얼마나 이뻤나 몰라요. 가끔 이렇게 맡겨요.

단호   말씀만이라도 감사합니다. 저, 연두는 어디 있나요?

S#73. 모음의 방 (저녁)

모음, 턱을 괴고 잠든 연두를 바라본다. 똑똑 소리와 함께 살짝 문 열리며
단호가 들어온다.

단호   정반장님.
모음   쉿! 조용히 해요. 연두 깨면 어쩌려고.
단호   (황당) 깨워서 데려가야 하는데요?
모음   좀 이따 깨워요. 좀만 더 보게. 보고 있어도 보고 싶단 말이에요.
단호   알겠습니다. (하며 모음 옆에 가서 연두를 내려다본다)
모음   연두는 어쩜 이렇게 예뻐요? 눈도 예쁘고 코도 예쁘고 안 예쁜 데가 없
        네.
단호   (팔불출) 그쵸? 제 딸이지만 저도 깜짝깜짝 놀라요.
모음   저도 연두가 제 딸이었으면 좋겠네요.
단호   (당황) ...네?
모음   (역시 당황) 아, 그게 그런 뜻이 아니라 그만큼 연두가 예쁘다구요.
단호   (얼른) 네. 이해했습니다. 오해 안 했습니다.

모음, 어색함에 눈을 피하고 단호, 역시 괜히 주변을 둘러보다가 액자를
발견한다. 석류·승효와 함께 찍은 모음의 어린 시절 사진(보자기를 망토
처럼 두르고 있음)이다.

단호   (중얼) 귀엽다. 지금이랑 똑같네.
모음   (듣더니) 네?
단호   네? 아, 제가 뭐라고 했죠?
모음   (얼굴 빨개져서) 귀엽다고.
단호   (당황해서 얼른) 그게 원래 짐승이고 사람이고 아기들은 다 귀엽잖아요.
        옆에는 건축사님이랑 친구분 같은데. 세 분 진짜 친하셨나 봐요.

모음	네. 걔네 둘이 먼저고 저 이사 오고 나서부터 셋이 붙어 다녔어요.
단호	서로 집에도 놀러 가고요?
모음	그럼요. 그리고 보니 최승효 빼고 이 방에 들어온 남잔 기자님이 처음이네요?
단호	(멈칫) 네? 남자요?
모음	(필사적인 수습) 아. 갑자기 왜 이런 얘기가 나왔지? 생각해보니 처음 아니다. 에어컨 고장 났을 때 오셨던 기사님도 남자고. 제 조카들도 죄다 사내놈들인데 제가 걔들을 빼먹었네요.
단호	아... 네.

모음과 단호 사이에 더 묘하고 어색한 기운이 도는데. 그때 구세주처럼 들려오는 소리!

재숙(E)	정모음 밥 먹어! 기자님 식사하고 가세요!
모음	(황급히) 밥. 우, 우리 밥 먹을까요? 밥. 엄마 밥 짱 맛있어요.
단호	(얼른) 밥 좋죠. 연두 깨워야 하는데. 연두야. 일어나 봐. 눈 좀 떠봐. 응?

S#74. 승효의 방 (저녁)

승효, 잠에서 깨어난다. 어느새 방이 어두워져 있고, 이마에 물수건 놓여 있다. 뭐지? 싶어 보면 석류가 침대에 엎드려 잠들어 있다. 승효, 몸 일으키다가 멈칫, 석류를 찬찬히 본다.

승효	넌 나보고 왜 자꾸 인생의 쪽팔리는 순간마다 있냐고 했지? 넌 왜 내가 아픈 순간마다 있냐.

승효, 잠든 석류를 애틋하게 보다가 이불 덮어주는데 그 순간 석류 깨어난다.

석류	(정신 차리고) 깼어?

승효   (냉랭하게) 네가 왜 여기 있냐? 남의 방에 왜 함부로 들어와?

석류   (억울한) 아니 나는 윤대표님이 너 완전 헤롱헤롱한 상태로 집 갔다고.
      거의 쓰러지다시피 했다고 연락을 해가지고. 벨 눌렀는데 아무 반응도
      없고.

승효   (차갑게 보는데)

석류   야. 너는 아프면 전화라도 하지. 미련하게 혼자서 끙끙 앓고 있냐?

승효   (냉랭하게) 나 이제 너한테 전화 안 해. 무슨 일이 있어도, 어떤 이유로도,
      다신 그럴 일 없어. 그러니까 가.

석류   맘대로 해라! 근데 절교할 때 하더라도 밥은 처먹고 해. 냉장고에 뭐 먹
      게 있으려나. (하며 쿨한 척 방에서 나간다)

승효   (이 상황이 답답하고 힘든)

S#75. 승효의 집, 부엌 (저녁)

석류, 냉장고 문을 열면 식빵과 잼, 석류가 가져온 반찬통 몇 개 외엔 텅
텅 비어 있다.

석류   세상에. 다들 뭘 먹고 사는 거야.

S#76. 승효의 방 (저녁)

승효, 일어나 불을 켜면 바닥에 석류의 가방 아무렇게나 던져져 있다. 짜
증스럽게 가방 집어 드는데 '정헌대학병원'이라고 적힌 서류 봉투 떨어
진다. 혹시나 싶어 열어보면 진단서 들어 있다. 위암으로 수술했다는 내
용. 승효, 믿을 수 없다는 듯 진단서 속 석류 이름 확인하는데.

석류   (마침 들어오는) 야! 냉장고가 완전 텅텅이더라. 내가 집 가서 뭣 좀 털어
      올...

승효   (서류 든 채 석류 보며) 너 이거 뭐야?

석류	(들켰구나) !
승효	(현실 부정) 뭐 잘못된 거지? 여기 왜 네 이름이 쓰여 있어?
석류	(웃음기로) 집에 갔다 올걸. 귀찮아서 그냥 왔더니만.
승효	(버럭) 대체 이게 뭐냐고!!!
석류	(농담처럼 넘기려는) 보면 모르냐? 진단서잖아. 내가 좀 필요한 데가 있어서. 그날 떼 올걸 병원만 두 번을 갔네.
승효	(충격으로) 이거였어? 네가 돌아온 이유?
석류	(웃으며) 이래서 내가 너한텐 말 안 하려고 했는데.
승효	(석류가 예전에 했던 말 떠올리는) !

flash back.
2화 S#31. "내가 세상 사람들한테 다 말해도 너한텐 절대 말 안 해!"

승효	너 아파?
석류	...아팠어.
승효	지금은?
석류	...괜찮아.
승효	(미치겠는) 너 왜 나한테 얘길 안 했어!!!
석류	(웃는데 눈은 울고 있는) 이럴까 봐. 너 이럴까 봐.
승효	(뼈아픈) 내가 너한테 이것밖에 안 돼? 친구로도 이것밖에 안 됐던 거야?
석류	너 몸도 안 좋은데 내가 보냈다. 쉬어. 죽은 내가 모음이 시켜서 사다 주거나 할게. (하고 도망치듯 방을 나간다)

S#77. 승효의 집, 거실 (저녁)

빠른 걸음으로 계단을 내려온 석류, 집을 빠져나가려는데 승효, 쫓아 내려와 석류의 팔을 낚아챈다. 석류, 이 상황을 피하고 싶다.

석류	야. 나 집에 가야 돼. (하고 승효 팔 뿌리치려 한다)
승효	(놓아줄 수 없는) 얘기 좀 해.

석류	나중에, 지금 말고 나중에.
승효	(폭발하는) 이보다 더 어떻게 나중에!
석류	(멈칫해서 보면)
승효	너 어떻게 나한테 이래. 얼마나 더 미루려고 했어! 언제까지 숨기려고 했어!
석류	(왈칵) 승효야...
승효	(말이 논리적으로 안 나오는) 말이 안 되잖아. 야. 너 어떻게 이런 큰일을... 어떻게 아무도 모르게... 위암 그게 얼마나 큰 수술인데. 그걸 어떻게 말도 안 하고 그렇게...
미숙(E)	누가 암이라고?

석류와 승효, 돌아보면 현관에 미숙과 혜숙 서 있다. 석류와 승효의 눈이 커진다. 미숙의 손에 죽이 든 가방 들려 있다. 미숙, 가방을 털썩 놓고 믿을 수 없다는 얼굴로 다가온다.

미숙	(멍한) 내가 요 앞에서 들었는데. 위암이라고. 누가 암이라는 거야?
승효·석류	(아무 말도 못 하는)
미숙	(찢어질 듯한 소리로) 누가 암이냐고!
석류	(그렁그렁했던 눈물 뚝 떨어지는)
미숙	(석류 보며) 너야? 정말 너야?

부정할 수 없다. 석류의 얼굴이 울음으로 일그러지면 미숙, 석류를 사납게 처절하게 끌어안는다. 절대 그 누구도 내 새끼에게 해코지할 수 없을 거라 다짐한 짐승 어미 같은 얼굴로. 석류, 미숙의 품에 안겨 엉엉 운다. 승효, 그 모습을 아프게 본다.

석류(N)	나는 그때 사실 승효에게 제일 먼저 전화하고 싶었다. 넘어져 무릎이 까졌을 때처럼 엄마한테 안겨 울고 싶었다. 그랬다면 암 까짓것 별것 아니라는 듯 툭툭 털고 일어날 수 있었을까...나는 정말이지 살고 싶었다.

미숙에게 안긴 채 울고 있는 석류. 그런 둘을 바라보는 승효 위로 '암'이

라는 글자 새겨진다. ㅇ이 ㅅ으로 변형되고 ㄹ 받침 생기며 '삶'으로 바뀐다. **9화 엔딩 타이틀. 삶**

10화

동굴의 곰

동굴의 문

S#1. 석류의 집, 거실 (저녁)

미숙, 에코백에서 짐 꺼내는데 뉴욕타임스(9화 S#65)가 들어 있다. 이런 걸 넣은 적이 없는데. 미숙, 의아한 표정으로 중얼거린다.

미숙 이게 뭐야? 혜숙이 기집애 게 딸려왔나. 아유, 죄다 영어네. 하여튼 이런 거 읽을 줄 안다고 잘난 척하려고 들고 다니지?

미숙, 심통 반 부러움 반으로 신문을 넘겨 보다가 나도 한번 읽어볼까? 하는 생각이 든다.

S#2. 석류의 방 (저녁)

미숙, 석류 책상 서랍들을 열며 뭔가를 찾는다. 책상 위에는 뉴욕타임스 놓여 있다.

미숙 석류 옛날에 쓰던 전자사전 같은 게 어디 있을 텐데. (약병들-9화 S#15

발견하고) 얘는 뭔 놈의 약이 이렇게 많아. 영양젠가? 아니, 뭐 이것도 다 영어야.

투덜거리는 미숙, 노안 때문에 약병 멀게 보는데 마침 혜숙에게 전화 온다.

미숙	지지배. 양반은 못 돼. 어. 혜숙아. 응? 승효가 아파?

S#3. 승효의 집, 마당 (저녁)

혜숙과 미숙, 얘기하며 들어간다. 미숙의 손에는 죽이 든 보온가방 들려 있다.

혜숙	애가 아파서 헤매는데 내가 죽을 끓여본 적이 있어야 말이지.
미숙	잘했어. 승효 원래 이맘때쯤 한 번씩 아파.
혜숙	(몰랐던) 그래?
미숙	응. 희한하게 겨울 말고 여름에. 옛날에도 열이 40도까지 올라서 나랑 석류 아빠가 들쳐 업고 승효 아빠네 병원 갔잖아.
혜숙	(그것도 몰랐던, 표정 가라앉는데)
미숙	맞다. 야, 너 내 가방에 그거 넣어놨더라. 영자신문.
혜숙	뉴욕타임스? 나 그런 적 없는데. 네가 가져갔겠지.
미숙	내가 그걸 뭐 한다고 가져가. 아무 쓰잘데기 없는 거를. (하다가 안에서 석류와 승효 목소리 들리면) 안에 석류 있나 본데?
승효(E)	너 어떻게 나한테 이래. 얼마나 더 미루려고 했어! 언제까지 숨기려고 했어!

S#4. 승효의 집, 거실 (저녁)

9화 S#77에서 이어진다. 충격받은 승효, 격해진 감정 때문에 말이 논리적으로 안 나온다.

승효   말이 안 되잖아. 야. 너 어떻게 이런 큰일을... 어떻게 아무도 모르게... 위
            암 그게 얼마나 큰 수술인데. 그걸 어떻게 말도 안 하고 그렇게...

미숙   누가 암이라고?

석류와 승효, 돌아보면 현관에 미숙과 혜숙 서 있다. 석류와 승효의 눈이
커진다. 미숙, 가방을 털썩 놓고 믿을 수 없다는 얼굴로 다가온다.

미숙   (멍한) 내가 요 앞에서 들었는데. 위암이라고. 누가 암이라는 거야?
승효·석류   (아무 말도 못 하는)
미숙   (찢어질 듯한 소리로) 누가 암이냐고!
석류   (그렁그렁했던 눈물 뚝 떨어지는)
미숙   (석류 보며) 너야? 정말 너야?

석류의 얼굴이 울음으로 일그러지면 미숙, 석류를 사납게 처절하게 끌어
안는다. 석류, 미숙의 품에 안겨서 운다. 미숙, 석류의 눈물 범벅 된 얼굴
을 더듬어 만지며 절박하게 말한다.

미숙   (혼비백산) 석류야. 우리 병원 가자. 혜숙아. 승효 아빠한테 전화 좀 해줘.
            우리 지금 간다고 연락 좀 해줘. 응?
혜숙   (놀라 있다가) 응? 으응.
석류   (말리는) 엄마. 나 괜찮아. 나 병원 안 가도 돼.
미숙   무슨 소리야! 병원을 왜 안 가. 승효야. 차 좀. 차 좀 가져와. 우리 석류 얼
            른 병원 가야 돼.
승효   (가슴 아프게 보는데)
석류   엄마. 나 이제 괜찮아. 나 이미 수술했어.
미숙   (무슨 소리지? 멍해져서) 수술을 해? ...언제?
석류   3년 전에.
미숙   (현실 부정) 3년? 3년 전이면 너 미국 있을 땐데. 말도 안 돼. 내가, 너 수
            술한 거를 어떻게, 내가 몰라?

석류	(말없이 보면)
미숙	(쿵) 진짜야? 정말이야???
석류	(그렁) 미안해. 엄마.
미숙	(승효 보며) 승효 너 알았냐? 또 니들 둘이만 나 속여먹은 거야?
승효	나도 몰랐어, 이모. 방금 알았어.

충격에 휩싸인 미숙, 어지러움에 휘청한다. "이모!", "미숙아!", "엄마!" 승효와 혜숙, 놀라고 석류, 역시 놀라서 미숙을 붙잡는다. 미숙, 팔을 뿌리치고 그대로 나가버린다.

석류	엄마! 엄마아!!!

석류, 다급하게 미숙을 쫓아 나간다. 승효, 자신도 따라 나가려는데 뒤에서 혜숙, 탁 잡는다. 네가 낄 자리가 아니라는 듯 고개 저으면 승효, 할 수 없이 문만 바라본다.

S#5. **석류의 집, 거실 (밤)**

근식과 동진, TV를 보고 있다. 예능 프로그램 보며 둘이 간헐적으로 웃고 있는데 미숙과 석류, 들어온다. 미숙, 혼이 빠져나간 듯하고 석류, 그런 미숙에게 매달린다.

석류	엄마! 엄마! 내 얘기 좀 들어봐. 내가 다 설명할게. 그게 어떻게 된 거냐면,
미숙	(말 자르며 근식에게) 여보. 애가 암이래.
근식	(안 믿는, 동진 보며) 뭔 소리야. 네 엄마 뭐라는 거냐?
동진	(나도 모른다는 듯 어깨 으쓱하는)
미숙	(피가 솟구치는) 애가 위암인데 3년 전에 우리 모르게 미국에서 수술을 했대!
근식	무슨 말도 안 되는 소리를... (하며 석류 보는데 이상함 느끼고) 진짜야?

설마 진짜로 그랬어?

석류   (차마 대답 못 하는) ...

근식   (안 믿는) 정말이야? 말도 안 돼. 무슨 그런 말 같지도 않은.

동진   야! 배석류. 이거 몰카지? 뭔 장난을 이렇게 살벌하게 치냐?

충격받은 근식, 동진을 뒤로하고 미숙, 갑자기 2층으로 올라간다. 석류,
그런 미숙을 본다.

S#6. **석류의 방 (밤)**

석류 방으로 들어온 미숙, 아까 열었던 서랍을 거칠게 열어 약병을 꺼낸
다. 석류 따라 올라오면 미숙, 설마 하는 표정으로 석류의 옷을 들춘다.
배에 선명한 수술 자국!

미숙   (참담함으로) 너 이래서 목욕탕 안 간다고 그랬어?

석류   (당황으로) 엄마. 시간 지나면 더 옅어질 거야. 진짜 나중엔 거의 안 보인
다고,

미숙   (약병 들이밀며) 이건 뭐야. 이 약들은 다 뭐야? 너 아파서 먹는 거야?

석류   아냐, 엄마. 나 수술 잘됐어. 하나도 안 아파.

미숙   (못 믿겠고) 근데 왜 이렇게 약이 많아!

석류   그냥 영양제야. 간 보호제랑 유산균이랑 비타민이랑.

미숙   (미치겠는) 너 하나도 빼놓지 말고 똑바로 말해! 대체 뭔 일이 있었던 거
야!

석류   (차분하게) 3년 전 건강검진에서 위암 진단받았어. 수술해보니까 2기였
고, 예방 차원에서 항암도 했어.

미숙·근식 (억장이 무너지는) !

석류   (애써 웃으며) 근데 나 잘 이겨냈어. 이제 아무렇지도 않아.

미숙   (안 들리는) 너 송서방이랑도 그래서 파혼한 거야? 너 아파서?

근식   (분노로) 이 찢어 죽일 놈의 새끼를 그냥!

석류   (바로) 그런 거 아냐! 나 아플 때 그 사람이 내 옆 지켰어. 휴직까지 하고

나 돌봤어. 결혼도 그 사람 더 이상 힘들게 하고 싶지 않아서 내가 관둔 거야.

미숙　(결국 폭발하는) 야! 너는 부모가 우습냐? 어떻게 그렇게 감쪽같이, 어떻게 그런 걸 속여!

석류　속이려던 거 아냐. 초기였고 어차피 미국에서 치료받으면 되는데. 얘기해봐야 엄마 아빠 괜히 걱정만 했을 거고.

미숙　미국이 뭐! 자식이 아프면, 달나라에 화성이라도 갈 수 있는 게 부모야! 근데 건방지게 어디 감히 생각하는 척을 해!

석류　(울먹) 엄마...

미숙　(왈칵) 야. 너랑 나는 한때 한 몸이었어! 너 내 뱃속에서 내가 먹는 밥 받아먹고 내가 마시는 물 받아 마시며 컸어! 20시간 진통하고 응급수술로 배 째고 나왔어, 너! 근데 내가 어떻게 너 아픈 걸 모르냐. 어떻게 그럴 수가 있냐.

석류　(눈물 범벅) 미안해, 엄마. 미안해, 아빠.

근식　(마음 아픈) 말을 했어야지. 얘기해줬어야지. 아무리 못나고 힘 안 되는 부모라지만 그래도 우린 알았어야지.

미숙　(일부러) 저만 잘나서 우린 부모라고 생각도 안 하나 보지.

석류　(속상한) 그런 거 아냐! 그냥 말을 할 수가 없었어. 입이 안 떨어졌어. 다 괜찮아지고 나면 그때 얘기해야지. 근데 그게 이렇게 됐어.

미숙　(이 악물고 눈물 참는)

석류　미안해 엄마. 내가 잘못했어.

미숙, 눈 빨갛게 충혈된 채 나가버리면 석류, 차마 따라가지 못한다. 대신 동진이 "아, 엄마 어디 가! 엄마!" 하며 따라 내려가면 근식과 석류만 남는다.

근식　지금은 진짜 괜찮은 거지? 아무 문제 없는 거지?

석류　(힘주어) 응. 나 건강해. 아빠 걱정할 거 하나도 없어.

근식　(자기 암시처럼) 그럼 됐어. 그거면 됐어.

S#7. 석류의 집, 부엌 (밤)

냉장고에서 물을 꺼내 컵에 따르지도 않고 통째 벌컥벌컥 마신 미숙, 그래도 속이 가라앉지를 않는다. 부엌을 박차고 나간다.

S#8. 석류의 집, 지하실 (밤)

미숙, 드럼 앞에 앉는다. 스틱을 잡고는 미친 듯이 드럼을 치기 시작한다.

S#9. 미숙의 드럼 소리를 듣는 가족 몽타주 (밤)

- 방에 있던 석류, 지하실에서 나는 드럼 소리를 듣는다. 미숙의 마음이 느껴져 먹먹하다.
- 거실의 동진, 소파에 앉아 핸드폰 만지작거리다가 에잇 하며 옆에 툭 던진다. 심란하다.
- 마당으로 나온 근식, 담장에 숨겨놨던 담배를 꺼낸다. 쪼그려 앉아 담배에 불을 붙이려는데 손이 덜덜 떨린다. 결국 담배를 떨어뜨리고 운다. 훌쩍이는 근식의 애처로운 모습.

S#10. 석류의 집, 지하실 (밤)

격렬히 드럼을 치는 미숙. 자신이 석류에게 매몰차게 대했던 모든 순간이 떠오른다.

flash back.
2화 S#52. "지금 여기 와봐야 뭐 좋은 소리 듣는다고.", "엄마... 내가 창피해?"
2화 S#55. "나 너 꼴도 보기 싫어. 온종일 자빠져 자고 실없이 쳐웃기나 하고!", "얼마나 못 잤으면 그랬을까 그런 생각은 안 해? 얼마나 웃을 일이 없었으면 저럴까 그런 생각 안 들어?", "남들 다 그러고 살아. 혼자 유난 떨지 마."

8화 S#37. "너도 자식 낳아봐라. 아팠던 애한테 그게 되나." "또 저 자식 편 들지? 아픈 게 뭐 유세냐?"

모진 말을 많이도 쏟아냈다. 미숙의 스틱이 점점 느려지다 잦아든다. 스틱을 떨어뜨리는 미숙, 드럼 대신 자기 가슴을 치기 시작한다. 쿵. 쿵. 쿵. 박자에 울음이 묻어난다.

미숙	석류가 왜 암에 걸려. 걔가 왜 그런 몹쓸 병엘 걸려. 걸리려면 내가 걸렸어야지! 열심히 산 것밖엔 아무 잘못도 없는 애를, 그 어린 애를...!

미숙, 가슴 치며 오열한다. 미숙의 몸부림에 심벌즈가 옅은 소리와 함께 파르르 떨린다.

S#11. 승효의 방 (밤)

승효, 충격받은 얼굴로 앉아 있는데 노크 소리와 함께 혜숙, 쟁반을 들고 들어온다.

승효	뭐예요?
혜숙	죽이야. 너 아픈 것 같길래 미숙이한테 부탁했는데 갑자기 이게 웬 난리라니.
승효	(멈칫) 아까 제 방에 들어오셨어요?
혜숙	응.
승효	(환상이 아니었구나) 두고 가세요. 나중에 먹을게요.
혜숙	데워 왔는데 식기 전에 먹, (하다가 그만두는) ...그래. (나가려다 말고 돌아보며) 너 정말 몰랐니?
승효	(무슨 뜻이지 싶어 보면)

혜숙	3년 전이면 너 미국으로 출장 갔었잖아. 그때 석류 못 만났어?
승효	(뭔가 기억난) ...!

S#12. 과거. 미국, 석류의 아파트 근처 (낮)

2021년 가을. 승효, 미국 거리를 걷는다. 어딘가를 찾는 듯 그레이프맵 보며 두리번거리는데 모음에게 전화 온다. 앤 또 왜 전화질이야 하는 표정으로 받으면 모음, 대뜸 외친다.

모음(F)	야! 너 미국 갔다며.
승효	누가 가르쳐줬냐?
모음(F)	미숙 이모가. 야, 너 간 김에 석류 좀 보고 와라. 걔 요새 바쁘다고 연락이 잘 안 돼.
승효	내가 시간이 남아도는 줄 알아?
모음(F)	그러지 말고 좀 가봐. 어차피 같은 미국 하늘 아랜데.
승효	뉴욕에서 캘리포니아까지 비행기로 6시간이거든?
모음(F)	아... 그 정도면 타국이다. 다른 하늘 아래야.
승효	알았으면 끊어.

승효, 전화 끊는데 저편 아파트 입구에서 나오는 석류 보인다. 마르고 수척해 보이는 모습에 승효, 멈칫한다. 얼른 다가가려는데 현준이 뒤따라 나와 석류 어깨를 감싼다. 승효의 표정 굳는다. 석류, 이쪽으로 돌아보려는 순간 승효, 휙 돌아선다. 석류, 알아차리지 못하고 가면 승효, 잠시 후 돌아서서 가는 석류의 뒷모습을 본다. 멀찌감치 지켜보기만 한다.

승효(N)	그때 나는 석류한테 달려갔어야 했다. 많이 말랐다고, 지쳐 보인다고, 너 지금 괜찮은 거냐고 물었어야 했다.

S#13. 과거. 석류의 연락을 멀리하는 승효 몽타주 (낮)

- 2021년 가을. 승효, 회의 중에 석류에게 메시지 온다. '야! 너 미국 왔었다며? 왜 연락 안 했냐.' 승효, 읽고 답장 안 보내고 그냥 액정 덮어버린다. "공사 단계에서 오류 안 생기게 공사용 도면 다시 그려 둬." 계속 회의를 진행하는 승효.

- 2022년 여름. 승효, 명우 및 다른 선배들과 가볍게 맥주 마시고 있다. 그때 석류에게 또 메시지 온다. '잘 지내냐? 바쁜가 보다.' 명우, "누구야?" 하고 물으면 "아무도 아냐." 하고 계속 즐겁게 얘기하며 분위기에 어우러지는 승효다.

- 2022년 겨울. 스웨터 차림의 승효, 사무실(사옥 짓기 전)에서 설계도면 그리고 있다. 날짜가 표기되는 시계에 12월 27일 0시가 찍히는 순간, 석류에게 전화 온다. 받지 않는다. 잠시 후 메시지 온다. '생일 축하한다 최쓩.' 대화창에 승효가 답장을 보낸 흔적은 없고 석류의 메시지만 뜨문뜨문 쌓여 있다. 승효, '고맙다.'라고 메시지를 썼다가 지워버린다.

승효(N)   하지만 비겁하게도 내가 뜸해졌던 사이, 그 애가 아팠다.

S#14. 과거. 미국, 석류의 아파트 (낮)

휴대폰 메신저 대화창에 1이 없어진다. 그러나 답장은 오지 않는다. 창가에 앉아 있는 석류, 무릎을 끌어안고 창밖을 본다. 쓸쓸한 표정으로 그저 우두커니 앉아 있다.

승효(N)   아무도 모르게. 혼자서 아주 오래.

S#15. 승효의 방 (밤)

불 꺼진 석류의 창을 보며 앉아 있는 승효, 자신이 놓쳤던 모든 신호와 기억들이 괴롭다.

승효(N) 석류는 내가 아플 때 동굴에서 날 끄집어낸 유일한 사람이었다. 그러나 나는 그 애가 어둠 속에서 보낸 모든 신호를 놓쳤다.

화면 암전되며 **10화 오프닝 타이틀. 동굴의 곰**

S#16. **석류의 집, 부엌 (아침)**

미숙, 퉁퉁 부은 눈으로 부엌에 들어온다. 죽 끓이던 근식, 역시 눈 퉁퉁 부어 있다. 근식, 미숙 보더니 냉동실에서 얼은 숟가락을 두 개 꺼내 하나 미숙에게 건넨다.

미숙 (받으며) 이거 얼릴 정신이 있든?
근식 우리 눈 부은 거 보면 애 속상할 것 같아서.

맞는 말이다. 미숙과 근식, 말없이 숟가락을 눈에 가져다 댄다. 때마침 2층에서 석류 내려온다. 미숙, 얼른 숟가락 숨기는데 근식, 당황해서 얼굴에 댔던 숟가락을 입에 집어넣는다.

석류 (어색하게) 엄마... 아빠... 뭐 해?
미숙 냄비 넘친다. (부은 눈 감추려 얼굴 숙이고 나가버린다)
근식 (허둥지둥 불 줄이며) 이 아까운 걸 다 버릴 뻔했네. 아빠 죽 끓여. 전복죽.
석류 나 때문에? 아빠, 나 죽 안 먹어도 돼.
근식 소화 잘되는 거 먹어. 왜 너 예전에 전복밥 먹다가도 켁켁거렸잖아.
석류 그건 그냥 사레들린 거고. 나 괜찮아! 접때 아빠가 만들어준 떡볶이도 먹었는걸?
근식 (놀라며) 그러네. 그걸 왜 먹었어! 안 먹는다 그랬어야지!
석류 그 맛있는 걸 왜 안 먹어. 아빠. 나 진짜 괜찮으니까 걱정 마.
근식 그래도 조심해! 다음에 병원 갈 땐 아빠도 같이 가.

석류	그럴 필요 없어. 뭐 하러... (하다가 근식의 표정 보고) ...알았어. 아빠. 죽 또 넘쳐.
근식	(후다닥 돌아서며) 어이쿠. 불 줄였는데 이게 왜 계속 넘쳐.

S#17. 모음의 집, 거실 (아침)

재숙, 머리에 띠 두르고 홈트(에어로빅) 하다가 혜숙과 통화하고 있다.

재숙	그게 무슨 소리야? 석류가 암이라니.
혜숙(F)	직접 들었지만 나도 안 믿겨. 이게 무슨 일인지 모르겠다, 정말.
재숙	야! 끊어. 미숙이한테 전화 넣게.
혜숙(F)	본인이 직접 말할 때까지 그냥 내버려둬. 괜히 아는 척하지 말고.
재숙	(버럭) 어떻게 그래! 야, 너는 그게 될지 몰라도 나는 안 돼. 난 가서 미숙이 등이라도 한 번 더 쓸어줄래. 애가 지금 얼마나 힘들 거야. 딸이 암에 걸렸다는데.
모음	(뒤에서 듣고) 엄마. 방금 뭐라 그랬어?

S#18. 석류의 방 (아침)

모음, 석류의 방문을 벌컥 열고 뛰어든다. 침대에 걸터앉아 있는 석류에 게 욕을 발사한다.

모음	야, 배석류 이 미친...! 너 어떻게 그걸 숨겨!!!
석류	(바로) 맞아. 내가 숨겼어. 내가 얘기 안 했고 다 비밀로 했어.
모음	지랄. 자진 납세하면 내가 뭐 봐줄 줄 알고?
석류	봐주지 마.
모음	(뜻밖의 반응에) 뭐냐. 자수해서 광명 찾자냐?
석류	나도 내가 욕먹어도 싼 짓 한 거 알아. 그니까 맘껏 퍼부으라고.
모음	(멈칫해서 보다가 석류 옆에 앉으며) 싫어! 나 원래 멍석 깔아주면 안 해.

석류	히어로 자격이 없네. 개들은 판 깔리면 신나서 더 잘하던데.
모음	(툭) 맞아. 자격 없어. 너 못 구해줬잖아.
석류	(미안한) 야, 왜 갑자기 핸들을 그리로 틀어.
모음	떡볶이 광인이 갑자기 맵찔이가 되고 무알콜 맥주만 먹고. 생각해보니 복선이 많았는데. 눈치 깠어야 됐는데.
석류	나 연기에 재능이 있나 봐. 요리 말고 그쪽으로 노선을 틀까?
모음	(진지하게 보며) 이모 많이 울었지?
석류	아침에 아빠랑 둘이 눈에 숟가락 대고 있더라. 울트라맨인 줄.
모음	난 안 울어. 절대 안 울어.
석류	욕도 안 하고 울지도 않으면 뭐 할 건데?
모음	이거 할 거야. (하며 석류를 안아준다)
석류	(피식 웃으며) 공항에서나 이렇게 좀 안아주지.
모음	그러게. 고생했다, 배석류. 몸도 마음도.
석류	(모음의 위로에 뭉클해지는) 고맙다.
모음	야. 근데 말이야. 너 앞이 평평한 게 어째 아무것도 안 느껴진다?
석류	뭔 소리야. 알게 모르게 나 되게 글래머야.
모음	전혀 모르겠는데?
석류	(발끈) 웃장 깔까?
모음	까보시든가.
석류	(몸 떼려는) 진짜 간다?
모음	(못 떨어지게 더 꼭 끌어안으며) 삐쩍 곯았어. 너무.
석류	불쌍하면 밥이나 사. 비싼 걸로.
모음	나 박봉이야.

석류와 모음, 시답잖은 대화나 하며 계속 안고 있다. 그게 그들의 우정 방식이다.

S#19. 정헌대학병원, 응급실 (아침)

경종, 응급실로 들어오면 전임의, 경종 발견하고 따라가며 말한다.

전임의	교수님. 좀 전에 교통사고 환자들 들어왔는데요. 차량이 인도를 타고 넘어 건물에 충돌했답니다.
경종	환자 상태는?
전임의	검사 결과 한 명은 펠빅 본pelvic bone이 나갔구요. 한 명은 쇄골 골절, 다른 한 명은 고관절 골절입니다.
경종	보자. (하며 차트들 뒤지다가 석류 이름 보고 멈칫하는) 배...석류?
전임의	아아, 며칠 전 내원했던 환잔데 스토막 캔서stomach cancer로 미국에서 수술했대요. 이름이 특이해서 기억하고 있었어요.
경종	(차트 보며 표정 심각해지는) !

S#20. 건축 아틀리에 인, 미팅룸 (낮)

승효, 명우, 나윤 및 직원들과 함께 회의 중이다.

승효	건축주가 시공사를 바꿔달라고 요청했다고? 이유는?
형찬	아는 사람한테 맡기고 싶대요. 자기 사돈총각의 아버지의 고등학교 동창의 매형이 시공사를 한다고.
명우	(황당한) 그 정도면 그냥 남이잖아!
형찬	그죠. 근데 시공 단계에서 자재비나 인건비로 장난칠 수 있는 거 아니냐고. 저희가 고른 데는 못 믿겠다고.
나윤	미친 거 아니에요? 그렇게 못 미더우면 설계는 어떻게 맡겼대요?
승효	(침착하게) 바꿔줘.
명우/나윤	(거의 동시에) 어? / 네?
승효	건축주 요청인데 들어줘야지. 연락처 받아서 컨택하고 미팅 잡아. 선종 건업 방대표님께는 내가 연락해서 정중히 사과할게.
형찬	(얼떨떨하게) 네? 네에.
승효	그럼 오늘 회의는 여기까지. 다들 수고해. (하고 미소 띤 얼굴로 나간다)
정민	와, 평소 같았으면 절대 안 된다고 하셨을 텐데. 대표님 오늘 기분 되게 좋으신가 봐요.

나윤   (문가를 보며) 아니? 그 반대야.

명우   (의미심장) 쟤 분명히 무슨 일 있다.

S#21. 건축 아틀리에 인, 복도 (낮)

미팅룸에서 나온 승효, 걸어가며 경종에게 전화를 건다.

승효   여쭤볼 게 있는데 시간 괜찮으세요?

S#22. 정헌대학병원, 옥상정원 (낮)

승효와 경종, 어두운 표정으로 나란히 앉아 있다.

경종   알고 있었구나. 그러잖아도 전화를 해야 되나 어쩌나 고민하고 있었는
         데.

승효   아버지는 지금 석류 상태 아시죠?

경종   아무리 네가 내 아들이라도 환자 정보를 발설할 순 없어.

승효   (간절한) 괜찮은지만 얘기해주시면 안 돼요?

경종   (대답 대신) 승효야. 난 옛날부터 석류가 참 좋았다. 나 어려워하는 사람
         투성인데 걘 안 그랬어. 그게 참 이쁘고 고맙고.

승효   (뭉클해져서 보는)

경종   석류 우리 병원으로 데려와라. 괜찮도록 해볼게. 아빠가 약속할게.

승효   (아버지를 아빠로 고쳐 부르는) 네. 아빠.

S#23. 혜릉부동산 (낮)

미숙, 가라앉은 얼굴로 부동산에 들어오면 심각한 얼굴로 앉아 있던 혜
숙, 재숙, 인숙 자리에서 일어난다. 재숙, 제일 먼저 뛰어나와 미숙을 살

핀다.

재숙	너 괜찮아? 하루 사이 볼 홀쭉해진 거 봐. 잠 못 잤지, 너?
인숙	미숙아. 내가 나 잘 가는 한약방에다가 위에 뭐가 좋은지 물어봤거든? 양배추랑 브로콜리랑 연근이 그렇게 좋대.
미숙	(차갑게) 네가 말했냐?
혜숙	(담담히) 응.
미숙	(버럭) 너는 왜 내 허락도 없이 그런 얘길 뿌르르 하고 다니냐?
재숙	그게 아니라 혜숙이는 아는 척하지 말라고 했는데, 우린 그냥 네가 걱정돼서.
미숙	(발끈) 허이고! 이 와중에 모르는 척하라고 시키기까지 했어?
인숙	미숙아. 그런 거 아냐. 우리는 위로가 하고 싶어서.
미숙	(화풀이하듯) 니들이 왜 나를 위로를 해? 누가 그딴 거 받고 싶대? 시키지도 않은 짓들을 하고 있어, 정말!
인숙	(울먹) 미숙아...
혜숙	나미숙. 넌 지금 상실을 받아들이는 5단계 중 분노 단계를 지나고 있어. 그게 당연해. 자연스러운 거야.
미숙	너도 참 지독하다. 이 상황에서도 똑똑한 척 잘난 척이 하고 싶니?
혜숙	그래. 그렇게 화내. 실컷 화내. 우리한테 다 터뜨려!
미숙	(멈칫하는) 뭐?
혜숙	(가슴 아프게 보며) 그래도 돼. 우리 네 친구잖아.
미숙	(위악으로) 친구? 친구가 뭐. 친구면 뭐 이렇게 주제넘게 굴어도 되는 줄 알아? 야! 안 겪어봤으면 다들 말을 하지 마!
재숙	그래, 안 겪어봤어! 근데 알아! 우리도 부모니까. 지금 네가 얼마나 석류 대신 아파주고 싶은지. 얼마나 네 탓 하고 있을지 우리도 안다고.
미숙	(눈에 눈물 고이는)
인숙	그래. 너 겉으로만 괄괄하지 속이 얼마나 여린데. 얼마나 물러터졌는데.
미숙	(친구들의 진심에 울음 터지는) 우리 딸 어떡해. 우리 석류 어떡해... 애 아픈 것도 모르고. 나는 엄마 자격도 없어. 나 같은 건 애미도 아냐...

미숙, 오열한다. "미숙아..." 재숙과 인숙, 미숙을 부둥켜안고 함께 울기 시

작한다. 혜숙, 같이 얼싸안으려다가 멈칫하고 미숙의 등을 토닥토닥 쓸어내려준다. 혜숙의 눈에서도 눈물 줄줄 흐른다. 테이블 위 혜숙의 휴대폰에 '왜 안 와?' 하는 세환의 메시지가 도착한다.

S#24. 혜릉동 공원 (저녁)

조깅트랙 옆 벤치. 동진, 드러눕듯 기대앉아 있다. 휴대폰 검색창에 '위암'을 쳐본다. 위암 생존율 관련 기사 등 보다가 심란함에 일어난다.

동진   배석류. 돌도 씹어 먹게 생긴 주제에 왜 아프고 난리야.

에잇! 동진, 바닥의 돌멩이를 발로 차는데 트랙을 달리던 누군가 날아든 돌에 놀라 멈춘다.

동진   (놀라서 달려가는) 괜찮으세요? 안 다치셨어요?
나윤   (화나서) 안 괜찮아요. 다칠 뻔했구요!
동진   (알아보고) 어? 회원님!
나윤   (역시 알아보고) 왜 여기 있어요? 지금 한창 일할 시간 아닌가?
동진   (쿨한 척) 아아, 관뒀어요. 나를 담기엔 거기 그릇이 너무 작은 것 같아서.
나윤   (알겠다는 듯) 잘렸구나.
동진   아니거든요? 내 발로 박차고 나왔거든요?
나윤   잘릴 것 같으니까 선빵 날리고 런했네.
동진   (발끈) 아니라니까요!
나윤   (맞네) 내가 사회생활 선배일 것 같아서 하는 말인데 무릎 한번 딱 꿇고 다시 기어들어 가요.
동진   (불퉁하게) 아, 내가 왜요? 알지도 못하면서 뭔 참견이시래.
나윤   (새침하게) 참견 그거 나랑 되게 거리가 먼 말인데. 지난번 러닝머신 일도 있고 해서 조언해주는 거예요...그때 나 오버 페이스였거든요. (하더니 다시 뛰어간다)
동진   (멈칫했다가) 아, 보폭이 너무 커요! 달리기의 최적 케이던스Cadence는

180이거든요? 케이던스가 뭐냐면 분당 발걸음 횟수를 말하는 건데,

동진, 나윤을 따라 뛰며 잔소리한다. 나윤, 듣기 싫다는 듯 음량을 올린다. "그렇게 뛰면 무릎이랑 발목에 무리 간다니까. 보폭 줄여요!" 그렇게 둘의 뒷모습 멀어진다.

S#25. 모음 · 단호의 집 근처 골목길 (저녁)

퇴근하던 단호, 저 앞에 걸어가고 있는 모음을 발견한다. 단호, 아는 척할까 말까 조금 망설이다가 모음을 부른다.

단호   정반장님! (하지만 대답 없는 뒷모습) ...정반장님? 정반장님!

단호, 대답 없는 모음을 쫓아가 조심스럽게 어깨를 두드린다. 그러자 모음, 본능적으로 호신술을 사용해 단호를 메다꽂는다. 억 소리도 못 내고 바닥을 나뒹구는 단호, 올려다보면 모음, 눈물 콧물 범벅이 되어 있다. 모음의 귀에 꽂힌 이어폰에서 노래 흘러나온다.

S#26. 단호의 집, 마당 (밤)

모음, 단호를 부축해 와서 평상에 내려놓는다.

모음   지금이라도 병원 가죠? 사진 찍어보는 게 좋을 것 같은데.
단호   괜찮습니다. 검은 띠 맛을 제가 보게 될 줄은 몰랐지만요.
모음   빨간 띠 출신이면 잘 피했어야죠. 집에 파스 있어요?
단호   아뇨.
모음   기다려요. 내가 가서 하나 사 올 테니.
단호   (모음의 팔 잡으며) 괜찮으니까 그냥 좀 앉았다 가세요.
모음   (단호의 손길에 어색하게 엉거주춤 앉으며) 아니면 집 가서 가져와도 되

는데.

단호   (손 떼고) 진짜 괜찮아요. 저 그렇게 약하지 않습니다.

모음   (단호가 남자로 느껴지는) 누, 누가 뭐래요?

단호   좀 전에 왜 울고 계셨는지 여쭤봐도 됩니까?

모음   벌써 여쭤보고 있으면서 뭔 허락받는 척을 해요.

단호   그러네요. 실은 여기가 고민 상담 핫플이거든요. 이미 다녀가신 분도 계시고.

모음   누구요? 최승효요?

단호   (놀라며) 어떻게 아셨습니까?

모음   (자기 집 방향의 담장 쳐다보며) 보안 유지가 엉망이더라구요.

단호   (들었구나) 아...!

모음   (망설이다가 툭) 그게요. 제 얘긴 아니고 제 친구 얘긴데요. 그 친구한테 엄청 친한 친구가 있거든요? 어릴 때부터 친했는데 꽤 오래 외국에 나가 있었대요.

단호   (또 석류 얘기구나) 네.

모음   근데 그 친구의 친구가 3년 전에 암 수술을 받았다네요.

단호   (놀라는) !

모음   친구는 그걸 얼마 전에야 알았구요.

단호   친구분이 많이 힘드시겠네요.

모음   걔는 안 힘든 척해요. 전 너무 힘든데.

단호   (보면)

모음   아... 그게 원래 내 얘기가 아니고 친구 얘기였는데... 에이, 친구. 친구의 친구 뭐가 이렇게 헷갈려!

단호   걱정 마세요. 이번엔 보안 유지 더 철저히 할게요.

모음   (보다가) 석류가 아프단 사실을 믿을 수가 없어요. 제가 직업 특성상 아픈 사람을 많이 보잖아요. 죽어가는 사람도요. 근데 그게 석류가 될 수도 있단 생각은 해본 적 없거든요. 안 울기로 해놓고 계속 눈물만 나고.

단호   (툭) 여기서 울어요.

모음   네?

단호   몰래 조금만 울고 그보다 더 많이 웃어요. 같이 음료수도 마시고 떠들고 장난치면서 곁에 있어주세요.

모음	(보면)
단호	기적을 뚫고 온 사람과 함께 있는 그 자체가 기적이에요. 저한테 연두가 그런 것처럼요.
모음	(멈칫하며) 연두...요?
단호	4년 전이었어요. 취재가 끝나고 핸드폰을 보는데, 빨갛게 똑같은 번호로 부재중전화가 와 있는 거예요. 전화를 거니까 그러더라구요. 병원이라고.

S#27. 과거. 단호의 상처 몽타주 (밤)

- 단호, 창백하게 질린 얼굴로 하얀 병원 복도를 뛰어간다.
- 단호, 영안실이다. 흰 천이 덮인 베드 앞에 서 있다. 온몸이 사시나무처럼 떨리는 가운데 직원, 천을 열어 신원을 확인시켜준다. 30대 초반의 젊은 여성이다. 직원이 "맞으신가요?" 하고 물으면 단호, 대답 대신 충격으로 휘청인다. 충격에 휩싸인 단호, 겨우 정신을 붙들고 "아이가... 아이가 있어요. 아이요?" 하고 묻는다.
- '수술 중' 불 들어와 있는 수술실 앞에서 단호, 머리를 감싸 쥔 채 수술이 끝나기를 기다린다.

S#28. 단호의 집, 마당 (밤)

단호, 슬픈 눈으로 말한다.

단호	연두는 그 사고에서 기적이 되어 저한테로 왔어요.
모음	(몰랐다) 기자님...
단호	그래서 전 평범한 매일 아침이 얼마나 소중한지 알아요. 자는 아이 깨우고, 김에 밥을 싸 먹이고, 지각할까 봐 같이 어린이집으로 뛰고, 날 향해 손 흔들어주고 들어가는 뒷모습을 보는 그런 날들이요. 그러니까 정반장님도, (하다가 멈칫한다)
모음	(단호의 뺨에 손을 뻗은 채) 울어도 된다면서요. 왜 참아요?

단호	(눈물 고인 채 보면)
모음	나도 보안 유지해줄게요.

단호의 눈에서 참았던 눈물이 흐른다. 모음, 순간 단호를 위로하고 싶다는 생각이 든다. 홀린 듯 다가가 단호에게 입을 맞춘다. 단호, 갑작스러운 상황에 그대로 얼어붙는데... 정신 차린 모음, 자신의 입술이 단호의 입술에 닿아 있음을 깨닫는다. 당황한 모음, 입술 떼며 단호에게 박치기를 한다. "억!!!" 단호, 코를 감싸며 휘청하는 사이 모음, 후다닥 도망친다.

S#29. 모음의 집, 마당 (밤)

도망친 모음, 대문 열고 자기 집 마당으로 뛰어 들어오다가 담장 너머 단호와 눈 마주친다.

모음	아이 씨, 도망치면 뭐 해. 바로 옆집인데.

얼굴 빨개진 모음, '아이 씨'를 연발하며 현관문 열고 후다닥 안으로 들어간다.

S#30. 단호의 집, 마당 (밤)

단호, 코를 붙잡고 있던 손을 내려 가만히 입술을 쓸어본다. 복잡하고도 미묘한 표정이다.

S#31. 서울 시내 레스토랑 (밤)

혜숙, 핸드백 들고 헐레벌떡 들어온다. 세환을 발견하고 앞에 가 앉는다.

혜숙	미안. 우리 점심 같이 하기로 한 걸 깜빡했지 뭐야.
세환	괜찮아. 이렇게 저녁 하면 되지.
혜숙	나도 늙나 봐. 요새 자꾸 안 하던 실수를 하네. 자긴 안 그래?
세환	귀여운데 왜. 서혜숙이 서혜숙답지 않은 짓도 하고.
혜숙	난 주로 아름답다 멋있다 유의 형용사를 듣는 편인데. 귀엽다도 나쁘진 않네. 긴히 할 얘기가 뭐야?
세환	(진지해져서) 내가 했던 제안 생각해봤어?
혜숙	아… 그거?

S#32. 과거. 승효의 집 근처 골목길 (밤)

7화 S#60과 같은 상황(경종 아닌 혜숙의 시점)이다. 혜숙, 세환을 발견하고 환하게 웃는다.

혜숙	어떻게 집 근처까지 왔어?
세환	할 말이 있어서.

S#33. 과거. 한강공원 및 세환의 차 안 (밤)

한강공원에 세환의 차 세워져 있다. 혜숙, 조금 놀란 얼굴로 세환에게 묻는다.

혜숙	그게 무슨 말이야? 쉬는 게 어떻겠냐니?
세환	말 그대로야. 너 그간 너무 무리했어.
혜숙	무리가 아니라 일을 한 거지.
세환	그래. 사하라 사막을 횡단한 바람의 여인, 외교부의 아프리카통.
혜숙	(질색하며) 그 별명 붙인 사람들 다 잡아 와. 가만 안 둬 진짜!
세환	(작게 웃고) 그렇게 불릴 만큼 너 20년 넘게 현장서 할 만큼 했어. 이제 우리 좀 쉬자. 밥도 먹고 차도 마시며 한가하게.

S#34. 서울 시내 레스토랑 (밤)

생각하는 혜숙의 표정 겹쳐지며, 결심한 듯 대답한다.

혜숙   자기가 걱정하는 건 알겠는데 나 좀 더 현역에서 뛰고 싶어. 정년도 몇 년
       이나 남았고.
세환   (표정 어두워지는)
혜숙   조만간 장관님이랑 직접 얘기해볼게. 나 어디로 가는 게 좋을지.
세환   (힘겹게) 너 어디도 못 가.
혜숙   (멈칫) 응?
세환   너 발령 안 날 거야.
혜숙   (애써 웃으며) 아... 지금 마땅한 자리가 없지? 그럼 좀 기다릴게. 어느 나
       라든 상관없어. 자리만 나면 그냥 아무 데나,
세환   (말 끊으며) 기다려도 소용없어. 내 말 무슨 뜻인지 알지?
혜숙   나더러 무보직 대기발령 상태로 월급이나 축내란 뜻이야? 아님 설마...
세환   조만간 명퇴 제안 갈 거야.
혜숙   (멈칫했다가) 너도 동의했니?
세환   (담담하게) 조직의 결정이야.
혜숙   (충격받았지만 태연한 척) 그래. 그렇다면 받아들여야지.

S#35. 석류의 집, 대문 앞 (밤)

석류, 답답한 얼굴로 문을 열고 나온다. 때마침 승효, 맞은편에서 걸어오
던 중이다. 올 것이 온 것 같다. 두 사람 잠시 잠깐 서로를 본다.

S#36. 혜릉동 놀이터 (밤)

석류와 승효, 그네에 나란히 앉아 있다.

석류   야. 너 나한테 화났지?

승효   (얼굴 안 본 채) 아니.

석류   근데 왜 연락 안 했냐?

승효   (시선 피하며) 바빠서.

석류   뻥치시네. 나 피했으면서.

승효   (멈칫하면)

석류   (쾌활하게) 다 알아. 내가 암이라니까 내 얼굴 보는 거 신경 쓰여서. 위로
         를 해야 되나 격려를 해야 되나, 무슨 말을 해야 될지도 모르겠고.

승효   (표정 굳어지는)

석류   집에서도 그래. 엄마 울지. 아빠 쩔쩔매지. 동진이 새끼까지 허옇게 질려
         서는. 다 내 눈치만 보고 있다니까?

승효   (보는데)

석류   (장난스럽게) 내가 이럴 줄 알고 비밀에 부친 거야. 일부러 생각해서 그
         런 건데 다들 내 깊은 뜻을 모르고.

승효   (냉소적으로) 웃기고 있네. 야, 배석류. 네가 우리 생각해서 말을 안 했다
         고? 아니? 넌 네 생각밖에 안 했어!

석류   (멈칫하면)

승효   (그네에서 일어나 석류 앞에 와 서는) 너는 비겁하고 찌질해.

석류   (살짝 올라오는) 야, 최승.

승효   (더 강하게) 너는 나약하고 위선적이야.

석류   (울컥) 야!!!

승효   너는! 너를 사랑하는 사람들한테 상처를 줬어.

석류   (그 말에 충격받은 듯 멈칫하면)

승효   너는 결코 해선 안 되는 짓을 했어. 이모한테도 아저씨한테도 나한테도,
         그리고 너 자신한테도. 너는 제일 외롭고 힘든 순간에 너를 혼자 뒀어.

석류   (쿵 해서 보면)

승효   야, 배석류! 힘들 때는 옆에 있는 사람들한테 기대는 거야.

석류   기대면 뭐? 뭐가 달라져? 내가 아프면 다 같이 아플 텐데. 내가 쓰러지면
         도미노처럼 우르르 쓰러질 텐데.

승효	쓰러지면 어때! 무너지면 좀 어때! 같이 바닥 치면 되지. 그랬다가 다시 일어나면 되지!
석류	(왈칵) 그러는 법을 모른다고 나는! 내가 이런 인간인 걸 어떡하냐고!
승효	(버럭) 너는 나한테 해줬잖아! 엄마 아프리카로 떠났을 때. 나 다리 다쳐 수영 그만뒀을 때. 네가 손 내밀었잖아. 나랑 있었잖아!
석류	그건...!
승효	근데 너는 왜 나한테 그럴 기회를 안 줘? 네가 나한테 해준 걸 왜 나는 못하게 해!
석류	(이 자리를 피하고 싶은) 그만하자.
승효	(가는 석류 뒤에 대고) 배석류. 너 또 도망치냐? 거기 서. 서라고!

석류, 뒤도 돌아보지 않고 간다. 승효, 그 뒷모습을 한참 보다 돌아서면 몇 발치 앞에 현준 서 있다. 이런 모습 보이고 싶지 않았다. 승효, 지나쳐 가려는데 현준, 쓸쓸하게 말한다.

현준	나도 그때 그럴 걸 그랬습니다.
승효	(멈칫하면)
현준	최승효 씨처럼 소리도 지르고 화도 내고 솔직해볼 걸 그랬어요.
승효	그때 말입니다. 석류 많이 아파했습니까?
현준	용감하게 잘 견뎠습니다.

석류에 대한 마음이 같아서일까. 승효와 현준, 어떤 동질감 같은 것으로 서로를 본다.

S#37. 석류의 집, 거실 (밤)

미숙과 근식, 소파에 멍하니 앉아 있다. 그런데 TV에서 하필이면 암보험 광고가 나온다.

광고(E)	암 치료비 걱정! 요양병원 치료비 걱정! 재발암 치료비 걱정! '차차차 암

보험'을 선택한 분들이라면 모두 괜찮습니다! 주변에서 많이 걸리는 위암, 폐암, 간암은 물론 여성암과 신종암 등 든든하게 보장해드립니다.*

미숙   (신경 곤두서는) 테레비 꺼!

근식   (멍하니 보고 있다가) 으응?

미숙   듣기 싫으니까 꺼버리라고!

근식   어? 어어. (허둥지둥 리모컨 찾아 TV 끈다)

미숙   (울 것 같은 표정으로 앉아 있으면)

근식   (그 맘 알겠고) 미숙아. 우리 술 한잔 할래?

S#38. 석류의 집, 옥상 (밤)

근식과 미숙, 평상에 나란히 앉아 있다. 근식, 미숙의 잔에 소주 따라주면 미숙, 단숨에 들이켠다. 근식 역시 자신의 잔에 소주를 따라 마시고 다시 미숙의 잔 채워준다.

미숙   술이 달 줄 알았는데. 쓰다.

근식   잘됐네. 딱 이거 한 병만 나눠 먹고 자자.

미숙   여보. 나 석류한테 잘못한 것만 자꾸 생각나. 석류 세 살 때였나. 밤에 동진이가 우니까 애가 자다 깨서 따라 울더라고. 그래서 내가 석류를 막 혼냈어. 너는 다 큰 애가 왜 우냐고. 왜 너까지 엄마 힘들게 하냐고.

근식   당신도 어렸잖아. 몰라서 그런 건데 뭐.

미숙   그래도. 아무리 그랬어도 그러면 안 됐는데. 내가 애를 저렇게 만든 것 같아.

근식   (보면)

미숙   (회한으로) 동진이가 아픈 손가락이란 핑계로 내가 석류를 미뤄 뒀어. 근데도 저 혼자 야무지게 너무 잘 크는 거야.

근식   그랬지. 우리 딸 속 한 번을 안 썩였지.

----

* 일반암, 고액암 모두 동일하게 진단금 1억 5천만 원을 일시에 보장! 특약 가입 시 암 직접치료비 5년간 최대 1억 보장! 물가가 올라도 보험료는 30년간 동일! 가입 후 91일부터 보장해드립니다!

미숙	(울먹) 그러려고 그 어린애가 얼마나 애썼을 거야. 얼마나 긴장했을 거야. 근데 나는 그걸 태산처럼 자랑만 했지. 정작 비빌 언덕이 못 돼줬어. 오죽했으면 그 큰일까지도 혼자 감당했을까.
근식	내 죄가 크다. 어차피 망할 식당 뭐 대단히 잘해보겠다고 집엔 신경도 못 쓰고. 당신한테만 다 전가하고.
미숙	(결국 우는) 석류한테 너무 미안해.
근식	(왈칵) 내가 미안하다. 석류한테도 당신한테도.

근식과 미숙, 숨죽여 운다. 그리고 옥상으로 올라오던 석류, 계단에서 그 얘기를 들었다. 엄마 아빠의 울음소리를 들은 석류의 눈에서도 눈물 흐른다. 그런 세 사람의 모습에서 암전.

S#39. 혜릉동 전경 (아침)

S#40. 모음의 집, 마당 (아침)

출근을 위해 현관문 열고 나오던 모음, 담장 너머 단호의 집 현관문 열리면 바로 고개를 숙인다. 포복으로 기어가 담장에 붙은 채 손잡고 나가는 단호와 연두를 아련하게 본다.

모음	내 경솔한 주둥아리 때문에 연두한테 인사도 못 하고. 이 모든 일은 내가 맘이 복잡하다 보니 생긴 합선 사고 같은 거야. 얼른 불 끄자. 완전 진압해야 돼!

S#41. 혜릉동 골목길 (아침)

단호 손 잡고 걸어가던 연두, 모음의 집 쪽을 돌아보며 말한다.

연두	언니 왜 숨었지? 숨바꼭질하나?
단호	응? 그게 무슨 소리야?
연두	좀 전에 모음 언니 우리 보고 숨었어. 내가 봤어.
단호	(심란함 감추고 다정하게) 늦었는데. 딸! 우리 뛸까?
연두	응!

단호와 연두, 함께 어린이집을 향해 달려간다.

S#42. 승효의 집, 부엌 및 거실 (아침)

혜숙, 심란한 얼굴로 냄비 속 국자를 젓고 있다. 물 묻은 요리책과 각종 재료들로 어질러진 싱크대 비춰지고. 그때 2층에서 승효 내려오는 소리 들리면 혜숙, 표정을 다잡고 나간다.

혜숙	(밝게) 승효 이제 출근하니?
승효	(앞치마 맨 혜숙의 낯선 모습에) 네.
혜숙	아침 먹고 가. 죽 끓였어. 레시피대로 하긴 했는데 맛이 어떨진 모르겠다.
승효	아, 그때 저 아침 안 먹는다고...
혜숙	알아. 근데 이제부터 먹어. 건강은 식습관이랑 직결되는 게 맞는 것 같더라고. 석류만 봐도 그렇고.
승효	(불편한) 석류 아픈 걸 왜 그렇게 얘기하세요?
혜숙	(살짝 당황) 아, 난 그냥 남들 아픈 거 보니까 네 걱정이 돼서.
승효	석류가 왜 남이에요?
혜숙	(당황해서) 그게 아니고 승효야. 엄마도 석류 많이 걱정하고 있어. 그런데 엄마한테는 아무래도 승효 네가,
승효	(쓸쓸하게) 나는요. 이럴 때 엄마가 남 같아요.

승효, 그대로 나가면 그 말에 충격받은 혜숙, 굳은 듯 멍하니 서 있다.

S#43. 석류의 집, 부엌 (아침)

아침 준비하던 미숙, 걱정되는 얼굴로 나와 2층 계단을 본다.

미숙   애는 왜 밥 먹으러도 안 내려와. 끼니를 잘 챙겨야 할 건데.

S#44. 석류의 방 (아침)

미숙, 석류 방에 들어오는데 아무도 없다. 책상에 석류 휴대폰 놓여 있다.

미숙   핸드폰도 두고 어딜 갔어?

미숙, 할 수 없이 내려가려는데 그때 석류의 휴대폰에 문자메시지 뜬다.
'[정헌대학병원] 배석류[08769172] 님 조직검사 결과 나왔습니다.' 메
시지를 본 미숙, 심장이 내려앉는 기분이다.

미숙(E)   여보. 여보!!!

S#45. 뿌리분식 (아침)

미숙, 혼비백산한 얼굴로 분식집에 뛰어 들어온다. 떡볶이 판 닦고 있던
근식, 놀란다.

근식   왜? 왜? 무슨 일 있어?
미숙   석류가... 석류가 없어졌어! 핸드폰만 놔두고 사라졌다고.
근식   잠깐 놔두고 동네 어디 갔겠지.
미숙   (석류 휴대폰의 메시지 보여주며) 이것 좀 봐!
근식   (눈 커지는) 조직... 검사?
미숙   (울먹) 설마 우리 석류 무슨 일 있는 건 아니겠지?

S#46. 건설 현장 (낮)

승효와 명우, 현장소장과 함께 골조 공사 진행 중인 내부를 둘러본다. "대표님. 이 부분이요. 여기가 어떻게 작업을 진행해야 할지 애매하더라구요.", "아, 여기가 좀 애매하게 표현되어 있죠? 원래는 빔이랑 거더가 너무 복잡하게 얽혀 있어서 시공이 어렵겠더라구요. 그래서 중간에 작은보를 추가해서 풀었는데 이게 도면에 표현하려니 쉽지 않네요." 명우와 현장소장, 도면과 디자인 보며 얘기하는 사이 혼자 내부를 둘러보던 승효, 생각에 잠긴다.

S#47. 과거. 혜릉동 놀이터 (밤)

S#36에서 이어지는 장면이다.

승효   그때 말입니다. 석류 많이 아파했습니까?
현준   용감하게 잘 견뎠습니다. 적어도 그런 줄 알았어요.
승효   (멈칫해서 보면)
현준   석류 수술 끝나고 1년 후쯤 우울증이 왔습니다.
승효   (충격으로) 우울...증이요?
현준   (슬프게) 내가 몰랐어요. 석류가 혼자 무너지고 있다는 걸.

S#48. 건설 현장 (낮)

쾅! 옮기던 철근을 떨어뜨리는 날카롭고 묵직한 소리와 함께 승효의 정신이 퍼뜩 돌아온다.

현장소장   (멀리 보며 소리치는) 조심해!

명우	(다시 도면 보더니) 최대표. 이리 좀 와봐. 이 부분 설명이 필요할 것 같은데?
승효	(가라앉은 얼굴로 가서 본 뒤) 아, 일반적인 형태의 디자인이 아니라 구현하는 데 어려움이 있을 것 같았어요. 제가 상세 도면이랑 설명 자료 추가로 보내드리겠습니다.
현장소장	그래 주시면 저희야 감사하죠.
승효	아, 그리고 이쪽은... (하는데 전화 걸려 오는) 죄송합니다. 잠시만요. (구석으로 가며 전화받는) 응. 이모. 뭐? 석류가?!

S#49. 석류를 찾아다니는 승효 몽타주 (낮)

승효, 석류를 찾아 여기저기 헤맨다. 석류와 함께 혹은 자주 갔던 모든 곳. 놀이터, 공원, 만화방, 요리학원까지 전부 가보지만 그 어느 곳에도 석류가 없다. 마지막으로 혜릉고 교정을 돌아보다가 멈칫하는 승효, 어딘가가 불현듯 떠오른다!

S#50. 도로 위 및 승효의 차 안 (낮)

승효의 차가 목적지를 향해 달려간다. 승효, 액셀을 밟는다. 제발 거기 있어달라는 듯한 간절함으로, 늦으면 안 된다는 절박함으로.

S#51. 바닷가 (낮)

6화 S#2-3과 같은 장소. 승효, 속도를 줄이며 바닷가 쪽을 두리번거리는데 저 멀리 누군가가 보인다. 석류다! 급정거하는 승효, 차에서 내리며 문을 쾅! 부서질 듯 세게 닫는다.

승효	(석류 향해 걸어가며) 야! 배석류!!!

석류	(놀라서) 최쏭...? 야, 너 뭐야. 너 나 여기 있는 거 어떻게 알았어?
승효	(머리끝까지 화난) 야! 너는 어딜 가면 간다고 말을 해야 될 거 아냐! 핸드폰도 없이 사라지면 어떡해!
석류	그건 깊은 사색 및 자아 성찰에 방해가 될 것 같아서.
승효	(목소리 커지는) 그걸 지금 말이라고. 내가 얼마나 찾았는지 알아? 다들 얼마나 걱정하시는지 아냐고!
석류	답답해서 나왔어, 답답해서! 나도 숨 좀 쉬자, 좀!
승효	나야말로 너 때문에 숨이 막히거든? 너 대체 언제까지 숨길 셈이었나? 언제까지 감추려고 한 건데!
석류	(짜증 와락) 했던 얘기 또 하자고? 이제 지겹지도 않나?
승효	(확) 몸 아픈 거 말고! 마음 아픈 거!
석류	(멈칫해 보면)
승효	너 우울증이었던 거 그건 왜 말 안 했냐?
석류	(당황한 기색) 어디서 들었어? 현준 씨 만난 거야?
승효	너 진짜 바보야? 멍청이야? 대체 왜 그렇게 미련해! 그 쬐끄만 몸 안에 뭘 얼만큼 쌓아둔 건데!
석류	(듣기 괴로운) 그만해. 나 갈래.

석류, 놀이터에서처럼 또 도망치려는데 그 순간 승효, 석류를 번쩍 들어 어깨에 걸친다. 놀란 석류, "야! 너 뭐 해. 뭐 하냐고!" 하며 발버둥 친다. 승효, 거침없이 바다로 걸어 들어가 파도 속에 석류를 집어 던진다. "으아아!" 물에 쫄딱 젖은 석류, 승효에게 소리 지른다.

석류	미친놈아! 이게 뭐 하는 짓이야?
승효	답답하다며. 이제 시원하지?
석류	(열받아서) 야!!!
승효	그래. 그렇게 소리 질러! 너 속에다 쌓아둔 거 다 던져버리라고!
석류	(멈칫해서 보면)
승효	네 안의 그거, 솜 아니고 소금이야! 그니까 미련하게 무겁게 혼자 짊어지지 말고 좀! 여기서 다 녹여버리라고!
석류	(보다가 왈칵) 너 왜 나한테 소리 지르냐? 왜 나한테 화내?

승효	(보면)
석류	(감정 터져 나오는) 아픈 건 난데, 내가 제일 힘든데, 왜 자꾸 나한테만 뭐라 그래!!!
승효	(마음 아픈) 너한테 화낸 거 아냐! ...나한테 화가 난 거지.
석류	(눈물 그렁한 채 보면)
승효	(자책하듯) 너 아팠단 얘기 듣고 되짚어봤어. 내가 못 들었더라. 네가 문 두드리는 소리.
석류	(눈물 참으려 고개 돌리는데)
승효	네가 힘들다고 신호 보냈는데, 내가 눈 감고 귀 막고 있었어. 그거 알면서도 너한테 괜히 모진 말이나 쏟아내고. 그런 내가 너무 한심하고 열받고 쓰레기 같아서...
석류	(울먹울먹하다가 승효 퍽 한 대 때리며) 너 왜 답장 안 했어!
승효	미안.
석류	(다시 퍽 또 한 대 때리며) 너 왜 내 전화 씹었어!
승효	미안.
석류	(울음 터진) 내가 아무한테도 말 못 하고. 얼마나 무서웠는데...
승효	(가슴 아프게 보면)
석류	(엉엉 울며) 난 진짜로 엄마 아빠 걱정돼서. 충격받아서 쓰러질까 봐. 별별 생각 다 하고 결정한 건데. 너한테는 얘기할까 말까 백번 망설였는데. 내 맘 알지도 못하면서...!

물속에 철퍼덕 주저앉는 석류, 아이처럼 엉엉 울며 감정을 터뜨린다. 승효, 그런 석류 옆에 가만히 그저 있다. 그 바다에서 석류의 비밀이, 슬픔이 녹아내린다.

S#52. 바닷가 매점 앞 (낮)

쫄딱 젖은 석류, 승효 차에서 꺼내 왔음직한 완공기념 문구 박힌 행사용 수건을 어깨에 걸치고 앉아 있다. 그때 승효, 역시 젖은 머리로 바나나우유 들고 와 내민다.

승효	물에 처박힌 다음은 역시 바나나우유지.
석류	(피식 웃으며 받는) 목욕탕 시절 생각나고 좋네.
승효	(빨대 꽂아 자기도 마시기 시작하면)
석류	근데 너 아직 대답 안 했다. 나 여기 있는 거 어떻게 알았어?
승효	여기 옛날에 너 가출했던 데잖아. 되다 말긴 했지만.
석류	내가 가출한 건 기정사실인데 왜 되다 말았대? 명분 있는 일탈이었어.

S#53. 과거. 석류의 집, 거실 (낮)

2007년. 석류, 밥상머리에서 발을 동동 구르며 분노한다. 승효, 그 모습 한심하게 본다.

석류	왜 쟤만 핸드폰 바꿔줘? 왜 왜 쟤만 바꿔주는데?
미숙	그야 고장이 나서 할 수 없이 사 준 거지.
석류	(플립폰 흔들며) 나도 이거 두 번이나 고장 났거든? 근데 그냥 고쳐 썼거든?
미숙	너도 모의고사 1등 하면 사 준다 그랬는데 네가 못 했잖아.
승효	(나 때문이구나! 밥 먹다가 컥컥 사레들리는)
석류	(동진 가리키며) 저 새낀 전교 꼴찐데도 사 줬잖아!
동진	(가로본능 7로 화난 석류 사진 찍으며) 오, 사진 잘 나와. 오, 화질 죽여.
석류	(동진 노려보며) 사진 지워라. 죽인다.
미숙	야, 난들 뭐 이뻐서 사 준 줄 알아? 저 시키는 핸드폰 없으면 연락이 안 되잖아. 그리고 기계가 거기서 거기지. 넌 저기 승효 보고 배워라. 승효도 몇 년째 똑같은 거 쓰는데 불평 한 번을 안 하잖아.
승효	(얼른 먹고 떠야겠다! 숟가락질 빨라지는데)
석류	(승효 목덜미에 손 넣어 상표 꺼내며) 애 핸드폰만 오래됐지. 전부 비싼 것만 쓰거든? 이 티쪼가리 이거 십만 원도 넘어!
승효	(진저리로) 손 빼라. 안 빼냐?
석류	(흥분해서) 애는 빤스까지 외제야! 볼래?

승효   (귀까지 빨개져서) 보긴 뭘 봐! 배석류 이 미치갱이가!

석류   (열받아 죽겠는) 왜 재만 가로본능인데! 왜 나만 세로인 건데!!!

S#54. 바닷가 매점 앞 (낮)

승효, 석류를 한심하게 보며 말한다.

승효   교복 입고 학교 가서 6교시까지 다 들은 다음, 가출한 것도 가출로 쳐줘야 되냐?

석류   그야 사고결은 내신 깎이니까! 됐다. 내 간댕이가 그만했던 거지 뭐.

승효   (툭) 착해서 그래.

석류   (뜻밖의 말에) 어?

승효   억울하고 열은 받는데 이모랑 아저씨 최대한 덜 걱정시키고 싶어서. 네 나름의 절충안.

석류   동진이 새끼가 하도 사고를 치니까. 근데 결국 내가 더 큰 사고 쳤지. (하고 바나나우유 쪽쪽 마신다)

승효   (그런 석류 물끄러미 보는데)

석류   (빈 빨대 소리 나면) 다 마셨네. 아, 시원한 생맥주 한잔 벌컥벌컥 마셨으면 소원이 없겠다.

승효   (보면)

석류   (쓸쓸하게) 난 이제 그런 게 안 돼. 그게 좀 슬퍼.

승효   (자기 휴대폰 내밀며) 전화해봐.

석류   어딜?

승효   우리 아빠한테. 너 병원에서 문자 왔대. 조직검사 결과 나왔다고.

석류   (멈칫했다가 태연한 척) 아, 그거? 나중에. 나중에 하지 뭐.

승효   (석류 옆에 앉으며) 나중 말고 지금 해. 나 있을 때 해.

석류   (보면)

승효   너 내 다리에 철심 일곱 개 박혀 있는 거 기억하지?

석류   응... 야! 너 설마 그때 침대 부딪친 거 그거 문제 생긴 건 아니지?

승효   아니야. 근데 한 번 다친 무릎 또 말썽 부리지 말란 법 없지. 나 그런 일 생기면 너 대동하고 병원 갈 거야.

석류　내 의사는 안 물어보냐?

승효　너보고 주스 사 오라고 시킬 거고 만화책 셔틀도 시킬 거고 떡진 머리도 감겨달라 그럴 거야.

석류　어이없어. 누가 해준대?

승효　난 해줄 거야. 네 의사 따위 상관없이 난 그럴 거라고.

석류　(보면)

승효　그러니까 무슨 일 있을까 걱정 따위 하지 말고. 넌 전화를 걸고 난 네 옆에 있자. (하며 다시 휴대폰 내민다)

석류　(망설이다가 경종에게 전화 거는) 아저씨. 저예요, 석류. 숨겨서 죄송해요. 결과 나왔다고... 네... 네...

승효　(옆에서 그런 석류를 보는)

석류　(알 수 없는 표정으로 통화 마무리하는) 네. 네, 그럴게요. 네에.

승효　(긴장으로) 아빠가 뭐래?

석류　아무것도 아니래. 단순 염증이래. 깨끗하대.

석류, 안심한 듯 웃는데 그 순간 승효, 그대로 석류를 끌어당겨 안는다. 온 힘을 다해서 꽉! 승효에게 안긴 석류, 놀랍고 당황스러운 마음이다.

석류　너... 너 왜 사람을 안고 지랄이야!

승효　그냥 이대로, 잠깐 지랄 좀 하자.

승효, 이제야 안심이 되는 듯 석류를 소중하게 꼭 안고 있다. 승효 품 안의 석류, 이상하게 떨린다. 그렇게 안고 있는 두 사람과 바닷가 멀게 비춰진다.

S#55. 정헌대학병원, 경종의 교수실 (낮)

경종, 피곤한 얼굴로 방에 들어와 소파에 털썩 앉는다. 그러고는 다쳤던 발을 쭉 뻗어 테이블에 올려놓는다. 양말 벗으면 혜숙이 붙여준 밴드가 그대로 붙어 있다.

flash cut.
9화 S#28. 경종의 발을 치료해주던 혜숙의 모습.

기억 속 혜숙, 한껏 미화되어 강림한 천사처럼 하얗고 꽃도 흩날리고 별
빛도 내리고 한다. 경종, 망설이듯 휴대폰을 만지작거리다가 전화를 건다.

경종   지금 어디야?

S#56. 정헌대학병원, 복도 (낮)

경종, 걸어가는데 마침 경종을 발견한 전임의가 따라오며 묻는다.

전임의   교수님. 식사하러 가세요?
경종   응.
전임의   (따라가며) 오늘 구내식당 메뉴 비빔밥이래요.
경종   (슬쩍 미소로) 난 스테이크 썰 거야.
전임의   오늘 스테이크도 나온대요?
경종   (식당 반대 방향으로 가는)
전임의   (뒤에서) 교수님. 식당 이쪽이에요. 교수님?

S#57. 외교부 앞 (낮)

외교부가 입주한 정부서울청사 별관 앞. 경종, 건물 입구 쪽으로 걸어가
는데 마침 안에서 혜숙이 나온다. 경종, 혜숙에게 다가가려는데 세환이
먼저다! 세환, 은방울꽃 꽃다발을 건네면 혜숙, 환하게 웃는다. 경종, 그
대로 얼어붙는데 지나가던 직원들, 두 사람 보며 쑥덕인다.

직원1	차관님이랑 대사님이시네? 두 분 동기지?
직원2	응. 엄청 친하시잖아. 젊을 때 아프리카에도 같이 계셨대.
경종	(아프리카란 말에 미간이 꿈틀하는)
직원1	근데 저 꽃다발은 뭐야?
직원3	모르지 뭐. 두 분 원래 소문이 많잖아.
직원2	(끄덕이며) 유명하지. 차관님이 아직까지 미혼인 이유가 서대사님이 유부녀이기 때문이란 말도 있고.

경종, 피가 차갑게 식은 얼굴로 돌아선다. 혜숙, 세환에게 꽃다발을 받으며 웃는다.

S#58. 승효의 차 안 및 석류의 집 앞 골목길 (밤)

승효의 차가 골목으로 들어선다. 석류, 운전하는 승효의 옆모습을 힐끗 보는데 괜히 어색하다. 묘한 기분을 떨치려 자기 어깨 털며 중얼거린다.

석류	야. 모음이도 그러더니 니들 왜 요새 우정을 포옹으로 증명하냐?
승효	(앞만 보며) 난 아닌데? 난 우정 같은 거 없다고 했잖아.
석류	(당황해서 안전벨트 풀며) 야, 다 왔다. 차 안 막히니까 금방이네.
승효	(멈추지 않고 석류의 집 앞 지나치면)
석류	야! 여기 우리 집인데. 야, 너 어디 가?
승효	(대답 대신 계속 운전하는)
석류	(창밖으로 멀어지는 집 보며) 아니, 집 놔두고 어디를.

S#59. 뿌리분식 (밤)

어둠 속에 잠겨 있는 분식집 안. 여기저기서 부스럭거리는 소리 난다. 미숙, 근식, 모음, 동진 제각기 다른 곳에 어설프게 숨어 있다. 테이블 밑, 냉장고 뒤, 싱크대 아래 등.

동진   아, 다리 저려. 엄마. 우리 이렇게까지 해야 돼?

미숙   내가 경력자라 아는데 서프라이즈엔 원래 인내심이 필요해.

근식   석류 많이 늦나? 음식 다 식는데.

모음   이모. 근데 이거 케익에 성냥이 없는데?

미숙   그럴 리가. 누구 라이터 있는 사람 없어?

동진   난 술은 먹어도 담배는 안 펴.

근식   어떻게 지금이라도 흡연을 재개해볼까?

미숙   (쓰읍) 부엌에 불 하나가 없는 게 말이 돼?

근식   아, 토치 있다 참. 내가 토치를 어디다 났더라? 캄캄해서 잘 안 보이네.

모음   (옆으로 가) 제가 플래시 비춰드릴게요.

미숙   (답답함에 동진에게) 동진아. 너 얼른 같이 찾아.

근식, 미숙, 모음, 동진까지 다 일어나 싱크대 앞으로 모이는데 그 순간! "뭐야. 갑자기 여긴 뭐 하러 오재." 하는 석류 목소리, "야야. 천천히 들어가." 하는 승효 목소리와 함께 문 벌컥 열리고 불 켜진다! 풍선 장식과 '축 배석류 귀국 환영 피로연' 종이 붙어 있는 분식집 안 풍경 드러난다. 다들 엉거주춤 서 있는 가운데 미숙, 당황해서 뻘하게 폭죽 터뜨린다.

모음   (어떻게든 살려보려) 서, 서프라이즈!

승효   (망했구나 하는 표정으로 보는)

석류   (눈 휘둥그레져) 엄마. 아빠. 이게 다 뭐야?

미숙   무슨 케익에 성냥을 안 넣어줘. 너 이 새끼. 네가 사 왔지? (동진 등짝 때린다)

동진   (언어맞고) 아, 왜 때려!

근식   이게 그러니까 어떻게 된 거냐면 원래는 석류 네 웰컴 파티였는데...

석류   아니 나 한국 온 지가 언젠데. 그리고 오글거리게. 대체 이거 누구 아이디어야?

모음   (승효 가리키며) 쟤.

S#60. 과거, 바닷가 매점 안 (낮)

S#52 이전 상황. 승효, 바나나우유를 사며 미숙에게 전화 건다.

승효   이모. 석류 찾았어. 근데 말이야. 우리 오늘 배석류 귀국 환영 파티 열어 주면 어때? 좀 늦긴 했는데 걔 한국 돌아왔을 때 아무것도 못 해준 것 같아서.

S#61. 뿌리분식 (밤)

승효, 민망하고 뻘쭘한 표정으로 수습하듯 말한다.

승효   아니 나는 그냥 다 같이 밥 한번 먹잔 거였지. 아저씨 뭐 되게 많이 하셨네요?

모음   셰프님. 오늘의 메뉴 좀 소개해주시죠.

근식   그럴까? 아, 오랜만이라 긴장되는데. 오늘의 메인디쉬는 조선시대 왕실에서 먹던 궁중떡볶이입니다. 방앗간에서 갓 뽑아 온 유기농 현미 가래떡을 셰프 특제 양념 소스로 졸여낸 세상에서 제일 사랑하는 우리 딸을 위한 메뉴 되시겠습니다.

석류   (뭉클해져서) 아빠...

근식   앞으로 떡볶이는 이것만 먹어. 알았지?

석류   (힘차게 고개 끄덕이며) 응!

미숙   음식 다 식는다고 걱정하더니 뭐 이렇게 말이 길어. 먹자.

모음   에이, 이모도 한마디 하셔야지! 귀국 환영사 같은 거.

미숙   (석류 한번 보고) 우리... 가족이야. 좋은 것만 같이 하고 있는 가족 아냐. 힘든 거 슬픈 거 아픈 것도 나누라고 가족이지. 그니까는 앞으로 혼자 꽁꽁 숨기는 거 금지. 이게 이제 우리 집 가훈이야.

석류   (왈칵해서 보면)

모음   (구호 외치듯 우렁차게) 친구도 가족이다!

승효   (동조하듯) 가족이다!

미숙	(피식 웃으며) 얼른 먹기나 해.
석류	(활짝 웃으며) 잘 먹겠습니다!

와자지껄 식사를 시작한다. 모음, "근데 케이크는 어떡해? 초 안 불었는데." 승효, "됐어. 이미 망한 거 하지 마." 미숙, "끝나고 후식으로 먹으면 되지." 근식, "석류야. 이건 마 튀김인데 마가 위에 좋대." 동진, "야, 너 많이 먹어라." 석류, "이 새끼가 또 누나한테 야야." 동시다발적으로 튀어나오는 목소리들 속. 벽에 붙인 '축 배석류 귀국 환영 피로연' 비춰진다.

S#62. 혜릉동 하늘 전경 (밤)

모음(E)	아, 배불러.

S#63. 혜릉동 골목길 (밤)

파티를 마친 승효와 석류, 미숙, 근식, 모음, 동진이 함께 와자지껄 걸어간다.

석류	나도. 배 터질 것 같아.
일동	(석류의 '배 터질 것 같다'는 말에 다들 멈칫)!
석류	(얼른) 그만큼 맛있게 많이 먹었다고. 아, 걱정 마! 나 멀쩡하니까.
동진	야. 너 내일부터 옥상으로 따라와. 내가 개인 피티 시켜줄 테니까.
석류	미쳤냐. 내가 너 따위한테 내 신체를 맡기게?
모음	나도 시켜줘. 배석류 명예 소방관. 네가 부르면 나 119 종합상황실보다 빠르게 달려간다.
석류	오, 이렇게 다 해주는 거 좋은데? 아빠는 궁중떡볶이 해준댔고.
근식	떡볶이뿐이야? 우리 딸 삼시 세끼 다 해드리지.
석류	(히죽 웃으며) 최쏭. 그럼 넌 나 집 지어주냐?
승효	바랄 걸 바래라.

석류	(쩝) 그냥 말이나 한번 해봤다. 그럼 엄마는?
미숙	(툭) 난 등 밀어줄게. 내일 목욕탕이나 가자.
석류	(미숙 마음 알겠는, 웃으며) 그래. 가. 야, 최쏭. 너도 같이 갈래? 옛날처럼. (하며 승효 위아래로 훑어본다)
승효	(움찔) 가긴 어딜 같이 가. 미치갱이가 못 하는 소리가 없어!
석류	목욕탕만 같이 가자고. 남탕 여탕 앞에서 헤어지자고. 뭔 생각을 한 거야.
승효	(발끈) 내가 뭐, 뭐! 생각을 하긴 뭘 해!

가족과 친구들과 함께인 석류, 깔깔 웃는다. 여느 때보다도 편안하고 행복해 보이는 웃음. 현준, 멀찌감치 그 모습을 지켜보고 있다.

S#64. 승효의 집, 거실 (밤)

굳은 얼굴로 들어오는 경종, 불 켜면 거실에 혜숙, 우두커니 앉아 있다. 멍하니 있던 혜숙, 불 켜지자 비로소 돌아본다. 경종 역시 혜숙을 가만히 본다.

혜숙	(텅 빈 눈동자로) 여보. 나 할 말이 있어.
경종	나도 할 말 있어.
혜숙	(침착을 되찾고) 먼저 말해. 내 얘긴 좀 길 것 같아서.
경종	(담담하게) 우리 이혼하자.
혜숙	(충격받은) 뭐?
경종	(쐐기를 박는) 이혼하자고.

S#65. 교차편집. 석류의 방 + 석류의 집 앞 (밤)

석류, 씻고 들어오는데 현준에게 전화가 온다.

석류	여보세요.

현준	다행히 받네?
석류	안 받을 이유가 없잖아. 어디야?
현준	(석류 집 앞에 서서 창 올려다보며) 어디긴. 호텔이지.
석류	뭐 할 말 있어?
현준	응. 나 미국 돌아가려고. 아마도 이 전화가 내가 너한테 거는 마지막 전화가 될 거야.
석류	(가슴속 납덩이가 내려앉는 듯한)
현준	석류야. 내가 너를 참 많이 사랑했어. 그런데 그 방법이 틀렸던 것 같다. 난 어떻게 해서든 너를 일으켜 세울 생각만 했지 너랑 같이 쓰러져볼 생각을 못 했어.
석류	(마음이 왈칵하는)
현준	한국에 와서야 알겠더라. 너한테 정말 필요한 사람들이 누구인지. 네가 있어야 할 곳이 어딘지.
석류	현준 씨...
현준	미안해. 내가 그때 너의 아픔에 공감하지 못했어. 있는 그대로의 널 받아들이지 못했어.
석류	(눈물 고이는) 아니. 나야말로 아프단 걸 무기로 현준 씨를 휘둘렀어. 내 감정에만 골몰하느라 현준 씨의 외로움을 놓쳤어.
현준	석류야. 우리 그때를 후회하진 말자. 너한테 내가 전부였고 나는 온통 너였던 시간으로만 기억하자. 그럼 그걸로 된 거야.
석류	(눈물 흐르는) 응.
현준	(물기 있는 목소리) 그래. 그럼 잘 지내.
석류	(겨우) 현준 씨도.

뚜뚜 전화가 끊긴다. 참았던 감정을 터뜨리는 석류, 무릎을 끌어안고 운다. 전화를 끊고 석류의 방을 올려다보는 현준의 눈에서 눈물이 흐른다.

S#66. 혜릉동 전경 (아침)

S#67. 석류의 집, 대문 앞 (아침)

석류, 대문을 열고 나온다. 마침 승효도 문을 열고 나온다.

석류   출근하냐?
승효   학원 가냐?
석류   내가 먼저 물었거든?
승효   그럼 내가 이 시간에 출근하지, 퇴근하겠냐?
석류   (맞는 말이고) 그건... 그래. 야!...좋은 하루... 보내라.
승효   (피식) 너도.

두 사람, 비로소 일상으로 돌아온 듯하다. 석류, 경쾌하게 승효 지나쳐 걸어가면 승효, 웃으며 따라간다. "왜 따라와!", "야, 이거 지금 내 출근길이거든?", "아, 딴 길로 가!", "미쳤냐? 최단 경로 놔두고 돌아가게?" 티격태격하며 걸어가는 두 사람의 뒷모습 비춰진다.

S#68. 요리학원, 조리실 (아침)

몽타주 느낌으로 석류, 요리한다. 오늘의 메뉴는 '표고전'이다. 석류, 표고의 기둥을 떼고 물기를 제거해 양념한다. 파, 마늘을 다지고 두부는 물기를 제거해 칼등으로 으깬다. 소고기의 핏물을 제거한 뒤 살을 곱게 다져다 같이 치댄다. 표고 안쪽에 밀가루를 뿌려 고기소를 평평하게 채운다. 소가 들어간 쪽에 밀가루를 묻힌 뒤 달걀노른자 푼 물을 묻혀 익힌다. 약불에서 고기소가 들어간 쪽을 익힌 뒤 뒤집어 더 익힌다. 석류, 열정적이고 행복해 보인다.

S#69. 건축 아틀리에 인, 미팅룸 (아침)

주간 회의 중인 승효, 미간 찌푸린 채 기획안을 보고 있다.

승효	기획안이 왜 이렇게 납작하지? 주변 입지 분석은 했어? 상권은?
형찬	아직입니다. 일단 건축 절차부터 먼저 준비한 다음에,
승효	순서가 틀렸잖아! 단순히 법규 검토하고 볼륨 맞춰 건물 지으면 그게 끝이야? 처음부터 브랜딩까지 염두에 두고 작업을 해야. 검폐율, 용적율만 따질 거면 클라이언트가 뭐 하러 우릴 찾아와!
형찬	죄송합니다. 다시 준비하겠습니다.
정민	(나윤에게 속삭이는) 대표님 오늘 기분이 나쁘신 것 같은데요?
나윤	(뭐라 대답하려는데)
승효	(날벼락처럼) 이나윤. 미솜 플래그십 스토어 친환경성 검토 끝냈어?
나윤	(당황해서) 아니요. 아직.
승효	그거 맡긴 지가 언젠데 아직까지 뭉개고 있어?
나윤	죄송합니다.
명우	(정민에게) 오늘 최승효 기분 되게 좋아. 완전 째져.

S#70. 건축 아틀리에 인, 승효의 사무실 (낮)

사무실로 들어온 승효, 석류나무를 본다.

flash back.
9화 S#32. 승효와 꽃집 사장의 대화.

승효	열매를 맺을 수가 있어요? 꽃도 피우고요?
꽃집사장	그럼요. 올해 할 일이 많겠네요, 이 친구.
승효	그... 제가 이 녀석 말을 들으려면 어떻게 해야 해요?

그때의 기억을 떠올린 승효, 팔을 걷더니 석류나무를 번쩍 든다.

꽃집사장(E)	일단 햇빛을 많이 받아야 해요. 하루에 6시간에서 10시간쯤?

승효, 화분을 볕이 잘 드는 곳에 둔다. 이리저리 옮겨가며 위치 선정에 심혈을 기울인다.

꽃집사장(E) 26도 이상 따뜻한 온도를 좋아하구요. 바람 잘 드는 곳에 두면 습도가 낮게 조절돼요.

승효, 온습도계를 체크한다. 그리고 창문 열면 신선한 바람이 사무실로 들어온다. 모든 조건을 충족시킨 승효, 석류나무를 보며 중얼거린다.

승효 또 혼자 시들지 말고 이제 할 말 있으면 바로 해라. 내가 귀 기울여 들어줄게.

승효, 흐뭇하게 웃는데 그때 주머니에서 진동 울린다. 휴대폰 확인하는 승효의 표정…!

S#71. 석류의 방 (저녁)

석류, 목 늘어난 티셔츠에 산발한 거지꼴로 침대에 널브러져 있다. 만화책 보며 낄낄대는데 그때 승효, 들이닥친다.

승효 (다급하게) 야! 너 빨리 일어나!
석류 (누운 채로 어버버) 왜? 뭐? 뭔데?
승효 (석류 강제로 일으키며) 나랑 갈 데가 있어.
석류 (황당한) 지금? 어디?
승효 (잡아당기며) 시간 없어. 빨랑 일어나. 안 일어나?!
석류 (어이없는) 미친. 갑자기 이러고 가긴 어딜 가!

승효, 대꾸도 안 하고 석류를 납치하듯 끌고 간다. "야, 이 새끼야. 나 머리도 안 감았다고! 야, 옷이라도 좀 갈아입고. 야! 야아!!!" 석류, 필사적으로 저항하지만 결국 질질 끌려간다.

S#72. 도로 위 및 승효의 차 안 (밤)

승효의 차가 도로 위를 달린다. 퇴근 시간이라 차가 좀 많다. 승효, 운전 중이고 석류, 진짜 방에서 굴러다니던 그 꼴 그대로 끌려왔다.

석류   너 자꾸 왜 요새 막 날 어디로 데려가냐? 뭔데? 어디 가는데?
승효   (두리번거리며) 차가 왜 이렇게 많아.
석류   (소리 꽥) 아, 어디 가냐니깐!
승효   (대답 대신 차선 변경하는)
석류   됐다. 말아라 말아! 에잇, 머리는 또 왜 이렇게 뻗쳤어.

선바이저를 내려 거울에 얼굴 비춰보는 석류. 거지 같은 머리에 침이라도 발라본다. 그사이 옆 도로로 빠져나가는 승효의 차. 인천공항으로 향하는 이정표 비춰진다.

S#73. 인천국제공항, 출국장 (밤)

석류, 승효의 손에 이끌려 출국장으로 들어온다. 승효, 누군가를 찾는 듯 두리번거린다.

석류   야. 대체 여기를 왜...
승효   (저 앞의 누군가 발견하고) 송현준 씨!

석류, 승효의 입에서 나온 현준의 이름에 멈칫하고 현준, 돌아본다.

석류   (당황해서) 야, 최쓩...
승효   잠깐 여기서 기다려. 내가 먼저니까. (석류 놔두고 현준에게 간다)
현준   (놀랍다는 듯) 설마 나 배웅하러 온 겁니까? 석류까지 데리고?

승효	이러라고 연락한 거 아니었습니까?

S#74. 과거. 건축 아틀리에 인, 승효의 사무실 (낮)

S#70에서 이어지는 장면이다. 승효, 휴대폰 확인하면 현준의 메시지다.
'송현준입니다. 오늘 밤 10시 비행기로 돌아갑니다. 석류 잘 부탁합니다.'
메시지 보는 승효의 표정!

S#75. 인천국제공항, 출국장 (밤)

현준, 피식 웃으며 말한다.

현준	혹시나를 기대하긴 했는데 역시나네요.
승효	(못마땅한) 내 번호는 어떻게 알았습니까?
현준	윤대표님한테 물어보니 바로 가르쳐주시던데요?
승효	명우 형… (가만 안 둬) …석류 불러줄 테니까 작별 인사해요.
현준	(보면)
승효	시간 길게는 못 줍니다. 짧고 간결하게 하세요. 거리두기 준수하시고.
현준	(피식) 명심하겠습니다.
승효	(진심으로) 그리고 고마웠습니다. 그때 석류 옆에 있어줘서.

현준, 승효의 진심이 느껴져 작게 웃는다. 승효, 현준을 두고 석류에게로
돌아가 말한다.

승효	다녀와.
석류	최쓩…
승효	나는 생각보다 훨씬 구질구질하고 유치하고 참을성 없는 인간이거든? 근데 지금은 이러는 게 맞는 것 같다. 다녀와.

석류, 머뭇머뭇하다가 승효를 뒤로하고 현준에게로 향한다. 승효, 일부러 몇 걸음 뒤로 물러나준다. 석류와 현준, 마주한다. 서로를 보는 게 훨씬 편안해진 듯하다.

석류   (멋쩍게) 우리 이미 석별의 정 다 나눴는데 쟤가 오버했다. 그치?

현준   그래줘서 난 고마운데 왜.

석류   (자신의 몰골이 민망한) 여기 오는 줄 알았으면 좀 예쁘게 하고 올걸. 마지막 모습이 이렇게 추잡스러워서 어떡해?

현준   예뻐. 그 어느 때보다도 반짝거려.

석류   (미소로) 고마워. 그리고 고마웠어.

현준   내가 더. 우리 마지막으로 악수 한번 할까? 감시하는 눈이 있지만 이 정도는 괜찮겠지.

현준, 승효를 의식하며 손을 내밀면 석류, 그 손을 잡는다. 승효, 움찔했다가 차라리 안 보련다 하며 돌아선다. 석류와 현준, 지금이 아니면 평생 다시 볼 수 없다는 것을 알고 있다.

현준   행복해. 다신 아프지 말고.

석류   현준 씨도. 돌아가서 꼭 좋은 사람 만나.

현준   (피식 웃으며) 난 그 말은 안 해도 될 것 같다.

석류   응?

현준   (승효 보며) 저 친구 진짜 맘에 안 드는데, 맘에 들어. 갈게.

현준, 석류의 손을 놓고 돌아선다. 현준의 뒷모습을 보는 석류, 비교적 담담하다. 그렇게 아름답게 성숙하게 두 사람 영영 헤어지고 있다.

S#76. 인천국제공항, 출국장 게이트 (밤)

현준, 여권 확인받고 안으로 들어간다. 보안검색대를 향해 걸어가는 현준, 잠시 멈칫하지만 뒤돌아보지 않고 간다. 게이트 문이 닫힌다.

S#77. 인천국제공항, 출국장 (밤)

돌아서는 석류의 눈에 살짝 눈물이 맺힌다. 지나간 사랑에 대한 예의 같은 것이리라. 승효, 심드렁한 얼굴로 입고 있던 재킷 벗어 석류의 머리를 덮어버린다.

석류　(재킷 속에서) 뭐 하는 거야!
승효　(괜히) 안에 있다 보니까 덥다. 잠깐 옷 좀 들고 있어라.
석류　(고개 푹 숙인 채) 내가 옷걸이냐?
승효　아, 그냥 시키는 대로 쫌! 그냥 그러고 좀 있어.

승효, 그 말과 함께 재킷으로 덮여 있는 석류의 머리를 꾹 누른다. 그러자 석류의 어깨가 살짝 들썩인다. 승효, 못 본 척 시선을 돌려준다.

S#78. 하늘 전경 (밤)

검은 공단을 펼쳐놓은 것처럼 새카맣게 반짝거리는 하늘. 현준이 탄 비행기가 이륙한다.

S#79. 인천국제공항, 출국장 (밤)

파란색 전광판에 미국행 비행기가 이륙했다는 알림이 뜬다. 석류와 승효, 여전히 그 자리에 그대로 있다. 석류의 울음이 길어지는 모양이다.

석류(N)　그날 나는 승효의 배려 아래서 오래 울었다. 그리고 한참 뒤, 눈이 통통 부은 채 그 애와 함께 저 문을 열고 나왔다.

인천공항 출입구의 자동문이 열리는 위로 '동굴의 곰' 타이틀 뜬다. '곰'
이 회전해 '문'으로 변환되며 **10화 엔딩 타이틀. 동굴의 문**

11화

지각

지각

S#1.　과거. 혜릉고, 가정실 (낮)

2008년 가을. 가정실 팻말 비춰지면 안에선 한창 가정실습 중이다. 석류, 케이크를 만든다. 제누와즈(시트)에 생크림을 바르고 딸기를 올리면 완성이다! 석류의 케이크, 당장 팔아도 손색없는 비주얼이다. 반면, 바로 옆 모음이 만든 케이크는 형체를 알아볼 수 없는 괴이한 모습이고.

모음　　이 케이크에 배석류의 영혼이 담겨 있는 것 같은 건 내 착각일까?
석류　　아니 맞아. 밀가루, 설탕이랑 같이 갈아 넣었어.
모음　　역시! 수행 평가 만점을 노리는 여자.
석류　　(엄지 척 해 보이는)
모음　　(자기 케이크 옆으로 밀고 석류 케이크 보며) 근데 이거 우리가 먹기엔
　　　　양이 너무 많지 않냐?
석류　　(태연하게) 잔반처리반 있잖아.

그때 수업을 마치는 종소리 울려 퍼지면, 여학생들 케이크 들고 우르르 뛰쳐나간다.

S#2. 과거, 혜릉고, 복도 (낮)

복도 끝의 승효, 여학생들에게 둘러싸여 있다. 다들 자기가 만든 케이크를 주려고 아우성이다. 석류, 케이크 든 채 모음과 함께 그 모습을 본다.

모음 늦었네. 늦었어.
석류 (여학생들 사이의 승효를 보는)
모음 최승효 요새 상승곡선 장난 아닌데? 성적도 오르고 인기도 오르고.
석류 모음아. 학업 스트레스가 이렇게 무서운 거다? 애들이 눈이 삤어. 많이 힘든가 봐.

석류, 절레절레 고개 흔들고 승효를 지나쳐 간다. 승효, 석류에게 아는 척하려고 하지만 석류, 뒤도 안 보고 간다. 석류, 가면서 자기가 만든 케이크를 손으로 푹 찍어 먹는다.

S#3. 과거, 혜릉고 교정 및 교문 (낮)

저녁을 향해 가는 시각. 하교 중인 석류, 영단어책 들고 "associate with, ~와 함께하다", "one's mind goes to something, 마음이 가다", "incognizable, 알아채지 못하는", 단어 및 숙어들 중얼중얼하며 걸어간다. 승효, 가방을 한쪽 어깨에 걸친 채 슥 나타난다.

승효 책 보며 걸어 다니지 마라. 그러다 넘어진다.
석류 (책에 시선 고정) 내가 자빠지는 한이 있더라도 영단어 한 개 더 외운다.
승효 (한심하게) 그렇게 살라고 누가 시키냐?
석류 (얼굴 들며) 이게 다 너 때문이잖아! 수영 관둔 지 1년 만에 내 턱밑까지 추격해와? 너 이번에 전교 4등 했다며.
승효 (별것 아니라는 듯) 아아, 그거.
석류 내가 호랑이 새끼를 키웠지. 나한테 인수분해 가르쳐달라 그랬을 때, 그때 내쳤어야 했는데.

승효   (약 올리듯 피식) 어쩌냐. 이미 미적분에 기하까지 클리어했는데.

석류   기하학적으로 재수 없어. (하고 홱 앞서가버린다)

승효   (따라가며) 니네 반 오늘 가정실습 한 것 같던데. 케이크 남은 거 없냐?

석류   (흥-) 왜? 아까 받은 걸론 모자라냐? 벌써 다 먹었거든?

승효   치사하게. 먹은 거 모조리 살로 가라.

석류   이 새끼가! 고3 앞둔 사람한테 어디 저주를! 당장 취소해! 취소 못 해?

승효, "너만 고3 되냐? 나도 마찬가지거든?" 하면 석류, "넌 선출이라 살 안 찌잖아!" 티격태격하며 걸어가는 두 사람의 뒷모습과 함께 석류 손에 펼쳐진 채 들려 있는 영단어책 속 단어 비춰진다. 'lateness, 지각' 중 지각에만 불빛 깜빡 들어오며 **11화 오프닝 타이틀. 지각**

S#4. 석류의 집 외경 (아침)

석류(E)   뭐야! 눈이, 얼굴이 왜 이렇게 부었어!

S#5. 교차편집. 석류의 방 + 승효의 방 (아침)

거울을 보는 석류, 자신의 몰골에 경악한다. 누구한테 맞은 것처럼 부어 있다. 어제 펑펑 운 탓이다. 잠시 후, 석류의 얼굴에 초록색 마스크팩 붙어 있다. 침대에 기대앉아 휴대폰 만지작거리는데, 사진첩의 우유 사진이 눈에 들어온다. 휴대폰 속 날짜와 우유의 날짜가 같다.

승효(E)   편의점 맨 뒷줄에서 꺼내왔다.

석류   (날짜가 같은) 오늘이네? ...그럼 뭐! 이미 대답했잖아. 그럼 끝난 거지.

석류, 별일 아닌 척 자문자답하고 창문 여는데 마침 반대편에서 승효도 창문을 연다. 눈 마주치는 두 사람! 석류, 승효를 살짝 의식하는데 승효,

자기 눈을 가리며 성질을 확 낸다.

승효   아, 내 눈! 내가 너 그 꼴로 창문 막 벌컥벌컥 열지 말랬지? 슈렉이야 뭐야.
석류   죽을래? 민트초코 팩이거든?
승효   차라리 먹어. 피부에 양보하지 말고. 어차피 호박에 줄 긋기니까.
석류   (울컥) 호적에 빨간 줄을 그어도 오늘은 내가 너 없앤다!
미숙(E) 배석류! 밥 먹어!
승효   (쩌렁쩌렁 대답하는) 이모! 나도 갈게!
석류   (승효가 온다는 말에 멈칫, 다시 의식하게 되는)

S#6.   혜숙의 방 (낮)

혜숙, 창백한 얼굴로 침대에 모로 누워 있다. 충격적이었던 그날 일을 떠올린다.

S#7.   과거. 승효의 집, 거실 (밤)

10화 S#64와 같은 씬*이다. 굳은 얼굴로 들어오는 경종, 불 켜면 거실에 혜숙, 우두커니 앉아 있다. 멍하니 있던 혜숙, 불 켜지자 비로소 돌아본다. 경종 역시 혜숙을 가만히 본다.

혜숙   (기다렸다는 듯) 이제 와?
경종   미안하다. 오늘 점심 약속 못 지켜서.
혜숙   (잠시 멈칫했다가) ...아. 괜찮아. 나도 정신이 없어서 깜빡했어.
경종   (그랬겠지 하는 눈으로 보는)
혜숙   (텅 빈 눈동자로) 여보. 나 할 말이 있어.

----
*   10화 S#64는 축약된 버전이고, 이번 씬에서는 앞뒤 대사가 더 추가됩니다.

경종	나도 할 말 있어.
혜숙	(침착을 되찾고) 먼저 말해. 내 얘긴 좀 길 것 같아서.
경종	(담담하게) 우리 이혼하자.
혜숙	(충격받은) 뭐?
경종	(쐐기를 박는) 이혼하자고.
혜숙	(애써 침착하게) 이혼... 조금 갑작스럽네. 충분히 생각하고 내린 결론이야?
경종	20년 넘게 생각했지.
혜숙	(심장 쿵 떨어지는)
경종	언제 이렇게 돼도 이상하지 않은 사이였잖아, 우리. 결혼하고 같이 산 날보다 떨어져 산 날이 더 긴데.
혜숙	그건...! (반박하려다 멈추고) ...그래. 당신 말이 맞네. 결국 이렇게 될 일이었어. 누가 먼저 말을 꺼내냐의 문제였을 뿐.
경종	(보면)
혜숙	절차는 다음에 다시 얘기하자. 오늘은 내가 좀 피곤해서. (하고 방에 들어간다)
경종	(닫힌 문 보며 씁쓸하게) ...왜냐고 묻지도 않는구나.

S#8. 승효의 집, 거실 (낮)

경종, 가라앉은 얼굴로 서재에서 나오는데 마침 혜숙도 방에서 나온다.

혜숙	집에 있었네.
경종	오프라서. 저기 지난번 당신도 할 얘기 있다고 하지 않았나?
혜숙	(멈칫했다가) 아, 그거... 나 발령 났다고.
경종	(표정 흔들리는) 어디로?
혜숙	(얼버무리는) 아프리카. 그러니까 서류 준비되는 대로 바로 얘기해줘.
경종	(가라앉은) 그래. 승효한테는 언제 말할까?

S#9. 석류의 집, 거실 (낮)

세숫대야 크기의 양푼에 밥이 먹음직스럽게 비벼져 있다. 승효를 비롯해 석류 가족들 숟가락 들고 교자상에 둘러앉아 있다.

미숙   먹어봐. 내가 비볐지만, 맛이 기똥차.

동진   아, 내 껀 따로 덜어 달라니까. 수저에 침 다 묻고 이거 너무 야만적이야.

근식   (동진 뒤통수 후려갈기며) 이 새끼야. 식구끼리 그럼 좀 어때!

석류   (발로 툭 차며) 깨끗한 척하려면 지 방이나 치우든가.

동진   지는 돼지우리에서 서식하는 주제에.

석류   뭐래. 이 오랑우탄 새끼가!

미숙   (밥상머리에서 또 싸움박질하자 확 스팀 오르는데)

승효   (미숙 표정 캐치하고 얼른) 잘 먹을게 이모. (석류 머리를 인사하듯 누르며) 얘도 잘 먹는대.

석류   (머리 눌린 채 버럭) 야!

승효   (그러거나 말거나 한 숟가락 먹고) 이모 엄청 맛있어. 지난주 갔던 미슐랭 레스토랑보다 나아.

미숙   (뿌듯하게) 그래? 누군진 몰라도 아무렴 미슐랭이보단 내가 낫겠지.

근식   미숙아. 옛날에 공부 잘했단 거 뻥이지? 승효 엄마랑 막 엎치락뒤치락했다며.

미숙   (째려보며) 처먹지 마. 숟가락 이리 내!

석류   (인상 찌푸리며) 엄마! 여기 콩 넣었지?

미숙   넣은 건 아니고. 콩밥으로 비볐지.

석류   (짜증으로) 아, 나 콩 싫다고 몇 번을 말해.

미숙   (일단 참는) 따님. 건강에 좋으니까 그냥 잡수세요.

근식   (동진 노려보며) 이 새낀 이거 계란후라이를 지가 다 처먹고 있네.

동진   아빠. 난 단백질이 필요하잖아.

근식   단백질은 늙어가는 애비가 더 필요하지 않겠냐? 이 불효막심한 놈의 자식아.

석류   아, 엄마! 이거 내 입에 씹히는 거 설마 멸치야?

미숙   어. 잔반 처리할 겸 넣었는데 왜.

석류	비빔밥에 멸치는 근본을 해치는 거지! 심지어 잔멸치! 골라 먹기도 힘들게.
미숙	(분노로) 너도 숟가락 이리 내. 승효 빼고 다 처먹지들 마!

석류의 가족, 우당탕 숟가락 쟁탈전 벌이면 승효, 못 말린다는 듯 웃는다. 그러다 거실 한편에 놓인 가족사진을 본다. 승효, 조금 슬퍼진다. 자신의 집과 비교되는 풍경이 부럽다.

S#10. 석류의 집, 옥상 (낮)

석류, 평상에 엎드려 프랑스어로 된 요리책 보고 있다. 승효, 올라와 옆에 앉으며 묻는다.

승효	웬 프랑스어냐.
석류	프랑스 요리책인데 그림이 예뻐서 샀어. 근데 한 줄도 못 알아먹겠다.
승효	블랑케트 드 보^{blanquette de veau}. 비프 스튜야. 프랑스에선 거의 국민 요리고.
석류	(벌떡 일어나 앉으며) 뭐야. 너 불어 안 까먹었어?
승효	이거 읽을 정도는 될걸?
석류	근데 왜 지금까지 한 번도 안 했어?
승효	내가 뭐 그럼 평소에 봉쥬르 마드모아젤 이러고 다닐까?
석류	(으으) 그랬으면 진작 절교했을 듯. 야, 그럼 나 이 책 좀 읽어줘라.
승효	미쳤냐. 이 두꺼운 걸 어느 세월에.
석류	다는 아니고 몇 개만. 일단 이것부터 마저 읽어봐. (하며 휴대폰 녹음 기능 켠다)
승효	(말만) 아, 귀찮게.

승효, 프랑스어를 읽고 한국어로 해석하는 방식으로 요리책을 읽어준다. "On peut dire que Blanquette de Veau est un plat représentatif du repas de famille française. C'est facile à faire et on a besoin des ingrédients communs. Malgré cela, cette cuisine bourgeoise a un goût raffiné. 블랑케트 드 보는 프랑스 가정식의 상징 같은 요리라고 해도 무 방하다. 흔한 재료가 사용되고 조리법 역시 평이하지만, 완성된 요리는 고급스러운 맛을 자랑한다." 그 모습 몽타주 느낌으로 흘러가다가…

승효   Coq au vin, ça signifie un coq au vin. C'est un plat traditionnel français, cuit avec du vin versé sur du poulet et des légumes. 코코뱅은 포도주 에 잠긴 수탉이라는 뜻으로, 닭고기와 야채에 포도주를 부어 조린 프랑 스 전통 요리다.

승효, 문득 옆을 보는데 석류, 어느새 잠들어 있다. 승효, 석류를 애틋하 고 다정하게 본다.

cut to.
잠들었던 석류, 눈을 뜬다. 눈앞에 승효 잠들어 있다. 닿을 듯이 가까운 승효의 뺨에 무지개 어려 있다. 옥상 어딘가의 금속성 물건에 빛이 반사 되어 생긴 듯하다. 석류, 승효 얼굴의 무지개를 홀린 듯 만져보는데 그 순 간 승효, 눈을 뜬다. 당황한 석류, 얼른 손을 뗀다.

석류   야. 저기 이게 어떻게 된 거냐면 내가 자다 깼는데 눈앞에 네 얼굴이. 근 데 또 거기 무지개! 신기해가지고 그냥 막 손이 저절로,
승효   (툭) 덥다.
석류   응?
승효   (태연하게 일어나는) 재능기부 하다가 일사병 걸릴 뻔했네. 하여간 배석 류 넌 책 읽어달래 놓고 잠이나 자빠져 자고.
석류   (민망한) 아니 그거는 내가,
승효   (가면서) 이모한테 조만간 여기 어닝 하나 쳐준다 그래.

승효, 태연하게 옥상 내려간다. 그러면 석류, 멍하니 그 뒷모습 보다가 머 쓱하게 일어나 "무지개가 왜 하필 거기 생겨. 빛이 어디서 반사된 거야?" 하며 옥상을 괜히 기웃거린다.

S#11. 석류의 집, 대문 앞 (낮)

얼굴 빨개진 승효, 계단 내려와 허겁지겁 마당을 가로지른다. 도망치듯
뒤돌아보며 나가려는 순간 대문 밀고 들어오는 모음! 대문에 정통으로
이마를 박은 승효, 뒤로 나가떨어진다.

모음   (경악) 야! 두개골 안 쪼개졌냐?

S#12. 편의점 앞 (낮)

승효, 이마를 만지작거린다. 앞에는 모음과 음료가 든 비닐봉지 놓여 있다.

모음   현장 전문가의 시각으로 말해주는데, 괜찮아. 안 죽어.
승효   후유증 남으면 내가 너 112에 신고할 거야.
모음   아까 네 얼굴은 완전 119던데.
승효   뭔 소리야.
모음   (떠보듯) 얼굴에 불났었다고. 왜? 안에서 석류랑 뭔 일 있었냐?
승효   (흠칫) 일은 무슨!
모음   좋다 말았네. 야, 어제 석류 괜찮았냐? 송현준이 갔다며.
승효   (생각하는 표정으로)

S#13. 과거. 승효의 차 안 (밤)

10화 S#79 다음 상황. 현준이 떠난 뒤, 차를 타고 돌아오는 길. 운전하는
승효와 누가 봐도 운 얼굴인 석류 사이에 숨 막히는 적막만 감돈다. 석류,
어색함 깨려 괜히 입을 연다.

석류	좀 춥다.
승효	에어컨 꺼줄까?
석류	그럼 너 덥잖아.
승효	(에어컨 끄며) 너 춥다며.
석류	땡큐.
승효	(다시 어색한 침묵이 흐르면, 오디오 향해 손 뻗으며) 음악 틀어줄까?
석류	괜찮아.
승효	그래. 조용히 가자.
석류	응...

S#14. 석류의 집, 옥상 (낮)

평상에 누워 있던 석류, 심란한 얼굴로 돌아누우며 중얼거린다.

석류	내가 너무 울었나? 그래서 미련 있는 사람처럼 보였나? 그래서... 우유 얘기 꺼내지도 않는 건가?

S#15. 편의점 앞 (낮)

승효, 담담한 얼굴로 말한다.

승효	걔가 너무 울어서. 그래서 부담 안 주려고. 대답 강요하는 것도 못 할 짓 같고.
모음	결국 또 한발 물러나냐?
승효	(쓸쓸하게) 가뜩이나 복잡한 애 더 헝클어놓고 싶지 않다.
모음	(비닐봉지에서 칠성사이다 제로 꺼내 주며) 이거 마셔.
승효	(쳐다보지도 않고) 됐어.
모음	(재차) 답답할 땐 이게 맥주보다 나아. 뚫어뻥처럼 아주 싹 내려갈걸?
승효	(따서 마신 뒤) 시원하네.

모음	(사이다캔 톡톡 건드리며) 그러니까. 너랑 석류도 이렇게 촉매제 하나만 있으면 바로 고민 제로! 시원 산뜻 깨끗해질 것 같은데 말이야.

그때 승효 뒤쪽 길가에서 단호가 걸어온다. 당황한 모음, 편의점 봉투를 뒤집어쓰려다가 테이블 아래 들어가려다가 결국 줄행랑친다. 승효, "너 뭐 하냐?" 하는데 모음, 그 와중에 길가의 주차금지 적힌 페인트통 걸어차며 세상 시끄럽게 간다. 단호, 그런 모음을 봤다.

승효	야, 너 어디 가!!! (하다가 단호 보고) 기자님!
단호	(모음 뒷모습 한번 보고) 건축가님.
승효	(역시 모음 보며) 다시 한번 말씀드리지만, 애는 착해요.
단호	(살짝 미소) 압니다.
승효	(예의상) 앉으실래요?
단호	(역시 예의상) 가던 길이긴 한데, 그럼 잠깐만.
승효	(단호가 막상 앉으니 할 말 없는) 오랜만에 보니까 살짝 어색하네요.
단호	(머쓱하게 웃으며) 저도요.
승효	(풀어보고자) 그래도 명색이 동네 친구고 또 동갑이고 나름 고민 상담도 했는데. 우리 말 놓는 게 어때요?
단호	좋습니다. 그럼 앞으론 저희 이름 부르면 되나요?
승효	그러시죠. 단호야...
단호	...승효야.

이름만 불렀을 뿐인데 더 어색하다. 둘 사이에 끔찍한 침묵의 시간이 찾아온다.

승효	(먼저 철회) 어떻게... 다시 원상 복구할까요?
단호	(바로) 좋은 생각이시라고 생각합니다!

S#16. 교차편집. 건축 아틀리에 인, 승효의 사무실 + 석류의 방 (밤)

주말인데도 나와서 일하던 승효, 냉장고 문 열어 우유를 꺼낸다. 석류, 휴대폰으로 우유 사진을 다시 본다. 어쩐지 미련이 묻어나는 얼굴. 승효, 책상에 엎드리거나 턱 괸 채 우유를 이리저리 돌려 본다. 석류, 괜히 요리책을 보며 방을 어슬렁어슬렁 걸어 다닌다. 승효, 우유를 던졌다 받았다 하다가 떨어뜨려 놓칠 뻔한다. 겨우 잡고 휴우 안도의 한숨을 쉰다. 석류, 승효에게 전화할까 말까 망설인다. 승효 역시 석류에게 메시지를 보낼까 말까 고민한다. 그사이 둘의 휴대폰 액정 속 시계가 동시에 12:00로 바뀐다.

석류   …12시 넘었네.
승효   …오늘 끝.

결국 서로에게 연락하지 못했다. 심란하기도 허탈하기도 한 두 사람 모습에서 암전.

S#17. 건축 아틀리에 인, 테라스 (아침)

승효, 명우와 팀원들과 회의 중이다.

명우   내가 개인적으로 의뢰를 하나 받았는데 피아니스트 고상희 씨가 책방을 짓고 싶대.
나윤   그분 되게 유명한 사람이잖아요. 근데 피아니스트가 웬 책방이래요?
명우   원래 책을 좋아해서 고향에 서점을 여는 게 꿈이었다네? 그 앞이 죄다 꽃밭이라는데. 거기랑 어우러지게 특별한 테마가 있는 공간을 만들어달래. 뭐 좋은 아이디어 없을까?
승효   (곰곰이) 건물이 음악이 되면 어때?
명우   응?
승효   말 그대로 소리 나는 건물을 만드는 거야. 바람을 이용해 건물 자체를 하나의 악기로 만드는 거지. 피아니스트의 책방답게.

명우	(의구심으로) 그게 가능할까? 너무 위험부담이 클 것 같은데.
승효	(이미 꽂힌) 해외에선 실제로 소리를 이용해 건축을 한 케이스도 있어. 형찬아. 오후에 현장 가지? 오는 길에 나 리코더 한 개만 사다 줘.
형찬	(의아한) 리코더요?
승효	(눈 반짝이며) 내가 예전에 어디서 봤는데 리코더를 불 때 어딜 막아야 바람과 소리 톤이 달라지는지 뭐 그런 계산식이 있더라고. 직접 불어봐야겠어. 건축에 어떻게 적용시킬 수 있을지.
명우	(무서운) 어떡해. 쟤 눈 봐. 진심이야.
나윤	(또 반한) 전 저 눈이 너무 좋아요. 일에 미쳐 있는 잘생긴 또라이.

S#18. 건축 아틀리에 인, 복도 (아침)

승효, 사무실 향해 가는데 혜숙에게 전화 걸려 온다. 살짝 긴장한 얼굴로 받는다.

승효	여보세요.
혜숙(F)	승효야. 혹시 오늘 저녁 시간 되니?
승효	네? 왜요?
혜숙(F)	식사 같이 하자고. 아빠도 같이.
승효	(덤덤하게) 아... 그럼 식당은 제가 예약할게요. 이따 봬요.

무표정하게 전화를 끊은 승효의 얼굴에 설렘이 깃든다. 뒤에서 명우와 나윤 걸어온다.

승효	(약간 흥분) 형! 우리 지지난주 같이 갔던 거기 식당 이름이 뭐였지?
명우	아, 호지클레르?
승효	맞다. 거기 당일 예약이 되려나? 전화해봐야겠다. (하며 서둘러 올라간다)
명우	(뒷모습 보며) 뭐야. 왜 저렇게 신났어. 데이트 약속이라도 잡혔나?
나윤	(분노로) 대표님!!!

S#19. 석류의 집, 부엌 (낮)

석류, 승효가 읽어줬던 프랑스 요리 블랑케트 드 보를 만든다. 책에 포스트잇으로 한글 해석들 적혀 있다. 그때 근식과 미숙이 부엌에 들어온다. 석류, 당황해서 가스레인지부터 끈다.

석류   (쭈뼛쭈뼛) 엄마 아빠 가게 간 것 같길래 내가 부엌 잠깐 썼는데.

미숙   (가스레인지 보며) 냄새 좋네. 뭐 만들던 거야?

석류   (여전히 눈치 보는) 프랑스 요린데, 그냥 흉내만 내보는 중.

근식   (물끄러미 보다가) 요리가 그렇게 하고 싶어?

석류   (진심으로) 응. 해보면 해볼수록 더 하고 싶어. 재밌어. 설레.

근식   (심란한) 아빠 마음은 그래도 안 했으면 좋겠는데. 건강한 몸으로도 힘든 일을 어떻게 하려나 싶고.

미숙   엄마도 같은 생각이야. 위 그거 스트레스에 쥐약이라던데, 네 아빠 하는 거 봐서 알잖아. 보통 일 아닌 거.

석류   엄마 아빠 맘 알아. 근데 내가 잘 관리할게. 밥도 잘 먹고 운동해서 체력도 기르고 절대 안 아플게.

근식   (반허락) 대신 힘들면 언제든 그만둬야 돼.

미숙   그래. 여차하면 바로 때려치우고 집에서 놀아. 우리가 너 하나 건사 못 할까.

석류   (장난기로) 오, 약속한 거다. 엄마가 나 책임지기로?

미숙   (본심을 드러내는) 어! ...근데 놀다가 정 심심하면 어디 살살 다녀도 되고. 삼송전자도 있고 깨깨오도 있고.

근식   (타박하는) 또 또 또 시작이다!

석류   (피식) 그치. 이래야 우리 엄마지.

미숙   (머쓱한) 아니 그냥 말이 그렇다고.

S#20. 모음 · 단호의 집 근처 골목길 (낮)

늦은 오후. 단호, 연두 손 잡고 걸어오는데 어쩐지 연두 표정이 좋지 않다.

단호   연두 오늘 유치원에서 무슨 일 있었어? 표정이 안 좋은데.

연두   오늘 아론이가 나보고 엄마 없다 그랬어.

단호   (멈칫했다가) 우리 연두 속상했겠네. 그래서 어떻게 했어?

연두   아빠가 가르쳐준 대로 모든 가족이 다 엄마 아빠가 있는 건 아니라고. 그건 사회가 만들어낸 정상 가족 이데올로기라 그랬어.

단호   (살짝 웃으며) 잘했네. 우리 딸.

연두   근데 걔넨 바보라 이데올로기가 뭔지 몰라. 근데 아빠 자꾸 이렇게 회사에서 일찍 나와도 돼?

단호   이모님이 허릴 다치셔서 앞으로 못 나오신다니까. 새 이모님 구할 때까진 어쩔 수 없지.

연두   새 이모님은 언제 오시는데?

단호   글쎄. 아직 지원자가 없네.

재숙   (뒤에서 듣고) 그 지원 내가 하면 안 될까?

단호·연두   (돌아보는)

S#21. 혜릉부동산 (낮)

"엄마!" 모음, 재숙 부르며 들어오는데 소파의 단호와 눈 정통으로 마주친다. 당황한 모음, 그대로 도망치고 싶은데 하필 재숙과 연두도 함께다.

연두   언니!

모음   (반가운 동시에 미치겠는) 응. 연두야.

재숙   마침 잘 왔다. 너 잠깐 부동산 좀 보고 있어. 엄마 연두 아이스크림 사 주게.

단호   (얼른) 아니요. 괜찮습니다! 제가 사 주면 돼요.

재숙   내가 사 주고 싶어 그래요. 연두야. 가자.

단호	(박카스 광고인 줄) 저도 같이 가겠습니다! 꼭 가고 싶습니다!!!
재숙	(왜 저래) 아빠가 과보호가 심하네. 이래서 어디 앞으로 나한테 애 맡기겠어요?
모음	(당황해서) 누가 누굴 맡겨?
재숙	연두 내가 당분간 봐주기로 했어.
단호	(난처한) 아니 진짜 안 그래서도 되는데.
재숙	아유, 이웃 좋다는 게 뭐예요. 서로 돕고 살아야지. 잠깐 기다리고 있어요!

재숙과 연두 나가고 나면 모음과 단호 둘만 남는다. 모음의 기습키스 이후 둘만 있기는 처음이다.

모음	(우렁차게) 그날 일은 미안했어요!
단호	(멈칫해 보면)
모음	석류 일도 그렇고 기자님 얘기도 그렇고 밤 되니까 감성 터져갖고. 일종의 심신미약 상태였던 것 같아요.
단호	저도 죄송했습니다. 아무리 기습적이었다지만 피하지 못한 제 죄가 큽니다.
모음	과실 비율이 제가 높긴 한데 그냥 쌍방 실수로 합의 보는 게 어때요?
단호	적극 동의하는 바입니다. 저, 어머님께 연두 맡기는 건 제가 사양을 했는데,
모음	그건 엄마랑 기자님 일이죠. 저 신경 안 쓰셔도 돼요.
단호	감사합니다. 최대한 빨리 사람 구하겠습니다.
연두	(문 열고 들어오며) 아빠! 할머니가 아이스크림 엄청 많이 사 주셨어!
단호	연두 좋겠네. 감사하다고 인사 드렸어?
재숙	(뒤따라 들어오며) 에어컨 켜놨는데 안이 왜 이렇게 더워. 후끈후끈하네.

재숙, 에어컨 온도 내리는 사이 모음의 뺨이, 단호의 귀가 빨개져 있다.

S#22. 파인다이닝 레스토랑 (밤)

승효, 혜숙, 경종 함께 식사 중이다. 혜숙과 경종 조용한 가운데 승효, 평소답지 않게 들뜬 얼굴로 말도 많이 한다.

승효   음식은 입에 맞으세요? 클라이언트 미팅 때문에 왔었는데 전 괜찮더라고요.

경종   응, 좋다.

혜숙   맛있네.

승효   다행이에요. 원래 예약하기 힘든 덴데 다행히 오늘 한 자리가 취소됐대요.

혜숙   그랬구나. 실은 오늘 할 말이 있어서 밥 먹자고 했어.

승효   (어쩐지 쿵 하는 느낌) 뭔데요?

혜숙   엄마 발령 났어.

승효   (올 게 왔구나 싶지만 애써 웃으며) 아... 어디로 가세요? 이번엔 몇 년이에요?

혜숙   아프리카. 좀 오래 있을 것 같아.

승효   (실망했지만 애써 웃으며) 가능하면 휴가 내서 놀러 갈게요. 아빠도 시간 내서 같이 가시면 좋을 텐데.

경종   (보다가) 승효야. 우리 이혼하기로 했다.

승효   (충격으로) 네?

경종   벌써 오래전에 깨진 결혼생활이었고 더 이상 억지로 이어 붙이는 건 의미가 없단 결론을 내렸어.

혜숙   여기서 정리하는 게 서로를 위한 길인 것 같아. 승효 너한테는 정말 미안하단 말밖에는 할 말이 없어.

경종   부디 이해해주길 바란다.

승효   (감정 누르고 담담하게) 제가 이해하고 말고가 어디 있어요. 두 분 인생인데. 저 신경 쓰지 마시고 뜻대로 하세요.

혜숙·경종   (보면)

승효   (애써 웃으며) 제가 오늘 급한 일이 있는 걸 깜빡했네요. 먼저 일어날게요.

혜숙도 경종도 승효를 잡지 못한다. 돌아서서 가는 승효의 얼굴에서 웃음기가 걷힌다.

S#23. 포장마차 (밤)

승효, 혼자 술을 마신다. 안주는 손도 대지 않은 새것이고 소주만 연거푸 들이켠다.

경종(E)   끝내 아프리카엘 가겠다고?

S#24. 과거. 승효의 집, 경종의 서재 및 복도 (밤)

1997년. 경종과 혜숙, 시퍼렇게 날이 선 채 다투고 있다.

경종   나랑 승효는 정말 당신 안중에도 없구나.
혜숙   당신이야말로 내 직업에 대한 존중이 없지.
경종   가족 내팽개치고 혼자 몇 년씩 나가겠단 게 지금 말이 된다고 생각해?
혜숙   가족? 당신이 그렇게 말하면 안 되지. 그 잘난 병원에서 사느라 집엔 거의 들어오지도 않으면서! 나랑 승효 프랑스 있을 때도 우리 보러 한 번밖에 안 온 사람이야, 당신.
경종   그러니까 한국에 있으라고!

혜숙, 진절머리 난다는 듯 경종을 보는데 마침 휴대폰(구형 PCS폰)으로 전화 온다.

혜숙   (차갑게) 좀 이따 다시 얘기해. 여보세요.
세환(F)   나야. 지금 통화 가능해?
경종   (밖으로 새어 나오는 세환의 목소리를 들은) !
혜숙   (살짝 경종 눈치 살피고 돌아서며) 미안. 내가 좀 이따 다시 전화할게.

경종	(냉소적으로) 누구야?
혜숙	(표정 관리하며) 나랑 곧 같이 나갈 동기. 일 때문에 통화해야,
경종	(말 끊으며) 정말 일 맞아? 당신 거기 가려는 데 다른 이유 있는 거 아니고?
혜숙	무슨 뜻이야?
경종	한국 아니더라도 다른 나라 발령받을 기회 있었잖아. 근데 내전 진행 중이고 걸핏하면 테러 얘기 나오고. 그런 위험한 델 기어코 가겠단 이유가 뭔데?
혜숙	거기도 우리 국민들이 있으니까! 안전하고 편한 데로만 갈 거면 뭐 하러 이 일을 해.
경종	(믿지 않는) 그래서? 단지 사명감 때문이라고? 정말 그것 때문에 애 있는 여자가 이딴 고집을 피운다고?
혜숙	(폭발한) 애, 애, 그놈의 애! 지겨워 죽겠어!
경종	서혜숙!!!
혜숙	왜? 나더러 집에서 애 키우며 살림이라도 하라고? 그런 걸 원했음 나 말고 당신 내조나 할 여자를 구하지 그랬어!
경종	(분노로) 말 그따위로밖에 못 해?!
혜숙	애초에 당신이랑 결혼을 하지 말았어야 했어. 아니 승효를 낳지 말았어야 됐어.
경종	(경악으로) 뭐라고?
혜숙	(히스테리컬하게) 당신이 날개옷 뺏어 날 애랑 같이 여기 처박아둔 거야! 승효만 없었으면 나 이렇게 안 됐어!
경종	(충격으로 보면)
혜숙	승효 사랑하지만, 난 엄마로만 살 자신이 없어.

혜숙, 그 말을 남기고 돌아선다. 방문 여는데 파자마 차림의 승효, 베개를 끌어안고 서 있다. 혜숙, 당황과 충격으로 얼어붙고! 존재를 부정당한 승효, 슬프게 엄마를 올려다본다.

S#25. 포장마차 (밤)

승효, 일곱 살의 그날로 돌아간 듯 똑같이 상처 입은 얼굴로 술을 마신다.

S#26. 석류의 방 (밤)

석류, 승효가 녹음해준 파일 들으며 프랑스 요리책 보고 있다.

승효(F)   Ratatouille est un plat représentatif de la Provence. C'est un ragoût de légumes bouilli avec de l'huile d'olive et des herbes. Il y a des aubergines, des courgettes, des poivrons, des tomates, etc. 라따뚜이는 프로방스 지역의 대표 요리로 가지, 호박, 피망, 토마토 등에 허브와 올리브오일을 넣고 끓여 만든 채소 스튜다.

석류(F)   라따뚜이 만화 재밌었는데.

승효(F)   나 간다.

석류(F)   계속해.

승효(F)   En général, on prend Ratatouille comme entrée, mais parfois comme un repas léger. C'est un délice que l'on se nourrit spécialement en été. 라따뚜이는 주로 전채요리로 즐겨 먹지만 가벼운 식사를 대신하기도 한다. 특히 여름철에 즐겨 먹는 별미이다.

그때 파일 재생이 자동 정지되며 액정에 '최쌤'이 뜬다. 승효에게 전화가 걸려 온 것이다.

석류   (괜히 퉁명스럽게) 이 시간에 왜 전화를 하고 난리야. (말만 그럴 뿐, 흠 흠 목소리 가다듬고 받는) 여보세요. ...네?

S#27. 포장마차 (밤)

포장마차 안으로 급하게 들어오는 석류, 누군가를 찾는 듯 두리번거리면 구석 자리 테이블에 엎어져 잠든 승효 보인다. 완전히 의식불명 꽐라가 되어 있다.

석류   (흔들어 깨우는) 야, 최쓩. 야! 정신 차려봐.
승효   (미동조차 없는데)
사장   (다가와) 방금 전에 통화했던 아가씬가 보네.
석류   아, 네.
사장   (수다스럽게) 아니 이 총각이 술을 마시다가 갑자기 확 엎어지는 거야. 내가 촉이 쎈 게 딱 이럴 것 같더라고. 사연 있는 것마냥 어쩌나 촉촉한 눈으로 퍼마시던지.
석류   (무슨 일 있는 걸까 걱정되고)
사장   아무튼 아무리 깨워도 일어나지도 않고 어떡해. 단축번호 1번 누르니깐 걸로 연결되더라고.
석류   (몰랐던 사실에 묘해지는) 아... 연락 주셔서 감사합니다.

석류, 승효를 잠시 보다가 힘겹게 부축해 데리고 나가려는데 뒤에서 들려오는 소리.

사장   아직 계산 안 했는데.
석류   (쩨릿) 아, 이 자식 진짜 가지가지... 잠시만요.

석류, 승효 재킷을 힘들게 뒤적이는데 지갑이 없다. "지갑을 얻다 둔 거야?" 하는데 바지 뒷주머니에 꽂힌 지갑 보인다. 차마 거긴 손 못 대겠다. 석류, 할 수 없이 자기 지갑 꺼낸다.

석류   (떨떠름) 얼마예요?

S#28. 혜릉동 거리 및 횡단보도 앞 (밤)

석류, 승효의 무게 못 이겨 휘청휘청하며 걸어간다. 힘에 부쳐 숨을 헐떡이는 모습.

석류   (에이 씨) 처먹지도 않을 안주는 뭐 하러 두 개나 시켜갖고. 옛날엔 쬐끄
                           맣던 게 언제 이렇게 무거워진 거야.

                           승효를 질질 끌고 가던 석류, 횡단보도 앞 원형 진입금지석 위에 승효를
                           앉힌다.

석류   (허리 짚고) 와... 나 더는 못 가! 때려 죽여도 못 가! 여기서 밤을 새든 술
                           깨고 네 발로 집에 걸어가든 너 알아서 해.
승효   (눈 감은 채 혀 꼬부라진 소리로) ...집에 안 가.
석류   야. 너 정신 좀 들어?
승효   (눈 힘들게 뜨고) 나... 집에 안 간다고.
석류   이 자식이 어디서 술주정을. 그럼 뭐 여기서 노숙할래?
승효   (천진난만한 아이처럼) 나 오늘 엄마 아빠랑 같이 저녁 먹었다?
석류   (대수롭지 않게 생각해서) 그게 뭐!
승효   그게... 나 대학 졸업식 이후 처음이었어.
석류   (멈칫해서 보면)
승효   (서글픈 웃음) 니네 식구는 맨날 하는 거. 그거 같이 밥 먹는 거. 그게 나
                           한텐 제일 어려운 일이었거든. 그걸 오늘 했는데... 아니다, 그것도 먹다
                           말았지.
석류   (얘가 왜 이러나 싶어 보는데)
승효   (어린애처럼) 나 니네 집 갈 때마다 엄청 부러운 거 있어! ...가족사진. 우
                           리 집엔 다 있는데, 그게 없어. 아니, 다 있는 것 같은데 아무것도 없어.
석류   (뭐라고 말해야 할지 모르겠는) 야, 최쓩...
승효   ...엄마 아빠 이혼한대.
석류   (놀라서) 어?
승효   나는 늘 무서웠다? 이런 날이 올까 봐. 여섯 살 때도, 일곱 살 때도, 열여
                           덟 살 때도... 서른네 살에 왔으니까 생각보다 늦게 왔네. (하고 자조적으
                           로 웃는다)
석류   (이 정도인 줄은 몰랐던, 마음 안 좋고)

승효   (툭) 근데 그래도 무서워.

석류   (쿵 해서 보면)

승효   (눈물 고이는) 왜 어른이 됐는데도 부모의 이혼은 상처인 걸까. 엄마 아빠한테도 자기 인생이 있단 걸 아는데, 근데, 그래도 난 두 분이 각자 행복하기보단 여전히 같이 행복했으면 좋겠어.

    승효, 고개를 툭 떨구면 잠든 그의 눈에서 눈물이 흐른다. 석류, 가슴 아프게 본다.

S#29. 건축 아틀리에 인, 승효의 사무실 (밤)

    깜빡깜빡. 승효, 눈을 떠보면 자신의 사무실 소파 위다. 여기 어떻게 온 거지? 싶은데 그 순간 석류 목소리 들려온다. 승효를 끌고 오느라 석류의 셔츠 깃이 접혀 있다.

석류   술 좀 깼냐?

승효   뭐야. 어떻게 된 거야? 네가, 아니 내가 왜 여기 있어?

석류   (손바닥 내밀며) 내놔.

승효   (영문 모르고) 뭘?

석류   운송비. 치료비. 내가 너 포장마차에서 여기까지 끌고 오느라 허리가 아작 났거든? 아, 그리고 술값도 내놔라. 4만 7천 원.

승효   (그제야 상황 파악된) 줄게. 지금 줘?

석류   됐어. 너 머리 안 아프냐? 물이라도 줄까? (하며 냉장고 문 열었다가 안에 들어 있는 우유 발견한다)

승효   물 준다며. 왜 안 가져. (하며 돌아봤다가 석류가 우유 본 사실 알고 당황한다)

석류   (아무렇지 않게) 야. 너는 유통기한 지난 걸 냉장고에 그대로 두면 어떡해. 상한 거 먹으면 배탈 난다?

승효   (태연한 척) 아, 맞다. 그거 버려야 되는데 깜빡했다.

승효, 얼른 냉장고에서 물을 꺼내고 문 닫아버린다. 석류도 가타부타 더 이상 말을 않는다.

승효   (물 마시고) 술 마시던 것까진 기억나는데. 나 뭐 실수 안 했지?

석류   큰 실수 할 뻔했지.

승효   (멈칫) 무슨?

석류   이모한테 아저씨한테 솔직하게 얘기해. 네 진심.

승효   (멈칫해서 보면)

석류   (진지하게) 일곱 살 때처럼 엄마 가고 난 다음 혼자 끙끙 앓지 말고. 가지마! 그 말 한 마디가 뭐 그렇게 어렵냐.

승효   가자! 술 다 깼다. (하고 일어난다)

석류   야. 너는 힘들 때 기대라고 잔소리를 그렇게 처해놓고 왜 나한테 안 기대냐?

승효   기댔잖아.

석류   응?

승효   (농담조로) 아까 부축해줬다며. 힘이 좋아. 어우, 타고났어.

석류   이거 길바닥에서 입 돌아가게 그냥 뒀어야 되는데! (하며 한 대 쥐어 팰 듯)

승효   (그 순간 석류의 뒤집어져 세워진 셔츠 깃 펴주는) 이거나 피고 다녀. 덜렁아.

승효, 씩 웃고 나가면 셔츠 깃 만지며 "이게 누구 때문인데." 하는 석류, 이상하게 떨린다.

S#30. 서울가정법원 (아침)

날씨가 흐리다. 경종과 혜숙, 서류를 접수하고 나오는 길이다. 함께 계단을 걸어 내려온다.

경종   이혼 숙려 기간이 한 달이나 되는 줄 몰랐네. 다시 법원 출석해야 한다는

	데 어떡할 거야?
혜숙	휴가 내고 들어와야지.
경종	그래.
혜숙	(하늘에서 투둑투둑 비 내리기 시작하면) 비 오네?
경종	나 우산 있어. (가방에서 우산 꺼내 펼친 뒤 혜숙에게 다가선다)
혜숙	(한 우산 쓴 채) 우리 결혼식 날도 혼인신고 하던 날도 비가 왔는데.
경종	그랬지. 그래서 다들 잘 살 거라 그랬고.
혜숙	(서글픈) 우리 어쩌다가 이렇게 됐을까? 생각해보면 별로 싸우지도 않았는데.
경종	(쓸쓸하게) 싸울 기회조차 없었지.
혜숙	내 탓 하는 건가?
경종	내 탓 하는 거야. 쓰고 가. (하며 우산을 혜숙 손에 쥐여 준다)

그리고 경종, 빗속을 걸어간다. 그 뒷모습을 하염없이 보는 혜숙, 눈물이 날 것만 같다.

S#31. 석류의 집 외경 (낮)

S#32. 석류의 방 (낮)

석류, 뭔가를 찾는 듯 각종 상자와 잡동사니를 꺼내놓고 뒤지고 있다.

석류   아. 어디 하나쯤은 있을 만도 한데.

그때 1층에서 미숙과 혜숙의 목소리 들려온다. 석류, 방문을 쳐다본다.

미숙(E)   뭐? 내일 간다고?

S#33. 석류의 집, 거실 (낮)

미숙, 혜숙이 내일 출국한다는 말에 놀라 재차 묻는다.

혜숙   응. 그렇게 됐어. 그쪽 일이 좀 급해서.

미숙   그래도 그렇지. 어떻게 번갯불에 콩 구워 먹게. 가만있어 봐, 내가 지금이
        라도 재숙이랑 인숙이 오라 그럴게. (하며 전화 걸려고 하는데)

혜숙   (만류하는) 됐어. 며칠 전에도 봤는데 뭘. 금방 또 들어올게.

미숙   (섭섭한) 야, 아무리 그래도.

혜숙   (종이가방 건네며) 이거 화장품인데 애들이랑 나눠 써. 프랑스제야. 듬뿍
        찍어 바르고 다시 볼 때까지 늙지 말아라.

미숙   (왈칵) 지지배. 가서도 자주 전화해라. 김치 당겨도 전화하고. 한국말 하
        고 싶어도 전화하고. 속상한 일 있어도 전화해. 알았지?

혜숙   (뭉클한) 그럴게.

석류   (2층에서 내려오다가 두 사람을 보는)

S#34. 석류의 집, 마당 (낮)

석류의 집에서 나온 혜숙, 마당 가로질러 걸어가는데 석류가 황급히 따
라 나온다.

석류   이모!

혜숙   (반갑게 웃으며) 석류야! 얼굴 못 보고 가는 줄 알았네.

석류   저도요. 그냥 가셨음 섭섭할 뻔했어요.

혜숙   (석류 손 잡아주며) 큰일 치르느라 고생 많았다. 근데 이모는 너 걱정 안
        해. 어련히 알아서 잘하려고.

석류   (살짝 미소로) 네.

혜숙   이모가 항상 고마웠어. 승효 잘 챙겨줘서. 나 없어도 지금처럼 우리 승효
        가끔 들여다봐줘.

석류   (보면)

혜숙	들어가. 이모 이만 가볼게. (하고 돌아서서 간다)
석류	(뒤에서) 이모. 승효가 슬퍼해요.
혜숙	(멈칫해서 돌아보면)
석류	승효는요. 어릴 때부터 항상 이모를 기다렸어요. 매일 끝나지 않은 숨바꼭질을 하는 애 같았어요. 아무한테도 들키지 않으려고 꼭꼭 숨은 채로, 사실은 엄마가 자길 찾아주길 기다렸던 것 같아요.
혜숙	(눈물 차오른 채) ...고맙다. 얘기해줘서.

S#35. 모음의 꿈 (낮-저녁)

사이렌 소리와 함께 구급차가 선다. 모음, 다급하게 내리면 갯벌이 보이는 바닷가다. 그 앞 공터에 야외 포장마차 차려져 있다.

모음	구급대원 출동했습니다! 환자분 어디 계세요?

그러면 테이블에서 누군가 목을 움켜쥐며 "산낙지가 목에 걸렸어요. 커헉!" 한다. 모음, 얼른 환자에게로 달려가 상태 체크한다.

모음	낙지 다리의 빨판이 기도에 달라붙었어요. 당장 제거해야 해요!

모음, 처치하려는데 갑자기 옆 테이블의 다른 사람이 쓰러지며 외친다. "여기 독버섯을 먹었어요!" 그리고 갯벌에선 "파란고리문어한테 쏘였어요!" 하는 외침이 들려온다.

모음	(황당) 아니 바닷가에서 왜 독버섯을. 그리고 갯벌에 파란고리문어가 있어??? (당황) 어쩌지? 누구부터 구해야 하지? 나 혼자선 불가능한데.
단호	('갯벌아 사랑해' 티셔츠 입고 평소 모습으로 나타난)
모음	기자님!

모음의 외침에 비장하게 안경을 벗는 단호, 휘리릭 돈다. 그러고는 가슴

에 HY견고딕으로 '갯'이라 박힌 다크그레이 유니폼을 입은 갯벌맨으로 변신한다.*

모음   (황홀한 반가움) 갯벌맨!!!
단호   (더빙판 성우 톤) 구급대원님은 독버섯을 맡아요. 산낙지는 내가 맡을 테니.

〈위기탈출 넘버원〉류의 음악 깔리는 가운데 동시 구조에 나서는 두 사람! 모음, 독버섯 섭취 환자의 상태를 체크하고 단호, 하임리히법으로 환자 입에서 산낙지 튀어나오게 한다.

모음   갯벌맨! 파란고리문어에 물린 환자가 남았어요.
단호   파란고리문어는 테트로도톡신이라는 맹독을 갖고 있어요! 당장 이송해야 해요!

모음과 단호, 서로를 보고 고개를 끄덕이더니 동시에 갯벌에 쓰러진 환자를 향해 달려간다. 철퍼덕철퍼덕. 자꾸만 발목을 잡는 갯벌을 헤치고 나아가는 두 사람.

cut to.
사이렌 소리와 함께 구급차가 떠나간다. 단호와 모음, 붉은 노을이 짙게 깔린 갯벌을 보며 서 있다. 모음, 감동한 눈빛으로 단호를 보며 말한다.

모음   갯벌맨 당신이 있어 외롭지 않았어요.

모음, 미션을 클리어한 영웅들이 으레 그렇듯 단호에게 다가가 입을 맞추려는데 어라? 어째 기시감이 느껴진다. 모음의 표정이 불길함으로 일그러진다.

----

*   변신 과정은 마블 같을 수도 후레쉬맨 같을 수도. 엉뚱한 모음의 꿈인 만큼 만화처럼 과장되고 유치해도 무방하다.

S#36. 모음의 방 (낮)

꿈이다! 침대에서 벌떡 일어나는 모음, 자기가 이런 꿈을 꿨단 사실을 믿을 수가 없다.

모음   (자기 뺨 철썩철썩 때리며) 미친년. 진짜 미쳤나 봐.

S#37. 모음의 집, 거실 (낮)

모음, 고개를 절레절레 흔들며 나오면 거실에 연두가 있다.

모음   (꺅) 연두야!!!
연두   (활짝 웃으며) 언니!
모음   오늘부터 우리 집에 있는 거야? 언니 깨우지.
연두   야간근무 하고 아침에 들어왔다면서요. 잠을 푹 자야 사람들을 더 잘 구하죠.
모음   언니 생각해주는 건 연두밖에 없네. 근데 엄마는 어디 가고 연두 혼자 있어?
재숙   (방에서 외출복 차림으로 나오며) 엄마 여기 있다.
모음   엄마 어디 가?
재숙   응. 너도 갈 거야.
모음   (영문 모르고 보면) ?

S#38. 찜질방, 탈의실 앞 (낮)

리드미컬한 음악 흘러나오는 가운데 재숙과 모음과 연두, 모델처럼 차례대로 걸어 나온다. 위풍당당 찜질방 런웨이 하는 세 사람. 복도 끝에서 턴

하더니 줄지어 어딘가로 향한다.

S#39. 찜질방 내 식당 (낮)

모음, 재숙, 연두 세 사람 앞에 미역국과 식혜, 맥반석 계란 놓여 있다.

재숙   연두야. 찜질방에 오면 꼭 미역국과 식혜를 먹어야 하는 거야. 어른이 가
르쳐주는 생활의 지혜니까 꼭 기억하렴.

모음   맥반석 계란도 절대 잊으면 안 돼. 언니가 까 줄까?

연두   (야무지게) 제가 깔 수 있어요.

찜질방손님(저쪽 테이블에서 재숙 보고) 도사장님! 여기!

재숙   어머, 재영 엄마! 야, 나 저쪽 테이블 좀 갔다 올게.

재숙, 일어나 가고 나면 모음과 연두 둘만 남는다. 계란을 까던 연두, 다
른 테이블에 엄마와 같이 온 또래 아이를 뚫어져라 본다. 모음, 연두의 시
선을 눈치챘다.

모음   연두야. 언니가 멋진 거 해줄까?

연두   (궁금한 눈으로 보면)

모음   (수건 접어 양머리 만들어 연두에게 씌워주는) 짜잔. 찜질방에선 양머리
도 꼭 해줘야 되는데 언니가 깜빡했다. 저기 친구도 하고 있잖아.

연두   (양머리 만지며) 이것 때문에 처다본 거 아니에요. 엄마가 있는 게 부러
워서 봤어요. 난 엄마 없는데.

모음   연두가 엄마가 없긴 왜 없어. 여기 요 예쁜 얼굴에 아빠도 있고 엄마도 있
을 텐데.

연두   (눈 동그래져서 보면)

모음   (다정하게) 있잖아. 연두야. 사람들은 언젠가 다 여행을 떠나. 엄마는 조
금 일찍 여행을 떠나신 거고. 언니 아빠도 조금 일찍 가셨거든? 대신 심
심하지 말라고 친구들을 많이 보내주셨어.

연두   정말요?

모음	응! 어쩌면 연두 엄마랑 언니 아빠가 여행하다 만나신 걸지도 몰라. 그래서 크롭서클을 찾던 날, 우릴 만나게 해주신 거지. 같이 재미있게 놀라고. 좋은 친구가 되라고.
연두	(눈 반짝이며) 언니랑 놀면 재밌어요.
모음	언니도! 그러니까 우리 앞으로도 같이 놀자. 막 맨날 신나게 놀자!
연두	(고개 끄덕이며) 네!

S#40. 승효의 집, 거실 및 현관 (밤)

승효, 커다란 가방(며칠 치 옷가지가 들어 있는 더플백류) 한쪽 어깨에 걸치고 2층에서 내려오는데 마침 혜숙도 방에서 나온다. 승효, 혜숙을 보고 멈칫한다.

혜숙	(애써 웃으며) 아들 얼굴 보기 힘드네. 며칠 집에 안 들어온 것 같던데.
승효	(감정 없이) 네. 지금도 잠깐 옷 가지러 온 거예요. 바로 나가봐야 해요.
혜숙	(어렵게) 저기... 엄마 내일 떠나.
승효	(쿵 하지만) 네. 잘 다녀오세요.
혜숙	자주 연락할게. 전화도 하고 메시지도 하고. 연말에 네 생일엔 다시 들어오,
승효	(말 자르며) 안 그러셔도 돼요. 어릴 땐 그런 얘길 들으면 기대했어요. 기다렸어요. 저도 엄마가 필요했던 날들이 있었어요. 근데 이젠 아니에요.
혜숙	(마음이 무너지는 듯하고)
승효	(현관으로 가는데)
혜숙	(뒤에서) 승효야.

승효, 멈칫한다. 자신의 신발 옆에 외롭게 덩그러니 놓인 혜숙의 신발이 눈에 들어온다. 하지만 못 들은 척 그대로 신발 신고 나가버린다. 혜숙, 그렇게 거실에 홀로 남아 있다.

S#41. 승효의 집, 마당 (밤)

집 밖으로 나온 승효, 쓸쓸한 얼굴로 현관문을 돌아본다. 이대로 엄마와 다시 이별이라니 마음이 쓰인다. 하지만 다시 들어가지 못한 채, 그 자리에 한참을 서 있다.

S#42. 정헌대학병원, 복도 창가 (밤)

경종, 심란한 얼굴로 창밖을 내려다본다. 혜숙을 생각하는 것이다.

S#43. 승효의 집 외경 (새벽)

S#44. 승효의 집, 거실 및 현관 (새벽)

현관에 캐리어 놓여 있다. 가벼운 차림*의 혜숙, 애틋하고 그리운 얼굴로 빈집을 돌아본다. 다시 돌아오지 않을 것 같은 사람의 얼굴이다.

S#45. 승효의 집, 대문 앞 (새벽)

아직 어둠이 남아 있는 어슴푸레한 골목길. 대문을 열고 나오는 혜숙, 캐리어 끌고 걸어간다.

----

* 공항 패션이라고 해도 무방하고 산에 가도 어색하지 않은 정도의 심플하고 캐주얼한 복장. 신발은 S#40 과 같은 것으로 투박하지 않은 고급 브랜드의 스니커즈다.

S#46. 건축 아틀리에 인, 승효의 사무실 (아침)

회사 샤워실에서 씻은 승효, 머리에 물기 젖은 채 수건 털며 들어오는데
석류가 와 있다.

승효   깜짝이야. 너 왜 남의 사무실에 막 들어와 앉아 있냐.
석류   넌 왜 회사에서 머릴 감냐? 외박했냐?
승효   일이 많아서. 근데 왜 왔어? 무슨 일 있어?
석류   줄 게 있어서. (하며 사진 한 장을 내민다)
승효   (사진 보는 표정) !

S#47. 과거. 석류의 집, 옥상 (낮)

1996년 여름. 승효와 석류 가족이 다 같이 고기를 구워 먹는다. 휴대용
가스레인지와 호일 씌워진 프라이팬 위, 납작한 냉동 삼겹살이 익고 있
다. 동진, 잠자리채 들고 옥상 뛰어다닌다. 승효, 얌전히 앉아 있고 석류,
안 익은 고기 집어 먹으려다 미숙한테 한 대 쥐어박힌다.

미숙   배석류! 익지도 않은 걸 먹으면 어떡해. 너 배 아파 병원 가고 싶어?
혜숙   (손부채질하며) 더운데 굳이 이렇게 옥상에서 먹어야 되니?
미숙   이열치열 몰라? 그리고 밖에서 먹으니까 분위기 나잖아.
근식   근데 승효 아빠 다크서클이 많이 내려오셨다. 너구리가 친구 하자 그러
        겠어요.
경종   (민망한) 제가 밤을 새고 바로 오는 바람에.
미숙   어머. 주무셔야 되는데 우리가 눈치 없이 괜히 불렀나?
경종   아닙니다.
근식   그래. 피로가 꼭 잠을 자야만 풀리는 건 아니라니까. 식구들끼리 복닥복
        닥 이게 휴식이지. 예? 안 그래요?
경종   맞습니다. 좋네요. 이렇게 다 같이 있으니. (하며 혜숙을 살짝 본다)
혜숙   (경종의 시선 느끼고)

근식	바빠서 두 분은 휴가도 못 가셨잖아. 여기가 피서지다 생각하세요.
미숙	사진도 한 장 박아줘. 우리 필름 남았잖아.
혜숙	(새침하게) 됐어. 사진은 무슨.
근식	(카메라 들며) 아이, 왜요. 기념 삼아 한 장 찍으세요. 두 분 좀 붙으시고. 승효야. 너도 이리 와서 고 가운데 앉아.

경종과 혜숙, 이런 일이 낯선 듯 쭈뼛쭈뼛 있고 승효, 근식이 시키는 대로 부모 사이에 앉아 엄마 아빠를 번갈아 올려다본다. 경종과 혜숙, 이 상황이 어색하고 멋쩍다.

근식	자, 찍습니다. 웃으세요. 김치.

렌즈 속 세 사람 얼굴 무표정하다가 근식의 말과 함께 웃는다. 미소 짓는 경종과 혜숙. 가운데에서 승효, 정말이지 활짝 웃는다. 서툴지만 행복했던 세 사람의 가족사진.

S#48. 건축 아틀리에 인, 승효의 사무실 (아침)

그 사진이 그대로 승효 손에 들려 있다. 사진을 보는 승효의 손이, 눈동자가 조금 떨린다.

석류	(괜히) 방 정리하다가 되게 우연히 의도치 않게 찾았어.
승효	(일부러 찾아준 걸 아는) 고맙다.
석류	이제 너도 있는 거다. 가족사진.
승효	(사진에서 눈을 떼지 못한 채) 응.
석류	최쏭. 근데 너 이모 배웅하러 공항 안 가봐도 되겠냐?
승효	(쿵! 하는 느낌으로 급히 시계 보는)
석류	(옆에서) 이모 출국 시간 몇 신지 알아?
승효	(모른다!) 아니.
석류	아저씨는 알지 않으실까?

승효 (경종에게 전화하려는데 마침 경종에게 전화 오는) 네. 아빠! 그러잖아도 제가 전화 드리려고, ...네? 엄마가요?

S#49. 경찰서 (아침)

승효와 석류, 헐레벌떡 경찰서로 뛰어 들어온다. 주변 두리번거리는데 경찰과 함께 얘기 중인 경종 보인다. 그 옆엔 혜숙의 캐리어 놓여 있다.

승효 아빠! 어떻게 된 일이에요?

경종 나도 방금 연락받아 왔다.

경찰 터미널에서 서혜숙 씨 캐리어가 발견됐어요. 원래는 분실물센터로 갔다가 외교부 택이 달려 있다고 이리로 가져왔더라구요.

경종 오늘 출국하는 날이라 아마 공항에 가려고 했을 겁니다.

승효 제가 전화해볼게요. (하고 전화 거는데 벨소리가 캐리어 안에서 울린다)

경찰 (이미 알고 있는) 저희도 해봤는데 핸드폰이 안에 있는 것 같더라고요.

석류 캐리어랑 핸드폰을 다 잃어버린 거면, 이모 지금 되게 곤란한 상황 아녜요? 핸드폰에 연락처도 다 있을 텐데. 캐리어 비밀번호 모르세요?

경종·승효 (둘 다 고개 절레절레 젓는)

승효 엄마 생일이 0617. (눌러보지만 아니다)

석류 네 생일이랑 아저씨 생일도 눌러봐.

승효 (1227, 1124 눌러보지만 전부 아니고) 아니야.

경종, 가만히 보다가 1216 누르면 딸깍 소리와 함께 캐리어 열린다. 경종과 승효의 표정!

석류 열렸다! 이거 무슨 숫자예요?

승효 엄마 아빠 결혼기념일...

경종 (왈칵, 이게 혜숙의 진심이었나)

승효 (경종 보며) 엄마 지금 어디 계실까요? 연락할 방법 없어요?

S#50. 교차편집, 경찰서 앞 일각 + 외교부, 사무실 (낮)

경종, 혜숙의 휴대폰에서 세환의 연락처를 찾는다. 그리고 전화를 건다. 몇 번의 신호가 가고, 세환의 목소리 들려온다.

세환   (친근하게) 응. 나야. 도착했어?

경종   (굳은 얼굴로) 여보세요.

세환   (멈칫했다가) 누구십니까?

경종   최경종입니다.

세환   ...안녕하세요.

경종   제 아내 핸드폰이 왜 저한테 있는지는 나중에 설명하기로 하고, 지금 혜숙이 어디 있는지 아십니까?

세환   네?

경종   공항에 도착한 겁니까?

세환   (처음 듣는 얘기인 듯) 공항이요?

경종   오늘 부임지로 출국하는 날인데, 제가 출발 시간을 모릅니다.

세환   부임지라뇨. 서대사 은퇴하기로 했는데 모르셨습니까?

경종   (충격으로) 예?

세환   얘길 안 했나 보군요. 저어, 이런 얘기 해도 될지 모르겠는데 혜숙이가 근래에 좀 이상했습니다.

S#51. 과거, 외교부 앞 (낮)

10화 S#57과 같은 장면, 다른 시점이다. 세환, 혜숙에게 은방울꽃 꽃다발을 내민다.

혜숙   웬 꽃이야?

세환   (미소로) 은퇴 기념으로 샀어. 그간 수고했다는 의미로.

혜숙   (금시초문이라는 듯) 은퇴? 누가 은퇴한대?

세환	(일부러 장난치는 건가, 뭐지 싶은) 응?
혜숙	(냄새 맡으며) 역시 은방울꽃. 향 너무 좋다. 근데 진짜 누가 은퇴하는데?
세환	(이상함을 느끼고) 어? 어어, 그게...
혜숙	(해맑게) 맞다. 자기, 나 발령 언제 나? 차관님. 빨리 얘기 안 해주시면 저 장관님이랑 미팅 잡아요.
세환	(당황해서) 혜숙아. 너 왜 이래, 무섭게.

S#52. 교차편집. 경찰서 앞 일각 + 외교부, 사무실 (낮)

경종, 세환의 말에 얼어붙어 서 있다. 세환의 얼굴에도 근심이 가득하다.

세환	더 이상 발령은 어려울 것 같다고 전달했고, 본인도 분명 수긍했는데. 전혀 기억을 못 하더군요. 아예 처음 듣는 사람 같았어요.
경종	(충격이지만 정신 차리고) 그 사람 빨리 찾아야 할 것 같네요. 그 사람 갈 만한 곳 어디 아는 데 없습니까?

S#53. 혜릉부동산 (낮)

미숙, 재숙, 인숙 앞에 혜숙이 남기고 간 선물들 놓여 있다. 화장품 상자에는 sublime de la beauté를 비롯해 프랑스어가 적혀 있다.

인숙	피도 눈물도 없는 기집애. 어떻게 인사도 없이 갈 수가 있어!
재숙	얼음공주 서빙고 이름값 한 거지. 선물만 남기고 가면 다야?
미숙	미안하대. 금방 연락한대.
인숙	(태세 전환) 그럼 이제 이거 뜯어봐도 될까?
재숙	(역시 바로 상자 살피며) 어머, 이거 샤넬이구나?
미숙	(혹해서) 그래? 그거 비싼 거잖아. 이게 크림인가?
인숙	기다려봐. 화장품은 또 내가 전문이잖니. 뭐라고 쓰여 있나 보자. (노안이라 거리 조절해가며) 수블... 수브레... 수브리... 썰블... 아, 썩을!!!

미숙·재숙	(놀라서 보면) !
인숙	(분노로) 세종대왕의 나라에서 뭐 이렇게 꼬부랑 글씨들을 써놓고 지랄들이야!
미숙	(쫄아서) 내, 내가 혜숙이한테 전화해볼게. 아니 이따 석류한테 물어볼게.

때마침 석류와 승효가 부동산 안으로 헐레벌떡 들어온다.

미숙	(반기는) 야, 석류야. 승효야. 니들 마침 잘 왔다.
승효	(대뜸) 이모. 우리 엄마 어디 갔는지 알아?
미숙	(무슨 상황인지 모르고) 응?
승효	(일곱 살 때처럼 울 것 같은 얼굴로) 우리 엄마 좀 찾아줘. 이모.

S#54. 도로 및 승효의 차 안 (낮)

세 사람이 탄 차가 도로를 달린다. 운전 중인 석류, 걱정스런 얼굴로 보조석의 승효를 본다. 승효의 얼굴 초조하다. 뒷좌석의 경종 역시 사뭇 복잡한 표정이다. 그 위로 겹치는 소리.

세환(E)	어제 통화했는데 바람 쐬러 산에 갈 거라고 했어요. 어딘지는 저도 모릅니다.
미숙(E)	혜숙이가 갈 만한 산이라면 가정산밖에 없을 텐데. 거기 지난번 갔던 절도 있고.

S#55. 지방 사찰 전경* (낮)

----

* 5화 S#10의 사찰과 같은 곳이다.

제법 높은 산 속. 그 중턱에 자리 잡은 사찰 전경 비춰진다.

S#56. 지방 사찰 일각 (낮)

법당 툇마루에 앉아 있는 혜숙, 어두운 얼굴로 생각에 잠겨 있다.

flash back.
9화 S#40. 세탁기 고장 사건. "감사합니다. 근데 고장 원인이 뭔가요?",
"아, 그게 세탁기에서 얘가 나왔어요."
9화 S#65. 사포닌을 잘못 말한 혜숙. "샤프란. 넌 그렇게 약을 많이 먹으
면서도 그거 하날 모르니?", "샤프란 아니고 사포닌 아냐?", "응. 나도 사
포닌으로 알고 있는데."
10화 S#3. 미숙의 말. "맞다. 야, 너 내 가방에 그거 넣어놨더라. 영자신
문."
11화 S#51. 증발해버린 기억. "은퇴? 누가 은퇴한대?"

심란함을 떨치며 일어나는 혜숙, 휴대폰 찾아 가방을 뒤적인다. "분명 핸
드폰을 여기 어디 넣었는데..." 하는데, 안에서 나온 건 TV 리모컨이다. 혜
숙, 충격받았지만 괜찮은 척한다.

혜숙   헷갈릴 수 있어. 크기도 비슷하고. (하다가) 근데... 내 캐리어는 어디 있
지? 난 왜 여기 올라왔지?

혜숙, 나는 누구 여긴 어디 하는 표정으로 주변을 둘러본다. 어지럽고 혼
란스럽다.

S#57. 등산로 (낮)

혜숙, 산에서 내려온다. 늦은 오후의 햇빛이 점차 산 아래로 기울어지고

있다. 길에는 등산객 한 명도 보이지 않는다. 혜숙, 발걸음을 서두르는데
그 순간 악! 하며 발을 헛디딘다. 잠시 후, 혜숙의 모습 보이지 않고 신발
한 짝만 덩그러니 남아 있다.

S#58. 지방 사찰 입구 (저녁)

승효와 경종, 그리고 석류가 헐레벌떡 사찰 안으로 들어온다. 여기저기
두리번거려도 혜숙의 모습 보이지 않는다. 승효, 때마침 지나가던 보살
님을 붙잡고 휴대폰 사진 보여주며 묻는다.

승효	죄송한데, 혹시 이분 여기 오신 적 있나요?
보살	(보더니) 아, 예. 아까 봤어요, 이분. 혼자 오셨었는데.
경종	(다급하게) 어디서 보셨습니까?
보살	(가리키며) 저쪽에 한참을 계셨어요.

S#59. 지방 사찰 일각 (저녁)

승효와 경종, 석류가 기와공양 하는 쪽으로 향한다. 혜숙의 모습은 보이
지 않는다.

석류	아까 보셨다니까 벌써 내려가신 것 같아.
경종	이만 가자.
승효	(가려다가 기와 발견하고 멈칫) ...여기 이거 엄마 글씨예요.
경종	(돌아보면)
승효	(왈칵) 엄마가 쓴 거예요.

S#60. 과거, 지방 사찰 일각 (낮)

혜숙, 미소 띤 얼굴로 기와에 소원을 쓰며 작게 혼잣말한다.

혜숙   사실 제가 가톨릭이거든요? 근데 부처님은 대자대비^{大慈大悲}한 분이시니까 제 소원 좀 들어주시면 안 될까요?

S#61. 지방 사찰 일각 (저녁)

혜숙이 쓴 기와에 한국어로 "남편과 아들을 잊지 않게 해주세요."라고 적혀 있다. 그걸 보는 경종과 승효의 표정! 석류, 이 상황이 안쓰럽고 맘 아프다.

S#62. 등산로 (저녁)

노을이 붉게 물들기 시작한 하늘. 승효와 석류, 경종 함께 내려온다. 어느새 주변이 어둑어둑해지고 있다. 석류, 어두운 표정의 경종과 승효를 위로하듯 힘주어 말한다.

석류   아저씨. 이모 먼저 내려간 것 같으니까 너무 걱정 마세요. 최쌤. 우리 근처 호텔이랑 식당, 터미널 전부 싹 다 뒤져보자!

대답하려던 승효, 순간 멈칫한다. 등산로에 떨어져 있는 신발을 발견한 것이다! 승효의 머릿속을 스쳐 지나가는 기억. 현관에서 봤던 엄마의 신발(S#40)이다.

승효   (황급히) 아빠! 이거 엄마 신발이에요.
경종   (놀라서) 뭐? 잘못 본 거 아니냐?
승효   (힘주어) 확실해요. 엄마한테 무슨 일 있는 거 아니겠죠?
경종   아무래도 이 주변을 찾아봐야 될 것 같다.
석류   (당황해서) 여기 아래는 절벽인데요? 날도 어두워지는데.

승효   제가 내려갈게요.

경종   (바로) 내가 내려가마. 넌 다리도 다친 적 있고, 위험 상황에 대비한다 쳐
       도 너보단 내가 낫지 않겠냐.

승효   (미치겠는) 그럼 같이 내려가요!

경종   (잡으며) 아니. 두 사람은 저 아래 등산로 통해서 돌아와. 한 시간 안에 내
       가 안 보이면 구조 요청 좀 해주고.

승효   하지만 아빠.

경종   (투철한 눈빛으로) 승효야. 아빠가 엄마 꼭 찾아올게.

승효   (경종의 진심이 느껴지는) 조심하세요.

비장함과 긴장이 가득한 얼굴의 경종, 비스듬히 경사진 길을 더듬더듬
기어 내려간다.

S#63. 등산로 (밤)

빛이 거의 사라져 어두컴컴해진 주변. 석류와 승효, 산을 내려가는데 승
효, 맘이 급하다. 서두르다 발을 헛디디고! 넘어질 뻔한 승효를 석류가 잡
아준다.

석류   (놀라서) 조심해!

승효   (정신 혼미한) ...아! 미안.

석류   안 되겠다. 너 지금 너무 급해. 이러다 큰일 나. 나랑 손잡고 천천히 가.
       (하며 손 내민다)

승효   (멍하니 석류의 손 내려다보는데)

석류   걱정 마. 이모 무조건 괜찮으니까. 라벤더 멤버 중 이모가 제일 똑순이잖
       아.

승효   (그제야 정신 차리고) 응.

석류   (승효 손 끌어당겨 잡으며) 가자. 이모한테 가자.

승효, 석류 덕분에 안정을 찾는다. 두 사람 어린 시절처럼 손을 꼭 잡고

길을 내려온다.

경종(E) 승효 엄마! 혜숙아! 서혜숙!

S#64. 산속 (밤)

어느새 어두워졌다. 휴대폰 플래시를 든 경종, 혜숙을 찾아 헤맨다. 넘어질 뻔해도 개의치 않고. 절벽 아래 물가 근처에 쓰러진 누군가가 보인다. 경종, 달려가 보면 혜숙이다!

경종 혜숙아. 혜숙아, 정신 차려봐.
혜숙 (눈을 뜨는)
경종 정신이 들어? 내 목소리 들려? 다친 데는, 다친 데 없어?
혜숙 (고개 저으며) 다리. 다릴 삐었는데 날은 어두워지고 아무도 없고. 119에 신고하려 그랬는데 핸드폰은 없고.
경종 그러게 여길 왜 혼자 와. 왜 당신 나한테 아무것도 얘길 안 했어! 발령받았다고 왜 그런 거짓말을 해!
혜숙 (알았구나) 그래야 당신 맘 편할 것 같아서. 아니다, 그것도 거짓말이다. 내 자존심 지키려고. 버림받기 싫어서.
경종 (왈칵) 내가 널 왜 버려! 나한테서 마음 떠난 거 알면서도, 당신 그림자라도 붙잡고 싶어서. 그 뒷모습만 보고 산 게 수십 년인데.
혜숙 아닌데. 당신한테 가는 길이 갈수록 멀어져서 나야말로 매일 종종걸음이었는데.
경종 (보다가) 보고 싶었다.
혜숙 (쿵 해서 보면)
경종 (눈물 그렁해져) 당신이 프랑스에 있을 때도 아프리카에 있을 때도 한국에, 집에 있을 때도 항상 보고 싶었어.
혜숙 (역시 눈물 고인) 왜 우리는 이런 말을 할 줄 몰라서 여기까지 왔을까.

경종과 혜숙, 회한으로 보는데 그때 저만치서 플래시 불빛과 함께 승효와 석류 나타난다.

승효   엄마! 아빠!
석류   아저씨! 이모!
혜숙   (왈칵) 승효야.
석류   (혜숙에게 달려가며) 이모. 괜찮으세요?
승효   (멀찍이 서서 그 모습을 지켜만 보고 있는)
혜숙   (안심시키려) 괜찮아. 승효야. 엄마 별로 안 다쳤어. 미안해. 많이 놀랐
         지?
승효   (비로소 감정 터져 나오는) 나한테 왜 그래요, 진짜!
혜숙·경종 (놀라서 보는)
승효   이혼도, 떠나는 것도, 두 분 멋대로 결정해버리고! 왜 나한텐 안 물어봐
         요? 왜 내 마음은 신경도 안 쓰는데요!
석류   (그런 승효를 보는)
승효   (어린애처럼) 크리스마스 때마다 산타 할아버지한테 빌었어요. 안 울 테
         니까 착한 일 많이 할 테니까, 엄마를 되돌려주세요. 그래서 엄마 아빠랑
         같이 밥 먹게 해주세요.
경종   (마음 아픈, 유구무언이고)
혜숙   (눈물로) 승효야...
승효   내가 착한 아이가 되려고 얼마나 노력했는지 알아요? 근데 이제 나도 어
         른인데! 그딴 거 더 이상 신경 쓰고 싶지도 않은데! 난 여전히 엄마 아빠
         앞에선 일곱 살 그날로 돌아가버려요.
혜숙·경종 (가슴 아프게 보면)
승효   (눈물로) 평생을 거기 매여 살았는데, 이만큼 컸는데도 자꾸만 바보같이!
         나는 아직도 엄마 아빠랑 같이 밥이 먹고 싶어요.
경종   (그렁해져) 미안하다. 미안하다, 승효야.
혜숙   (왈칵) 승효야. 엄마가 미안해. 나는 네가 날 미워하는 줄 알았어.

S#65. 과거. 승효의 집, 경종의 서재 및 복도 (밤)

S#24가 혜숙의 시점으로 보여진다. 혜숙, 방문 열면 파자마 차림의 승효, 베개를 끌어안고 서 있다. 혜숙, 승효를 보고 너무 놀라 아무 말도 하지 못한다. 자신도 충격을 받았다!

S#66. 과거. 승효의 방 (밤)

그날 밤. 혜숙, 침대 옆에 무릎을 꿇고 잠든 승효의 손을 붙잡고 흐느껴 운다.

혜숙   승효야. 미안해. 엄마가 정말 미안해... 아까는 엄마가 정신이 나갔었나 봐. 진심이 아니었어. 미안해. 미안해, 승효야... 엄마가 사랑해... 너무 너무 사랑해.

S#67. 산속 (밤)

혜숙의 얼굴 겹쳐지며 27년의 세월이 흐른 지금. 혜숙의 눈에 오랜 회한의 눈물 흐른다.

혜숙   엄마가 잘못한 게 너무 많으니까, 네가 나보다 미숙일 더 편하게 생각하니까.
승효   맞아요. 미숙 이모가 더 편해요. 근데도, 그런데도, 항상 엄마가 보고 싶었어요.
혜숙   (눈물로 보면)
승효   (혜숙에게 다가와 한쪽 무릎 꿇고 눈 맞추며) 집에 가요, 엄마. 난 아직도 엄마가 필요해요.

혜숙, 승효를 안으면 두 사람 감정을 털어내듯 운다. 경종과 석류 역시 눈물로 지켜본다.

S#68. 등산로 (밤)

경종, 다친 혜숙을 업고 내려온다. 석류와 승효, 그 뒤를 따라 내려온다.

승효 (걱정되는) 아빠. 힘들지 않으세요? 엄마 제가 업을게요.
경종 내 와이프다. 내가 업을 거야.
혜숙 (경종의 말에 심쿵하는) !
석류 (뒤에서 승효 끌어당기며) 야. 눈치껏 좀 빠져.
승효 아...! (하며 뒤로 물러난다)
혜숙 (수줍게) 나 무겁지 않아?
경종 (둘만의 세계) 전혀. 깃털 같아. 아니 공기 같아.
석류 (미소로) 옛날부터 생각했던 건데, 두 분 되게 잘 어울리신다.

다정한 부모의 뒷모습을 보는 승효, 마음이 좋다. 너무 좋아서 코가 자꾸 시큰해진다.

S#69. 승효의 집, 대문 앞 및 골목길 (밤)

미숙과 재숙, 인숙, 초조한 표정으로 대문 앞을 서성인다. 그때 골목 끝에서 승효와 석류, 경종의 등에 업힌 혜숙이 보인다. 다들 우르르 달려가면 혜숙, 경종의 등에서 내려온다.

미숙 어떻게 된 거야, 이 지지배야. 우리가 얼마나 놀랐는지 알아?
재숙 그래. 뭔 일 나는 줄 알았잖아!
인숙 (가방에서 우황청심환 꺼내며) 일단 이것부터 먹어. 놀랐을 땐 청심환이지.
혜숙 (새침) 됐어. 다들 이 시간에 뭐 하러 나와 있어. 수선 떨지 말고 얼른 집에 가!
재숙 (황당한) 진짜 이렇게 가라고?

인숙	(무미건조함에 당황) 감격의 포옹 이런 것도 안 하고?
혜숙	싫어. 끈적거려. 들어가서 샤워부터 해야겠어. 여보, 나 좀...
경종	으응. 오늘 감사합니다. 조심히들 들어가세요. (하고 혜숙 부축해 간다)
미숙	(들어가는 혜숙 보며) 됐다. 쟤 콧대 보니까 완전 멀쩡해. 라벤더 이만 해산!
승효·석류	(재숙과 인숙 어리둥절한 가운데 그제야 마주 보고 웃는)

S#70. 승효의 집, 거실 (밤)

혜숙, 소파에 앉아 있고 경종, 그 아래 한쪽 무릎을 꿇고 혜숙의 발목을 살핀다.

경종	단순 염좌로 보이지만, 그래도 내일 같이 병원 가서 엑스레이 찍어보자.
혜숙	응.
경종	그리고... 조만간 뇌 MRI도 찍자. 어떤 상황인지 대강 들었어.
혜숙	(멈칫했다가) 승효한테는 아직 얘기 안 했지?
경종	응. 별일 아닐 거고, 그냥 확인 차원에서 받자는 거니까 겁낼 필요 없어.
혜숙	(불안한 눈으로 끄덕이는)
경종	만에 하나 혹시 괜찮지 않아도 내가 당신 옆에 있을 거야.
혜숙	(쿵 해서 보면)
경종	(결혼식 때처럼) 기쁠 때나 슬플 때나, 건강할 때나 아플 때나 항상 서로 의지하며 살아가겠습니다. 맹세했잖아, 우리.
혜숙	(왈칵) 그 서약을 너무 오래 잊고 살았네.
경종	지금부터 지키면 되지. 오늘 고됐을 텐데 씻고 푹 쉬어.
혜숙	당신도. (하고 일어나려는데 발목 아픈지 다시 풀썩 주저앉는다)
경종	(조심스럽게) 화장실 데려다줄까?
혜숙	(보며) 그래 줄래?

그러면 경종, 혜숙을 공주님 안기로 안는다. 혜숙의 발끝이 설렘으로 꼼지락거린다.

S#71. 교차편집. 석류의 방 + 승효의 방 (밤)

석류, 창문 열더니 화분에서 작은 돌멩이를 꺼내 승효 방에 던진다. 드르륵 창문 열리고 승효, 놀랍지도 않다는 듯 석류를 본다. 승효의 손에는 리코더 들려 있다.

석류	손에 그건 뭐냐?
승효	리코더.
석류	밤에 피리 불면 뱀 나온다.
승효	(리코더 분리하며) 안 불어. 모델링을 좀 해야 돼서 구조 분석 중이야.
석류	옛날에 그렇게 분리해서 털면 침 엄청 많이 튀었는데... (하다가) ...미안.
승효	나 내일부터 출장 가서 집에 없다.
석류	출장? 어디 가는데?
승효	강원도.
석류	아. 갔다 언제 오냐?
승효	2주 뒤에.
석류	(히익) 뭔 놈의 출장이 그렇게 길어? 해외도 아니고 국내를 2주씩이나.
승효	(툭) 중요한 프로젝트라서. 심심하면 놀러 오든가.
석류	(멈칫해서 보면)
승효	(변명하듯) 아니 그냥 정말 너무 무료하고 되게 할 일 없고 그러면.
석류	(쿨하게) 그럴 일 없을 거야. 잘 다녀와라.
승효	(실망 감추고) 그래.

S#72. 서로 떨어져 있는 승효와 석류 몽타주 (낮-밤)

다음 날. 리드미컬한 음악과 함께 승효와 석류의 일상이 시작된다.
- 승효, 건축물이 지어질 해바라기밭 앞 공터를 직접 둘러본다.
- 석류, 요리학원에서 음식을 만든다. 오늘의 메뉴는 '홍합초'다. "홍합을

손질할 때는 안쪽 털을 가위로 잘라 제거해야 해요. 그다음에 살짝 데쳐야 하는데 너무 오래 익지 않게 해주세요." 강사 목소리 들려오는 가운데 석류, 열의가 가득하다.

- 승효, 현장 근처 숙소에서 명우, 나윤 및 직원들과 함께 회의한다. "이쪽으로 주로 편서풍이 불거든? 풍속을 많이 받으려면 일단 이 바람 들어오는 입구를 좁게 만들어야 할 것 같아. 그리고 이쪽을 막아서 바람이 부딪치게 하고..."

- 석류, 거실 소파에 누워 만화를 본다. 재미없는지 심드렁하게 페이지 넘기다가 휴대폰 본다. 메시지나 전화 하나 온 것 없다. 석류, 기다리는 연락이 있는 듯한 얼굴이다.

- 승효, 밤새 도면을 그린다. 일에 한껏 집중한 얼굴이다.

- 석류, 놀이터에서 혼자 논다. 그네도 타고 미끄럼틀도 타고 정글짐에도 올라간다. 그리고 꼭대기에 앉아 중얼거린다. "혼자 노니까 별로 재미없네."

- 승효, 다시 회의한다. 밤낮이 따로 없는 마라톤 회의다. 명우와 나윤 등 다 여기저기 쓰러져 자고 있는데 승효 혼자 도면과 씨름한다.

- 석류, 자기 전에 방 창문 열어보면 승효의 방 창문 굳게 닫힌 채 불 꺼져 있다. 석류, 턱을 괸 채 승효의 방 창문 보며 말한다. "아... 심심하다."

S#73. 석류의 집, 옥상 (낮)

석류, 요리책 펼치고 휴대폰으로 승효의 녹음본을 튼다. 옆에는 메모용 태블릿 놓여 있다.

석류   오늘은 코코뱅 차례네.

승효(F)   Coq au vin, ça signifie un coq au vin. C'est un plat traditionnel français, cuit avec du vin versé sur du poulet et des légumes. 코코뱅은 포도주에 잠긴 수탉이라는 뜻으로, 닭고기와 야채에 포도주를 부어 조린 프랑스 전통 요리다.

석류   (승효의 말 끊기면) 뭐야. 왜 안 나와? 녹음을 여기까지만 했나?

휴대폰 속 녹음 파일은 계속 재생 중이다. 석류, 정지하려는데 툭 이어지는 승효의 목소리.

승효(F)   배석류.
석류   (멈칫하는)!

S#74. 과거, 석류의 집, 옥상 (낮)

S#10과 같은 장면이다. 승효, 세상모르고 잠든 석류를 애틋하게 보다가 자신도 석류 옆에 눕는다. 승효, 석류를 빤히 쳐다보며 말한다.

승효   배석류. Ce lait, sa date de péremption est aujourd'hui. Mais mon sentiment ne se cassera ni demain ni aprs-demain.

S#75. 석류의 집, 옥상 (낮)

석류, 프랑스어를 하나도 알아들을 수 없다. 답답해 미쳐버리겠다.

석류   최쏭 이 자식은 대체 뭐라고 한 거야... (하다가 좋은 생각난) ...아!

석류, 태블릿으로 음성번역 앱을 켜 승효의 프랑스어를 재생한다. 그러면 화면에 번역체의 문장이 뜬다. "그 우유의 유통기한은 오늘까지다. 그런데 내일도 모레도 내 마음은 안 상할 것 같다." 석류의 표정! 그리고 글자 뒤로 재생되는 승효와의 추억들.

S#76. 승효와 석류의 추억 플래시백 몽타주

- 2화 S#17. 5세. 승효와 석류의 첫 만남.
- 8화 S#6. 6세. 승효가 수영장에서 석류의 귀를 막아주던 순간.
- 4화 S#65. 17세. 승효가 석류의 목에 금메달을 걸어주던 장면.
- 5화 S#2. 22세. 미국 석류의 기숙사 방에서 승효의 어깨에 툭 기대 잠 들던 석류.
- 1화 S#27. 34세. 승효와 석류의 재회.
- 2화 S#60. 정글짐에서 우는 석류의 곁을 지켜주던 승효의 모습.
- 3화 S#65. 수영장에서 승효가 가라앉던 석류의 몸을 받쳐주던 찰나.
- 4화 S#68. 남산타워에서 석류가 승효에게 매달리듯 안겼던 순간.
- 5화 S#80. 별이 쏟아지던 하늘, 장독대 가득한 마당에서 석류를 바라 보던 승효.
- 7화 S#63. 석류를 향한 승효의 고백.
- 10화 S#54. 바닷가에서 석류를 끌어안는 승효.

S#77. 석류의 집, 옥상 (낮)

켜켜이 쌓인 그들의 시간이 스쳐 지나가고 석류, 결심한 듯 자리를 박차 고 일어난다.

S#78. 모음의 방 (낮)

모음, 기사에 실린 단체 사진 속 단호의 얼굴을 확대해 보고 있다. 그때 문자메시지 하나 도착한다. '남극 장보고 과학기지 육상안전분야 소방공 무원 채용 서류전형에 통과하셨습니다.' 하는 내용이다. 눈 휘둥그레진 모음, 벌떡 일어나는데 그때 석류가 방으로 뛰어 들어온다.

모음	(서류 합격 사실 말해주려는) 야! 석류야, 나...!
석류	(거의 동시에 다급하게) 야! 너 차키 어디 있어?
모음	(어리둥절) 차키? 가방에.

석류	(바닥에 던져진 가방 뒤지며) 나 잠깐 네 차 좀 빌리자.
모음	(영문 모르지만) 그래. 어디 가는데?
석류	(키 들고 나가며) 최승효 만나러!!!
모음	와우. 드디어 촉매제가 콸콸콸 뿌려진 건가?

S#79. 고속도로 및 모음의 차 안 (낮)

석류, 운전하며 승효에게 전화하는데 받지 않는다. 다급해진 석류, 명우에게 전화를 건다.

| 석류 | 윤대표님. 전데요. 혹시 지금 승효 어디 있는지 아세요? |

S#80. 해바라기밭 (낮)

해바라기들이 선명하게 무리 지어 피어 있는 노란 꽃밭. 승효, 그 앞의 빈 땅을 살펴보고 있다. 책방이 지어질 현장이다. 그때 저 멀리서 누군가 달려온다. 석류다!

승효	배석류?
석류	(숨 헐떡이며) 야. 너는 왜 전화를 안 받아?
승효	(확인하고) 아, 무음으로 해뒀네. 근데 너 여긴 어떻게 왔어?
석류	심심해서. 네가 심심하면 오라며.
승효	(피식) 심심했냐?
석류	어! 네가 없으니까 시간이 좀 안 가.
승효	(멈칫해 보면)
석류	네가 없으니까 만화책이 재미없어.
승효	(심장 쿵 떨어지는)
석류	네가 없으니까 놀이터도 조용해. 네가 없으니까 매일이 막 밍숭맹숭해. 소금 안 친 곰국 같고 간장 안 찍은 만두 같아.

승효   (석류의 말뜻을 알아들은)
석류   네가 없으니까 꼭 목욕하고 바나나우유 못 먹은 기분이야. 그래서 말인
       데, 나랑 바나나우유 먹으러 안 갈래?
승효   (너털웃음) 넌 어떻게 이런 상황에서도 먹는 얘길 하냐.

       승효, 그 말과 함께 돌진하듯 성큼성큼 걸어간다. 그대로 석류 얼굴을 양
       손으로 감싸며 입을 맞춘다. 짧은 입맞춤 후, 떨어지는 두 사람. 석류, 승
       효를 올려다보며 속삭이듯 말한다.

석류   ...바나나우유 이제 안 먹어도 될 것 같아.

       승효, 웃으며 다시 석류에게 입 맞추고. 그렇게 드디어 서로의 마음을 확
       인한 두 사람. 파란 하늘, 해바라기밭 위로 '지각' 떴다가 점 하나가 더 찍
       히며 **11화 엔딩 타이틀. 자각**

소꿉연애

어른연애

S#1.   과거. 혜릉동 놀이터 (낮)

1996년 6월. 낡고 조악한 플라스틱 소꿉장난 세트와 빈 요구르트병, 바나나우유병 등 놓여 있는 가운데 석류, 돌로 봉숭아 꽃잎을 야무지게 짓찧는다. 승효, 옆에서 쪼그리고 앉아 그 광경을 보고 있다. 석류, 근식의 넥타이를 맸고 승효의 입술에는 석류가 훔쳐 온 미숙의 립스틱이 발려진 상태다. 석류, 유치원 가방에서 백반을 꺼내 봉숭아 꽃잎 위에 부으며 말한다.

석류   애기야, 기다려. 내가 이쁘게 해줄게!

승효, 미심쩍은 눈으로 석류를 본다. 근처에 화사하게 핀 봉숭아 꽃대들 비춰지다가 시간 경과와 함께 으아앙! 승효의 울음소리 겹쳐진다. 석류, 난처한 얼굴로 보면 승효의 열 손가락이 전부 빨갛게 물들어 있다. 거의 고무장갑을 낀 것처럼 보일 지경.

승효   (울먹) 이거 이제 어떡해.
석류   걱정 마. 자고 일어나면 다 지워질 거야.

승효	그래도 안 지워지면?
석류	(살짝 고민하다가 선포하듯) 그럼 내가 책임질게!
승효	(눈물 그렁한 채 보면)
석류	(늠름하게) 나 배석류가 너 최승효 책임진다. 약속! 도장 찍어!

석류, 승효와 새끼손가락 걸고 이미 지장을 바른 것 같은 엄지손가락에 도장까지 꾹 찍는다. 넥타이 맨 석류와 립스틱 바른 승효 위로 **12화 오프닝 타이틀. 소꿉연애**

S#2. 해바라기밭 근처 슈퍼 (낮)

승효와 석류, 슈퍼 앞 평상에 나란히 앉아 있다. 하지만 어색한 듯 살짝 거리를 둔 상태, 두 사람의 손에는 바나나우유 들려 있다.

석류	(손 꼼지락거리며) 바나나우유 안 먹어도 된다니까. 왜 사 줘.
승효	그건 그거고. 이건 이거고.
석류	(당황해서) 그, 그게 뭔데? 그게 뭐가 그건데?
승효	뭐긴 뭐야. 그것. 영어로는 it. 지시대명사잖아.
석류	그치. 그게 그것, 그러니까 그거긴 한데… 아, 그거 게슈탈트 올라 그래! …야!
승효	왜?
석류	(살며시) 우리 이제 무슨 사이야?
승효	(놀리고 싶은) 글쎄. 키스…한 다음 사이?
석류	(으악) 야! 너 막 키, 그런 말을 갑자기 입에 올리고 그러지 말아줄래?
승효	난 친구랑은 키스 안 한다.
석류	(누가 들을까 무서운) 아, 키스 좀 그만 하라니까!
승효	(계속 놀리는) 지금은 안 했는데? 아까 했지.
석류	(얼굴 빨개져서) 아니 키스란 단어. 단어 말이야! 그리고 나도 친구랑 그런 거 안 하거든?
승효	그럼 됐네. 우리 이제 친구 아니다.

석류	(쑥스럽게) 30년 우정이 뭐 이렇게 쉽게 좋냐.
승효	내 인생에서 제일 어려운 일이었거든? 올림픽 메달도 이것보단 쉬웠을 거다.
석류	(심쿵하는데)
명우(E)	승효야! 석류 씨!

어디선가 낯익은 목소리 들려온다. 저편에서 명우와 나윤 걸어오고 있다. 석류, 놀라 벌떡 일어난다. 승효, 들켜도 상관없기에 왜 이래 하는 느낌으로 올려다본다.

석류	(당황) 대표님!
명우	둘이 벌써 만났네? 석류 씨 승효 어디 있냐고 그렇게 급하게 찾더니. 난 무슨 빚쟁이 잡으러 가는 줄 알았잖아.
승효	(웃음 참으며) 그랬어?
석류	(쪽팔린) 대표님도! 제가 또 언제 그렇게까지 했다고.
나윤	(새침하게) 왜 찾으셨는데요? 대체 무슨 용건이면 서울서 여기까지 선배를 보러 오냐구요.
승효	(얘기하려는) 그게 사실은,
석류	(말 끊고 승효 등짝을 퍽 때리며) 제가 미쳤다고 얠 보러 왔겠어요? 근처에 일이 좀 있어서, 그냥 왔다가, 온 김에 연락 한번 해봤어요.
명우	무슨 일이길래...

S#3. 한정식집 (저녁)

긴 교자상에 나물류, 생선류의 향토적인 음식들 가득 깔려 있다. 반찬만 십수 가지는 될 듯하다. 석류와 승효 마주 앉아 있고, 그 옆에 명우와 나윤 앉아 있다.

석류	(감탄의 너스레) 저는 그렇게 생각합니다. 모름지기 요리하는 사람이라면, 재료 본연의 맛을 은은하게 살리는 이 강원도 음식을 필히 경험해봐

야 한다.

나윤   (어이없다는 듯) 그러니까 여기까지 밥을 먹으러 왔다구요?

석류   (젓가락으로 가리키며) 네. 특히 이 가자미식해요.

명우   에이, 말도 안 돼. 생선으로 무슨 식혜를 만들어요!

석류   (진지하게) 네? 아, 그게 그러니까요, 여이[ㅕㅣ] 식혜가 아니라 아이[ㅏ ㅣ] 식핸데요. 이게 생선에다가 소금이랑 밥을 넣고 발효시키는...

승효   (옆에서 말리듯) 장난치는 거야. 저 형 식해, 홍어 이런 거 킬러야.

석류   (그제야) 아아. 미식가시구나.

승효   형 그레이프 지도에 표시해둔 맛집이 백 개도 더 될걸?

명우   (자랑스럽게) 어제 기준 328개.

석류   우와. 대표님 저 그거 공유해주시면 안 돼요?

명우   (곤란하다는 듯) 아, 이거 사돈의 팔촌도 모르는 고급 정본데... 오케이! 석류 씨 도움받은 것도 있겠다, 통으로 넘겨드릴게.

석류   감사합니다!

승효   (가자미식해를 석류 밥그릇에 놓아주며) 배고플 텐데 얼른 먹어.

승효의 다정한 행동에 나윤을 비롯해 명우도 의아하고 석류는 미쳤냐??? 눈으로 욕을 발사한다. 그러면 승효, 살짝 눈치 보더니 얼른 명우 밥그릇에도 반찬을 투척한다.

승효   형은 게장. 게장 좋아하니까. 나윤이 너는 뭐 좋아하더라?

나윤   (플러팅) 저는 선배요. 선배 좋아하죠.

승효   (무시) 너는 알아서 먹어.

나윤   (아랑곳하지 않고) 저 저거 주세요. 저거!

석류   (거슬리는) 가자미식해가 참 쫄깃쫄깃하네. 아주 잘근잘근 씹어버리고 싶게.

승효   (흠칫하게 되는) !

S#4.   펜션, 침실 (저녁)

석류, 방에 들어와 가방을 내려놓는다. 침대에 걸터앉는데 똑똑 누군가 노크하고 들어온다. 승효다. 손에는 옷가지를 들고 있다.

승효	들어가도 되지?
석류	응. 근데 나 진짜 여기 있어도 돼? 숙소 다른 데 잡아도 된다니까.
승효	빈방 넘쳐나는데 뭐 하러. 그리고 이거. (후드티와 반바지 내밀며) 너 옷 그것밖에 없잖아. 필요할 것 같아서.
석류	(받으며) 그러네. 내가 요새 옷을 자주 빌리고 다닌다.
승효	화장실은 복도 끝에 있으니까 편하게 씻고.
석류	응. 알겠어.
승효	(괜히 미적거리고 있는)
석류	(보며) 안 나가?
승효	나 여기 잠깐 있다 가면 안,
나윤(E)	선배! 선배! 승효 선배 어디 있어요?
석류	(거의 동시라 승효 말 못 듣고, 딱딱하게) 너 찾는다. 얼른 가 봐.
승효	진짜 가라고 하는 얼굴 맞아?
석류	응?
승효	(장난스레) 아까도 그렇고 지금도 그렇고. 왜 자꾸 눈으로 욕하는 것 같지?
석류	무슨 소리야. 내가 지금 얼마나 온화한 눈빛을 장착하고 있는데.
승효	(슬쩍 웃음 나고) 거울이나 보면서 얘기하시지.
석류	(흠칫하면)
승효	아. 이거 혹시 질투하는 건가?
석류	(어이없음의 헛웃음) 야, 질투는 무슨...! 나가. 빨리 나가! 안 나가?!
승효	(웃으며 등 떠밀려 나가는) 나가면 될 거 아냐. 아, 왜 밀어!

S#5. 펜션 외경 (밤)

S#6. 펜션, 승효 · 명우의 방 (밤)

스탠드만 켜 놓은 늦은 밤. 명우, 깊게 잠들었는데 승효, 도무지 잠이 안 온다. 승효, 살짝 망설이다가 석류에게 메시지 보낸다.

승효(E) 자?
석류(E) 아니.

석류에게 바로 답변 오자 승효, 입이 귀에 걸린다. '우리 잠깐 볼래?'라고 메시지를 써서 전송하려는 순간, 메시지 도착한다. 석류가 한발 빨랐다!

석류(E) 10분 뒤, 마당. 나무 앞.

만나잔 뜻이구나! 승효, 침대에서 용수철처럼 튀어 오른다. 입고 있던 파자마는 단추를 뜯다시피 벗어 던지고 달려가다가 엄청나게 요란한 쿵! 소리와 함께 넘어져 (앵글 밖으로) 사라지면... 그 소리에 놀라서 깬 명우, 벌떡 일어나 앉는다.

명우 (잠 덜 깬 채로) 뭐야? 지진 났어?

S#7. 펜션, 마당 (밤)

비는커녕 청명한 밤하늘, 별로 뒤덮여 있다. 석류, 승효 옷을 입은 채 앉아 있는데 승효, 한껏 여유롭게 걸어 나온다. 손에는 《목민심서牧民心書》를 들었다.

승효 (옆에 와 앉으며) 왜 이 시간까지 안 자?
석류 그러는 너는?
승효 (손에 있는 책 들어 보이며) 나야 책 좀 읽느라.
석류 (보더니) 목민...심서? 정약용이 쓴 그 목민심서?
승효 응.
석류 (별 생각 없이) 요새 이런 책 읽는 사람도 있냐?

승효	(이유 모를 발끈) 내가 읽어! 자고로 고전이란 시대를 관통하는 법이야. 청렴함, 책임감, 솔선수범. 어떻게 살아야 할 것인가! 깨달음을 준다고 이 책이.
석류	(빤히) 그래. 근데 너 왜 이렇게 흥분을 해?
승효	(뻘쭘하게) 네가 이 책의 가치를 잘 모르는 것 같아서.
석류	(이제 책에 관심 없고) 여기 되게 좋다. 하루 만에 올라가려니 아쉽네.
승효	나중에 또 오면 되지. 내일 같이 올라가자.
석류	너 일은 어쩌고?
승효	예정보다 일찍 끝났어. 원래 모레 올라가려고 했는데 하루 먼저 가지 뭐.
석류	근데 너도 차 있잖아. 나 모음이 차 끌고 가야 되는데?
승효	내 차는 대리 부르면 돼.
석류	(휘둥그레) 미친놈이냐? 여기서 서울까지 돈이 얼만데.
승효	응. 내가 생각해도 미친놈인데, 근데 아무리 생각해도 너랑 함께 있는 시간이 더 비쌀 것 같아서.
석류	(장난스럽게) 참 나. 너 내가 그렇게 좋냐?
승효	응.
석류	(내심 궁금한) 얼마큼 좋은데?
승효	30년 붙어 있고도 안 질릴 만큼?
석류	(피식) 과장이 심하시네. 양심적으로 중간에 공백기는 빼라.
승효	없었는데, 공백기. 난 늘 같이 있었어, 너랑. (석류 손을 자기 팔로 가져가며) 여기. 여덟 살 때 네가 나한테 뒤집어씌웠던 페인트처럼.
석류	(승효 하는 대로 가만히 보는)
승효	(뺨으로) 일곱 살 때 네가 나 잘 때 얼굴에 붙여놨던 판박이 스티커처럼. (입술로) 여섯 살 때 네가 나 놀리려고 먹였던 입술이 보라색으로 변하는 요술사탕처럼.

승효, 석류를 뚫어져라 보면 둘 사이에 묘한 긴장감이 흐른다. 그 순간 석류, 자신의 손을 승효 머리 위로 가져가 사정없이 헝클어뜨리며 말한다.

석류	다섯 살 때 내가 네 머리에 뱉어놨던 풍선껌처럼?
승효	(분위기 파투난 채 강아지처럼 석류에게 머리 쓰다듬을 당하는)

석류	그 수난을 겪고도 내가 좋을 수 있다니. 봐봐. 내가 나 팜므파탈이라 그랬잖아. (하며 승효의 어깨에 머리를 기댄다)
승효	(머리 치우라는 듯 어깨 튕겨내며) 떨어져.
석류	(다시 기대며) 싫어. 내가 항상 이렇게 찰싹 붙어 있었다며. (하품 나는) 근데 나 너무 졸리다...
승효	졸려?
석류	(잠결에 웅얼웅얼) 으응... 운전을 오래... 했더니... 누구... 나오면 안 되는데...

석류, 그러다가 바로 잠들어버린다. 승효, 그런 석류를 사랑스럽게 본다. 밤하늘에 별이 가득하다. 여름 풀벌레 소리와 함께 밤이 깊어간다.

S#8. 소방청 외경 (아침)

S#9. 소방청, 복도 (아침)

정복 차림의 모음, 의자에 앉아 대기 중이다. 복도 끝 문에 '남극 장보고 과학기지 육상안전분야 소방공무원 채용 면접'이라 적힌 종이 붙어 있다. 문 열리며 안에서 모음을 부른다.

담당자	정모음 씨.
모음	(일어나며) 네!

S#10. 소방청, 면접장 (아침)

모음, 세 명의 면접관 앞에서 면접을 보고 있다.

면접관1	정모음 소방교. 토익 점수도 높고 동력수상레저 면허에 응급구조사 1급

	자격증도 있고 준비 많이 했네요?
모음	네. 소방 관련 안전관리 업무는 물론 현지 업무까지 잘 해내기 위해 최선을 다했습니다.
면접관2	왜 남극에 가고 싶어요?
모음	어렸을 때 제 꿈은 슈퍼맨이었습니다. 그다음은 스파이더맨이었구요. 둘 다 될 수 없단 걸 깨닫고 소방공무원이 됐는데, 직업 만족도가 최상입니다! 사람들을 도울 수 있단 공통점이 있으니까요.
면접관1	(웃음기로) 그렇긴 하네요.
모음	그래서 이번엔 남극으로 가 미지의 세계를 경험하고 지구 평화를 지키고 싶습니다!

S#11. 외교부, 로비 (아침)

경종, 초조하게 누군가를 기다린다. 그때 안에서 세환이 나온다. 경종, 세환을 발견하고 세환 역시 자신을 찾아온 경종을 확인했다. 두 사람 사이에 잠시 묘한 긴장감이 흐른다.

S#12. 외교부, 차관실 (아침)

경종, 비장한 얼굴로 세환과 마주 앉아 있다.

경종	지난번에 혜숙이 일 알려줘서 고마웠습니다.
세환	혜숙이가 무사해서 다행입니다.
경종	그런데 혜숙이 일로 고마운 거 딱 여기까지였으면 합니다.
세환	네?
경종	(비장하게) 서혜숙 제 아냅니다. 제 여자구요.
세환	(이 얘기를 왜 하는 거지) 알고 있습니다.
경종	아시면 더더욱 그러면 안 되죠. 그 사람 더 이상 흔들지 말아주세요.
세환	(뭔가 이상하고) 저기 지금 뭔가 오해가 있으신 것 같은데,

경종	(차분하게 말 자르며) 별명이 알랭 드롱이라고 들었습니다.
세환	(귀를 의심하는) 아니 그 얘기가 왜 지금 여기서,
경종	(자기 할 말만) 네. 잘생기셨습니다.
세환	(환장하겠는) 아니 저기 최교수님.
경종	(역시 안 듣는) 근데 저 마음만큼은 절대 안 뒤집니다. 왜냐하면 제가 서혜숙 사랑하니까요!
혜숙	(경종이 '사랑하니까요' 할 때 문 열고 들어오며) 자기야.

드디어 삼자대면이다! 경종과 세환, 동시에 혜숙을 보면 혜숙, 어안이 벙벙해진다.

혜숙	(경종 보며) 당신이 왜 여기 있어?
경종	(난감한) 아, 저기 그게...
세환	(경종 보며) 저 혜숙이랑 그냥 친구 사입니다.
경종	(평정심 잃고) 자기야래잖아요! 친구끼리 누가 자기야 그럽니까.
혜숙	(그제야 상황 파악) 우린 그래. 워낙 편한 사이라.
경종	(혜숙 보는데)
세환	저희 진짜 친굽니다. 저 혜숙이한테 다른 마음 품은 적 한 번도 없어요.
경종	(팔불출 모드 ON) 그러니까 더 말이 안 되죠! 이렇게 지성과 미모를 겸비한 여자한테 어떻게 안 반합니까! 목석이에요?
세환	게이입니다.
경종	(멈칫) 에???
혜숙	(맙소사! 이마 짚는)
세환	(담담한 커밍아웃) 저 남자 좋아합니다.

S#13. 외교부, 복도 (아침)

혜숙, 미안한 얼굴로 세환에게 말한다.

혜숙	미안. 내가 진짜 자기 볼 면목이 없다.

세환	미안하긴. 오히려 좋더라. 저렇게 당당하게 사랑한다고 말할 수 있는 거.
혜숙	(보면)
세환	그 모습 보니까 부럽네. 나도 이제 나이 먹을 만큼 먹었는데 좀 용감해져 볼까 싶기도 하고.
혜숙	(애틋한) 어떤 선택을 하든 응원해. 알고 있지?
세환	(미소로) 언제나 늘 항상 알고 있지.

S#14. 외교부 앞 (낮)

사고 친 경종, 안절부절못하고 서 있는데 마침 안에서 혜숙 나온다. 혜숙, 경종을 지나쳐 걸어가면 경종, 깨갱 혼난 강아지 같은 표정으로 따라간다.

혜숙	나 지금 당신 너무 창피하니까 두 발짝 떨어져 걸어.
경종	응. (하며 한 발 뒤로 물러나 간격 조절한다)
혜숙	(홱 돌아서며) 어떻게 날 의심할 수가 있어?
경종	당신을 의심한 게 아니라 그놈...! 아니 그분이 흑심을 품었을까 봐. 이유 불문하고 미안.
혜숙	(다시 확 돌아서서 걸어가면)
경종	(뒤에서) 왜 얘기 안 했어? 진작 말해줬으면 이런 오해 안 했을 텐데.
혜숙	(계속 가며) 친구가 날 믿고 말해준 비밀인데 그걸 어떻게 말해! 이 보수적이고 경직된 사회에서 가뜩이나 불안했을 텐데.
경종	(그런 혜숙에게 감동받은) ...멋있어. 너무 멋있어.
혜숙	(버럭) 안 오고 뭐 해?
경종	가! (하며 쫄래쫄래 쫓아가는, 다시금 반한 표정이다)

S#15. 석류의 집, 거실 (낮)

동진, 인스타에 공구글을 작성하고 업로드 버튼 누른다.

동진	(피드 올라가면) 으아아! 됐다! 됐어!
미숙	(안방에서 낡은 가방 들고 나오다가) 깜짝이야. 뭔데 이렇게 소릴 질러 싸!
동진	(호들갑) 엄마! 준비됐지?
미숙	(밥 얘기하는 줄 알고) 밥통에 밥 있으니깐 네가 꺼내 먹어.
동진	밥 말고 인생 필 준비! 엄마가 빌려준 2백 내가 백배 천배로 불려줄게.
미숙	인플루엔잔가 뭔가 그거 인제 하는 거야?
동진	인플루엔자 아니고 인플루언서. 아니다, 내가 바이러스처럼 치명적이고 전염성 높은 존재가 될게!
미숙	본전이나 까먹지 말어.
동진	(큰소리) 아, 엄마! 아들 좀 믿어. 이번엔 진짜니까! 어? 그리고 이제 이런 거 들고 다니지 마. 갖다 버려! (하며 가방 뺏는다)
미숙	(도로 뺏으며) 멀쩡한 걸 버리긴 왜 버려.
동진	안 되겠다. 엄마 백 하나 골라봐라. 조만간 내가 하나 사 줄 테니까.
미숙	(손사래) 됐어! 그런 거 있어봐야 들고 갈 데도 없어. 엄마는 너만 잘되면 돼!

S#16. 혜릉부동산 (낮)

동진의 말에 미숙, 은근슬쩍 재숙과 인숙에게 묻는다.

미숙	요새 명품백 같은 건 얼마나 하나?
인숙	천차만별이긴 한데 못해도 이삼 백은 줘야지?
미숙	(기겁하며) 미쳤다. 그 돈 있음 소고기를, 것도 한우로 50근은 먹겠네.
인숙	근데 갑자기 백은 왜? 석류 아빠가 하나 사 준대?
미숙	아이고, 그 인간한테 그런 걸 바라느니 다시 태어나는 게 빠르겠다.
재숙	야, 미숙아. 이게 지금 마땅한 말인가 모르겠는데, 석류 말이야. 혹시 선 볼 생각 있나?
미숙	(눈 동그래지며) 선?

S#17. 혜릉동 골목길 (낮)

승효와 석류, 함께 걸어온다. 석류 손엔 모음 차키 들려 있고 승효, 입이 댓 발 나왔다.

승효 너 진짜 너무하다고 생각하지 않아?
석류 뭐가?
승효 어떻게 휴게소 한 번을 안 들리고 서울까지 내리 운전만 하냐?
석류 왜? 화장실 가고 싶었어?
승효 그게 아니라! 명색이 데이튼데 이럴 거면 내 차 끌고 왔지.
석류 모음이 차 빨리 갖다줘야 할 거 아냐. 그러게 따로 오자니까.

승효와 석류, 실랑이 벌이는데 마침 걸어오던 미숙이 둘을 발견한다.

미숙 배석류!
석류/승효 (동시에 흠칫) 엄마... / ...이모!
석류 (도둑이 제 발 저린) 엄마. 그게 우리가 지금 왜 같이 있는 거냐면,
미숙 (대뜸) 야, 나 그러잖아도 너한테 전화할라 그랬는데. 너 선 하나 안 볼래?
승효 (경악으로) 선???
미숙 (의아한) 깜짝이야. 왜 네가 더 놀라냐?
석류 (승효 눈치 살피며 얼른) 엄마는 갑자기 선은 무슨 선이야!
미숙 그게 재숙이가 너 누구 좀 소개시켜준다고. 나도 강요하는 건 아닌데 사람이 너무 괜찮대.
승효 이모. 얘가 지금 그럴 상황도 아니고. 얘 이제 그런 거 보면 안 ㄷ,
석류 (말 끊으며) 엄마!!! 나중에, 우리 집 가서 나중에 얘기해.
미숙 나중에 말고! 빨리 연락줘야 돼. 재숙이 말이 맘 같아선 모음이 내보내고 싶은데 말을 안 듣는다고.
모음(E) 저요?

세 사람 돌아보면 모음 서 있다. 석류, 때마침 등판한 모음을 구세주 보듯 하면 모음, 석류와 승효를 번갈아 보고는 씩 웃는다.

S#18. 건축 아틀리에 인, 테라스 (낮)

모음, 안을 휘휘 돌아보며 구경한다. 석류와 승효, 이상하게 모음의 눈치를 본다.

석류   (차키 건네며) 차 잘 썼다. 고맙다, 친구야.

모음   (받고 두리번두리번) 으응. 그땐 밥 먹느라 정신 팔려 구경을 제대로 못했네. 회사 복지 좋다? 안마의자도 있고.

승효   (왠지 공손하게) 노력하고 있어.

모음   (의자에 앉아) 이야, 건축사무소는 안마의자도 다르네. 고놈 참 예쁘게 생겼다. (안마 작동시키며) 자 그럼 이제 어디 한번 보고를 받아볼까?

석류   응?

모음   (차키 흔들며) 내 차가 오늘 돌아왔단 건 배석류가 외박을 했단 뜻인데. 둘이 이제 사귀는 건가?

석류   (손사래) 아, 그게 외박...! 을 하긴 했는데 네가 생각하는 그런 외박이 아냐.

승효   (덧붙이는) 그래! 숙박이었어, 숙박. 각자 각방에서 각박하게.

모음   (흐음) 그건 그렇다 치고 왜 그다음에 대한 답은 없지? 둘이 사귀는 거냐고.

석류   (쑥스럽게 승효 보는)

승효   (역시 석류 한번 봤다가) 응. 그렇게 됐다.

모음   (벌떡 일어나며) 드디어 마침내 결국! 와, 나 너무 시원해. 몸뿐만 아니라 마음까지 안마받은 기분이야.

석류   야. 너 우리 사귀는 걸 왜 이렇게 반겨?

모음   (속에서 천불이 났던) 그야 답답해 돌아가시는 줄 알았으니까. 아마 니넬 지켜본 모든 사람이 그렇게 생각했을걸? 그래도 난 결국은 이렇게 될 줄 알고 있었다.

승효   우리도 몰랐던 걸 네가 어떻게 알아?

모음	말의 힘이란 게 있거든.

S#19. 과거, 놀림받는 승효와 석류 몽타주 (낮)

- 1997년. 석류와 승효가 시소를 타는데 아이들이 "최승효랑 배석류랑 좋아한대요. 얼레리꼴레리." 하며 놀린다. 석류, "니들 죽었어!" 하며 시소에서 뛰어내리면 승효가 엉덩방아를 찧는다. 으앙! 승효가 울음 터뜨리고, 석류는 주먹을 휘두르며 아이들을 쫓아다닌다. 모음, 남의 일이라는 듯 미끄럼틀을 타고 쭉 내려온다.

- 1997년. 석류가 승효와 함께 과자 먹으며 집에 가고 있다. 그 모습 본 동네 아이들, "니넨 왜 맨날 집에 같이 가?" 묻는다. 석류, "옆집 사니까." 하면 "그렇다고 남자랑 여자랑 같이 다니냐? 배석류는 최승효를 좋아한대요!" 하면 석류, "안 좋아하거든? 얘는 내 쫄따구거든!" 하며 길길이 뛴다. 그 바람에 봉지를 탈출한 과자가 허공에 흩날린다. 모음, 자기 과자 냠냠 먹으며 그 모습 구경한다.

- 2007년. 석류, 승효에게 교과서 빌리는데 복도에서 남학생들 놀린다. "오올, 둘이 사귀..."까지만 듣고도 석류, 자동응답기처럼 준비된 대답을 읊는다. "응. 안 사귀어. 난 얘 발가벗은 거 봐도 아무렇지 않아." 승효도 지지 않는다. "응. 그냥 같은 성별이라고 보면 돼." 모음, "잘들 논다." 하며 그 옆을 지나간다.

S#20. 건축 아틀리에 인, 테라스 (낮)

옛 기억을 떠올린 모음, 의기양양하게 말한다.

모음	하도 똑같은 말을 들으니까. 좋든 싫든 그 말이 무의식에 각인된 거지.
승효	(끄덕끄덕하며) 그럼 나 가스라이팅 당한 건가?
석류	야. 구급대원은 가스총 없냐? 얘 갖다 쏴버리게.
모음	이날을 위해 경찰이 될 걸 그랬나?

석류	근데 생각해보니까 웃기네. 아니 우리 셋이 붙어 다녔는데 다들 왜 얘랑 나만 엮은 거지?
모음	(승효 보며) 그야 당연히 내가 아까우니까 그렇지!
승효	응, 괜찮아. 쟨 외계인 같은 애라 눈이 태양계 밖에 있어. 미의 기준이 달라.
석류	(웃고) 근데 모음이 너 오늘 멋있다? 정복은 왜 입었어?
모음	아. 면접 있어서.
석류	(눈 커지며) 남극? 야! 너 서류 붙었어?
모음	(의기양양) 당연하지!
승효	너 그럼 이것까지 통과하면 진짜 남극 가는 거야?
모음	그렇...지?

석류, "대박. 거기 가면 바로 앞에서 펭귄도 볼 수 있는 거야?", 승효, "기후 위기 때문에 남극 빙하가 많이 녹았다던데." 시끄러운데 모음, 마냥 기쁘지만은 않은 복잡한 얼굴이다.

S#21. 모음의 집, 거실 (낮)

모음, 집에 들어오면 책 읽고 있던 연두, 고개 돌려 환하게 웃는다.

연두	언니!
모음	(쪼르르 달려가) 연두야! 우리 연두 오늘 뭐 하고 놀았어?
연두	할머니랑 책도 읽고 멸치 똥도 따고 놀았어요.
모음	뭐? 멸치 똥?
재숙	(마침 부엌에서 나오면)
모음	(버럭) 엄마가 연두한테 멸치 똥 따라고 시켰어? 엄마 신데렐라 계모야?
연두	(얼른) 아닌데. 제가 재밌어 보여서 하고 싶다 그런 건데.
재숙	(눈으로 욕하며) 네 눈엔 이 애미가 아동학대범으로 보이냐?
모음	(얼버무리는) 아니, 나는 그냥 혹시나 해가지고...
재숙	(예뻐 죽는) 연두야. 할머니가 아까 같이 다듬은 멸치 맛있게 볶아줄게.
연두	(끄덕이며) 네. 감사합니다!

재숙	야! 너 시집 안 갈 거면 어디 가서 연두처럼 이쁜 딸이라도 낳아 와라.
모음	뭐?
재숙	그렇게라도 손녀 좀 품에 안아보자. (하고 부엌으로 간다)
모음	(잠깐 생각하는 듯하다가) 연두야. 맨날 책만 보는 거 심심하지 않아?
연두	음, 잘 모르겠어요.
모음	책 보는 거 말고 또 하고 싶은 거 없어? 우리 자전거 타러 갈까?
연두	자전거 탈 줄 몰라요.
모음	그래? 그럼 킥보드는?
연두	그것도 탈 줄 몰라요.
모음	연두는 밖에서 노는 거 안 좋아해?
연두	그건 아닌데. 아빠가 바깥은 너무 위험하대요.
모음	(흐음... 생각하는 얼굴로 보는)

S#22. 모음·단호의 집 근처 골목길 (저녁)

단호, 퇴근하는데 저만치 나와 있는 모음과 연두 보인다.

단호	(반갑게) 연두야!
연두	(와다다 달려가 안기는) 아빠!
단호	(연두 꼭 안으며) 아빠 연두 너무 보고 싶었는데. 연두도 아빠 보고 싶었어?
연두	응. 꽤 그런 편이야.
단호	(모음 보고) 감사합니다. 제가 정반장님 신세를 많이 지네요.
모음	(손 내저으며) 됐구요. 내일 회사 가요?
단호	네.
모음	(그러거나 말거나) 휴가 써요.
단호	네?
모음	내일 아침 10시 여기서 봐요. 거절 금지. 질문 금지. 갯벌티 금지.
단호	(눈이 물음표 그 자체인데)
모음	(연두 향해 활짝 웃으며) 연두 안녕. 우리 내일 만나!

모음, 일방적으로 자기 할 말만 하고 돌아선다. 단호. 영문 모른 채 어버버 뒷모습을 본다.

S#23. 건축 아틀리에 인, 승효의 사무실 (저녁)

석류, 제법 많이 큰 석류나무를 신기하다는 듯 들여다본다.

석류   애 진짜 내가 선물해 준 애 맞아? 죽여놓고 다른 거 사다 놓은 거 아냐?
승효   어떻게 알았냐? 출생의 비밀이었는데.
석류   (웃으며) 진짜 많이 컸다. 신기하네.
승효   너 이모가 말한 선 볼 거야?
석류   미쳤냐? 대충 둘러대서 거절할 거야.
승효   안 되겠다. 우리 사귀는 거 이모한테 얘기하자.
석류   뭐?
승효   언제 또 이런 일 생길지 모르잖아. 아저씨랑 우리 엄마 아빠한테까지 다 말하고 정식으로 허락받자. 동네방네 알려야겠어. 우리 사귄다고.
석류   싫어!
승효   (멈칫) 왜?
석류   (난감한) 이제 막 만나보기로 한 마당에 그건 좀 부담스럽지. 알면 얼마나 시끄러워질지 뻔한데.
승효   (보면)
석류   좀 그렇잖아. 엄마들끼리도 친구고 너무 가깝기도 하고. 그리고 솔직히 사람 일 어떻게 될지 모르는데... (하며 말끝을 흐린다)
승효   (그 말에 표정 안 좋아지는)
석류   (승효 표정 못 보고) 일단은 비밀로 하자.
승효   (티 안 내고) 그래, 네 뜻이 그렇다면. 하자, 비밀연애. 철저하게.
석류   (의욕 넘치게) 철두철미하게. 아무도 모르게!

S#24. **석류의 집 외경 (아침)**

S#25. **석류의 방 (아침)**

연애를 시작한 석류, 아침 기상부터 기분이 남다르다. 침대에서 상쾌하게 일어나는 석류, 세상이 화사하게 보인다.

석류   (승효가 보고 싶은) 일어났으려나? (창문 열며) 야, 최쏭! 최쏭!

석류, 승효 볼 생각에 신났는데 반대편 창문 열리며 얼굴 드러내는 사람 혜숙이다!

석류   (당황해서) 이, 이모!
혜숙   석류야. 승효 오늘 일찍 출근했는데. 뭐 급한 일 있니?
석류   (얼른) 아니요. 별거 아니에요.
혜숙   근데 몰랐는데 창문이 참 가깝다. 엎어지면 코 닿겠어.
석류   (움찔) 네?
혜숙   니들은 거의 떨어져 있을 틈이 없었겠다.
석류   (인위적인 웃음) 아하하하. 그래서 되게 물려요! 아마 최쏭도 그럴걸요?
혜숙   (웃으며) 그렇다고 싸우진 말고. 사이좋게 지내.
석류   (찔리는) 네.

혜숙 가고 나면 석류, 바로 창문 닫고 안도의 한숨을 내쉰다. 그리고 승효에게 전화를 건다.

S#26. **건축 아틀리에 인, 테라스 (아침)**

승효의 휴대폰이 테이블 위에 놓여 있다. 지나가던 나윤, 휴대폰에 석류의 이름이 뜬 걸 보더니 자기도 모르게 수신거부 해버린다. 그 순간 뒤에서 승효의 목소리 들려온다.

승효   이나윤. 너 방금 뭐 한 거야?
나윤   (당황해서 돌아보며) 서, 선배. 저기 그게요.
승효   (나윤이 석류 수신거부 한 것 확인하고) 지금 네 행동 과했던 거 알지?
나윤   ...네.
승효   내가 지금까지 널 그냥 내버려뒀던 건 널 그냥 귀여운 후배로 생각해서
        야. 근데 이제 더는 안 되겠다.
나윤   방금 일은 죄송해요. 근데 선배. 제가 선배 좋아하는 거 알잖아요!
승효   (곤란한) 장난 반 동경 반이라고 생각했지.
나윤   아니거든요? 저 완전 진지하거든요?
승효   그렇다면 더더욱 확실히 하는 게 맞는 것 같다. 나 좋아하는 사람 있어.
나윤   (청천벽력) 제가 아는 사람이에요?
승효   (대답하지 않지만 그렇다고 부인하지도 않는)
나윤   (석류임을 직감한) !
승효   (진지하게) 아주 오래 돌고 돌아 힘들게 얻은 사람이야. 그 사람이 불편
        해하는 일 만들고 싶지 않다.
나윤   (충격으로 보는)

S#27. 석류의 방 (아침)

석류, 침대에서 뒹굴뒹굴하고 있는데 휴대폰 진동 온다. 보면 승효에게
서 온 메시지다.

승효(E) 전화 못 받아서 미안. 오후에 영화 볼래?
석류   뭐야. 정식 데이트 신청이야? ('좋아.' 답장 보내고 자기 머리카락 냄새 맡
         아보면 윽!) ...머리 감아야겠다.

바로 자리를 박차고 일어나는 석류, 호다닥 튀어 나간다.

S#28. 모음 · 단호의 집 앞 골목길 (아침)

갯벌티 아닌 티에 셔츠를 걸친 단호, 연두 손을 잡고 나온다. 모음, 이미 나와 기다리고 있다. 옆에는 캠핑 장비들 잔뜩 쌓여 있다.

모음 연두야!!! 잘 잤어? 외계인이랑 친구 먹는 꿈 꿨어?
연두 아니요. 다른 꿈 꿨어요.
모음 (궁금해하며) 무슨 꿈?
연두 비밀이요. 나중에 얘기해줄게요.
모음 그래. (스마트워치 보더니 단호에게) 시간 엄수 잘하시네요?
단호 기자의 기본이죠. 오라고 해서 오긴 왔는데... (하며 캠핑 장비 본다)
모음 어디 가냐고 안 물어봐도 되겠죠?

모음과 연두, 눈 마주치면 작당 모의한 듯 씩 웃는다. 단호, 못 말린다는 듯 따라 웃는다.

S#29. 시골길 및 캠핑장 (아침)

단호의 차가 예쁜 시골길을 달려 캠핑장 안으로 들어온다. 차박이 가능한 데크 앞에 차가 멈춰 서면 차례로 내리는 단호와 모음, 그리고 연두! 모음, 비장하게 주변을 둘러본다.

S#30. 모음과 단호의 캠핑 몽타주 (아침)

- 모음, 능숙하게 텐트 칠 준비한다. 단호, 도와보겠다며 옆에서 폴대도 끼워보고 하지만 금세 폭삭 무너진다. 거의 있으나 마나 한 수준이다. 모음, "비켜요!" 하며 자기가 한다. 연두, 아빠한테 빠지라는 듯 손짓한다. 모음, 텐트 완성하면 구경하던 부녀, 열렬히 박수를 친다.

- 단호, 토치로 불을 능숙하게 붙이고 고기를 굽는다. 다 구워지면 연두 먼저 한입 먹고 단호, 모음에게 "드셔보세요." 권한다. 집어 먹더니 눈 커지는 모음, "고기는 잘 굽네요?" 한다.

- 연두, 모음에게 "언니. 우리 이제 뭐 해요?" 물으면 모음, 가방에서 기다란 물총을 꺼낸다. 잠시 후, 세 사람 물총놀이를 한다. 모음과 연두, 편먹고 단호 향해 물총을 쏴댄다. 단호도 질 수 없다는 듯 모음에게 물총을 쏘고. 단호, 이렇게 천진난만하게 아이처럼 웃는 모습은 처음이다. 초록색 여름 위로 햇빛 받은 물줄기가 반짝반짝 빛난다.

S#31. 캠핑장 (낮)

모음과 연두, 쫄딱 젖은 채 데크 앞 단호의 차 트렁크에 걸터앉아 있다.

단호   (드라이기 가져온) 잠깐 빌려 왔어요.
모음   (두리번거리며) 아. 근데 전기가 없는데 어디다가...?
단호   잠시만요.

단호, 자동차 콘센트에 드라이기를 연결하고 버튼 작동하면 웡 바람 나온다. 단호, 연두의 머리카락을 말려주고 모음, 그 모습 흐뭇하게 본다. 어느새 연두의 머리카락이 다 말랐다.

단호   다 됐다!
모음   (연두 머리 만져보며) 잘 말랐네. 좀 이따 언니가 머리 예쁘게 묶어줄게.
단호   (드라이기 든 채) 정반장님도 젖으셨는데.
모음   (설마 말려주겠다는 건가) 아... 저는 제가 할게요.
단호   (당황해서) 앗, 네!

단호, 모음에게 드라이기 건네면 모음, 고개 숙여 머리 말린다. 그런데 티셔츠 안으로 속옷 비친다. 모음, 살짝 당황하는데 단호, 말없이 셔츠를 벗어 모음의 어깨를 덮어준다.

단호	(시선 다른 곳에 둔 채) 추우실 것 같아서요.
모음	(떨리는) 감사합니다.
단호	연두야. 우리 저기 한번 가볼까?

단호, 모음을 배려해 연두와 함께 자리를 비워준다. 단호의 셔츠를 걸친 채 머리 말리는 모음, 이상하게 부끄럽다. 단호가 다시 신경 쓰인다.

S#32. 극장, 매표소 앞 로비 (낮)

치마도 입고 평소보다 훨씬 예쁘게 단장한 석류, 저만치 앉아 있는 승효를 발견한다. 설레는 맘으로 다가가는데 승효, 패드로 인테리어 설계도를 그리고 있다.

석류	(살짝 수줍은) 야, 최쑝.
승효	(쳐다보지도 않고) 어, 왔어?
석류	(자기를 봐주길 바라는) 사람 왔는데 쳐다도 안 보나?
승효	(한번 힐끗 보고) 봤어.
석류	(서운해지는) 뭐 하는데 그렇게 바빠?
승효	(계속 작업하며) 내가 극장 리모델링을 맡았거든. 온 김에 좀 생각난 게 있어서 까먹기 전에 그려놓으려고.
석류	(이해하려는) 오래 걸려?
승효	아니. 상영시간 전까진 끝날 거야.
석류	(서운함 감추고 가까이 앉으며) 으음, 설계도가 이렇게 생겼구나.
승효	(집중한 상태라 건성으로 대답하는) 으응...
석류	(보다가) 야. 팝콘 먹을래? 내가 가서 사 올게.
승효	(일하며) 아니, 난 됐어.
석류	그래. 그럼 음료만 사 와야겠다.

석류, 일어나 가는데 승효는 쳐다도 안 본다. 석류의 얼굴에 서운함이 가

득하다.

S#33. 극장, 상영관 (낮)

승효와 석류, 영화를 본다. 둘 사이에 손잡이 내려져 있고 가운데 음료 꽂혀 있다. 승효, 스크린에서 눈을 떼지 못한다. 석류, 주변 둘러보면 커플들 사이에 손잡이 다 올라가 있고 다들 손잡거나 어깨에 기댄 채 영화 보고 있다. 석류, 성질이 나니 목이 탄다. 승효 쪽에 있는 음료를 마시려는데 승효 역시 시선 고정한 채 더듬더듬 음료 찾다가 둘의 손이 부딪친다.

승효   (바로 손 거두며) 미안.

석류, 심쿵했는데 승효, 아무렇지 않게 반대편 자기 음료 마신다. 나만 설렜지...! 석류, 화르륵 열이 오른다. 마침 저 앞쪽의 비매너 관객이 통화하는 소리 들리면 화풀이하듯 외치는.

석류   (쩌렁쩌렁) 거 조용히 좀 합시다! 누가 상영관에서 통화를 합니까!
다른 관객   (저편에서 면박 주는) 그쪽 목소리가 더 크거든요?
석류   (우이씨! 발끈하려고 하면)
승효   (석류 입 막고 작게) 죄송합니다. 죄송합니다.

S#34. 캠핑장 (저녁)

노을 살짝 남은 어둑어둑한 하늘. 연두, 모음의 무릎을 베고 잠들었다.

모음   벌써 해가 지네요.
단호   더 늦기 전에 이만 일어날까요?
모음   연두 방금 막 잠들었는데. 삼십 분만 있다 가요.
단호   네. 무거울 텐데 연두 이리 주세요. (하며 연두를 자신이 안으려 한다)

모음	괜찮은데. (하면서 할 수 없이 연두를 넘겨준다)
단호	(연두를 캠핑용 침대에 눕히고 다시 자리에 앉는)
모음	(가만히 보다가) 캠핑해보니까 어때요? 나쁘지 않죠?
단호	네. 생각도 못 해봤는데 연두가 너무 좋아하네요.
모음	연두가 자전거를 못 타더라구요.
단호	(멈칫해서 보면)
모음	킥보드도 못 타고 롤러도... 그때 그 사고 때문이죠?
단호	일부러 그러려고 한 건 아니에요. 그냥 자꾸 걱정이 돼서.
모음	어떤 맘인지 알아요. 내가 이래라 저래라 할 일 아닌 것도 알고. 근데요. 기적을 그렇게 꽁꽁 감춰 두면 그건 진짜 기적이 될 수 없어요.
단호	(무슨 뜻인가 싶어 보면)
모음	난 연두가 직접 바람을 느끼고 발을 구르고 때론 넘어지기도 하면서 초록이 됐으면 좋겠어요. 세상의 좋은 것들을 보고 듣고, 스펀지처럼 쭉쭉 빨아들이면서 무럭무럭 자랐으면 좋겠어요.
단호	(마음이 왈칵)
모음	그게 진짜 기적 아닐까요?
단호	(수긍하는) 연두한테 너무 미안하네요. 제가 정반장님처럼 용감한 아빠였다면 참 좋았을 텐데.
모음	(순간 튀어나온 진심) 제가 연두 엄마였으면 좋겠단 생각도 해요.
단호	(잠깐 당황했다가 웃음으로 무마하려는) 아무리 그래도 그건 좀.
모음	(똑바로 보며) 안 되나요?
단호	(멈칫해서 보면)
모음	제가요. 지금 빠르다 못해 빛의 속도로 220만 광년 너머 안드로메다까지 간 거 아는데요. 근데 지금 내 맘이 그래요.
단호	(당황해서) 정반장님...
모음	나 기자님 보면 심장이 뛰어요. 매 순간이 쿵따라 쿵딱 사물놀이예요. 막 꿈에도 나와요. 그래서 말인데요, 우리 키스, 합의 취소하면 안 돼요?
단호	(떨리는 눈으로 보면)
모음	실수 아닌 것 같아요.
단호	(마음 다잡으며) 안 됩니다. 절대 안 돼요! 연두는 정반장님 딸이 될 수 없고 우리 그날 일은 실수 맞아요. 실수여야 돼요.

모음	(너무도 정직한 눈으로) 왜요?
단호	(슬픈 눈으로) 안 되는 일이니까요.
모음	(멍하니 보면)
단호	(단호하게) 연두 내일부터 정반장님 댁에 안 맡깁니다. 앞으로 연두랑 가까이 지내는 일 없으셨으면 좋겠습니다.
모음	기자님, 그건...!
단호	(차갑게) 이만 일어나시죠. 연두야. 일어나자. 집에 가야 해.

단호의 칼 같은 거절에 모음, 어찌할 바를 모르겠다. 연두를 깨우는 단호를 멍하니 본다.

S#35. 혜릉동 골목길 (저녁)

승효와 석류 나란히 걸어간다. 혜릉동 초입에 들어서는데 가로등 불빛이 예쁘고 하늘은 짙은 보랏빛으로 어두워져 마치 〈라라랜드〉의 한 장면 같다. 석류, 승효와 손등이 우연히 부딪치면 움찔한다. 석류, 내심 승효가 손을 잡았으면 하는 맘에 손가락 꼼지락거리는데.

승효	(멈춰 서며) 너 먼저 들어가.
석류	(귀를 의심하는) 응?
승효	괜히 또 같이 가다 지난번처럼 이모 만나면 어떡해.
석류	야. 우리가 붙어 다닌 세월이 얼만데 그 정도로 의심 안 해.
승효	그래도. 비밀로 하려면 동네에서 더 조심해야지. 난 한 바퀴 돌고 들어갈 테니까 먼저 가.
석류	(자신의 요구였기에 할 말 없는) ...그래 그럼. (먼저 가며 구시렁거리는) 지가 언제부터 내 말을 그렇게 잘 들었다고.

S#36. 정헌대학병원 외경 (아침)

S#37. 정헌대학병원, 진료실 (아침)

경종의 친구인 신경외과 교수, MRI와 뇌 혈류 검사 사진을 보고 있다. 혜숙과 경종, 긴장한 얼굴로 그 앞에 앉아 있는데 교수, 입을 연다.

신경외과교수 알츠하이머... (잠깐 뜸 들이고) 아니네요.
혜숙 (긴장 풀려서) 정말요?
경종 (떨리는 눈빛) 진짜야?
신경외과교수 못 믿겠으면 네가 직접 봐.
경종 (진짜로 사진 살펴보는데)
신경외과교수 뇌에는 이상 없어. 물론 추후에 증상이 반복되는지는 계속 관찰해봐야 겠지만.
혜숙 그럼 기억을 못 했던 건 왜 그런 걸까요?
신경외과교수 일종의 단기 기억상실이라고 봐야죠. 제수씨 최근에 충격이나 좀 강한 스트레스 받은 적 있어요?
혜숙 (은퇴 제안받은 걸 생각하며) 네...
신경외과교수 그럼 그 스트레스 때문일 수도 있고 불안감이 높아져서 그럴 수도 있고. 쉬면서 관리 잘하면 괜찮을 겁니다.
혜숙 (그제야 안도하는) 네. 감사합니다.

S#38. 정헌대학병원, 복도 (아침)

비로소 안도한 혜숙, 그간의 맘고생을 털어놓는다. 경종, 느린 걸음으로 따라 걷는다.

혜숙 다행이야. 아니 다행이란 말론 설명이 안 돼. 나 진짜 지난 2주간 마음이 지옥이었거든.
경종 (아무 말 없는)
혜숙 당신은 괜찮을 거라고 했지만 사실 난 최악의 상황까지 생각했어.

| 경종 | (주춤주춤 걸음 더뎌지다 멈춰 선) |
| 혜숙 | (경종 보며) 당신 내 말 듣고 있어? |

그 순간 경종, 다리에 힘이 주르륵 풀리며 그 자리에 주저앉는다. 혜숙, 놀라 달려가면 경종, 창피함도 잊은 채 병원 복도에서 닭똥 같은 눈물을 뚝뚝 흘린다.

혜숙	(당황과 놀람) 당신 울어?
경종	(아이처럼 엉엉 우는) 나는 진짜 당신한테 무슨 일 생기는 줄 알고... 이제야 겨우 진실을 알았는데, 이제야 기껏 진심을 표현할 수 있게 됐는데. 근데 혹시 너무 늦었을까 봐. 그래서 당신이 나 잊어버릴까 봐. 내가 당신 잃어버릴까 봐.
혜숙	여보...
경종	나 혜숙이 너 없인 못 산단 말이야.

혜숙, 왈칵하는데 그 와중에 지나가던 사람들이 둘을 힐끔힐끔 쳐다본다. 의사 가운 입고 울고 있는 경종의 모습이 시선 강탈이긴 하다.

| 혜숙 | 당신 요새 나 자주 창피하게 한다. 근데 이런 것도 꽤 괜찮네. |

혜숙, 눈물 그렁해 경종을 안아준다. 두 사람, 그렇게 진정한 화해를 한다.

S#39. 요리학원, 조리실 (낮)

칠판에 '너비아니 구이'라고 적혀 있는 가운데 석류, 소고기 포를 뜬다. 칼등으로 두들겨 두께를 맞추고 고기를 자른다. 간장, 설탕, 참기름, 파, 마늘, 후추에 배즙을 갈아 넣어 양념장 만든다. 양념에 고기를 재웠다가 고기를 구우면, 석쇠 위의 고기가 노릇노릇하게 익어간다.

S#40. 교차편집. 요리학원 건물 앞 + 프레스코 코리아, 복도 (낮)

석류, 너비아니가 든 도시락 가방을 들고 신난 얼굴로 나와 승효에게 전화를 건다. 승효, 복도 끝에서 전화를 받는다.

승효   여보세요?

석류   (신나서) 최쓩! 있잖아. 나 오늘 학원에서 너비아니 만들었거든? 되게 맛있게 됐는데 내가 갖다줄까?

승효   (곤란한 듯) 아, 내가 지금 일 때문에 밖에 좀 나와 있어서. 이따 밤에 사무실로 올래?

석류   (흠칫) 밤에?

승효   응.

태희(E)   승효야!

그때 승효를 부르는 누군가의 목소리 들려오면 승효, 황급히 수화기를 막는다. 석류, 잘못 들었나 갸웃하는데 승효, 어딘가를 보며 빠르게 말한다.

승효   (다급한 느낌) 나 지금 가봐야 될 것 같아. 이따 봐.

석류   (이미 전화 끊겼고) 밤이라... 밤이면 어두컴컴하고 막 아무도 없고 그렇겠네?

석류, 싫지 않은 듯 아니 살짝 기대하는 표정을 짓는다.

S#41. 동진의 방 (낮)

동진, 기대하는 표정으로 구매 프로그램 확인해보는데 판매 개수 고작 10개다.

동진   아, 글 올린 지 며칠이나 됐는데 왜 열 개밖에 안 팔려.

방 한구석에는 선구매한 제품 상자들이 산더미처럼 쌓여 있다. 실망한 동진, 다시 자신의 공구글 피드를 본다. 메인에 웃통 벗고 몸 자랑하며 찍은 사진이 걸려 있다.

동진 (아쉬움에 주절주절) 복근이 좀 덜 쪼개졌나. 아, 펌핑을 더 할걸. (그때 전화 걸려 오는) 어. 재영아. 뭐? 해운대? 야, 내가 지금 그럴 상황이... 진짜? 몸만 오라고? 네가 쏜다고?

경종(E) 오늘 제가 쏩니다.

S#42. 호프집 (저녁)

경종과 근식, 동네 호프집 테이블에 마주 앉아 있다.

경종 드시고 싶은 거 다 드세요.

근식 저야 좋긴 좋은데. 근데 갑자기 왜 이렇게 쏘시는 건지.

경종 아주 기쁜 일이 있었거든요. 그간 저랑 술친구 해주신 감사의 표시기도 하구요.

근식 에이, 감사는 무슨. 집사람들끼리 친구면 우리도 친군 거지. 저 진짜 먹고 싶은 거 다 시켜도 돼요?

경종 물론입니다.

근식 저희요! (점원 오면 메뉴판 가리키며) 여기서부터 여기까지 다 주세요!

경종 (메뉴 10개 고르자 흠칫) 저기 석류 아버지. 그거 다 드실 수 있겠어요?

근식 당연하죠. 제가 이럴 줄 알고 요놈을 입었나 봅니다. (고무줄 바지 배 튕기고 점원에게) 주세요.

경종 (표정 안 좋아지는데)

점원 (볼 들어 있는 투명상자 내밀며) 저희 오늘 개업 10주년 행사로 경품 추첨하고 있거든요. 하나 뽑아주시겠어요?

경종 (근식에게) 뽑으세요.

근식 (손사래) 저는 복권 오백 원짜리도 당첨돼본 적 없는 똥손 중의 똥손이에

경종	요. 승효 아버지가 뽑으세요.
경종	전 이런 거 해본 적이 없는데. 그럼 한번 뽑아보겠습니다.

경종, 근식이 보는 가운데 상자에 손 넣어 볼 하나를 뽑는다. 열어보면 2등이라 적혀 있다.

근식	(흥분해서) 2등. 2드응!!!
경종	(휘둥그레) 된 거예요?
점원	네, 축하드립니다. 2등 당첨되셨네요.
근식	이것 봐. 역시 세상은 불공평해. 될 놈은 된다니까! 2등 상품이 뭐예요?
점원	설악산 리조트 1박 숙박권이요.
근식	설악산이면 흔들바위 밀어서 떨어뜨리러 한번 가줘야지이!
경종	(흠칫) 저희 둘이요?
근식	(역시 흠칫) 설마요. 미숙이랑 혜숙 씨까지 부부 동반 어떠세요?
경종	(혜숙과 여행이라니) 좋습니다!

S#43. 건축 아틀리에 인, 테라스 (밤)

너비아니뿐만 아니라 음식 바리바리 해 온 석류, 들어오며 신나게 승효를 부른다.

석류	최쌩! 나 맛있는 거 엄청 많이 해 왔다! 야, 최쌩. 너 어디 있...

석류, 승효 찾으며 테라스에 들어서다가 말을 멈춘다. 승효뿐만 아니라 나윤을 뺀 직원들 다 있다. 아니 태희까지 있다. 승효의 얼굴에 난감한 기색이 역력하고 석류 역시 당황했다!

석류	다 같이 계시네요? (하다가 태희 발견하고 멈칫한다) ...!
태희	(웃으며) 오랜만이에요. 석류 씨.
석류	아, 네에... (하며 이게 어떻게 된 상황이냐는 듯 승효를 본다)

승효   (난감한 표정이고)

S#44. 건축 아틀리에 인 외경 (밤)

S#45. 건축 아틀리에 인, 테라스 (밤)

테이블에 석류가 만들어 온 음식 다 차려져 있다. 석류와 승효, 태희 사이에 묘한 긴장감 도는데 명우만 상황도 모르고 신났다.

명우   무슨 음식을 이렇게 많이 했어요. 아, 승효 축하해주려고 그랬나?
석류   (금시초문인) 축하요?
명우   오늘 프레스코에서 콜라보 론칭 기념 인터뷰 있었거든요. 기사 났을 텐데?

태희, 살짝 웃고 승효, 곤란한 얼굴이다. 석류, 표정 굳는데 형찬, 눈치 없이 시키는 대로 사진 보여준다. 기사 속 나란히 사진 찍은 승효와 태희, 선남선녀 그 자체다.

태희   (석류 보며) 끝나고 바로 가려고 했는데, 명우 오빠가 잡아서요.
명우   잡히길 잘했지. 내 덕에 이렇게 맛있는 음식 먹게 됐잖아.
태희   (가방 챙기며) 됐거든요. 커피 마셨으니까 일어날 거야.
명우   그냥 간다고? 이거 안 먹고?
태희   나 바빠.
석류   (어색하게) 가시게요?
태희   (승효 힐끗 보며) 네. 축하한단 말 꼭 하고 싶었는데 할 수 있게 돼서 좋네요.
승효·석류 (둘 다 약간 당황하는데)
태희   (덧붙이는) 석류 씨 정식으로 요리 시작한 거요. 축하해요.
석류   아. 그때 조언해주신 덕분이에요. 감사합니다.
태희   칼국수가 너무 맛있었던 덕분이죠. (승효에게) 오늘 수고했어. 나 갈게.

| 승효 | 응. 조심히 들어가. |

석류, 태희에게 인사를 건네는 승효를 편치 않은 얼굴로 본다. 태희, 쿨하게 일어나 나가면 승효, 어쩐지 석류 얼굴을 못 보겠다. 물 마시며 살짝 시선을 피한다.

S#46. 건축 아틀리에 인, 승효의 사무실 (밤)

석류, 무표정한 얼굴로 앉아 있다. 승효, 눈치 보며 들어온다.

승효	내가 오늘 힘들 것 같다고, 이따 전화한다고 메시지 보냈는데.
석류	(휴대폰 확인하고) 지금 봤어.
승효	(석류 눈치 살피는데)
석류	(웃음기로) 프레스코 인터뷰 있단 얘기 왜 안 했냐? 태희 언니 때문에?
승효	(어쩔 줄 모르는) 오래 안 걸린대서 끝나고 말하려고 했는데 어쩌다 보니까.
석류	왜? 내가 이 정도도 이해 못 할까 봐?
승효	(잘못했다는 얼굴로) 그건 아니고. 변명의 여지 없이 미안.
석류	(괜히) 언니 오랜만에 보니까 반갑더라. 여전히 예쁘고.
승효	(변명하듯) 태희도 오고 싶어서 온 거 아냐. 명우 형이 하도 붙잡아서.
석류	(신경 쓰이고) 언니한테 우리 만나는 거 얘기했어?
승효	(조금 당황한 기색) 아니. 네가 아무한테도 얘기하지 말래서.
석류	(살짝 멈칫) 그래?
승효	(덧붙이는) 그런 개인적인 얘기할 시간도 없었어. 공식 석상이라.
석류	(이미 맘 상한) 아… 근데 생각해보니 둘이 되게 헐리웃이다. 나 같으면 전 애인이랑은 일 못 할 것 같은데.
승효	(무슨 의중이지 싶어 보면)
석류	(떠보게 되는) 아니, 그래도 좋았던 시절이 있으니까. 감정이란 게 그렇게 싹둑 잘라내지는 게 아니기도 하고.
승효	(불편) 다 지난 일이야. 그리고 이런 얘긴 그만했으면 좋겠는데.
석류	(장난을 빙자한 진심) 뭐 어때. 다 알고 있는 건데. 야, 너 아까 언니한테

조심히 가라 할 때 목소리 장난 아니더라. 막 멋있게 촥 깔아가지고.

승효   (살짝 화나려 하지만) 내가 언제.

석류   (계속 농담조로) 엄청 걱정되는 것 같던데. 집까지 바래다주지 그랬어.

승효   (참기 어려워지는) 배석류...

석류   (질투로 선 넘는) 나 없었을 때 태희 언니랑 사귈 땐 어땠어? 언닌 막 어른스럽게 다 이해해주고 그랬나?

승효   (순간 냉랭해진 얼굴로) 대답하기 싫은데? 내가 너한테 그런 것까지 얘기해야 할 의무는 없잖아.

날이 선 승효의 차가운 대답! 순간 말문이 막힌 석류, 잠시 승효를 노려보다가 문을 박차고 나간다. 연인이 된 뒤 첫 싸움이다.

S#47. 건축 아틀리에 인 건물 앞 (밤)

석류, 상기된 얼굴로 걸어 나오다 우뚝 멈춰 선다. 화난 것처럼 보이지만 그 화가 승효를 향한 것만은 아니다. 주체 안 되는 자신의 감정에 화가 나고 답답한 듯.

석류   배석류 너 왜 이러냐 진짜.

S#48. 건축 아틀리에 인, 승효의 사무실 (밤)

석류에게 내지른 승효, 마음이 좋지 않다. 무거운 한숨 뒤 자신을 질책하듯 중얼거린다.

승효   최승효 너 뭘 잘했다고.

S#49. 승효 · 석류의 집 외경 (아침)

S#50. 승효의 집, 거실 (아침)

승효, 계단을 내려오는데 혜숙, 짐 싸고 있다. 여행 가방이 벌써 3개나 나와 있다.

승효   엄마. 어디 가세요?
혜숙   설악산. 미숙이네랑 부부 동반으로 1박 2일 가는데 얘기한단 걸 깜빡했네.
승효   하룻밤 주무시고 오시는데 웬 짐이 이렇게 많아요?
혜숙   아니, 그게 네 아빠가...
경종   (마침 안에서 짐 바리바리 안고 나오는)
혜숙   (질린다는 듯) 그건 또 다 뭐야?
경종   압박붕대랑 찜질팩. 아직 당신 발목이 완전치 않으니까 혹시 몰라서. 많이 걸으면 발바닥 아플까 봐 지압 시트도.
혜숙   (헛웃음) 왜 목발이랑 휠체어도 챙기지.
경종   (그걸 또 진지하게) 그럴 걸 그랬나? 지금이라도 병원에 전화해서,
혜숙   (말리는) 아니! 아니야, 여보. 농담한 거야.
승효   (좋긴 좋은데 보기 힘든) 아빠가... 원래 저런 캐릭터였구나...

S#51. 석류의 집, 거실 (아침)

석류, 소파에서 두 손으로 양쪽 귀를 막고 앉아 있다. 그리고 그 앞에 펼쳐진 광경. 미숙과 근식이 아침 댓바람부터 싸우고 있다.

근식   왜 아침부터 성질이야, 성질이!
미숙   내가 성질 안 나게 생겼어? 그러게 짐 좀 미리 싸놓으라니까 양말 어디 있나 메리야스 어디 있냐. 어디 있긴 어디 있어! 서랍에 있지!
근식   서랍에 블랙홀이 있나. 희한하게 내가 찾으면 안 보인단 말이야.

미숙	어우, 속 터져. 사람이 어떻게 저렇게 굼뜬지 굼벵이랑 의형제 하면 딱일 거다.
근식	와, 이제 막 남편을 버러지 취급한다.
석류	(귀에서 손 떼며) 엄마! 아빠! 대체 언제 가?
미숙	(안방으로 가며) 네 아빠 짐 싸길 기다렸다간 내일 가게 생겼다.
근식	(뒤에서) 그렇게 급하면 어제 출발하지 그랬어!
동진	(큰 가방 어깨에 걸치고 계단 내려오는)
석류	넌 또 어디 가냐?
동진	친구들이랑 부산.
석류	뭐야. 나만 두고 다 가는 거야?
미숙	(근식 얼굴에 메리야스 던지며) 여기 있잖아, 여기! 떡하니 있는 걸 왜 못 찾아!
근식	(맞은 얼굴 아프고) 어우, 아파. 당신 옛날에 투포환 했어?
석류	(시끄러운, 다시 귀 막으며) 다들 가! 제발 빨리 가!

S#52. 석류의 집, 대문 앞 (아침)

미숙과 근식, 대문 열고 나오면 혜숙과 경종, 앞에 차를 대놓고 기다리고 있다.

미숙	오래 기다렸지? 미안 미안. 이 인간이 늦장을 피우는 바람에.
혜숙	별로 안 기다렸어.
근식	스카프 고른다고 거울 앞에 한참 섰던 건 생각도 안 하지.
경종	그럼 저희 출발할까요?

경종, 운전석에 혜숙, 보조석에 미숙과 근식, 뒷좌석에 올라탄다. 차가 곧 출발한다.

S#53. 부부 동반 여행 몽타주 (아침/낮)

1) 휴게소 (아침)

혜숙과 미숙, 화장실에서 나온다. 혜숙의 가방 들고 여자 화장실 앞에서 기다리던 경종, 혜숙에게 "여기." 하며 얼른 손수건을 내민다. 어깨 으쓱해진 혜숙, 경종이 내민 손수건으로 우아하게 손의 물기를 닦는다. 부러운 미숙, 근식 어디 있나 두리번거리면 혼자 호두과자 사 먹고 있다. 열받아서 손의 물기를 허공에 탈탈 터는 미숙. 물기가 혜숙의 얼굴에 튀면 경종, 손으로 조심스럽게 톡톡 닦아준다. 미숙, 꼴 보기 싫어 죽겠다.

2) 설악산 초입 (낮)

미숙, 설악산 초입 반달곰 동상을 보더니 "우리 여기서 사진 찍자." 한다. 혜숙, "그럼 독사진부터 하나씩 찍을까?" 하더니 경종에게 "여보. 나 사진 좀 찍어줘." 한다. 미숙 역시 근식에게 "여보. 나도 사진 한 장 이쁘게 박아줘." 하며 휴대폰 내민다. 그러면 근식, 휴대폰으로 미숙 사진 덜렁 하나 찍어주고 마는데 반면 경종은 가방에서 좋은 카메라 꺼내더니 바닥에 철퍼덕 눕다시피 한다. 그리고 열정적으로 구도를 바꿔가며 혜숙의 사진을 찍어댄다. 잠시 후 미숙과 혜숙, 사진을 보면 미숙은 삼등신에 눈 감았다. 혜숙은 팔척장신 모델처럼 길쭉하게 나온 사진이 십수 장이다. 혜숙, "어머. 당신 원래 이렇게 사진 잘 찍었어?" 하면 경종, 자랑스럽게 대답한다. "인터넷에 여자친구 사진 잘 찍어주는 법이 있길래 공부했어." 열받은 미숙, 근식 향해 "인간아! 사람을 난쟁이 똥자루로 만드냐!" 하고 소리 꽥 지른다.

S#54. 혜릉동 골목길 (낮)

석류와 모음, 함께 걸어가고 있다. 석류, 휴대폰을 손에 든 채 모음에게 말한다.

석류	모음아. 너 나한테 전화 좀 해봐.
모음	응? 으응. (하고 전화해주면 석류의 휴대폰 벨소리 울린다)

석류   (빠직) 전화가 아주 잘 오네? 하도 조용해서 난 또 고장 난 줄.

S#55. 건축 아틀리에 인, 승효의 사무실 (낮)

어두운 표정의 승효, 일하고 있긴 한데 집중하기가 어렵다. 휴대폰 들어 석류에게 전화할까 말까 망설이는데 그때 똑똑 소리 난다.

승효   응, 들어와.
단호   (문 열고 들어오는)
승효/단호 (동시에) 단호야. / 건축가님.
승효/단호 (이게 아닌가! 다시 동시에) 강기자님. / 승효야.

아... 고쳐 부르기까지 했건만 두 번의 호칭이 번갈아 엇갈리고 나면 두 사람 머쓱해진다.

단호   저희 그때 원복하기로.
승효   그랬죠, 참. 일단 여기 앉으세요.
단호   (앉으며) 네. 바쁘신데 제가 방해된 거 아닌가 모르겠네요. 윤대표님이 방에 계시다고 그냥 올라가면 된다고 하셔서.
승효   아네요. 잘 오셨어요. 근데 무슨 일 있으세요?
단호   부탁드릴 게 있어서요. 제가 요즘 체험 기사를 연재하고 있거든요. 다음 기획으로 건설 노동자들의 삶을 조명해보고 싶은데 혹시 현장을 소개받을 수 있을까 해서요.
승효   가능하죠. 저희 시공 중인 곳들 있으니까 먼저 연락해보고 말씀드릴게요.
단호   고맙습니다. 제가 신세를 많이 지네요.
승효   제가 기자님 도움 많이 받았죠. 사기꾼 잡을 때도 그렇고, 지난번 상담도.
단호   아, 친구분께선 친구의 친구분과 어떻게 되셨는지 여쭤봐도 됩니까?
승효   얼마 전부터 만나기 시작했어요.
단호   (반색하며) 축하드립니다! 아, 축하드린다고 전해주세요.
승효   (표정 굳는) 축하... 네에...

단호	(알아채고) 왜요? 근데 뭐가 잘 안 풀리신대요?
승효	(쓸쓸하게) 아뇨. 그냥 연애가 좀 어렵대요.
단호	(감정이입) 사랑이 참 어렵죠.

S#56. 혜릉동 놀이터 (낮)

석류와 모음, 시소에 앉아 있다. 균형을 맞춰 팽팽하게 있는 상태. 석류, 억울한 얼굴로 승효와 싸운 상황에 대해 토로한다.

석류	아니 어떻게 내 앞에서 장태희 편을 들 수가 있어?
모음	(바른말) 딱히 그닥 편든 것처럼 보이진 않는데.
석류	(울컥) 너 내 친구야, 최승효 친구야?
모음	(바로) 최승효 이 씹어 먹을 놈의 새끼.
석류	그리고 내가 장태희랑 사귈 때 어땠냐니까 대답하기 싫다는 거 있지? 자기가 말해줘야 될 의무가 있내. 어이없어.
모음	(갸웃) 그럼 넌 거기서 뭐라고 대답하길 바랐는데?
석류	(멈칫) 응?
모음	아니 그렇잖아. 좋았다고 얘기하면 맘 상했을 거고. 되게 별로였다고 얘기하면... 넌 최승효가 구여친 험담이나 하는 그런 후줄근한 놈이었음 좋겠냐?
석류	(맞는 말이고) ...아니.
모음	그러게 다 지난 얘길 뭐 하러 물어봐. 너 그것도 자해다?
석류	(순순히) 나도 알아. 아는데...
모음	아는데 뭐?
석류	아는데 질투 나.
모음	(못 참고 시소에서 벌떡 일어나는) 야!
석류	(쿵! 엉덩방아 찧는)
모음	(소신 발언) 나 지금부터 최승효 친구 할래. 배석류 이 나쁜 기집애야. 너 송현준 배웅까지 시켜준 그 보살한테 이러면 안 되지.
석류	알아. 안다고! 아는데... 마음이 내 맘대로 안 돼.

S#57. 편의점 안 (낮)

모음   그치. 마음이 내 맘대로 안 되지.

심란한 얼굴로 편의점으로 들어오는 모음. 익숙한 듯 냉장고로 가는데 그 앞에 단호가 손에 솔의 귀를 든 채 서 있다. 그날 캠핑장 이후 처음 마주친 두 사람, 표정이 굳는다.

단호   (음료 내밀며) 솔의 귀 하나 남았는데 이거 드세요.
모음   (거절하는) 괜찮습니다. 기자님 드세요.
단호   (재차) 저야말로 괜찮으니까, 정반장님 드세요.
모음   (강단 있게) 아니요. 기자님이 드세요. 제 마음이니까.
단호   네?
모음   제 마음에 난 불은 완전연소 될 때까지 안 꺼질 것 같아요.
단호   (보면)
모음   그러니까 맛있게 드시라구요.

모음, 다른 음료 들고 계산대로 가져가 결제하고 나간다. 단호, 자기 손에 들린 솔의 귀를 보며 중얼거린다. 모음에게 하는 말 같기도 자기 자신에게 하는 말 같기도 하다.

단호   (중의적 표현) 전 솔의 귀를 끊어야 할 것 같은데, 자신이 없네요.

S#58. 설악산 리조트, 거실 (저녁)

테이블에 먹다 남은 회 접시, 빈 맥주캔, 소주병 등등 놓여 있다. 근식과 경종은 보이지 않는 상태. 미숙, 혜숙이 MRI 찍었단 얘기에 깔깔 웃으며 말한다.

미숙	야! 그런 걸로 치매 의심하면 우린 전부 진작 요양원 갔어야 돼.
혜숙	진짜 심각했어. 정말 기억이 아무것도 안 났다니까.
미숙	혜숙아. 난 내가 점심에 뭘 먹었는지도 기억 못 해.
혜숙	(웃으며) 우리 닭강정. 닭강정 먹었잖아.
미숙	맞다. 바삭하니 맛있더라. 하여튼 간에 별일 없어 천만다행이야.
혜숙	응. 이번 일 겪으면서 많이 배웠어. 가족, 친구. 인생에 기댈 사람이 있다는 게 얼마나 든든한 건지.
미숙	나도. 석류 일 겪으니까 더더욱 그런 생각 들더라. 우리 석류 저 아픈 거 다 받아 안아주는 그런 넉넉한 사람, 든든한 사람 만나면 좋겠다고.
혜숙	나도 승효한테 좋은 짝 찾아주고 싶어. 나 때문에 오래 외롭던 애잖아.
미숙	야. 우리 서로 좋은 사람 찾으면 소개해주자.
혜숙	(흔쾌히) 그러자.
미숙	아니 근데 이 남자들은 술 사 온다더니 왜 이렇게 오래 걸려.
혜숙	그러게. 술을 빚으러 갔나.

S#59. 건축 아틀리에 인, 테라스 (저녁)

승효, 나오는데 테라스에서 명우가 행복한 얼굴로 상자에 붙은 테이프를 뜯고 있다.

승효	뭐야?
명우	(신나서) 장태희가 드디어 약속을 지켰다!
승효	아. 나 팔아먹은 대가로 그릇 받기로 했지, 참.
명우	(열어보면 미학적인 느낌의 옹기 나오는) 너한테는 내가 이완용 같겠지만 이것 봐. 그럴만한 가치가 있었다.
승효	(어이없는 웃음) 윤완용 대표님. 그렇게 좋으세요?
명우	당연하지. 우리 집 가보로 대대손손 물려줄 거야. 내 26대손이 진품명품에 나와서 감정을 받는데 막 백억이 찍히는 거지.
승효	(못 말린다는 듯 보는데)

명우	아, 네 것도 있어.
승효	(의아한) 나?

승효, 옆을 보면 작은 상자 놓여 있다. 열어보면 표주박 모양의 잔 2개와 카드 들어 있다.

태희(E)	전통 혼례에서 신랑 신부는 하나의 박을 둘로 쪼갠 표주박에 합환주를 나눠 마셔. 그건 서로가 세상에 단 하나뿐인 짝이라는 뜻이래. 너랑 석류 씨한테 주는 내 선물이야. 두 사람 행복해.

말 안 해도 알고 있었구나. 컵을 내려다보는 승효의 표정, 조금 뭉클하다.

S#60. 석류의 방 (밤)

바닥에 《프린세스》 전집(미완결)이 쌓여 있다. 침대에 누워 만화책 보던 석류, 재미없다.

S#61. 혜릉동 골목길 (밤)

산책 겸해 동네 돌아다니던 석류, 인적 없는 골목에 들어선다. 한편에 나무로 만든 길고양이 집 놓여 있는데 그릇에 사료 부어주고 일어나는 사람, 승효다. 두 사람, 어색하다.

석류	여기서 뭐 하냐?
승효	(사료 봉투 손에 든 채) 봐놓고 뭘 물어.
석류	너 원래 이렇게 따뜻한 인간이었어?
승효	넌 그럼 네 남자친구가 냉혈한으로 보이냐?
석류	(으아아) 남자친구래. 미쳤나 봐!
승효	(어이없는) 그럼 내가 네 남자친구가 아니면 뭔데?

석류   (어버버) 그렇긴 한데. 아, 몰라. 그렇게 말하니까 너무 어색해.

승효   (그런 석류를 보는데)

석류   (고양이 집 보며) 그 집도 네가 만들어줬냐?

S#62. 과거. 혜릉고, 교실 (낮)

2008년 여름방학. 빈 교실에서 석류가 이동장 안의 고양이를 들여다보고
있다. 승효, 가까이 다가가려고 하면 석류, 담요로 이동장 가리며 외친다.

석류   안 돼. 오지 마! 얘 다쳐서 아직 예민하단 말이야.

승효   네가 더 예민한 것 같은데?

석류, 알러지 때문에 눈 빨갛게 충혈되고 콧물 줄줄 흘러 코에는 휴지를
꽂고 있다.

승효   고양이 알러지 있는 주제에 얠 데려오면 어쩌겠단 거야.

석류   그럼 다친 얠 그냥 두냐? 빨리 낫게 해줘야지.

승효   요새 용돈 떨어졌다고 매점 끊더니 이 녀석 치료비 때문이었어?

석류   응. 초콜릿 금단 증상으로 손이 다 떨린다, 내가. 근데 얘 치료가 끝나도
쉴 데가 없어. 날도 이렇게 더운데.

승효   (흠... 생각하는 표정으로)

cut to.
몽타주 느낌으로. 승효, 스프링노트에 고양이 집 설계도를 그린다. 설계
도라기보다는 스케치에 가깝다. 그리고 공사장에서 주워 온 널빤지에 톱
질도 하고 못도 박는다. 석류, 입만 살아서 옆에서 승효가 사 준 게 분명
한 초콜릿 먹으며 훈수 둔다. "야, 너 제대로 하는 거 맞아? 눈비 안 새려
면 지붕이 튼튼해야 된다?" 승효, "야. 네가 만들어." 하면 석류, 못 들은
척 책상에 드러누우며 "벽도 딴딴해야 돼. 여름 지나면 겨울 금방이야."
한다. 승효, 다시 집 만드는 데 열중한다.

S#63. 과거. 혜릉동 골목길 (밤)

S#61과 같은 골목에 승효, 뿌듯한 표정으로 고양이 집 내려놓는다. 승효, 그 앞에 쪼그리고 앉아 보는데 옆에 같이 쪼그리고 앉는 석류, "올…" 하며 자신의 어깨로 승효의 어깨를 퍽 치면 승효, 옆으로 밀리며 철퍼덕 바닥의 흙탕물 위에 주저앉는다. 승효, "야!" 소리치는 가운데 고양이 집 비춰지면 지붕 한구석에 'made by 최승효'라고 적혀 있다.

S#64. 혜릉동 골목길 (밤)

그리고 엉성한 고양이 집이 놓여 있던 자리에 고퀄리티의 고양이 집이 놓여 있다.

승효   (보며) 계속해서 재건축해드리는 중이지. 근데 여기 쓰는 녀석들 아무래도 그때 개 자손인 것 같아. 무늬가 닮았어.

석류   진짜? 보고 싶다.

승효   아서라. 지금도 코찔찔이 일보 직전이면서.

석류   (코 훌쩍이며) 비극이야. 고양이를 좋아하는데 만질 수 없다니.

승효   그때 그 고양이 집 내가 만든 첫 집이었지? 말도 안 되게 엉성했는데 그래도 뿌듯했어. 내 손으로 누군가의 보금자리를 만들었단 게. 아마도 그때 건축가가 돼야겠다고 생각했던 것 같아.

석류   그럼 네 첫 클라이언트는 고양이었네?

승효   아닌데. 너였는데.

석류   응?

승효   널 위해서 만든 거야. 네가 걱정했으니까. 네가 기뻐하길 바랐으니까.

석류, 그런 승효를 보는데 승효의 배에서 꼬르륵 소리 난다. 승효, 창피함에 흠흠 일부러 헛기침하며 소리를 가려보려고 노력한다. 석류, 피식 웃으며 말한다.

석류 가자. 밥 먹으러.

S#65. **석류의 집, 부엌 (밤)**

석류, 승효 앞에 곰국이 가득한 대접을 내려놓는다.

승효 여행 간다고 이모가 또 한 솥 끓여놨나 보네.

석류 얘 아니면 카레지 뭐. 얼른 먹어.

승효 (한술 떠먹는데)

석류 (먼저) 지난번엔 내가 미안했다.

승효 (당황해서) 무슨 소리야. 원인 제공자가 난데. 내가 더 미안해.

석류 아냐. 내가 심했어. 둘이 있는 거 보니까 갑자기 사람이 막 치졸해지고 옹
졸해지더라. 나야말로 별의별 못 볼 꼴을 다 보였으면서.

승효 (피식) 역시 서로의 연애사를 공유하고 있는 건 별로지?

석류 모르면 몰랐지. 알고는 좀 힘드네. 괜히 불문율이 아니라니까.

승효 (진지하게) 앞으론 아무것도 안 숨길게. 그런 식으로 엮이는 일 없게 할
게. 아니 아예 여지를 안 만들게.

석류 (보면)

승효 근데 솔직히 조금 기쁘기도 했어. 네가 질투해줘서.

석류 뭐?

승효 많이는 아니고 아주 쬐끔, 진짜 요만큼.

석류 (참 나 하듯 웃으면)

승효 그래도 우리 싸우지 말자. 너랑 싸우니까 기분이 너무 안 좋더라. 일도 안
되고 자꾸 짜증만 나고 이런 적 처음이야.

석류 처음이라고?

승효 응. 연애에 지배당하는 그런 사람 되기 싫었는데. 너무 낯설어. 내가 내가
아닌 것 같아.

석류 그게 정상이거든? 지금껏 얼마나 쿨한 척을 했으면.

승효	(똑바로 보며) 잘 모르겠어. 한 가지 확실한 건 네가 날 자꾸 뜨겁게 만든다는 거야.
석류	(승효의 눈빛에 시선 피하며) 야. 내가 방에 만화책 잔뜩 빌려다 놨거든? 얼른 먹고 그거나 보자.

S#66. 석류의 방 (밤)

석류, 방에 들어오면 따라 들어오는 승효, 평소와 달리 괜히 쭈뼛거리는 모습이다. 방에는 스탠드만 하나 켜져 있다.

석류	이 방 처음 들어오는 사람처럼 왜 이렇게 두리번거려?
승효	(얼버무리는) 아니 그냥 뭐.
석류	(프린세스 탑을 보여주며) 짜잔! 너 보라고 내가 세트로 빌려 놨다?
승효	(처음 보는 얼굴로) 이게 뭔데?
석류	뭐긴 뭐야. 프린세스지. 너 이거 좋아한다며.

flash back.
3화 S#17. 승효, 《프린세스》 집어 들며 말한다. "여기 있네. 내가 찾던 거."

승효	(기억난) 그건 그냥 둘러댄 거고.
석류	응?
승효	(쑥스럽지만) 사실 그때 만화방에 너 보러 갔었던 거야.
석류	(덩달아 쑥스럽고) 뭐야. 그땐 그래 놓고 지금은 너 나한테 왜 그러냐?
승효	내가 뭘.
석류	너 나한테 관심 없어 보여. 눈도 잘 안 마주치고 완전 데면데면. 사귀기로 했는데 그 전만도 못한 것 같고.
승효	(억울하다는 듯) 그건...! 내가 너무 긴장해서...
석류	(멈칫해서 보면)
승효	...떨려서 그랬어.

S#67. 석류를 보며 떨려 하던 승효 몽타주 (낮-밤)

1) 펜션, 마당 (S#7)
석류, 승효의 어깨에 기대 잠들면 승효, 석류를 내려다본다. "넌 이 상황에서 잠이 오냐?" 승효, 석류가 자신의 어깨에서 미끄러지지 않게 단단하게 감싸 안는다.

2) 극장, 매표소 앞 로비 (S#32)
승효, 석류를 기다리고 있다. "아, 왜 이렇게 떨리냐." 하던 승효, 저 멀리서 예쁘게 단장한 석류 오면 얼른 패드에 고개 파묻는다. 석류, 가까이에서 "으음, 설계도가 이렇게 생겼구나." 하며 들여다보면 승효, 심장이 멎을 것 같다! 석류, "그래. 그럼 음료만 사 와야겠다." 하고 일어나 가면 승효, 그제야 고개를 들어 가슴을 쓸어내린다.

3) 극장, 상영관 (S#33)
승효, 시선은 앞으로 고정한 채 온 신경이 다 석류에게 가 있다. 석류의 손을 잡을까 말까 망설인다. 용기 내서 손을 뻗었다가 석류가 움직이면 얼른 거둬들이고 스크린 보는 척한다.

S#68. 석류의 방 (밤)

승효, 석류에게 진심을 고백한다.

승효　그렇게 오래 기다려놓고. 정작 네가 옆에 있으면 뭘 어떻게 해야 할지 머릿속이 하얘져.

석류　나는 네가 너무 무덤덤해서 막상 사귀고 나니까 내가 여자로 안 보이나. 혼자서 안달복달했는데.

승효　절대 아니거든? 오히려 그 반대야.

석류　(보면)

승효	(뚫어져라 보며) 네가 너무 좋아서 널 어떻게 대해야 할지 모르겠어.
석류	(심장 떨리는데)
승효	책 갖고 내려가자.
석류	여기서 안 보고?
승효	여기 있으면 안 될 것 같아.
석류	왜?
승효	...나쁜 생각 들어.
석류	...무슨 나쁜 생각?
승효	(석류 눈 피하며) 하면 안 되는 생각. 되게 싸구려에 저급하고 불량한 생각.
석류	(툭) 나 불량식품 좋아했는데.
승효	(멈칫해서 보면)
석류	아폴로랑 쫀드기랑 달고나랑.
승효	꾀돌이랑 논두렁이랑 슬러시랑?
석류	(끄덕이며) 그러니까 해도 돼. 나쁜 생각.
승효	...그럼 나쁜 짓은?
석류	...해도 돼. 그것도.

석류, 투명한 눈빛으로 승효를 올려다보면 승효, 떨리는 맘으로 석류에게 가까워진다. 그리고 천천히 입을 맞춘다. 키스하는 두 사람, 조금씩 주춤주춤 뒷걸음질 친다. 그러다가 쌓아뒀던 만화책들이 우르르 무너진다. 석류, 뒤로 밀려 침대에 털썩 걸터앉았지만 승효, 멈추지 않는다. 석류 역시 멈출 생각은 없어 보인다. 화장대 거울 속 두 사람의 모습 잠시 비춰지다가 스탠드 불빛이 꺼진다. 천장의 야광별들이 반짝 빛을 내기 시작하면, 그 위로 소꿉연애 뜨고 '소꿉' 지워지며 글자 변경된다. **12화 엔딩 타이틀.** **어른연애**

13화

사랑

가장 큰 행복이란
사랑하고
그 사랑을 고백하는 것이다

S#1.   석류의 방 (아침)

아침 햇살이 눈부시게 비치는 방 안. 승효와 석류, 좁은 침대에서 마주 보고 누워 있다. 이불을 덮은, 어깨 정도 드러난 상태. 바닥엔 흩어진 옷가지와 무너진 《프린세스》 만화책들 그대로 놓여 있다. 승효, 석류의 흘러내린 머리카락을 귀 뒤로 넘겨주며 사랑스럽게 본다.

석류 왜 그렇게 뚫어져라 봐?

승효 그냥 이 순간이 꿈같아서. 믿기지 않아서.

석류 (승효 이마에 가볍게 딱밤 놓으며) 꿈 아니지?

승효 (아픈) 아! 그러네. 현실이네. 그리고 너랑 내가 같이 있네.

석류 이상해. 우리가 이러고 있다는 게.

승효 뭐가 이상한데?

석류 간질간질해. 정확히 어딘진 모르겠는데 가슴속 깊은 데서 뽀글뽀글 비눗방울이 막 터지는 것 같아.

승효 나도. 전기 오르는 것처럼 찌릿찌릿하진 않아?

석류 맞아! 피 뽑을 때 혈관 찾으려고 주먹 쥐었다 폈다 할 때. 그때처럼 뭔가 아려.

승효   (툭) 사랑이야.

석류   (사랑이란 말에 약간 당황) 응?

승효   그거 사랑이라고.

석류   (어색함에) 야. 벌써 사랑은 좀. 그건 너무 이르지.

승효   30년을 돌아왔는데 아직도 일러?

석류   그건 그렇지만! 그래도 사랑이란 말은 왠지 오글거려. 부담스럽기도 하고.

승효   요즘은 다들 사랑이란 말을 버거워하더라. 근데 사랑은 그냥 어디든 있는 거 아닌가? 난 자주 보이던데.

석류   어디서?

승효   음, 지난번 상담 온 부부가 딸을 위해 다락방을 만들어주고 싶다고 했을 때. 이모가 먹으라고 갖다준 반찬통이 아직 따뜻할 때. 정모음이 애지중지하는 차를 너한테 덥석 빌려줄 때?

석류   (피식) 그러네. 사랑이 아주 도처에 널려 있네.

승효   (툭) 사랑해.

석류   (멈칫하면)

승효   가족으로, 친구로, 여자로, 카테고리는 좀 달랐을지 모르지만 한 번도 널 사랑하지 않은 적이 없어.

승효의 진심 어린 말에 석류, 놀라고 감동했지만 뭐라고 말해야 할지 모르겠다. 잠시 망설이듯 보는데 그때 밖에서 시끌시끌한 소리 들려온다. 설마! 침대에서 몸 일으키는 두 사람. 석류는 이불을 몸에 돌돌 만 상태. 창밖을 보면 미숙과 근식이 대문 열고 들어온다.

석류/승효 (동시에) 엄마?! / 이모?!

승효와 석류의 눈이 커진다. 망했다!!! 우당탕탕 옷을 주워 입고 난리가 나는.

S#2.   석류의 집, 마당 (아침)

앞장서 들어오는 미숙, 근식에게 폭풍 불만을 털어놓는다.

미숙   어떻게 된 게 놀러 갔다 왔는데 사진 한 장 건질 게 없어!
근식   카메라는 거짓말 안 해. 당신이 그렇게 생긴 걸 나더러 어쩌라고.
미숙   (째려보며) 승효 아빠 혜숙일 슈퍼모델로 만들더만! 그리고 게 먹을
       때도 그래. 승효 아빠 고 다리 하나하날 죄다 발라갖고 혜숙이 입에 넣어
       주는데. 당신은 혼자 먹기 바빴지?
근식   그 양반은 의사잖아. 해부 이런 거에 워낙 정통하니까.
미숙   (죽일까) 잊었니? 당신은 요리사인 거?
근식   아...!

S#3. 석류의 집, 거실 및 부엌 (아침)

"밤에 둘이 산책 좀 나가자니까 술 취해서 뻗기나 하고. 코는 또 왜 그렇
게 골아?" 미숙, 근식에게 끝나지 않은 잔소리를 퍼부으며 들어온다. 소
파와 방바닥에 각자 비스듬히 누워 《프린세스》 보던 석류와 승효, 몸 일
으키며 인사한다.

석류   (자연스럽게) 엄마 아빠 생각보다 일찍 왔네?
승효   (아무 일도 없었던 듯) 그러게. 이모 여행은? 재밌었어?

미숙과 근식, 대답 대신 석류와 승효를 잠깐 내려다본다. 그 찰나가 마치
억겁 같다. 석류와 승효, 긴장으로 식은땀 나고 꿀꺽 침을 삼키는데.

미숙   (잔소리) 니들은 나이가 몇인데 아침 댓바람부터 만화책이냐.
근식   (보더니) 승효 순정도 보는구나? 순정이 있네.
승효   (아하하) 네. 제가 좀 그런 편이죠.
미숙   (갑자기) 최승효!
승효   (다시 긴장) 응?

미숙	(꿰뚫듯 보며) 너 옷 단추 잘못 잠갔다?!

...!!! 그 말에 승효와 석류, 동시에 얼어붙는다. 승효, 겨우 내려다보면 셔츠 단추가 하나씩 밀려 잠겨 있다. 걸린 건가. 석류, 미칠 것 같고 승효, 입술에 침이 바짝바짝 마른다.

미숙	(으이그) 애냐? 단추 하나도 제대로 못 잠그고.
승효	(과장된 웃음과 어색한 연기) 아하하하. 그러게? 이런 바보 같은 실수를 했네?
석류	(눈으로 욕하고 화제 전환) 엄마! 여행 재밌었냐니까 왜 대답을 안 해?
미숙	(부엌으로 가며) 네 아빠한테 물어봐.
석류	(작게) 아빠 또 뭐 잘못했어?
근식	(억울하다는 듯) 몰라. 맨날 나 못 잡아먹어서 안달이야.
미숙	(냄비 열어보고) 국이 그대로네. 승효야! 너 집 가서 엄마 아빠 오시라 해. 이거 먹어 치우게.
승효	(당황스럽게 보는)

S#4. 석류의 집 외경 (아침)

S#5. 석류의 집, 거실 (아침)

교자상 위에 곰국과 반찬들 놓여 있다. 승효와 석류를 비롯해 미숙과 근식, 혜숙과 경종이 둘러앉아 있다. 석류와 승효, 이 자리가 편치 않은 눈치다.

혜숙	그러잖아도 집에 밥 없어서 시켜 먹을까 했는데. 잘 먹을게.
경종	저희가 너무 죄송하네요. 여독도 못 푸시고 바로 이렇게.
미숙	전 괜찮아요. 술독에 들어갔다 나온 저 인간은 어떨라나 모르겠지만.
근식	밥 먹을 땐 개도 안 건드린댔다. 근데 해장에 곰국도 괜찮네.

승효	(웃고) 여행은 어떠셨어요?
혜숙	좋았어. 간만에 기분 전환도 되고. 그치 여보?
경종	응. 다음엔 석류랑 승효 너희도 같이 가자.
석류	(살짝 눈치로) 저희요?
미숙	아이고, 애들만 데려가서 얻다 써요. 더 북적북적하게 영양가 있게 가야죠.
경종	(무슨 의미인지 모르고) 예?
혜숙	(알아듣고 설명해주는) 애들 얼른 결혼시켜서 다 같이 놀러 가잔 뜻이야.
승효	(당황해서) 결혼이요?
미숙	응. 나랑 혜숙이랑 중매결의 맺었잖아.
근식	뭐야? 도원결의 자매품이야?
혜숙	(경종 보며) 여보. 병원에 괜찮은 친구 있는지 좀 찾아봐.
승효	(바로) 없을걸요?!
일동	(쳐다보는)
승효	(수습 시도) 배석류...를 데려가겠다는 사람이 없을걸요?
혜숙	(놀라서) 승효야. 너 그런 말 하면 못 써.
미숙	(발끈) 이놈 자식이 이쁘다 이쁘다 하니까. 너 왜 내 딸 까냐?
근식	그러게. 승효 그렇게 안 봤는데 너무하네.
승효	(당황스러운) 아, 그게 아니라...
석류	(일부러) 괜찮아요. 쟤 성질빼기 견뎌낼 여자도 없을 거라.
혜숙	어머, 석류야. 승효 성격이 어때서!
경종	그러게. 깔끔하고 딱 떨어지고 애가 날 닮아서 얼마나 나이스한데.
석류	죄송해요. 저희가 원래 이러고 놀아요.
승효	네. 맨날 갈구고 긁고 그러는 게 일이에요.
혜숙	그런 거지?
미숙	그래. 야, 애들 싸움에 어른들 의 상하겠다. 먹자.

냉각될 뻔했던 밥상 분위기 풀어지면 승효와 석류, 살았다는 듯 슬쩍 눈빛 교환한다.

S#6. 석류의 방 (아침)

석류, 승효를 끌고 들어와 얼른 방문을 닫는다. 그러고는 안도의 한숨을 몰아쉰다.

석류 완전 질식하는 줄 알았네.

승효 난 밥을 입으로 먹었는지 코로 먹었는지도 모르겠어.

석류 일단은 잘 넘어갔으니까, 앞으로 더 분발하자.

승효 그러지 말고 그냥 사실대로 말하자. 우리 만나는 거.

석류 (바로) 안 돼! 지금은 상황이 별로 안 좋아. 나 파혼한 것도 그렇고 현준 씨 왔다 간 지도 얼마 안 됐고. 내 맘이 너무 가벼워 보이잖아.

승효 오. 날 향한 맘이 꽤 무거운가 봐?

석류 농담이 나오냐?

승효 그런 것 때문이면 걱정하지 마. 내가 잘 설명할 수 있어.

승효, 자신 있게 말하지만 석류, 뭔가 다른 이유가 있는 듯한 표정을 짓는다. 내가 아팠던 게 괜찮을까? 하는 것이다. 하지만 금세 거두고 또 다른 이유를 댄다.

석류 그거 말고도 엄청 귀찮고 불편해질 거야. 우리 연애하는 거 엄마 아빠가 알잖아? 그럼 너 이렇게 내 방 못 들어와.

승효 (멈칫) 어?

석류 언제 어디서 무엇을 어떻게 왜 일거수일투족을 감시당할걸? 통금시간 부활하고 24시간 동네 레이더도 돌아갈 거고.

승효 (그건 싫은데)

석류 그럼 우리 되게 건전하게 바르게 착한 어린이처럼 만나야 할 텐데?

승효 (바로) 비밀 지키자. 엄수하자. 절대 들키지 말자!

석류 (씩 웃으며) 진작 그럴 것이지.

S#7. 데이트하는 승효 · 석류 몽타주 (낮)*

승효와 석류의 본격적인 연애가 시작된다. 한없이 예쁘고 설레는 두 사람의 나날들.

- 길거리. 미팅을 마치고 나온 승효, 두리번거리면 저만치 석류 서 있다. 석류, 승효를 발견하고 손 흔들면 승효, 그대로 달려가 석류를 번쩍 안아 올린다. 석류, "길바닥에서 왜 이래. 미쳤나 봐!" 하면서도 웃음을 감출 길 없다.

- 공원. 승효와 석류, 잔디밭에 돗자리 펴놓고 피크닉을 즐긴다. 투명한 햇빛 부서지는 가운데 서로를 안고 뒹굴고 쪽 가볍게 뽀뽀도 하는 평범한 연인의 모습.

- 극장. 두 사람 영화를 본다. 예전과 달리 가운데 팔걸이 뒤로 젖히고 석류, 승효의 가슴에 파묻히다시피 기대 있다. 고목나무에 매미 같기도.

- 오락실. 석류와 승효, 농구 오락기 앞에서 게임한다. 승효, 던졌다 하면 공이 바스켓 안으로 빨려 들어가는데 석류는 연신 실패. 승효, 석류 뒤에서 손잡고 자유투 넣을 수 있게 도와준다. 다정한 연인 위로, 캘리그라피체의 **13화 오프닝 타이틀. 사랑**

S#8. 동진의 방 (밤)

동진, 방 한구석에 가득 쌓여 있는 제품 박스들을 본다. 지난번에서 거의 줄지 않은 그대로의 상태. 동진, 생각 같지 않은 결과에 심란하다.

동진   아, 이 재고를 어떡하지? 공구를 다시 열어야 되나. 아니야. 아무래도 홍보가 덜된 것 같아. 요새 대세가 숏츠니까 먹고 운동하는 걸 일단 하나 올려보자.

----

*   각기 다른 날. 승효와 석류의 착장 모두 다르다.

동진, 혼자 이두 삼두박근을 만들어 보이며 주절거리는데 아래층에서 미숙의 목소리 들려온다.

미숙(E)　배동진! 참외 먹어!

동진　(괜히 화풀이하듯) 아, 엄마는 지금 참외가 중요해? (1층 향해) 안 먹어!!!

S#9. 석류의 집, 거실 (밤)

근식, 포크가 있는데도 손으로 참외를 주워 먹는다. 미숙, 계단 쪽 쳐다보며 말한다.

근식　먹기 싫음 말아라. 내가 다 먹으면 되지!

미숙　저 자식은 언제까지 가루만 먹으려고.

그때 미숙의 휴대폰 진동 울린다. 라벤더 단톡방에 혜숙이 여행 사진들을 올렸다.

미숙　지지배. 풍경 사진은 하나 없고 죄다 지 독사진만 올린 거 봐.

인숙(E)　어머, 혜숙아. 너 사진 너무 잘 나왔다. 팔등신에 완전 모델이네, 모델!

재숙(E)　그러게. 프사 바꿔라야. 인생 사진이다!

혜숙(E)　그래? 난 실물만 못하다고 생각했는데.

혜숙의 프로필 사진이 기다렸다는 듯 금세 바뀌면 미숙, 부러움에 입이 댓 발 나온다. 근식, 미숙 속도 모르고 TV 보며 히죽히죽 웃고 있다. 우적우적 참외를 씹으며.

미숙　같이 여행을 다녀왔는데 난 단톡방에 올릴 사진 한 장이 없네.

근식　아직도 사진 타령이냐.

미숙　(또 사진 얘기하는) 백 장 찍어야 한 장 건질까 말깐데. 마누라가 눈을 감았는지 머리칼이 얼굴을 덮었는지 제대로 보지도 않고.

근식   (질리는) 그만해. 제발 고만 좀 해!!!

S#10. 건축 아틀리에 인, 테라스 (밤)

석류, 식탁 위에 올려진 각종 재료들을 보며 골몰하고 있다. 승효, 옆에서
묻는다.

승효   브로콜리랑 눈싸움해?
석류   응. 콩, 시금치, 가지... 내가 극혐하는 애들이랑 신경전 벌이는 중이야.
승효   그렇게 싫어하는 걸 뭐 하러 샀어?
석류   아니 엄마가! 건강에 좋다고 자꾸 이런 것만 먹일라 그러잖아.
승효   (귀여운) 그래서 세상의 모든 채소들을 사서 없애버리려고?
석류   어떻게든 맛있게 먹어보려고 레시피 연구 중. 왜 운동선수들 자기 기술
        개발하면 본인 이름 붙잖아.
승효   김연아의 유나스핀. 여홍철의 여1, 여2처럼?
석류   (웃으며) 응. 배석류의 필살기도 만들어보려고.
승효   그래서 뭘 만드실 예정인데?
석류   브로콜리 닭가슴살 리조또?
승효   (인상 쓰며) 와, 듣기만 해도 싫은 조합이다.
석류   좀 그렇긴 하지?
승효   (갑자기 석류 번쩍 안아 싱크대 위에 턱 앉힌다)
석류   (화들짝) 야. 신성한 부엌에서 뭐 하는 거야?
승효   하지 말까?
석류   아니?
승효   (석류에게 다가가 키스하려는데)
명우(E) 왜 여기 불이 켜져 있어. 안에 누구 있나?

명우의 목소리 들려오면 석류와 승효, 눈이 휘둥그레진다. 석류, "야, 숨
어 숨어!" 하며 승효와 싱크대 밑으로 내려온다. 몸을 낮춰 아래로 숨으

면 마침 명우가 테라스로 들어온다.

명우   여기도 켜져 있네. 자식들이 전기세 아까운 줄 모르고. 엇! 방금 나 잠깐 꼰대 같았다. MZ답지 않았어. 정신 차려, 윤명우!

명우, 싱크대 쪽으로 걸어온다. 그러면 승효, 몸 낮춘 채 석류의 손을 잡아끌고 모퉁이를 돈다. 명우, 싱크대 위 채소들 보며 "이건 또 누가 사다 놓은 거야? 아니 치우고는 가야지. 뭐 풀떼기밖에 없어. 누구 다이어트 하나?" 하는 사이 승효와 석류, 복도 쪽으로 빠져나간다.

S#11. 건축 아틀리에 인, 미팅룸 (밤)

불 꺼진 미팅룸으로 들어온 두 사람. 승효, 이제 됐다 싶은지 안쪽에 앉는데 석류, 바깥 동태를 살피며 경계 태세를 늦추지 않는다.

석류   야! 밤에 회사 아무도 없다며!
승효   잠깐 뭐 가지러 왔을 거야. 원래 명우 형 잘 깜빡깜빡해.
석류   언제까지 기다려. 나 내일모레 시험 준비도 해야 되는데.
승효   그런 건 미리미리 해뒀어야지. 왜? 자신 없어?
석류   필기는 껌이었는데, 실기는 좀. 합격률이 30퍼센트대래.
승효   떨어질 거 대비해서 밑밥 까는 거야?
석류   야. 배석류 인생에 절대 없는 세 가지가 있거든? 낙제, 탈락, 불합격.
승효   (웃음기로) 그럼 됐네. 거기 그러고 있지 말고 이리 와.
석류   (승효 옆으로 가며) 숨고 숨기고 요새 다이내믹하다 진짜.
승효   스릴 있고 좋은데 왜.
석류   우리 사귄다고 전단지라도 뿌릴 기세더니 이젠 즐긴다, 너?
승효   즐거운 건 아직 시작도 안 했는데. (하더니 석류에게 가볍게 입 맞춘다)
석류   (승효 목 양팔로 감싸 안으며) 즐거움엔 끝이 없지.

승효, 석류에게 다시 키스한다. 완연한 연인이 된 두 사람, 깊어지는 입맞춤과 함께 암전.

S#12. 모음 · 단호의 집, 대문 앞 (아침)

모음과 재숙, 나오는데 마침 옆집 대문 열리며 단호와 연두도 나온다. 단호, 모음을 보고 잠시 당황하지만 재숙 향해 깍듯하게 인사한다. 연두, 재숙과 모음 보고 얼굴 밝아진다.

재숙   연두야! 연두, 할머니 안 보고 싶었어?
연두   보고 싶었어요.
재숙   할머니도! 아유, 오늘도 예쁘네. 기자님. 그냥 연두 우리 집에 데려오면 안 돼요? 내가 맡아준다니까.
단호   말씀은 감사하지만 괜찮습니다. 다음 주부터 새 이모님 오시기로 했어요.
모음   (단호 힐끗 보는데)
재숙   그럼 그때까지라도 도와준다니까.
단호   (정중한 거절) 정말 괜찮습니다. 하루 이틀도 아니고 계속 그렇게 폐 끼치면 제 마음이 너무 불편할 것 같아요. 그럼 저희 이만 가보겠습니다.
재숙   절대 폐 아닌데 참. 그래요, 가요. 연두, 잘 가!
모음   (마음 안 좋은 채로) 연두 안녕.
연두   (시무룩해져서) 할머니 안녕히 계세요. 언니 안녕.

단호, 끝내 모음과 눈 한번 안 마주치고 간다. 모음, 그게 못내 서운한데.

재숙   (연두 뒷모습 보다가) 안 되겠다. 엄만 아무래도 꼭 손녀를 가져야겠어.
모음   (또 시작이군) 언니한테 셋째 낳으라고 해.
재숙   야. 너 선 하나 보자.
모음   (자동응답기처럼) 응. 언니한테... 아, 그건 언니가 못 보겠구나.
재숙   진짜 아까운 자리라 그래. 석류한테 넘길까도 했는데 그냥 네가 나가라.
모음   석류 절대 안 볼걸? 물론 나도 마찬가지고.

재숙	왜! 대체 왜 안 보겠다는 건데? 너 뭐 좋아하는 사람이라도 있는 거야?
모음	(멈칫 대답 안 하는)
재숙	(오호라) 있어? 있구나! 누군데? 회사 사람?
모음	(도망치는) 어머니. 저 먼저 가보겠습니다.
재숙	(뒤에 대고) 야, 누군데! 누구냐니까?!

S#13. 혜릉동 골목길 (아침)

단호, 연두와 함께 걸어간다. 연두, 잡고 있던 손을 빼더니 걸음을 우뚝 멈춰 선다. 단호, 다정하게 몸을 낮춰 눈높이 맞추며 묻는다.

단호	우리 딸이 왜 이럴까? 갑자기 유치원 가기가 싫어?
연두	(토라진) 응! 싫어! 가면 아빠가 데리러 올 때까지 저녁때까지 있어야 되잖아.
단호	(달래는) 저녁 말고 낮에, 아빠가 일찍 데리러 가면 어때?
연두	그것도 싫어! 그럼 아빠가 나 때문에 일을 못 하는 거잖아.
단호	아빠도 연두 종일반에 있는 거 너무너무 마음 아파. 근데 당분간만 조금 이해해주면 안 될까?
연두	(속마음 털어놓는) 나 모음 언니네 있으면 안 돼?
단호	(멈칫해서 보면)
연두	나 거기 좋아. 할머니가 맛있는 것도 해주고. 언니는 나랑 맨날 맨날 놀아준단 말이야.
단호	아빠가 더 재미있게 놀아줄게. 우리 이번 주말에 한강으로 자전거 타러 갈까?
연두	(싫지 않은 듯) 정말?
단호	(손 내밀며) 응. 그러니까 유치원 가는 거다?

연두, 망설이다 단호가 내민 손 잡으면 두 사람 다시 걸어간다. 단호의 미소가 조금 슬프다.

S#14. 한식조리기능사 시험장 (낮)

위생복·위생모·앞치마를 갖춰 입은 석류, 등번호 붙이고 긴장한 얼굴로 시험장에 들어온다. 지정된 자리로 가 시험지 확인해보면 '지짐누름적'과 '콩나물밥'이다. 해당 재료들이 모두 테이블 위에 놓여 있다. 감독관이 주의사항 설명하는 가운데 석류, 가져온 가위, 강판, 계량컵, 국자 등의 조리도구 등을 세팅한다. 감독관의 "시험 시작하겠습니다." 소리와 함께 타이머의 숫자가 돌아가기 시작하고! 요리를 시작하는 석류의 눈빛, 긴장과 설렘으로 반짝인다.

S#15. 건축 아틀리에 인, 테라스 (낮)

삐 소리와 함께 승효, 전자레인지에서 레토르트 비빔밥을 꺼낸다. 뚜껑 열면 김이 모락모락 난다. 승효, 한입 떠먹는데 명우가 "점심 먹으러 가자." 하며 들어오다가 그 모습 본다.

명우   너 또 그거 먹냐?

승효   (맛있게 먹으며) 응.

명우   (게슴츠레) 너... 연애하지?

승효   (켁켁 사레들릴 뻔) 응?

명우   점심을 프랑스 귀족처럼 천천히 먹던 애가 며칠째 그것만 먹잖아. 그러고는 바로 일하고 6시 정각에 튀어 나가고. 수상해. 너답지 않아.

승효   (변명하는) 그거...는 내가 앞으로 저녁 있는 삶을 살아보려고. 이게 이미 다 비벼져 있어서 시간을 아낄 수가 있어. 그리고 뭣보다 맛있어! 원래 내가 하나에 꽂히면 좀 쭉 가는 스타일이잖아.

명우   그렇긴 하지. 나도 하나 먹어볼까? (하며 제품 집어 든다)

승효   (얼른) 먹어. 그래, 그거 맛있어.

S#16. 시험장 앞 및 승효의 차 안 (낮)

시험을 마친 석류, 홀가분한 얼굴로 나온다. 그때 빵! 클랙슨 소리 울린다. 석류, 소리 난 곳 향해 돌아보면 바로 뒤에 승효의 차 보인다. 승효, 차에서 내린다.

석류   야, 최쏭! 너 여긴 어떻게 와.

승효   어떻게 오긴. 여자친구 축하해주러 왔지. (하며 꽃다발 꺼내 석류에게 안긴다)

석류   (받으며) 아직 결과 나오지도 않았는데 무슨 축하야. 꽃다발은 또 뭐고.

승효   난 너랑 다르게 결과보다 과정을 중요하게 생각하는 사람이거든.

석류   죽을래?

승효   네 손에 죽을 수 있다면 그것도 해피엔딩일 거야.

석류   최승효 왜 갈수록 능글거리는 것 같지?

승효   (차 문 열어주며) 남자친구 모드로 펌웨어 업데이트 중인데 왜. 최신 버전엔 꽃도 포함돼 있고.

석류   (차에 올라타며) 꽃이 예쁘니까 넘어가준다.

승효   네가 더 예뻐.

석류   (웃으며) 1절만 하시죠.

승효   (차 문 잡은 채 2절) 아, 대체 뭐가 꽃이지? 너랑 꽃이랑 구분이 안 되는데.

석류   (정색하며) 그만. 확 초기화시켜버리는 수가 있다.

승효   네. (깨갱하며 바로 문 닫고 운전석으로 간다)

S#17. 건축 아틀리에 인 근처 골목길 (낮)

나윤, 출장 다녀오는 길이다. 품에 서류 봉투와 디자인북 들고 있다. 그때 맞은편에서 걸어오던 동진, 나윤을 알아보고 반갑게 아는 척한다.

동진   회원님. 우리 오랜만에 보네요?

나윤	(심드렁하게) 네에.
동진	어디 다녀오는 길인가 봐요?
나윤	출장이요. 바로 회사 들어가 봐야 해서 이만. (하고 가려는데)
동진	이렇게 좋은 날 회사라니. 직장에 얽매여 있으면 이게 안 좋다니까. 나 봐 봐요. 얼마나 자유롭고 행복해 보이나.
나윤	(타격감 제로) 좋겠네요. 무소속 백수라서.
동진	백수 아니거든요? 나도 새로 일 시작했다구요. 저기 이거 내가 판매하는 제품인데 특별히 하나 줄게요. (하며 가방에서 단백질 꺼낸다)
나윤	(바로) 됐어요.
동진	(나윤 품에 안겨주는) 사양 말고 받아요.
나윤	(엉겁결에 받다가 들고 있던 봉투 떨어뜨리는) 아, 괜찮다니까 진짜...
동진	아! 내가 주워 줄게요. (줍다가 봉투의 '건축 아틀리에 인' 로고 보고) 근데 이 회사 다녀요? 여기 나랑 친한 형네 회산데?
나윤	누구요? 윤대표님이요?
동진	아니요. 최승효라고, (하다가 나윤 뒤쪽에서 오는 승효와 석류 발견하고) 형!

나윤, 돌아보면 승효와 석류다! 걸어오던 승효와 손에 꽃다발을 든 석류, 동진을 발견하고 살짝 당황한 듯하다. 둘을 본 나윤의 표정 급격히 어두워진다.

승효	동진아.
동진	형! (하며 반가워하다가 석류 보고 표정 썩는) 너도 있었냐?
석류	...너? 이게 요즘 웬일로 누나라 부르나 했다. 넌 이따 집 가서 뒈졌어, 새 끼야.
동진	꽃으로도 때리지 말랬다! 근데 그 꽃은 뭐냐? (하며 승효와 석류 번갈아 본다)
석류	(들킨 건가! 당황하는데)
승효	(꽃다발 뺏으며) 내 거야, 내 거. 거래처에서 받은 건데 얘가 뺏었어!
동진	배석류 이젠 하다 하다 꽃까지 삥을 뜯네. 형, 걱정 마! 내가 엄마한테 일러줄게.

승효	아니, 꼭 그럴 필요까진...
나윤	(보다가) 누나? 엄마? 잠깐만요. 두 분 혹시 남매예요?
석류	네. 제가 참 어디 내놔도 부끄러운 동생을 뒀네요.
승효	그러고 보니 둘은 어떻게 아는 사이야?
동진	우리 회원님이셨어. 와, 이게 이렇게 또 연결이 되네. 세상이 좁은 거야, 아님 이럴 인연이었던 거야? (하며 나윤 보는데)
나윤	(승효와 석류 같이 있단 사실에 안 들리는)
동진	이렇게 만난 김에 나 형네 회사 좀 구경시켜주면 안 돼?
승효	(난감하지만 할 수 없이) 어? 아... 그럴래?
석류	(귀찮게 됐네 하는 눈으로 보는)

S#18. 건축 아틀리에 인, 테라스 (낮)

동진, "우와, 개좋아. 개멋있어. 개비싸 보여." 등의 단순 감탄사를 내뱉으며 돌아다닌다.

석류	(승효에게 속삭이는) 쟬 여기로 데려오면 어떡해?
승효	(작게) 그럼 어떡해. 그냥 가라고 할 순 없잖아.
석류	(동진에게) 야. 너 구경 끝났으면 가!
동진	지네 회사냐. 형도 가만있는데 왜 가라 마라야.
나윤	(단백질 제품 들고 들어오며) 저기요. 이거 그쪽이 판매하는 제품이랬죠? 이거 얼마 전에 인별에서 난리 났던 제품인 거 알아요?
동진	(허세) 아. 그게 광클해야 구할 수 있는 핫한 건데 뭐 지인 찬스라고 생각해요.
석류	(발끈) 저 새끼가 누나는 안 주고!
승효	(말리는) 참아, 참아.
나윤	그게 아니라 곰팡이 단백질로 뒤집어졌었잖아요. 몰랐어요?
동진	(나윤의 손에 들린 제품 뺏어 보며) 말도 안 돼. 그럴 리가 없는데...
승효·석류	(하얗게 질린 동진을 보는) !

S#19. 석류의 집 외경 (낮)

석류(E) 엄마! 엄마아아!!!

S#20. 석류의 집, 거실 (낮)

석류, 열이 잔뜩 받은 얼굴로 동진을 끌고 들어온다. 마침 미숙과 근식 모두 집에 있다.

동진 (반항하는) 아, 놔! 안 놔?!

미숙 뭐야. 넌 왜 또 애 귀를 잡아 뜯어.

석류 (흥분한 채) 아빠도 있었네? 엄마! 아빠! 이 새끼 또 사고쳤어!

근식 (벌떡 일어나며) 또 무슨 사고?

미숙 (멈칫해서 보면)

석류 엄마 내가 이 새끼 믿지 말랬는데 또 돈 해줬지? 배동진 그거 다 날린 것도 모자라 지금 소송 걸리게 생겼어!

미숙 (놀라는) 소송?

석류 방에 잔뜩 쌓여 있는 박스 그거 다 뭔가 했더니 이 자식이 식약청 허가도 안 난 곰팡이 단백질을 팔았대.

근식 고, 곰팡이! 이 놈팽이를 어떡하면 좋지? 너는 이 새끼야, 내가 진작 호적에서 파버렸어야 됐는데 네 엄마 때문에 참은 줄만 알아!

미숙 (동진 보며) 진짜야? 정말이야?

동진 (억울한) 몰랐어. 나도 몰랐다고!

석류 몰랐다고 하면 뭐가 해결돼? 일단 수습부터 하자. 너 단백질 몇 개 팔았어?

동진 (대답 안 하면)

석류 (버럭) 몇 개 팔았냐고!!!

동진 (기어들어 가는 소리로) 열 개...

석류 (한심하게 보며) 큰소리 뻥뻥 치더니 수량 한번 앙증맞다. 잘됐네. 너 더

일 커지기 전에 구매자한테 연락해서 백배사죄하고 환불 처리해.

동진   (힘없이) 알았어.

미숙   (현타 온 얼굴로) 사기는 내가 당했네.

동진   (무슨 소리인가 싶어 보면)

미숙   (동진 보며) 너한테 십수 년을 속고 또 속아도 내가 속으로 그랬어. 이번
       엔 잘되겠지. 이번엔 잘하겠지. 서른 넘게 반백수로 있어도 내가 모진 말
       했다 괜히 저거 엇나가면 어쩌나. 그래도 심성은 고운 앤데. 내 자식이니
       까 나라도 믿어줘야지! 근데... 이제 엄마도 한계야.

동진   (쿵 해서 보면) !

미숙   너 눈 있으면 나가서 봐. 남들 얼마나 열심히 사는지. 근데 너는 남의 돈
       벌어먹고 사는 게 그렇게 쉬울 것 같았나? 물건 팔면서! 그것도 먹는 거
       를, 확인도 안 하고 어떻게 그렇게 허투루! 글렀어. 너는 정신 상태가 이
       미 썩어빠졌어!

동진   (왈칵) 아니거든? 나도 이번엔 진짜 잘해보고 싶었거든?

일동   (보면)

동진   (억울하고 속상한) 나도 알아. 내가 엄마 아빠 애물단진 거. 난 머리도 나
       쁘고 누나처럼 공부도 잘 못하고 의지박약에 옛날부터 엄마 아빠 나한테
       아무것도 기대 안 하는 거 다 안다고!

석류   (처음 듣는 동진의 속마음이고) !

동진   (울먹) 그래서 더 아무것도 아니기 싫었어. 성공하고 싶었어. 돈 많이 벌
       어서 엄마 백도 사 주고 아빠 차도 사 주고 싶었어. 나도...! 특별한 사람이
       되고 싶었어!

       동진, 저도 모를 눈물이 후두둑 떨어지면 들키기 싫은 듯 얼른 닦으며
       2층으로 올라간다. 동진의 절규 같은 고백에 가족들 맘이 안 좋다. 특히
       석류, 생각이 많아진 얼굴이다.

S#21. 혜릉동 골목길 (저녁)

       모음, 퇴근하던 단호와 또 마주친다. 단호, 모음을 향해 가볍게 목례하고

지나치려 한다.

모음   기자님! 그래도 우리 인사는 하고 지내죠?

단호   (돌아보며) 인사... 드렸는데.

모음   의례적인 목례 말구요. 오늘 하루 어땠냐, 잘 지냈냐, 부드러운 안부요.

단호   이제 그런 거 안 나누려구요.

모음   치사하네. 난 나눠 줄 거 있는데. (하며 두리안 맛 막대사탕 내민다)

단호   (안 받고 그냥 쳐다만 보면)

모음   (사탕 손에 든 채) 그날 캠핑장에서 기자님이 했던 말 계속 복기해봤거든
요?

flash back.
12화 S#34. 단호, "안 됩니다. 절대 안 돼요! 연두는 정반장님 딸이 될 수
없고 우리 그날 일은 실수 맞아요. 실수여야 돼요." 모음, "왜요?" 단호,
"안 되는 일이니까요."

모음   근데요. 뭔가 어색하지 않아요?

단호   뭐가 말입니까?

모음   난 기자님이 좋다고 했는데 기자님은 안 되는 일이라고 했어요. 내가 싫
다고는 안 했다구요.

단호   저 정반장님 별롭니다.

모음   (멈칫) 네?

단호   (냉랭하게) 나 좋다는 사람한테 굳이 모진 말 할 필요 없어서 돌려 말한
건데. 진짜 사람 곤란하게 하시네요.

모음   (혼란스러운) 그럼 그건 뭐였어요? 나한테 왕창 쥐여 준 연고들, 내 손에
가득 담아준 기자님 마음 아니었어요?

단호   (무표정) 과대 해석하셨네요. 연고는 그냥 연고일 뿐입니다.

모음   그랬...구나. 그래도 손 민망하니까 이건 받아요. (하며 단호에게 사탕 쥐
여 준다)

단호   (모음 하는 대로 가만히 있으면)

모음   이만 가볼게요. (하는데 어느 쪽으로 가야 하나 우왕좌왕) ...같은 방향이

지 참. 제가 먼저 갈게요! 천천히 오세요.

단호   (사탕 만지작거리며) 끊어야 할 게 너무 많아서 큰일이네.

S#22. 경종의 서재 (밤)

경종, 논문 보고 있는데 똑똑 소리와 함께 잠옷 차림의 혜숙이 들어온다.

혜숙   바빠?

경종   아니. 보던 논문이 있어서 마저 읽던 중이야.

혜숙   중요한 거야?

경종   (덮으며 다정하게) 딱히. 습관처럼 보는 거지 뭐. 왜? 뭐 필요한 거 있어?

혜숙   (괜히 두리번거리고 이것저것 만지며) 아니. 그냥 당신 뭐 하나 해서. 여기 책이 이렇게 많았었구나. 창문도 되게 컸었네.

경종   (영문 모르고) 그렇지 뭐.

혜숙   근데 이 침대 말이야. 너무 좁지 않아? 불편할 것 같은데.

경종   혼자 자는데 싱글이면 충분하니까.

혜숙   나는 혼자서 더블 침대 쓰니까. 그래서 하는 말인데 이제 그만 안방으로 들어오는 게 어때?

경종   (놀라는) 어?!

혜숙   싫어?

경종   (벌떡 일어나며) 아니!

그러고는 경종, 자기 침대 위 베개를 집어 들더니 말벌 아저씨처럼 달려간다. 혹은 축지법을 쓰는 것 같기도. "같이 가!" 혜숙, 머리카락을 귀 뒤로 넘기며 팔랑팔랑 따라간다.

S#23. 동진의 방 (밤)

동진, 구매자에게 사과 전화를 돌리고 있다.

동진	네. 죄송합니다. 바로 환불 조치해드리겠습니다. (하고 전화 끊는다)
석류	(노크도 없이 벌컥 문 열고 들어오는)
동진	(짜증으로) 뭐야? 왜 노크도 안 하고 남의 방에 막 들어와?
석류	(옆에 앉으며) 억울하면 너도 내 방 그냥 들어와라.
동진	옛날엔 들어오면 죽인다고 '배동진 출입 금지' 문패까지 걸더니.
석류	(돌직구) 그야 내가 너 싫어했으니까.
동진	(참 나) 이젠 막 대놓고 싫어했댄다.
석류	그땐 엄마가 널 더 좋아한다고 생각했어. 내가 암만 악착같이 1등을 해도, 엄마한텐 늘 네가 1등 같았거든.
동진	아니거든? 엄마한테는 누나가 전부였거든? 누나만 예뻐하고 누나만 자랑하고 누나가 엄마 존재의 이유였어.
석류	(피식) 부질없다. 야, 배동진.
동진	(퉁명스럽게) 왜.
석류	내가 너보다 13개월 더 살아봐서 하는 말인데, 모든 사람이 특별할 순 없다? 그 말은 대부분의 사람들이 그냥 평범하게 산다고. 물론 나도 마찬가지고.
동진	(멈칫해서 보면)
석류	그러니까 꼭 대단한 뭔가가 되는 데 집착할 필요 없어. 그냥 인생에서 저마다 소중한 걸 찾으면 그걸로 충분해. 이건 내가 좀 아파봐서 하는 말.
동진	(괜히) 치사하게 훈계질에 병력을 끌고 오냐.
석류	훈계하는 김에 하나 더. 네가 잘 모르고 있는 게 하나 있는데, 너 의지박약 아냐.
동진	응?
석류	나랑 닭다리 놓고 혈투를 벌이고, 뷔페만 가면 메뚜기 떼 쓸고 간 것처럼 초토화시키던 놈이 일 년을 닭가슴살이랑 단백질 셰이크만 먹었잖아. 그거 의지야.
동진	(뭉클해져서 보면)
석류	트레이너 일 열심인 것 같아서 보기 좋았어, 너.
동진	(괜히) 트레이너 아니고 지망생이었거든?

S#24. 동진의 방 앞 (밤)

미숙, 동진의 방문 앞에 서 있다. 안에서 들려오는 대화를 모두 들은 듯 뭉클한 얼굴인데. 그사이 안에선 석류와 동진이 현실 남매로 돌아가 티격태격한다.

석류(E) 그니까 시험을 왜 떨어져. 이게 다 네가 열심히 안 해서 그런 거 아냐!

동진(E) 좀 전까진 열심이었다며! 내가 돌대가린 걸 어떡하라고!

석류(E) 야. 인간이 구석기 신석기 다 돌 가지고 문명을 이뤄나갔거든? 돌도 갈면 빛나는 법인데 너는 애초에,

동진(E) (말 자르며) 뭐래. 말 어렵게 하지 마라. 맨날 지 잘난 척 하려고.

그때 근식이 계단 올라오며 "거기서 뭐 해?" 하면 미숙, 조용히 하라는 듯 쉿! 해 보이며 근식을 끌고 아래로 내려간다. 미숙의 얼굴에 슬며시 웃음이 배어 나온다.

S#25. 승효의 집 외경 (아침)

S#26. 교차편집. 승효의 방 + 석류의 방 (아침)

승효, 긴장한 얼굴로 방을 왔다 갔다 하고 있다. 초조하게 뭔가를 기다리는 느낌이다. 그때 똑똑 두들기는 소리 나면 승효, 바로 창문을 연다. 창가에 선 석류의 얼굴이 시무룩하다.

승효 (걱정으로) 얼굴이 왜 그래? 떨어졌어?

석류 (어두운 표정으로 대답 없이 보면)

승효 (황급히 위로하는) 괜찮아. 까짓것 다시 보면 되지. 너 막 그런 것까지 한 번에 붙으면 안 돼. 그럼 너무 인간미가 없잖아. 가뜩이나 요정 같은 애

가!

석류   (귀엽게) 앞으로 날 팅커벨이라고 불러줘.

승효   (뭔 소리지) 응?

석류   요정 같은 내가 한 번에 합격을 해버렸네?

승효   (눈 커져서 보면)

석류   (신나서) 나 땄다고! 한식조리기능사!

승효   (사춘기 소년처럼 포효하는) 우왓, 우와아아아!!! 대박. 기다려. 나 지금 갈게.

흥분한 승효, 그대로 창문을 넘어가려 한다. 당황한 석류, "야!!! 그러다 다쳐!" 하며 말리는데 승효, 팔불출力을 최대로 발휘하는 중이다.

S#27. 혜릉동 놀이터 (아침)

석류, 챙이 큰 휴양용 밀짚모자에 선글라스 쓰고 주변을 두리번거리며 온다. 그러면 미끄럼틀 뒤에 숨어 있던 승효 나온다.

석류   오는 길에 미행은 없었지?

승효   여기가 혜릉동이야, 하와이야. 이게 더 수상할 거란 생각은 안 들어?

석류   (선글라스 살짝 내리며) 동네에선 좀 조심해야 할 필요가 있어.

승효   너랑 나랑 같이 다닌 게 벌써 수십 년째다. 우리가 부둥켜안고 다닌대도 쟤네 뭐 되게 좋은 일 있나 보다 할걸?

석류   그건 그래. (하며 모자와 선글라스 벗는다)

승효   (안아주며) 축하해. 한 번에 패스라니 역시 배석류다웠다.

석류   (좋지만! 미쳤어! 누가 보면 어쩌려고.

승효   (더 꼭 안으며) 말했잖아. 엄청 좋은 일 있나 보다 할 거라고.

석류   (안긴 채) 진짜 엄청 좋아. 대학 합격했을 때보다 그레이프 붙었을 때보다 더 좋아.

승효   (사랑스럽게 보며) 난 네가 좋아해서 좋아.

석류   이제 자격증도 땄겠다. 제대로 시작해볼 거야. 취직자리도 알아보고.

승효	일 시작하면 주방에서 더 조심해야 돼. 물, 불, 칼, 다른 남자.
석류	맨 뒤에 껀 생각 좀 해볼게. 요리하는 남자들이 전완근이 좋더라.
승효	(발끈해서 팔 걷으며) 전완근은 건축하는 남자가 더 좋거든?
석류	오, 진짜 핏줄 튀어나오네?
승효	(자랑스럽게) 힘줄도. 봐봐. 여기 갈라진다?

S#28. 혜릉119안전센터 앞 (아침)

야간 근무 마치고 나온 모음, 검은색 정장 차림이다. 박반장과 연반장 역시 사복을 입었다.

모음	수고하셨습니다!
연반장	다들 고생했어. 푹 쉬고 내일 보자고.
박반장	(모음 보고) 근데 정반장님 웬 정장을. 어디 가세요?
모음	(표정 살짝 어두워지는) 네. 어디 좀... 저 먼저 들어가 보겠습니다!
연반장	(박반장 뒤통수 때리며) 눈치는 언다 갖다 팔아먹었지?
박반장	제가 뭘요.
연반장	옷 색깔을 봐라. 상복이잖아.
박반장	(그제야) 아... 그럼 오늘이 혹시?

S#29. 추모공원, 추모관1 (낮)

모음, 꽃을 놓는다. 유골함 앞에 놓인 사진, 30대 초중반의 여성이다.

모음	선배님. 저 너무 오랜만이죠. 사는 게 바빴어요...아니다. 실은 핑계예요. 그냥 좀 살짝 잊고 있었어요. 안에 애들 있을지 모른다고 뛰어들던 선배 뒷모습 아직 눈에 선한데. 근데 그걸 계속 생각하면 내가 힘드니까.

모음의 눈가에 눈물이 맺히지만 애써 참고 사진을 보며 농담한다.

| 모음 | 맞다. 저 이제 선배님이랑 동갑이에요. 내년부턴 제가 언니니까 말 놓을 거예요. 그런 줄 알고 계세요. |

S#30. 추모공원, 복도 (낮)

추모관에서 나와 복도를 걸어가던 모음, 저 멀리 지나가는 단호와 연두를 본다. 어?! 놀란 모음, 두 사람이 간 쪽으로 발걸음을 옮긴다.

S#31. 추모공원, 추모관2 (낮)

단호와 연두, 무거운 얼굴로 추모관 한편에 서 있다.

단호	연두야. 인사해야지.
연두	안녕하세요. 엄마. (사진 속 여자의 얼굴 비춰진다)
단호	(사진을 슬프게 보는데)
연두	안녕하세요. 아빠. (하면 사진 속 여자 옆에 단호가 아닌 다른 남자 보인다)

단호와 연두가 보고 있는 가족사진 전체가 비춰진다. 단호와 단호의 형 부부, 그리고 단호의 부모님이 함께 찍은 사진이다. 연두는 1-2살 아기의 모습으로 단호에게 안겨 있다. 두 개의 유골함에 부모님과 형 부부의 이름 적혀 있다. 그리고 네 명의 사망 날짜가 모두 같다.

단호	엄마. 아버지. 형수님. 그리고 형. 다들 잘 지냈어? 연두 엄청 많이 컸지? 키도 크고 몸무게도 늘고 이젠 당근이랑 피망도 잘 먹어.
연두	(자랑하고 싶은) 알파벳도 알아요.
단호	맞아. ABC 노래도 엄청 잘 불러. 그러니까 연두는 걱정하지 마. 내가 항상 옆에 딱 붙어 있을 거니까.

연두	(가방에서 종이꽃 꺼내며) 제가요, 종이로 꽃 접는 법 배웠는데요. 엄마 아빠 주려고 가져왔어요. 아빠는, 아니... 삼촌은 벌써 하나 줬어요.
단호	(다정하게) 엄마 아빠한테 연두가 직접 달아드릴까?

잠시 후, 유골함 앞에 종이꽃 두 송이 놓여 있다. 단호와 연두 돌아서는데 추모관 입구에 모음이 서 있다. 모든 것을 들은 듯한 얼굴이고. 단호의 표정이 흔들린다.

S#32. 추모공원 일각 (낮)

연두, 돋보기를 든 채 잔디밭을 살펴보고 있다. 크롭서클을 찾는 중이다. 모음과 단호, 멀지 않은 곳에서 연두를 지켜보며 서 있다.

단호	여기서 만나게 될 줄은 몰랐네요.
모음	제 첫 사수가 여기 잠들어 있거든요. 학교 체육관에서 불이 났는데 자기도 돕겠다고 들어갔다가 혼자만 좋은 일 하고 천국 갔어요, 치사하게.
단호	힘들었겠네요.
모음	저보다 기자님이 더 힘들었을 것 같은데요? ...엿들어서 미안해요.
단호	갑작스런 사고였어요. 가족여행이었는데 제가 취재가 잡히는 바람에 끝나고 합류하기로 했거든요. 그런데...

S#33. 과거. 병원, 영안실 (밤)

10화 S#27 몽타주와 같은 씬. 단호, 흰 천이 덮인 베드 앞에 서 있다. 온몸이 사시나무처럼 떨리는 가운데 직원, 천을 열어 신원을 확인시켜준다. 30대 초반의 젊은 여성이다.

직원	맞으신가요?
단호	(힘겹게) 네. 저희 형수님이세요.

직원, 무거운 얼굴로 그 옆에 놓인 다른 베드의 천들 걷어주면 형과 부모님의 얼굴 보인다. 단호, 충격으로 휘청인다. 겨우 중심을 잡고 버티는 단호의 눈이 새빨갛게 충혈된다. 차마 믿기지 않아 울 수조차 없는 얼굴이다. 그리고 이곳에 조카가 보이지 않는단 걸 기억해낸다.

단호   (절박하게) 아이가... 아이가 있어요. 제 조칸데, 아직 너무 어린데. 어디 있어요, 아이는요?

S#34. 추모공원 일각 (낮)

과거의 기억을 떠올린 단호, 슬픔을 억누른 채 담담한 얼굴로 말한다.

단호   형수님이 끝까지 연두를 꼭 안고 있었대요. 그렇게 연두랑 저만 남았어요.

모음   그래서 연두 아빠가 되기로 결심한 거예요?

단호   네. 저한테 연두는 기적이었는데 사람들한테는 아니었나 봐요. 전에 살던 곳이 부모님과 오래 살던 동네였거든요. 근데 어느 날 어린이집에 그런 소문이 돌더라구요. 부모 다 죽고 혼자 살아남은 애라고.

모음   (분노로) 어떻게 그런 말을...!

단호   (쓸쓸하게) 연두가 그 뜻을 알기 전에 도망치듯 이사 왔어요. 혜릉동으로.

모음   (가만 보다가) 안아줄까요?

단호   (멈칫해 보면)

모음   나 기자님 너무너무 위로하고 싶은데 내가 말을 멋지게 하는 법을 몰라요. 근데 혼자 오래 외로웠을 것 같아서. 그래서 안아주고 싶은데,

단호   (말 자르며) 아니요. 그러면 안 될 것 같아요.

모음   (보며) 왜요? 계속 내가 별로라서요?

단호   (슬픈 눈으로) 여전히 안 되는 일이니까요.

단호, 그 말과 함께 저 멀리 연두를 본다. 잔디밭 관찰하던 연두, 단호와 모음 향해 웃으며 손 흔들어 보인다. 단호, 환하게 웃으며 역시 손 흔들어 주는데 눈이 어쩐지 울 것만 같다. 모음, 그런 단호를 먹먹하게 본다.

S#35. 석류의 방 (저녁)

석류, 구인구직 사이트에서 막내 셰프나 주방보조 공고 보고 있다. 딸깍 딸깍 경쾌한 마우스 소리와 함께 여러 군데에 이력서를 제출하는 석류! 시작하는 얼굴에 설렘이 감돈다.

S#36. 건축 아틀리에 인, 승효의 사무실 (저녁)

승효, 일하고 있는데 명우, 씰이 붙은 봉투를 손에 들고 들어온다.

명우   똑똑. 최대표님 앞으로 편지가 도착했네요.

승효   무슨 편지?

명우   뭐냐면 이 편지는 영국에서 최초로 시작되어...는 아니고. 건축가의 밤 초대장 왔어.

승효   이맘때쯤 했지 참. 이번에도 파트너 동반 참석 가능한가?

명우   응. 너 역시 데려올 사람 있지? 내가 그럴 줄 알았어.

승효   (일단 얼버무리는) 아니 꼭 그런 건 아니지만...

명우   (호들갑) 데려와. 무조건 데려와. 너의 멋짐을 뽐낼 절호의 찬스니까!

승효   굳이 그럴 필요 있나. 난 항상 멋있을 텐데.

명우   이 주제 파악 잘하는 놈. 근데 아마 그날 더 멋있을 거다. 네가 작년에 설계한 자영동 레스토랑, 건축가들이 뽑은 올해의 건축으로 선정됐대.

승효   (무덤덤하게) 그래?

명우   상을 하도 받아서 이젠 기뻐하지도 않네. 에이, 재미없어. 나 먼저 퇴근한다.

승효   (태연하게) 응. 들어가.

명우, 나가면 승효, 벌떡 일어난다. 음소거 상태로 두 주먹 불끈 쥐며 기뻐하는데 거의 내적 댄스를 방불케 한다. 그때 명우가 "승효야!" 하며 다시 들어오면 승효, 그대로 멈춘다.

승효　(당황으로) 왜, 왜?
명우　아냐. 내일 얘기해도 되는 거야. 하던 거 마저 해.

명우, 어금니 꽉 깨물고 웃음 참으며 나가면 "아..." 승효, 쪽팔림의 탄식을 내뱉는다.

S#37. 혜릉동 전경 (낮)

S#38. 구청, 강의실 (낮)

구청에서 진행하는 문화강좌에서 라벤더 멤버들 붓펜 수채 캘리그라피 수업을 듣고 있다.

강사　그럼 이번에는 연습한 걸 바탕으로 좋아하는 글귀를 한번 써볼게요.

강사의 말에 라벤더 멤버들 고민하더니 저마다의 문장을 적기 시작한다. 미숙, 어설프지만 정성 들여 '가화만사성'이라고 쓴 뒤 친구들 것을 본다.

미숙　(재숙이 것 보더니) 무소의 뿔처럼 혼자서 가라?
재숙　응. 자고로 인생은 영원한 홀로서기지.
인숙　딱 어울린다. 가만 보니까 재숙이 너 소상이네. 눈이 송아지처럼 맑아.
재숙　(눈 깜빡이며) 내가 눈이 좀 예쁘긴 해.
혜숙　무소는 소가 아니라 코뿔소야. 그 문구도 불교 경전에서 온 말이고.
미숙　지지배 또 잘난 척이네. 넌 기왓장 때도 그러더니 또 불어로 썼냐?

혜숙	(유창하게) Le plus grand bonheur après que d'aimer, c'est de confesser son amour.
미숙	(쩝) 알고 싶지도 않다. 인숙이 넌 뭐라고 썼...
인숙	('당신은 합격하기 위해 태어난 사람') 우리 기훈이 고시원 벽에 붙여주려고.
미숙	(짠하게 보며) 사랑이다. 사랑이야...

S#39. 구청, 복도 (낮)

수업 마친 라벤더 멤버들 신나서 걸어 나온다. 수업에 대한 소회를 나누며 재잘거리는 넷.

재숙	벽에 붙어 있는 거 보니깐 강좌가 엄청 많더라.
인숙	그래. 우리 다음에 또 뭐 같이 듣자.
혜숙	스페인어도 좋을 것 같고 미술사 수업이나 코딩도 재밌을 것 같아.
미숙	(질색) 너나 들어. 요가 어떠냐? 우쿨렐레도 좋고.
인숙	난 다 좋아! 혜숙이 은퇴한다니까 너무 좋다. 이렇게 맨날 같이 놀 수도 있고.
혜숙	내가 그간 너무 바쁘게 살긴 했지. 이제 여유를 좀 즐기려고.
재숙	그런 의미에서 우리 여행 가자.
미숙	여행? 나 얼마 전에도 설악산 다녀왔는데.
재숙	니네 둘이 간 거 말고. 우리 넷이 가자고, 해외로.
미숙	(살짝 멈칫) 해외?
인숙	(신나서) 그래. 우리 크루즈 여행 가자! 나 그거 너무 타보고 싶었어.
혜숙	크루즈 타고 지중해 도는 거 괜찮긴 하겠다.
미숙	(슬쩍) 크루즈? 그런 건 얼마나 하나?
재숙	못해도 오륙백은 생각해야지.
미숙	(당황했지만 괜찮은 척) 아아... 오륙백... 정도 하는구나.

걸어가며 인숙, "크루즈 타면 안에서 드레스 입고 파티 같은 것도 할까?

타이타닉처럼?" 하면 재숙, "앤 재수 없는 소릴 하고 있어. 타이타닉은 가라앉았잖아." 하며 티격태격하는데. 미숙, 높은 금액에 표정 조금 어두워졌다. 혜숙, 그런 미숙의 마음을 눈치챈 듯 잠시 본다.

S#40. 뿌리분식 (낮)

근식, '불타는 이 가슴을 주체할 수 없어 잠 못 드는 달밤에 체조해봐도...' 노래*를 흥얼거리며 떡볶이를 만든다. 그때 미숙 들어온다.

근식	(노래 멈추며) 집에 안 가고 왜 이리로 와?
미숙	그냥 잠깐 들렀어.
근식	오늘 구청 문화강좌 듣는다더니. 재밌었어?
미숙	응. 점심시간인데 손님이 없네.
근식	이런 날도 있는 거지 뭐.
미숙	(할 말 있는 듯한 얼굴로) 저기 여보. 친구들이 여행을 가자는데,
거래처	(미숙의 말과 맞물리며) 배달 왔습니다!
근식	(미숙 말 못 듣고) 아이고. 수고 많으십니다.
거래처	(내려놓으며) 여기 주문하신 거요. 근데 요새 주문량이 너무 소박하시다.
근식	경기가 안 좋아 그런가 영 시원찮네요. 조사장님네도 매출 줄지 않았어요?
거래처	웬걸요. 그런가 했는데 혜릉중 앞에 크게 프랜차이즈 분식점 생겼잖아요. 거기가 이 동네 손님을 싹 다 긁어모았는지 주문을 어마어마하게 넣는데...
근식	(표정 어두워지는)
거래처	(말실수 깨닫고) 아, 제가 쓸데없는 소릴. 이만 들어가 볼게요.
근식	예. 살펴 들어가세요.
미숙	(역시 표정 안 좋은 채로 있으면)

----

* 오윤, 〈달밤에 체조〉, 2021

근식	(괜찮은 척) 당신 무슨 말 할라 그러지 않았어?
미숙	(입이 안 떨어지는) 아니 그냥. 별거 아냐.

S#41. 석류의 방 (낮)

석류, 구인구직 사이트 들어가 보면 이력서 냈던 다른 레스토랑들 이미 채용 완료로 전환돼 있다. 메일 확인해보면 '강식당'에서 불합격 메일이 와 있다. 석류의 표정 어두워지는데 그때 휴대폰 진동 울려서 보면 요리 학원 단체대화방이다.

동기1(E)	저 강식당에 취직했어요.
동기2(E)	대박. 거기 미슐랭 레스토랑이잖아요.
동기1(E)	운이 좋았어요. 조만간 제가 한턱 쏠게요.

대화창 띄워진 휴대폰 불빛 꺼지면 액정에 비치는 석류의 표정이 어둡다. 다시 메시지와 함께 휴대폰 화면 밝아지는데 승효다. "오늘 어디서 볼까?" 메시지 비춰진다.

S#42. 건축 아틀리에 인, 테라스 (밤)

석류, 김이 모락모락 나는 리소토를 그릇에 담는다. 테이블 위에 펼쳐진 수첩에는 개발 중인 레시피와 낙서 같은 야채 그림 담겨 있다. 승효, 옆에서 불퉁한 얼굴로 투덜댄다.

승효	어떻게 된 게 난 데이트를 해도 회사를 벗어날 수가 없냐.
석류	미안. 대신 이 레시피 완성되면 네 지분 챙겨줄게.
승효	(휴대폰으로 석류 수첩 속 레시피 사진 찍는)
석류	그걸 뭐 하러 찍어?
승효	(웃으며) 잘될 거에 대비해서 공증받으려고.

석류	벼룩의 간을 내먹어라.
승효	(숟가락 들어 리소토 맛보는) 일단 이것부터 먹고. 음, 맛있다. 나 브로콜리 싫어하는데 냄새도 안 나고 부드럽고.
석류	(심각하게) 난 아쉬워. 뭔가 2프로 부족하달까? 귀리, 현미 말고도 뭔가 식감을 더 재밌게 만들고 싶단 말야.
승효	(보다가) 석류야. 혹시 다음 주에 시간 돼?
석류	(요리에 정신 팔린 채) 시간? 왜?
승효	매년 건축가의 밤이라고 행사가 있는데. 실은 내가 설계한 건물이 올해의 건축으로 뽑혔대.
석류	(기뻐하는) 진짜? 축하해.
승효	(웃으며) 고마워. 그날 시상식도 있는데, 그 자리에 내 지도교수님도 오실 거고 선배 동료 건축가들도 오고 명우 형도 올 거야. 거기 너랑 같이 가고 싶어.
석류	(표정 살짝 어두워지는) 아... 미안. 난 안 될 것 같아.
승효	(예상치 못한 거절에) 응?
석류	(얼버무리듯) 그냥 좀. 내가 갈 자리가 아닌 것 같아.
승효	(맘 상하는) 왜? 부담스러워서? 아님 여전히 사람 일 어떻게 될지 모르니까?
석류	(보면) 그게 아니라...
승효	(약간 화나는) 그게 아니면? 백번 양보해 가족들한테 숨기는 것까진 이해하겠어. 근데 밖에서까지 그럴 필요 없잖아.
석류	그냥 세상이 좁아서 그래. 동진이랑 나윤 씨 아는 사이인 것도 그렇고. 어디서 누가 튀어나올지 모르니까.
승효	(말없이 있으면)
석류	(승효 눈치 살피며) 화났어?
승효	(서운하지만) 아니.
석류	(화났을까 봐) 미안해.
승효	(부드럽게) 나야말로 잠깐 목소리 커져서 미안. 나 화난 거 아냐.
석류	정말?
승효	(끄덕이며) 네 결정 존중해. 그러니까 내가 했던 말 개의치 마.
석류	(마음 무거운) 응...

S#43. 혜릉부동산 앞 (아침)

재숙, 기지개 켜며 나오는데 마침 연두가 시터와 함께 걸어오고 있다. 그런데 축 처진 어깨에 웃음기 없는 시무룩한 얼굴이다.

재숙   (반갑게 손 흔들며) 연두야!
연두   (시터에게) 이모, 잠깐만요. (하고 재숙에게 달려오는) 할머니!
재숙   연두야. 잠깐만 기다려. 할머니가 줄 거 있어.

재숙, 얼른 부동산에 들어가 과자와 초콜릿 가득 든 봉투를 꺼내 와 연두에게 안긴다.

재숙   이거 전부 연두 주려고 사 놓은 거야.
연두   과자랑 초콜릿 많이 먹으면 충치 생긴다 그랬는데.
재숙   그치. 그래서 양치질 잘해야 해. 근데 연두야. 너 이에 생기는 벌레보다 마음에 생기는 벌레가 더 무서운 거다?
연두   (갸웃) 마음에 벌레가 어떻게 생겨요?
재숙   음, 어깨 축 처져 있고 시무룩하고 안 웃고 그러면 생기지?
연두   (화들짝 놀라며) 나 안 웃었는데.
재숙   그러니까. 벌레 안 생기려면 우리 연두 환하게 한번 웃어볼까?
연두   (환하게 웃는)
재숙   (역시 환하게 웃으며) 옳지. 연두 이렇게 밝게 웃는 거야. 알겠지?
연두   (활짝) 네!

S#44. 혜릉헬스장 앞 (아침)

동진, 헬스장 앞을 괜히 어슬렁거린다. 들어갈 엄두가 안 나는지 앞축으로 바닥만 차다가 돌아서는데 뒤에 슬기가 서 있다. 동진, 당황하는데 슬기, 아무 일도 없었다는 듯 말한다.

슬기   뭐 하냐. 안 들어오고.
동진   네?

슬기, 안으로 먼저 들어가면 잠시 망설이던 동진, 쭈뼛쭈뼛 그 뒤를 따라
들어간다.

S#45. 혜릉헬스장 (아침)

슬기, 아무 말 없이 낡은 기구만 닦는다. 동진, 그 옆에 뻘쭘하게 서 있다
가 고개 숙인다.

동진   관장님. 제가 잘못했습니다.
슬기   (대답 없이 기구만 닦는)
동진   헛물켰습니다. 헛꿈에 젖어 헛짓거리 했습니다.
슬기   헛바람 빼고 왔으니 헛수고는 아니었네. (하더니 걸레 던진다)
동진   (걸레 탁 받고 보면)
슬기   깨끗이 닦아.
동진   (받아주셨구나) 네! 알겠습니다!

동진, 기구 닦기 시작하면 슬기, 그 모습 흐뭇하게 보다가 동진, 돌아보면
안 웃은 척한다.

S#46. 카페 (낮)

석류, 동기들*과 함께 대화한다. 석류는 커피 대신 차를 마시고 있다.

동기2	강식당이라니 진짜 좋겠다. 거기 음식 진짜 맛있는데.
동기1	저도 안 믿겨요. 근데 저보다 수진 언니가 더 대단하죠. 가게 내신다면서요.
동기2	처음부터 그럴 목적으로 딴 자격증이니까요. 엊그제 부동산 가계약했어요.
석류	너무 축하해요. 그리고 다들 진짜 대단하다. 난 이력서 낸 데 아무 데서도 연락 없는데. 내가 나이가 너무 많은가 봐요.
동기1	(멋쩍게 웃으며) 언니 스펙이 너무 좋아서 아닐까요?
석류	네?
동기2	맞아요. 그레이프 출신이 주방보조 한다고 이력서 내면 나 같아도 못 뽑겠다. 부담스러워서 어떻게 일을 시켜요.
석류	(표정 어두워지는) 그런가?
동기1	(얼른) 저희 말은 언니가 그만큼 대단한 사람이라구요.
석류	(안 들리는, 생각하는 표정으로)

S#47. 석류의 방 (낮)

석류, 현준이 줬던 CIA 유학 관련 자료를 꺼낸다. 책자 살펴보는 석류의 심경, 복잡하다. 책자 앞에 인쇄되어 있는 유학원 전화번호를 유심히 보는 표정에서.

S#48. 자영동 레스토랑 (낮)

브레이크타임. 승효, 창가 테이블에 앉아 셰프와 대화 나누고 있다.

승효	잡지에 건축물 싣는 것 허락해주셔서 감사합니다.

----

* 9화 S#33에서 석류와 함께 대화 나누던 수강생들이다. 모두 여성이며 동기1은 20대 초반, 동기2는 20대 후반이다.

셰프	별말씀을요. 저희 레스토랑이 상을 받다니 제가 더 감사하죠. 영업에도 도움 되겠어요.
승효	(웃으며) 네. 다음에는 식사하러 올게요. 셰프님 라자냐 진짜 맛있었는데.
셰프	어떻게 지금 좀 만들어 드릴까요?
승효	(손사래) 아니요. 브레이크타임에 그런 결례를 범할 순 없죠.
셰프	간만에 제가 먹고 싶어서 하는 겁니다.
승효	(조심스레) 저 그럼 혹시 포장도 가능할까요?

S#49. 석류의 집 외경 (저녁)

미숙(E)	이게 다 뭐야?

S#50. 석류의 집, 거실 (저녁)

미숙, 휘둥그레진 눈으로 승효에게 종이가방 두어 개를 건네받는다.

승효	라자냐랑 라비올리랑 뇨끼랑, 되게 유명한 레스토랑에서 포장해 온 거야.
미숙	(열어보며) 그래? 저녁 하기 싫었는데 잘됐다.
승효	(계단에 온 신경 가 있는) 이모. 석류는? 집에 있어?
미숙	응. 2층에 있을걸?

S#51. 석류의 방 (저녁)

똑똑. 노크와 함께 승효, 문 열고 들어오는데 석류 없다. 그리고 방은 엉망진창이다. 뭉쳐놓은 이불에 여기저기 던져놓은 옷가지, 책상은 책과 노트로 복잡한데 승효, 그마저도 귀엽다.

승효	이것까지 귀여우면 제정신 아닌 게 확실한데. 나 제정신 아니네. 제대로 미쳤네.

승효, 스스로를 못 말리겠다는 듯 고개 저으며 웃는다. 침대를 정리한 뒤 책상으로 가는데 석류의 수첩(S#42) 펼쳐져 있다. 사진 찍어둔 레시피 옆에 '콜리플라워'라고 별표 쳐져 있다.

승효	(수첩 들어 보며) 드디어 2프로를 채운 건가?

승효, 수첩 내려놓다가 그 옆에 놓인 CIA 책자 발견한다. 내려다보는 승효의 표정이 차갑게 굳는다. 그때 방으로 들어오는 석류, 승효를 보고 놀란다.

석류	(반갑지만 소리 죽여) 야, 최쑝. 너 여기 어떻게 와 있어?
승효	(돌아보는 얼굴 안 좋은)
석류	올 줄 알았음 방 좀 치워놓을... (하다가 승효가 든 CIA 책자 보는) ...!
승효	이거 뭐냐.
석류	(빼앗다시피) 별거 아냐.
승효	여기 송현준이 얘기했던 요리학교지? 이걸 왜 갖고 있어?
석류	특별한 이유 없어. 그냥 갖고 있던 거야.
승효	그런 것치곤 엄청 열심히 알아본 것 같던데?

승효, 책상 위에 붙여뒀던 포스트잇 떼서 들어 보인다. 석류가 유학원과 통화한 듯 끼적여둔 입학 정보* 적혀 있다. 얘기가 길어지겠구나. 석류, 침착하게 얘기한다.

석류	나가서 얘기하자. 엄마 들어.

----

* 'AOS는 3주마다 입학 가능. 봄, 여름, 가을 1년에 3번', '전문학사과정-조리, 제과제빵', '입학 조건은 어떻게 되는지? 최종 학교 성적, 추천서, 예금잔액증명서 45000불 이상, IBT 토플 80점 이상' 적혀 있다.

S#52. 혜릉동 일각 및 승효의 차 안 (밤)

혜릉동 인적 없는 곳에 주차된 승효의 차. 승효, 석류에게 따지듯 묻는다.

승효   너 또 나 두고 유학 생각하는 거야?

석류   그냥 혹시나 해서 알아본 거야.

승효   (언성 높아지는) 그러니까 그걸 왜 알아보냐고!

석류   (보면)

승효   야. 내가 그때도 널 어떻게 보냈는데! 이제야 겨우 같이 있게 됐는데, 넌 어떻게 나랑 상의도 없이 그런 생각을 할 수가 있어?

석류   (아무 말 없는)

승효   (터져 나오듯) 나는 너랑 함께하는 시간이 가는 게 아까워 죽겠는데 너랑 창문 하나 사이에 두고 떨어져 있는 것도 멀다고 느끼는데 넌 어떻게 함부로, 그렇게 아무렇지 않게 또 나랑 멀어질 생각을 하냐고!

석류   (속상한) 나도 너랑 떨어지는 거 힘들어. 나도 어렵다고.

승효   (시니컬해져서) 너무 모순적이라고 생각하지 않냐? 나랑 떨어지기 싫은 데 뒤에서 혼자 유학을 알아봤단 자체가.

석류   (말없이 보면)

승효   최대한 네가 하고 싶다는 대로 다 하게 해주고 싶었어. 아직 상처가 안 아 물었으니까, 좀 더 신중할 수밖에 없겠지. 그러니까 주변에 알리기 싫은 것도 이해하자. 기다려주자...!

석류   (슬픈 눈으로 보는)

승효   근데 내 착각이었던 것 같다. 그냥 너한테 내가 이 정도인 거겠지.

석류   ...나 지원한 곳 전부 떨어졌어. 그 많은 레스토랑 중 면접 보러 오란 데가 하나도 없어.

승효   (멈칫해서 보면)

석류   꿈꾸면 다 청춘이지, 새로 시작해보자, 그랬는데 너무 순진한 생각이었 나 봐. 서른넷이 뭘 시작하기에 좀 애매한 나이잖아. 게다가 이제 겨우 기 본 자격증 하나 땄고 아프기까지 했고. 근데 요리는 계속하고 싶으니까,

간판이라도 하나 붙이면 좀 나을까. 돌파구를 찾으려고 한 건데 회피였을 수도 있겠다.

승효   (당황과 미안함으로) 석류야...

석류   네 앞에서 쪽팔리기 싫었어. 당당하게 근사하게 서고 싶었어. 건축가의 밤 행사도 그래서 안 간다고 한 거야.

승효   (진심으로) 배석류. 너 하나도 안 쪽팔려. 너처럼 자기 인생에 정직하고 충실한 사람이 또 어딨어! 그리고 난 네가 뭘 하건 어떤 모습이건 그런 거 하나도 안 중요해. 나는 있는 그대로의 너 자체를 좋아하는 거라고.

석류   (슬픈 눈으로) 그렇게 말해줘서 고마워. 기뻐. 근데 난 그것만으로는 안 되는 사람이야. 난 사랑이 밥 못 먹여주나 봐.

승효   (멈칫해 보면)

석류   미안. 나 먼저 갈게.

승효   (따라 내리려는) 석류야.

석류   (제지하며) 안 따라왔으면 좋겠어. 그리고 나 당분간 좀 내버려둬 주라. 그냥 며칠만, 아니 일주일만.

승효   (멈칫) 왜?

석류   동굴까진 아니고 좀 민망해서 쥐구멍에 잠깐 들어가 있고 싶어서 그래. 그래 줄 거지?

승효, 차마 안 된단 말을 할 수가 없다. 석류, 차에서 내려 걸어가는데 길이 너무 어둡다. 승효, 헤드라이트를 켜서 석류가 가는 길을 비춰준다. 석류, 뒤에서 쏟아지는 승효의 배려를 느끼지만 돌아보지 않고 간다. 석류의 뒷모습을 보는 승효, 맘이 답답하다.

S#53. 편의점 앞 (밤)

퇴근하던 단호, 편의점 앞 테이블에서 익숙한 뒷모습을 본다. 모음이다! 애써 못 본 척 지나가려는데 흔들흔들하는 뒷모습 심상치 않다. 가보면 모음, 소주에 빨대 꽂아 마시고 있다.

단호	(조심스레) 정반장님. 괜찮으세요?
모음	(꽐라된) 어??? 기자님이다. 세상에서 제일 단호한 강.단.호 기자님!
단호	취한 것 같은데 이만 집에 들어가죠. 데려다줄게요. (하고 부축하려는데)
모음	(단호 안경 벗기더니) 이상하다. 안경 벗으면 갯벌맨으로 변신해야 되는데 그대로네. 망토도 없고.
단호	많이 취했어요. 술 깨는 약 좀 사 올게요. (하고 일어나려는데)
모음	(탁 잡으며) 기자님 왜 언행불일치 해요?
단호	(멈칫하면)
모음	왜 기자님이 쓰는 글이랑 반대예요? 기사는 그렇게 정의롭고 용감하게 갯벌맨처럼 쓰면서 왜 나한테는 이렇게 소심 쪼잔한 빌런처럼 구는 건데요!
단호	맞아요. 난 모음 씨 인생의 빌런이에요. 나랑 있으면 힘들어질 거예요. 지켜주지도 구해주지도 못할 거예요. 그러니까 갯벌맨 같은 건 한여름 밤의 꿈처럼 잊어버려요.
모음	(버럭) 와이 씨 진짜 웃긴다. 야, 강단호!
단호	(당황해서) 네?
모음	너는 내가 갯벌맨 도움이나 바라는 청순가련한 여주인공으로 보이냐? 나는 내가 지킬 테니까, 갯벌맨 너는 네 마음이나 지켜!
단호	(멈칫해서 보면)
모음	그리고 이번엔 실수 아니고 노림수다. 피하려면 피하든가!

모음, 단호의 양 볼을 움켜쥐고 입 맞추려는데 닿지 못하고 고꾸라진다. 단호, 자신의 턱 아래 박치기를 하듯 묻혀 있는 모음을 내려다본다. 놀람과 설렘과 안도가 뒤섞인 표정이다.

S#54. 골목길 및 모음의 집 앞 (밤)

단호, 모음을 업고 걸어온다. 모음, 축 늘어져 업힌 채 발을 버둥거린다.

모음	(발 흔들며) 내려줘요. 내려줘!

단호	가만 계세요. 자꾸 그렇게 흔들면 떨어집니다.
모음	아아, 지구가 돈다. 중력이 느껴진다.

단호, 그런 모음이 귀여워 웃음이 나온다. "땅이 울렁거리네. 지금 대륙이 이동하고 있는 것 같은데. 아이 씨 백두산 분화하면 어떡하지. 천지에 진짜 괴물이 살까." 모음, (무)의식의 흐름대로 횡설수설하며 몸을 흔들면 단호, 혹시 떨어질까 팔을 단단하게 고쳐 업는다. 단호, 모음을 업고 걷는 이 길이 끝나지 않았으면 하는 눈빛이다. 그러나 잠시 후, 모음의 집 앞에 도착한다. 때마침 재숙이 쓰레기봉투 들고 나오다 둘을 본다.

재숙	(두 눈을 의심하는) 기자님. 지금 그 등에 업힌 거 모음이에요?
단호	(대답 대신 머쓱하게 웃으면)
재숙	(당황해서) 세상에. 이 미친년 어디서 이렇게 술을 퍼마시고! 내가 동네 창피해서 살 수가 없어 정말.
모음	(헤롱헤롱) 엄마... 우와, 우리 엄마다!
재숙	(단호 등에서 모음 끌어내리며) 이년이 어려선 스파이더맨 된다고 손바닥에 본드칠을 하더니 다 커선 에미 얼굴에 먹칠을 하고 다니네.
모음	(슉 슈슉 손으로 본드 쏘는 흉내 내면)
재숙	(모음 등짝 때리며) 기자님 미안해요. 내가 아무래도 딸년을 잘못 키웠나 봐. 이 칠렐레팔렐레한 걸 대체 누가 데려갈지 원.
단호	(진지하게) 따님 너무너무 잘 키우셨습니다. 그리고 모음 씨 제가 데려가고 싶습니다.
모음	(단호의 말에 술이 다 깨는 것 같은) !
재숙	(멈칫하면) 네? 그게 무슨...?
단호	모음 씨 저한테 과분한 사람인 거 압니다. 어머님 걱정하실 것도 압니다. 그래서 어떻게든 끊어보려고 노력했는데요. 더는 안 될 것 같습니다.
재숙	(충격으로 보는) !
모음	(왈칵) 기자님...!

투철하고 용감한 눈빛의 단호, 표정 군은 재숙과 감동한 모음까지 각기 다른 세 사람의 모습에서 암전.

S#55. 떨어져 있는 승효와 석류 몽타주 (낮-밤)

석류와 승효가 떨어져 있는 시간들 흘러간다.

- 건축 아틀리에 인, 승효의 사무실. 승효, 석류와 찍었던 사진들(S#7 몽타주 때 찍은 것들*) 돌려 본다. "아... 배석류 너무 보고 싶다." 석류가 보고 싶어 미칠 것 같은 승효, 석류에게 전화하려고 만지작거리지만 석류가 했던 말 떠오른다. (flash back. S#52. "나 당분간 좀 내버려둬 주라. 그냥 며칠만, 아니 일주일만. 동굴까진 아니고 좀 민망해서 쥐구멍에 잠깐 들어가 있고 싶어서 그래. 그래 줄 거지?") 승효, 휴대폰을 엎어놓고 힘들게 참는다.

- 뿌리분식. 석류, 요리 연습하고 음식을 맛본다. "맛이 없네." 또 다른 요리를 만들어서 먹어보는데도 마찬가지다. "이것도 맛이 없네. 왜 다 맛이 없냐." 가라앉은 석류, 식탁 위에 올려둔 휴대폰을 본다. 승효 생각을 하는 것이다.

- 승효의 방 + 석류의 방. 늦은 밤 승효, 설계하는데 도저히 일이 안 풀린다. 안경 벗고 마른세수한 뒤 일어나 창문을 열면 석류의 방 불 꺼져 있다. 그렇게 석류의 방을 하염없이 보다가 창문을 닫으면 잠시 후 석류의 방 창문이 열린다. 석류, 닫혀 있는 승효의 방 창문을 가만히 본다. 두 사람 닿지 못한 채 서로를 그리워하고 있다.

S#56. 혜릉동 전경 (아침)

S#57. 석류의 집, 마당 (아침)

----

* 얼굴 맞대고 찍은 현실감 넘치는 연인들의 셀카. 착장별로 1-2컷씩 최소 5-6장 이상이다.

석류, 가라앉은 표정으로 나오는데 동진, 단백질 제품들을 쓰레기봉투에 쏟아 넣고 있다.

석류	뭐 하냐?
동진	곰팡이 단백질과 함께 구질구질했던 내 과거를 청산하는 중이야.
석류	비싼 값 치르네. 너 엄마한테 그 돈 꼭 갚아라.
동진	(철든) 월급 받자마자 갚을 거거든? 나 헬스장에서 다시 일하기로 했어. 자격증 준비도 다시 할 거야.
석류	(기특하고) 진짜? 웬일이냐?
동진	내가 누나 네 얘기 듣고 느낀 바가 좀 있다. 내가 왜 그렇게 망상에 절어 있었나 곰곰이 생각해봤거든? 그게 다 자격지심 때문이었어.
석류	(보면)
동진	그냥 내가 초라하고 쪽팔리니까 괜히 어깃장 놓고 뻗대고 누나도 이겨 먹고 싶고. 근데 가족 사이에 그런 게 뭐가 중요하냐.
석류	(아픈 곳을 찔린 듯한)
동진	으, 이런 얘기 개느끼해서 안 할라 그랬는데. 나 이거 버리고 온다.

동진, 쓰레기봉투 질질 끌고 나가면 석류, 생각에 잠긴 표정으로 그 자리에 서 있다.

S#58. 건축 아틀리에 인, 승효의 사무실 (아침)

명우, 자료 보며 승효에게 얘기하는데 승효, 수심 가득한 얼굴로 생각에 잠겨 있다.

명우	청유동 근린생활시설 경계복원측량이랑 분할측량 일정 나왔대. 다음 주에 현장 조사를 나가야 될 것 같은데... (하다가) ...승효야. 최대표!
승효	(퍼뜩) 응? 으응. 뭐라 그랬어?
명우	(의미심장) 너 연애가 잘 안 풀리지?
승효	(흠칫해 보면)

명우	왜? 균열의 조짐이 보여? 붕괴 위기야?
승효	(살짝 당황) 형 뭐 알고 이러는 거야, 모르는데 이러는 거야?
명우	(해맑게) 알고 싶어서 이러는 거야.
승효	(농담할 기분 아닌) 형. 나 오늘 건축가의 밤 행사 못 갈 것 같아.
명우	응? 갑자기 왜?
승효	(얼버무리는) 그냥 좀. 나 대신 형이 수상해줘라.
명우	야. 아무리 내가 무대 체질이라지만 그래도 그 상은 네가 직접 받아야지.
승효	부탁할게. 그리고 나 나가봐야 해서 회의는 나중에 마저 하자.
명우	어디 가는데?
승효	(가방 챙기며) 세형동 상가.
명우	거기 골조 공사 마무리 중이지? 잘 다녀와. (승효 나가면) 아, 나 요새 살 쪘는데. 무대 올라가려면 점심 굶어야겠다.

S#59. 건설 현장* (낮)

골조 공사가 제법 많이 진행된 현장. 승효, 도면 확인하며 현장소장과 대화한다.

현장소장	그러니까 기자님이 저희랑 같이 종일 현장에서 계실 거라구요?
승효	네. 그분이 직접 체험해보고 기사를 쓰시거든요.
현장소장	일을 어느 정도로 시키면 돼요? 대충 시늉만 하면 되겠죠?
승효	아니요. 작업자분들이랑 똑같이 일하고 생활하실 겁니다. 그냥 새로운 젊은 친구 하나 왔다고 생각하고 가르쳐주세요.
현장소장	(웃으며) 호되게 굴려드려야겠네요. 데려오세요.
승효	(따라 웃으며) 네. 오늘 마감재 들어왔죠?
현장소장	예. 단열재도 들어왔구요. 지금 올리고 있는 중이에요.
승효	온 김에 확인하고 가야겠네요.

----

* 10화 S#46과 같은 현장이다.

아직 벽체가 세워지고 있는 건물 위쪽, 마감재 등이 올라가고 있다. 마침 승효의 휴대폰 진동 울리는데 보면 석류다. 그때 '어어' 소리와 함께 위에서 마감재를 든 사람이 휘청한다. 승효, 웃으며 석류의 전화를 받으려는 순간! ...석조 마감재 떨어지는 묵직한 소리 들린다.

S#60. 대학병원, 복도 (낮)

석류, 눈물 범벅 돼서 미친 듯이 달려간다. 마치 예전에 승효가 교통사고를 당했던 때처럼.

S#61. 대학병원, 응급실 (낮)

헐레벌떡 뛰어 들어오는 석류, 혼비백산한 얼굴로 승효를 찾아 헤맨다.

석류   최승효! 승효야! 승효야, 너 어딨어!
승효(E)   여기.

바로 옆에서 승효의 목소리가 들렸다. 석류, 커튼 열면 승효, 오른손에 붕대 감은 채 침대에 기대앉아 있다. 석류, 눈물 범벅으로 승효를 보면 승효가 더 당황한 눈치다.

승효   너 왜 울어?
석류   (눈물 고인 채 보면)
승효   나 많이 안 다쳤다고 전달 못 받았어?
석류   (고여 있던 눈물 후두둑 떨어지고)
승효   (미안한) 그냥 내가 연락할걸. 하필이면 오른 손목을 삐는 바람에. 놀랐,
석류   (벼락처럼) 사랑해!
승효   (멈칫) 어?

석류	(터져 나오는) 사랑해. 사랑한다고!
승효	(좋기도 놀랍기도) 배석류...?
석류	내가 바보 같았어. 사랑에 자격지심 같은 게 섞이면 안 되는 거였는데.
승효	(보면)
석류	사랑이 밥은 못 먹여줘도 밥맛 뚝 떨어지겐 하더라. 뭘 만들어도 다 맛없게 느껴져서, 내가 너 때문에 진짜 연습도 못 하고. 내가 연락하지 말라 그래 놓고 네 연락만 기다리고. 너 때문에 모든 게 엉망진창이야!
승효	(화내는 석류마저 귀엽고 예쁜)
석류	오늘도 그래. 내가 얼마나 놀랐는지 알아? 기절초풍했어. 실신하는 줄 알았다고!
승효	미안. (하는데 왠지 웃음이 난다)
석류	웃지 마! 한 번 더 나 놀래키면 진짜 죽여버릴 거야.
승효	(또 농담하는) 네 손에 죽는다면 그것도 행복이라니까.
석류	(버럭) 야!
승효	(석류 안아주며) 안 다쳐. 안 죽어. 절대 네 옆에 있을 거야.
석류	(그제야 진정된 듯 안겨 있는)
승효	그니까 한 번 더 말해주라.
석류	뭘?
승효	사랑한다고.
석류	(쑥스러움에 몸 떼려는) 벌써 했잖아. 뭘 또 해달라고.
승효	(더 꼭 안으며) 사랑한다, 배석류.
석류	(멈칫하면)
승효	보고 싶어 죽겠는데 네 말 잘 들으려고 연락 안 하고 꾹 참았을 만큼. 다치자마자 제일 먼저 아 오늘 석류 볼 수 있겠다 생각했을 만큼.
석류	(왈칵)
승효	사랑한다 이상의 최상급 표현을 못 찾은 게 억울할 만큼 내가 정말 많이 사랑해.

승효의 진솔한 고백과 그 깊이를 알 것 같은 석류. 서로를 소중하게 안고 있다. 또 하나의 벽을 뚫고 나아가 진정한 사랑을 확인한 두 사람 위로 캘리그라피체의 '사랑' 뜨고 앞뒤로 글자 추가되며 문장이 완성된다. **13화**

엔딩 타이틀. 가장 큰 행복이란 사랑하고 그 사랑을 고백하는 것이다.[*]

14화

사랑의 단맛

인생의 쓴맛

S#1.　건설 현장 (낮)

13화 S#59의 상황. 아직 벽체가 세워지고 있는 건물 위쪽, 마감재 등이 올라간다. 승효, 발걸음 옮기는데 휴대폰 진동 울린다. 석류다! 어둡던 승효의 표정이 눈에 띄게 밝아진다. 승효, 전화를 받으려는데 위에서 '어어' 소리 나며 마감재를 옮기던 사람이 휘청한다. 땅을 향해, 정확히는 승효를 향해 떨어지는 석조 마감재! 승효, 위를 보면 하늘이 놀랍도록 파랗다...

승효(N)　죽음 직전에서 살아 돌아온 사람들은 비슷한 경험을 한다고 한다.

S#2.　승효의 인생 몽타주

승효의 삶이 정말 주마등처럼 스쳐 지나간다. (순차적으로 몇 배속으로 재생한 것처럼 빠르게, 중요한 대사를 빼고는 거의 들리지 않을 정도로) 흑백영화를 빨리감기 한 것처럼 촤르륵 돌아가는 가운데 석류만큼은 유일하게 컬러풀하다.

승효(N)   그 찰나의 순간, 지나온 삶이 주마등처럼 스쳐 지나간다고. 나 역시 그랬다.

- 2화 S#20. 5세. 승효와 석류의 첫 만남.

- 6화 S#77. 5세. 목욕탕 앞에서 바나나우유를 먹던 승효와 석류.

- 8화 S#6. 6세. 승효가 수영장에서 석류의 귀를 막아주던 순간.

- 3화 S#5. 17세. 국가대표 선발전에 나선 승효를 응원하는 석류의 모습.

- 4화 S#65. 17세. 승효가 석류의 목에 금메달을 걸어주던 장면.

- 3화 S#62. 17세. 스스로를 방에 가둔 승효에게 석류가 욕을 하고 싸우는 두 사람.

- 7화 S#62-1. 20세. 고등학교 졸업식에서 석류와 사진을 찍던 승효.

- 7화 S#62-2. 20세. 벚꽃 흩날리는 대학 캠퍼스에서 티격태격하던 승효와 석류.

- 5화 S#2. 22세. 미국 석류의 기숙사 방에서 승효의 어깨에 툭 기대 잠들던 석류.

- 1화 S#27. 34세. 승효와 석류의 재회.

- 2화 S#60. 정글짐에서 우는 석류의 곁을 지켜주던 승효의 모습.

- 3화 S#65. 수영장에서 가라앉으려는 석류의 몸을 승효가 받쳐주던 찰나.

- 4화 S#68. 남산타워에서 석류가 승효에게 매달리듯 안겼던 순간.

- 5화 S#80. 별이 쏟아지던 하늘, 장독대 가득한 마당에서 석류를 바라보던 승효.

- 7화 S#63. 석류를 향한 승효의 고백.

- 10화 S#54. 바닷가에서 석류를 끌어안는 승효.

- 11화 S#63. 경종과 혜숙을 찾으러 가던 산길에서 승효의 손을 꼭 잡아주던 석류.

- 11화 S#80. 석류의 고백 후 승효의 키스.

- 12화 S#7. 펜션 마당에서 승효의 어깨에 기대 잠들던 석류.

- 12화 S#68. 석류의 방에서 사랑을 확인하는 두 사람.

승효(N)   그리고 그 모든 장면에 석류가 있었다.

S#3. 건설 현장 (낮)

석조 마감재가 요란한 소리와 함께 땅에 쿵 떨어지는 순간! 옆으로 구른 승효, 간발의 차로 위기를 모면했다. 흙먼지 사이로 심장이 내려앉은 듯한 승효의 표정.

석류(E) 석조 마감재가 떨어져?

S#4. 대학병원 근처 공원 (낮)

승효와 석류, 병원에서 나와 걸어간다. 사고 상황에 대해 알게 된 석류, 뒤늦은 잔소리를 쏟아낸다. 승효의 오른손에 손목 보호대 보인다.

석류 그거 완전 짱돌이었을 거 아냐. 1초만 늦었어도 진짜 큰일 날 뻔했어, 너!
승효 (아직 생각하는 표정)
석류 (계속) 생각해보니까 사방이 안전하지가 못해. 철근, 벽돌, 유리, 못. 너무 위험한데 너 건축 이거 계속해야겠어?
승효 (휴대폰 진동 오는, 왼손으로 힘들게 확인하는)
석류 (걸어가며 자문자답) ...해야겠지. 그렇게 좋아하는데 어떻게 안 해. 대신 조심해! 안전모 쓰고 철갑옷 같은 것도 좀 두르고.
승효 (휴대폰 보며 저만치 뒤에 서 있는)
석류 (옆에 승효 없는 걸 알고 돌아서며) 왜 안 와?
승효 (멍하니) 너 3등 했대.
석류 응?
승효 (기쁜) 너 요리공모전에서 입상했다고!
석류 뭔 소리야. 공모전을 낸 적이 없는데 어떻게 상을 타.
승효 (툭) 내가 냈어.

S#5.　과거. 자영동 레스토랑 (낮)

13화 S#48 다음 상황. 음식 기다리던 승효, 테이블 위에 놓인 '건강 요리 레시피 공모전' 포스터를 본다. 마침 셰프가 음식이 든 종이가방(13화 S#50)을 들고 온다.

셰프　원래는 포장 불간데 최대표님이니까 해드리는 거예요. 누군지 몰라도 신속 배달하세요.

승효　(웃으며) 감사합니다. 근데 이 포스터는 뭐예요?

셰프　아, 저 여기서 요리 클래스도 하잖아요. 수강생들 보라고 붙여놨던 건데 오늘이 마지막 날이라 뗐어요.

승효　(포스터 유심히 보는)

S#6.　과거. 승효의 방 (밤)

13화 S#52와 같은 날 밤. 굳게 닫힌 석류의 창문을 보던 승효, 노트북을 연다. '건강 요리 레시피 공모전' 페이지 띄워져 있다. 승효, 휴대폰으로 찍어둔 석류의 수첩 속 내용을 타이핑한다. 마지막으로 공란이던 음식 이름에 '브로콜리플라워 닭가슴살 리조또'라고 적는다.

S#7.　대학병원 근처 공원 (낮)

석류와 승효, 벤치에 앉아 있다. 승효의 설명을 들은 석류의 표정, 별로 기쁘지 않아 보인다. 승효, 예상치 못한 석류의 반응에 눈치를 살핀다.

승효　허락도 없이 내 맘대로 내서 미안.

석류　(무덤덤하게) 그러니까 내가 상을 탔다고?

승효　응. 3등이래.

석류	봐봐.

석류, 승효가 건네준 휴대폰 확인해보면 입상작 발표에 3등 배석류 보인다. 석류, 여전히 별다른 반응이랄 게 없는 얼굴이다.

승효	(주절주절) 그게 한국야채협회에서 주관하는 건데, 작은 대회야. 누구나 온라인으로 낼 수 있고. 난 그냥 네 음식이 맛있어서 혹시나 하고,
석류	(말 자르며 툭) 짜증 나.
승효	(당황해서) 미안해. 내가 괜한 짓을 했나 보다.
석류	너무 좋아서 짜증 나.
승효	응?
석류	내가 지금까지 1등을 얼마나 많이 했는데! 이게 뭐라고 이 밑도 끝도 없는 대회에서 3등 한 게 훨씬 좋아.
승효	(믿기지 않는) 정말? 진짜로?
석류	응! 요리는 하고 싶은데 받아주는 데도 없고, 갈 데도 없고. 다시는 남의 이목 신경 안 쓰기로 했으면서 그것도 안 되고. 나는 왜 이 모양일까, 너무 막막했거든. 근데 계속해봐라 하늘한테 허락받은 기분이야.
승효	다행이다. 난 또 1, 2등은 누가 했냐고 그것부터 확인할 줄 알았는데.
석류	(그 말에 승효 휴대폰 낚아채며) 1등 누구야? 메뉴 뭔데?

승효, 휴대폰 뺏긴 채 그럼 그렇지 하는 표정으로 석류를 보는데 그 마저도 사랑스럽다. 석류를 보며 웃는 승효 위로 **14화 오프닝 타이틀. 사랑의 단맛**

S#8. 모음의 집, 거실 (아침)

모음, 방문 열고 나오는데 재숙, 대형 강냉이 봉지를 들고 서 있다.

모음	깜짝이야. 왜 거기 그러고 서 있어!
재숙	(살벌하게) 너 강기자는 절대 안 돼.

모음	(또 시작이네 하는 표정으로 보면)
재숙	만나고 싶거든 나 죽고 만나. 참고로 나 백 살까지 살 거다.
모음	(발끈) 그럼 우리 칠십 넘거든?
재숙	(강냉이 봉지로 때리는 시늉) 우리? 너 지금 우리라고 했냐?
모음	(움찔했다가) 오래 살려면 그런 거나 좀 끊어.
재숙	이게 다 너 때문이잖아, 지지배야. 딸년 강냉이를 못 터니까 애라도 터는 거라고, 내가!
모음	(도망가야겠다) 다녀오겠습니다.

S#9. 모음의 집, 대문 앞 (아침)

모음, 헐레벌떡 대문 열고 나오는데 재숙도 따라 나온다. 뒤에서 사자후가 터져 나온다.

재숙	너 그 사람은 하늘이 두 쪽 나도 안 돼. 꿈도 꾸지 마!
모음	(빛의 속도로 도망치면)
재숙	(멀어지는 뒷모습 보며 중얼) 비단길로만 가도 고된 인생을 왜 짚단 짊어지고 불구덩이로 들어가.

재숙, 모음 사라진 길 끝을 속상하게 보다가 돌아서는데 마침 대문 열고 연두가 시터와 함께 나온다. 재숙, 연두 보고 멈칫하는데 연두, 재숙을 보고 반갑게 달려온다.

연두	할머니!
재숙	(표정 관리 안 되는 얼굴로 보는)
연두	(활짝 웃으며) 저 어제 할머니가 주신 과자 먹고 양치질 열심히 했어요.
재숙	(무장해제 될 뻔) 그래?
연두	그리고 엄청 많이 웃었어요. 친구들한테도 선생님한테도 아빠한테도요. 이제 벌레 없어졌을 거예요.
재숙	('아빠'란 말에 정신 퍼뜩 들고 냉랭하게) 유치원 늦겠다. 얼른 가라.

재숙, 연두를 외면하듯 홱 들어가버린다. 평소와 다른 재숙의 모습에 연두, 시무룩해진다.

S#10. 택배 터미널 (아침)

택배 상(하)차 중인 단호, 안전모에 작업복 차림으로 택배를 옮긴다. 크고 작은 박스들을 빠른 속도로 옮기는 반복된 고된 작업에 땀 범벅이 된 모습. 일하는 단호의 표정이 상념에 젖어 있다. 자꾸만 그날의 기억이 떠오르는 것이다.

S#11. 과거, 골목길 및 모음의 집 앞 (밤)

13화 S#54에서 이어진다. 단호, 결연하지만 공손한 태도로 재숙에게 말한다.

단호   모음 씨 저한테 과분한 사람인 거 압니다. 어머님 걱정하실 것도 압니다. 그래서 어떻게든 끊어보려고 노력했는데요. 더는 안 될 것 같습니다.

재숙   (충격으로 보는) !

모음   (왈칵) 기자님...!

재숙   (일단 정신 차리고 취한 모음 끌어다 안으로 넣으며) 너, 너 일단 들어가.

모음   (대문 철창에 매달려) 아, 왜 나 가두는데! ...기자님! 기자님!

단호   들어가 계세요. 오늘은 그게 좋을 것 같습니다.

모음   (이 와중에) 기자님 나 데려간다 그랬어요! 나 못 끊는다 했어요!

재숙, 그런 모음을 무섭게 노려본다. 그러면 모음, 깨갱하고 꾸물꾸물 안으로 들어간다.

단호   놀라게 해드려서 죄송합니다. 어떻게 된 일인지는 제가 지금부터 차근차

근,

재숙   (말 끊으며) 알고 싶지 않아요.

단호   (살짝 당황) 네?

재숙   (냉랭하게) 알 필요도 없고, 안다고 달라질 것도 없고.

단호   (보면)

재숙   모음이가 어려서부터 원래 그랬어요. 짠한 걸 보면 그냥 못 넘어가. 장난
        감 사러 가다가도 길거리 나물 파는 할머니한테서 취나물 참나물을 사
        오던 애예요, 개가. 사랑의 열매랑 크리스마스 씰도 쟤네 반 껀 거딜 냈
        다고, 지가. 그래서 그랬겠지. 연두는 이쁘고, 기자님 혼자 애 키우는 게
        안쓰럽고.

단호   (예상은 했지만 마음 아픈)

재숙   그럼 기자님이라도 중심을 잡으셨어야죠. 재가 저런다고 그걸 홀랑 같이
        이래요? 애도 있으신 양반이.

단호   (어떻게든 말해보려는) 어머님...

재숙   (질색하듯 날카롭게) 그렇게 부르지 마요!

단호   (충격으로 보면)

재숙   (다시 평정심) 좀 전에 한 말은 못 들은 걸로 할게요. 이웃사촌끼리 얼굴
        붉히는 일 더 없었으면 하네요.

S#12. 택배 터미널 (아침)

계속해서 박스를 올리는(내리는) 단호, 고된 일로도 생각이 떨쳐지지 않
는 듯 어두운 얼굴이다. 마침 트럭 한 대가 다 차서 빠지면 옆에서 다른
작업자가 묻는다.

작업자   더우시죠? 왜 하필 여름에 오셨어요.

단호   (웃으며) 네.

작업자   어떻게 일은 할 만하세요?

단호   아직 덜 힘든가 봐요. 아무 생각 안 날 줄 알았는데.

작업자   (영문 모르고) 예?

| 단호 | (애써 웃으며) 아닙니다. 트럭 또 들어왔네요. |

단호, 다시 박스들을 나르기 시작한다. 박스보다 더 무거운 건 아무래도 마음 같다...

S#13. 건축 아틀리에 인, 테라스 (낮)

명우, 승효에게 건축가의 밤 행사에서 받아 온 트로피를 건넨다.

명우	옜다 받아라.
승효	(왼손으로 받으며) 생각보다 무겁네?
명우	상의 무게란 원래 그런 거지. 손은 괜찮아? 그건 언제까지 해야 된대?
승효	(보호대 풀며) 지금 풀어도 돼. 그냥 삐끗한 거라.
명우	(승효 손 잡으며) 다행이다. 이 손이 할 일이 굉장히 많아.
승효	(무서운) 왜 이래.
명우	(신나서) 상 때문에 그런가 의뢰가 쏟아져 들어오는 거 있지? 우리 엄청 바빠질 예정이야.
승효	(떨떠름) 안 되는데. 나 일 좀 줄이려고 했는데.
명우	뭔 소리야. 물 들어올 때 노 저어야지!
승효	(대뜸) 나 결혼할 거야.
명우	(입 떡 벌어지는) 뭐?
승효	나 결혼할 거라고.
명우	(믿을 수 없다는 듯) 누, 누구랑?
승효	배석류랑.
명우	(경악) 서, 석류 씨? 네가 만나는 사람이 석류 씨였어?
승효	모르는 척해.
명우	(혼자 충격에 휩싸여) 석류 씨라니. 불알친구끼리 어우 가족끼리 왜 이래.
승효	시끄럽고. 프러포즈를 해야 되는데 뭐 좋은 방법 없을까? 형 경험자잖아.
명우	(으쓱) 또 이 형이 한 수 가르쳐줘야겠구만. 일단 농구장, 아니 야구장에 가. 브레이크타임 때 전광판에 얼굴을 비춰주면 그때 무릎을 꿇고 딱!

승효	석류 사람 많은 거 싫어해. 거길 데려가는 것부터가 미션일 걸?
명우	그래? 그럼 공연. 연극 같은 걸 보러 가는 거야. 어둠 속에서 막이 딱 내린 다음 말하는 거지. 나랑 결혼해줄래?
승효	(아닌 것 같은데) 여자들이 정말 그런 걸 좋아할까?
나윤	(명우의 얘기를 들은 듯 브라보! 박수 치며 등장하는)
명우	(뿌듯해하는) 봐. 나윤이 박수 친다. MZ한테도 통하잖아.
나윤	(웃으며) 하세요.
명우	(신나서 승효에게) 하래, 하래.
나윤	(표정 바뀌며) 즉석에서 차이고 싶으면 꼭 그렇게 하세요.
승효	(그럼 그렇지 하는 얼굴로 명우를 보는) …

S#14. 건축 아틀리에 인, 미팅룸 (낮)

나윤, 안경까지 쓰고 거의 강의하듯 승효의 프러포즈를 코치한다.

나윤	(극혐) 네 프러포즈 너나 중하지. 티켓값 대신 내줄 거 아님 남의 관람 방해하지 마요.
승효	(민망한) 내 생각은 아니었어.
나윤	딱 세 가지만 기억해요. 관중 금지. 단정한 반지. 진심이 담긴 편지.
승효	그건 너무 평범하지 않아?
나윤	그날 하루만 특별하면 뭐 해요. 사는 내내 특별하게 만들어주면 되지.
승효	(피식 웃게 되는) 맞네. 고맙다.
나윤	제가 더 고마워요. 그림 그리던 제가 우연히 선배가 지은 집 보고 반해서 여기까지 왔어요.
승효	(보면)
나윤	동경이었다가 사랑이었다가 그게 다 짬뽕 돼서 뭐가 뭔지 헷갈렸는데 다시 동경으로 정리할게요.
승효	(미안하고 고마운) 나윤아…
나윤	(한층 성숙해진) 행복하세요. 그러면 돼요.
승효	(그 마음 알겠는) 그래. 꼭 그럴게.

S#15. 석류의 방 (낮)

위아래로 유달리 시커멓게 옷을 입은 석류, 오렌지주스 마시며 레시피 공모전 수상자가 발표된 홈페이지를 보고 또 보고 있다.

석류   (헤벌쭉) 3등. 브로콜리플라워 닭가슴살 리조또, 배.석.류.
모음   (방문 벌컥 열고 들어오며) 나 기자님한테 고백했어!
석류   (뭐라 말할 겨를도 없이) 어???
모음   근데 까였어!
석류   (더 놀라는) 뭐???
모음   그래도 내가 매달렸어!
석류   (경악으로) 야!!!
모음   그치만 결국 기자님도 내가 좋다고 인정했어!
석류   (그제야) 아...! 그럼 쌍방 합의 끝났네? 해피엔딩이네.
모음   (멍하니 있으면)
석류   어우, 잠깐 사이 휘몰아쳤다. 뭔 놈의 스토리가 이렇게 반전에 반전이 많아. (하며 오렌지주스 마시는데)
모음   (덧붙이는) 근데 내가 좋단 말을 우리 엄마 앞에서 대놓고 했어.

연쇄 폭탄 발언 끝에 또 하나의 한 방! 석류, 입에 머금었던 주스를 푸흡 뿜는다.

S#16. 석류의 집 외경 (낮)

석류(E)   친구야, 내가 사과한다.

S#17. 석류의 방 (낮)

모음, 여전히 멍한 혼란스러운 눈빛으로 있고 석류, 거의 석고대죄라도 할 기세다.

석류   내가 연애한다고 미쳐가지고 너한테 너무 격조했다. 이렇게 많은 일이 있는지도 모르고 심히 소홀했어.

모음   내가 얘기 안 한 건데 뭐.

석류   (짠하고) 너 맘고생 심했겠다.

모음   마음이 셨다가 썼다가 짰다가 어떨 땐 막 쓰릴 정도로 맵고. 원래 사랑이 이러냐?

석류   복합적이지. 너 좋아하는 두리안 사탕도 그렇잖아. 구린데 고소한 게.

모음   이래서 내가 지금까지 사랑을 안 한 거야.

석류   그럼에도 불구하고 사랑에 빠진 거지.

모음   (인정할 수밖에 없는) 망했네.

석류   (그런 친구가 귀엽고) 그렇게 좋냐, 갯벌맨이?

모음   갯벌맨이라 좋은 건지 강단호라서 좋은 건지 닭이 먼전지 달걀이 먼전지 나도 모르겠다, 이제. 그러는 너는? 최승효가 그렇게 좋냐?

석류   (히죽 웃으며) 응.

모음   (어이없어 따라 웃게 되는) 좋댄다. 야. 근데 우리 엄마 어떡해?

석류   (아...) 그 문제는 나도 자유롭지 못한데.

모음   엄마가 눈에 흙이 들어가기 전까진 안 된대.

석류   우린 엄만 날 흙으로 만들어버릴걸?

모음과 석류, 눈 마주치더니 서로 이해한다는 듯 동시에 한숨 쉰다. 오후 햇살 쏟아지는 방 안에 나란히 앉아 있는 두 사람의 동병상련 뒷모습.

S#18. 혜릉동 골목길 (저녁)

승효, 퇴근하며 석류에게 메시지를 보낸다. 석류를 생각하는 것만으로도 웃음이 나는 얼굴.

승효(E)   뭐 해?

그리고 걸어가는데 폐지용 손수레를 끌고 가는 할머니(2화 S#36)의 모습 보인다.

승효   (다가가 인사 건네는) 안녕하세요, 어르신.
할머니   (잠시 멈칫했다가 알아보고) 아아, 수레 고쳐줬던 분이시네.
승효   (반갑게) 네. 기억하시네요.
할머니   이 나이 되면 웬만한 건 다 깜빡깜빡하는데. 이상하게 나 도와준 사람들은 기억이 나요. 고마워서.
승효   (뭉클해져서 보는데)
할머니   (승효 뒤쪽 보며) 저기 저 기자님도 마찬가지고.

승효, 돌아보면 단호, 녹초가 된 모습으로 터덜터덜 걸어오고 있다. 단호, 두 사람을 보고 꾸벅 인사한다. 승효, 반가움으로 슬며시 웃는다.

S#19. 편의점 앞 (밤)

짠! 짧은 건배와 함께 승효와 단호, 캔맥주를 마신다. 승효, 캔을 막 입에 갖다 대는데 단호, 숨도 안 쉬고 맥주를 벌컥벌컥 들이켠다.

승효   (감탄 반 장난 반) 맥주 CF 보는 것 같네요. 하나 더 드실래요?
단호   (손사래로) 아뇨, 저는 딱 한 캔까지가 안전합니다.
승효   (웃으며) 네.
단호   근데 저 인생 헛살았네요. 맥주가 이렇게 맛있는지 처음 알았어요.
승효   원래 노동 후에 마시는 술이 최고죠. 제 인생 막걸리는 해비타트* 봉사 끝

----
*   열악한 조건의 주거 환경에서 살아가고 있는 사람들에게 집을 지어주는 국제적, 비영리적 비정부 기구.

나고 마신 놈이었습니다.

단호	건축가님 해비타트도 하셨어요?
승효	네. 대학 때부터 했고 지금도 시간 될 때마다 참여하고 있어요.
단호	그 해비타트에서 혹시 쪽방촌 집수리 같은 것도 하시나요?
승효	쪽방촌이요?
단호	혜릉동 위편에 쪽방촌 골목 있잖아요. 거기 아까 할머니가 살고 계세요.

시간 경과를 나타내듯 승효의 캔맥주에서 물방울이 또르르 흘러내린다.
승효, 진지한 얼굴로 단호의 얘기를 듣고 있다.

단호	직접 가 보니 생각보다도 많이 열악한 상태더라구요.
승효	다음 주 어떠세요? 시간이 좀 빠듯하긴 한데 최대한 준비해보겠습니다.
단호	(당황해서) 건축가님께서 직접요?
승효	(태연하게) 네.
단호	아뇨. 전 그런 뜻이 아니라, 혹시 신청할 데가 있는지 여쭤보려고.
승효	압니다. 근데 어딜 통하더라도 제가 제일 빠를 거예요.
단호	이젠 신세 진다는 말도 죄송스럽네요.
승효	친구끼리 뭐 이런 걸로요.
단호	친구... 하기로 했죠, 우리. 비록 지금 이렇게 서로 존대하고 있지만.
승효	서로를 존중하는 거죠.
단호	(잠깐 망설이다) 건축가님 모음 씨랑도 친구시잖아요.
승효	(맥주 입으로 가져가는) 네.
단호	모음 씨랑 저랑 서로 좋아하고 있습니다.
승효	(맥주캔 떨어뜨릴 뻔) 네?
단호	어머니께선 반대하고 계신 상황이구요.
승효	(알 만한) 아...
단호	(심란한) 제가 어떻게 해야 할지 모르겠네요.

승효, 단호에게 뭐라 말을 해야 하나 싶은데 그 순간 휴대폰 진동 울린다.
보면 아까 "뭐 해?"라고 보낸 것에 대한 뒤늦은 석류의 답장이다.

석류(E)　나 모음이랑 있어.

S#20. 혜릉동 공원 (밤)

모음, 심드렁한 얼굴로 석류에게 질질 끌려온다. 반대편에선 단호가 승효에게 인도되어 공원으로 들어오고 있다.

모음　심란해 뒤지겠구만 산책은 무슨 산책이야.
석류　스트레스 해소에 산책만 한 게 없어.
단호　안 취했는데 왜 자꾸 술을 깨자고 하시는지.
승효　아까 그 맥주에 알콜 함량이 무려 5퍼센트가 넘습니다!

석류에게 붙들린 모음, 승효에게 붙잡힌 단호! 그렇게 네 사람 맞닥뜨린다.

석류　(발연기) 아하하. 여기서 다 만나고 이런 우연이 있나.
승효　(더 발연기) 그러게. 혜릉동이 참 좁아. 그렇지 않니?
모음　(한심한) 둘이 연기 그게 최선이냐?
단호　(살짝 정색) 제가 연예부 기자는 아니지만 좀 심하시네요.
승효　(석류 보며) 봐. 내가 좋은 생각이 아니라고 했잖아.
석류　(에라이) 몰라! 멍석 깔아줬으니 둘이 탈춤을 추든 맞절을 하든 알아서 해!

"가자!" 석류와 승효, 도망치듯 후다닥 가버리면 모음과 단호만 남는다. 모음과 단호, 서로 눈도 제대로 못 쳐다본다.

모음　(먼저 툭) 술 마셨어요?
단호　(얼른) 조금. 하지만 지극히 맨정신입니다.
모음　나도요. 그때 엄청나게 퍼마셨지만 그래도 다 기억난다구요!
단호　(보면)
모음　그래 놓고 왜 연락 안 했어요? 우리 엄마 때문에요?

단호	어머님 마음 이해합니다. 저라도 반대했을 거예요.
모음	(따지듯이) 그러니까요! 아니 무슨 교제 신청을, 그것도 거의 프러포즈를 엄마한테 하는 경우가 어딨어요!
단호	(꾸벅) 죄송합니다. 편법보다는 정공법이 더 낫겠다는 판단에 그만.
모음	아니 그게 아니라! 난 기자님한테 고백도 못 받았다구요!
단호	(보면)
모음	심지어 고백했다 까였죠. 근데 그 중요한 걸 엄마 앞에서. 하다못해 키스도 내가 먼저 했ㄴ,

모음의 말이 채 끝나기도 전에 단호, 모음에게 입을 맞춘다. 모음의 눈이 놀라 동그래진다. 키스하던 단호, 뭔가 생각난 듯 모음에게서 후다닥 떨어진다.

모음	(황당한) 뭐, 뭐예요? 왜 하다 말아요?
단호	(당황해서) 죄송합니다. 생각해보니 제가 오늘 땀을 많이 흘려서.
모음	(어이없는) 지금 그게 뭐가 중요해요?
단호	예의가 아닌 것 같아서.
모음	(돌겠는) 예의는 지금 이게 예의가 아니구요!
단호	(바로) 좋아합니다.
모음	(쿵 해서 보면) !
단호	그날 그 사고 이후로 매일 매일이 응급이던 인생에 사이렌을 울리며 어떤 구급대원이 나타났어요. 사람들을 살리고 연두를 도와주고 나를 구해준 그 의로운 여자를 감히 제가 좋아합니다.
모음	(왈칵 감동으로 단호 끌어안으며) 멘트 치는 거 보니까 글로 밥 벌어 먹고사는 사람 맞네요.
단호	좋은 글 써서 번 돈으로 맛있는 거 많이 사줄게요.
모음	(올려다보며) 괜찮겠어요? 나 밥 되게 많이 먹는데.
단호	(더 꼭 안아주며) 기사를 더 많이 써야겠네요.

S#21. 혜릉동 골목길 (밤)

모음과 단호의 만남을 성사시킨 승효와 석류, 인적 드문 밤길을 다정하게 걸어간다.

석류	두 사람 잘하고 있겠지?
승효	(끄덕이며) 의외로 실전에 강할 수도.
석류	뿌듯하다. 우리 꼭 견우직녀 이어준 까치랑 까마귀 같아.
승효	(쓱 보며) 네가 까마귀지? 머리부터 발끝까지 시커머죽죽한 게.
석류	(째릿) 죽여줄까?
승효	(슬쩍 떠보는) 까마귀들은 반짝이는 거 보석 같은 거 좋아한다던데. 넌 도통 뭐 하는 걸 본 적이 없다?
석류	귀찮아. 걸리적거려.
승효	(손깍지 끼며) 이것도?
석류	(잡은 채로 승효의 손 들어 보며) 요 반지는 좀 참을 만하네.

석류와 승효, 손잡고 경쾌하게 걸어간다. 승효, 사이즈를 가늠하듯 석류의 손을 슬쩍 내려다본다. 벌써 혼자 프러포즈를 준비하기 시작한 승효다!

S#22. 혜릉동 전경 (아침)

S#23. 프랜차이즈 분식집 건너편 (아침)

근식, 스파이처럼 민첩하게 움직인다. 절대 들키면 안 된다는 듯 담벼락 뒤에 숨어 어딘가를 염탐하는데, 바로 프랜차이즈 분식점이다. 가게 앞에 사람들 길게 줄 서 있다.

근식	저 집은 떡볶이에 금을 뿌렸나. 아침부터 뭔 놈의 줄이 저렇게 길어.

부럽고 속상한 근식, 몸 낮춘 채 뒷걸음질 치는데 누군가와 부딪친다. 놀라서 돌아보면, 쪼그리고 앉아 엉덩이를 내민 사람 미숙이다. 땡땡이 두건에 선글라스까지 쓴 수상한 차림.

근식	미숙아?
미숙	여보!

S#24. 뿌리분식 (아침)

미숙과 근식, 가게 안으로 들어온다. 미숙의 손에는 검은 비닐봉지 들려있다.

미숙	샤뗑백 사려면 오픈런인가 뭔가 해야 된다더니 이젠 떡볶이까지 그걸 하네.
근식	(불퉁하게) 그건 뭐 한다고 사 와. 여기도 떡볶이 남아도는데.
미숙	그 떡볶이 좀 한 사발 퍼 와.
근식	왜? 뭐 하게?

cut to.
근식의 떡볶이와 프랜차이즈 떡볶이가 나란히 놓여 있다.

미숙	지피지기면 백전백승이랬어. 일단 적부터 알자. (한 뒤 떡볶이 먹고 멈칫하는)
근식	왜? 어떤데 그래? (하고 먹어보면 맛있고) ...맛있네. 이 집 잘하네.
미숙	(얼른 근식의 떡볶이 먹고) 맛있긴! 당신이 만든 것보다 한참 못하네 뭐. 간만 세고 이 은은한 감칠맛이 없잖아.
근식	(시무룩) 그럼 뭐 해. 장사가 안 되는데. 공치는 날이 태반이다.
미숙	하여튼 요즘 사람들 너무 자극적인 것만 찾아. 입맛이 못 쓰게 됐어, 그냥!
근식	미숙아. 나... 이제 그만할까?

| 미숙 | (멈칫) 응? |
| 근식 | (짐짓 털어내듯) 아니야. 그냥 해본 말이야. 행주나 삶아야겠다. |

근식, 일어나 부엌으로 향하면 그 뒷모습을 보는 미숙, 마음이 짠하다.

S#25. 샌드위치 전문점 (낮)

승효, 누군가와 통화 중이다. 뭔가 중요한 일정을 예약하는 듯하다.

승효	네. 다음 주 금요일이요. 가능할까요? 네. 감사합니다.
석류	(매장 들어와 승효 쪽으로 오는)
승효	(후다닥 전화 끊고) 왔어?
석류	(밝게) 응! 주문 아직 안 했지?

cut to.
승효와 석류, 달걀이 폭신폭신하게 듬뿍 든 샌드위치를 먹고 있다.

석류	(눈 동그래져서 감탄) 와, 너무 맛있어! 이런 건 어떻게 만드는 걸까?
승효	새 직업병이야? 앞으로 맛집 갈 때마다 이러겠어.
석류	(웃으며) 아마도. 나 윤대표님이 맛집 공유해주셨다? 내가 위만 멀쩡했어도 맛집 도장 깨기로다가 먹방 너튜브 하는 건데.
승효	(가만히 보면)
석류	(오해했나 싶어) 왜 그렇게 봐! 나 농담한 거야. 지금도 이렇게 잘 먹잖아.
승효	(좋은 생각이 난) 원래 하던 거 하면 어때? 미국에서 찍었던 요리 브이로그. 한국에서 다시 시작하는 거야.
석류	(손사래) 에이, 거기야 한식을 잘 모르니까 얼렁뚱땅 흉내만 낸 거고. 여긴 얘기가 다르지.
승효	다르긴 뭐가 달라.
석류	쟁쟁한 사람도 너무 많고. 그리고 요즘 너튜브 채널들 엄청 전문적이고 퀼도 좋던데. 내가 그런 걸 어떻게 찍어.

승효   내가 찍어주면 되지.

S#26. 건축 아틀리에 인, 테라스 (밤)

카메라 앵글에 각종 재료가 놓인 조리대와 어색하게 서 있는 석류의 모습 비춰진다. 승효, 카메라를 세팅하고 있다. 얼추 구도가 잡혔는지 승효, 물러나며 석류 향해 말한다.

승효   됐다. 이제 버튼만 누르면 돼.
석류   (허둥지둥) 벌써? 잠깐만. 나 뭐부터 해야 되지? 재료 손질은 해놨고 물부터 끓일까? 브로콜리도 데쳐야 되고, 아니 닭 육수도 내야 하는데.
승효   (웃으며) 집밥 배선생님. 왜 이렇게 긴장하세요? 처음도 아니면서.
석류   몰라. 너무 떨려. 나 카메라에 이상하게 나오진 않아?
승효   (석류에게 다가가 머리 귀 뒤로 넘겨주며) 예뻐. 세상에서 제일.
석류   나 요즘 자존감 자신감 전부 하락장이야. 온통 파란색이라구.
승효   그럼 빨간색으로 만들어줘야겠네. (하며 석류 이마에 입 맞춘다)
석류   (얼굴 빨개져서) 야! 카메라 앞에서.
승효   네 음식 정말 맛있어. 누구보다 내가 제일 잘 알아.
석류   (승효의 격려에 끄덕, 결심한 듯 눈빛 바뀌며) 나 준비됐어.
승효   그럼 시작한다.

승효, 다시 카메라로 가 녹화버튼 누른다. 석류, 언제 떨었냐는 듯 카메라 보며 자연스럽게 말한다. "오늘 만들어볼 음식은 브로콜리플라워 닭가슴살 리조또인데요. 듣기만 해도 되게 건강할 것 같은 조합이잖아요? 솔직히 맛도 없을 것 같구요. 하지만 건강한 음식은 맛이 없다는 편견을 제가 한번 깨보려고 해요." 그런 석류를 보는 승효의 눈빛, 사랑이다.

S#27. 혜릉헬스장 (밤)

나윤, 매가리 없이 나라 잃은 표정으로 러닝머신 걷고 있다. 동진, 그런 나윤에게 다가간다.

동진 회원님. 무슨 일 있으세요?
나윤 (힐끗 보더니) 실연당했어요.
동진 (흠칫) 뭐 그런 얘길 그렇게 솔직하게 하고 그래요.
나윤 숨길 필요 없잖아요.
동진 그래도 보통 사람들은 그런 얘기하는 거 좀 창피해하지 않나?
나윤 아니요. 난 내가 그 사람 좋아하는 게 자랑스러웠어요. 비록 지금은 이렇게 칼로리랑 마음이랑 같이 태우고 있지만.
동진 (물 건네며) 마셔가며 해요. 수분 부족하면 근손실 와요.
나윤 됐어요. 끝나고 마시면 돼요.
동진 지금 부족해 보여서 그래요. 회원님 되게 울 것 같은 얼굴이거든요.
나윤 (들킨 것 같은) !
동진 (생수 쥐여 주고) 그렇다고 나한테 반하진 말구요.
나윤 네?
동진 트레이너랑 회원이랑 만나는 건 좀 그렇잖아요. 내가 일에 최선을 다하기로 해서. (하고 멋있는 척 간다)
나윤 왜 저래. 미쳤나 봐. (하면서도 피식 웃고 물 마신다)

S#28. 모음의 집, 거실 (밤)

재숙, TV 보고 있는데 들어오는 모음, 재숙에게 커다란 종이봉투 하나 내밀며 말한다.

모음 자셔.
재숙 (열어보면 빵이 한가득) 웬일이냐. 당 오른다고 못 먹게 하더니.
모음 아몬드 가루로 만든 키토빵이야. 멀리까지 가서 사 왔어.
재숙 (피식 웃으며) 그래도 네가 엄마한테 미안하긴 미안했나 보다?
모음 (순순히) 응. 미안해. 그리고 계속 미안할 거야. 나 기자님 만날 거거든.

재숙	(봉투 팍 놓으며) 지지배가 빵맛 떨어지게! 너 내가 안 된단 말 뭘로 들었어?
모음	엄마. 연두 기자님 딸 아니야. 조카야.
재숙	(멈칫해서) 뭐?
모음	부모님이랑 형님네 사고로 돌아가셨고. 그래서 기자님이 연두 맡은 거야.
재숙	(냉랭하게) 그래서 뭐? 그럼 뭐가 달라져? 딸 아니고 조카면 내가 옳다구나 허락이라도 해줄 것 같아?
모음	허락해달라고 한 말 아냐. 큰일 겪고 세상에 외롭게 남은 두 사람, 서로가 서로에게 유일한 가족인 기자님을, 연두를, 내가 지켜주고 싶단 얘길 하는 거야.
재숙	너 그게 어떤 의미인지 알기나 알아? 네가 엄마가 되어야 한단 거야.
모음	(보면)
재숙	(속에서 천불나는) 내 자식 키워도 때려치우고 싶을 때가 골백번인데! 남의 자식 거두는 일을 네가 할 수 있을 것 같아?
모음	(가만 보다가) 엄마. 나 아직도 기억나. 아빠 돌아가시고 언니들이랑 나랑 할머니네서 쫓겨나다시피 나왔을 때. 엄마 낮엔 알바 다니고 밤에 공부해서 중개사 시험 붙었잖아.
재숙	(멈칫하면)
모음	일 시작하고 우리 키우면서 엄마 나 억지로 공부 한번 시킨 적 없어. 성적에 연연한 적도 없고, 진로며 뭐며 다 내 뜻 존중해줬어. 이번에도 나 좀 이해해주면 안 돼?
재숙	(단호하게) 아니. 이것만큼은 절대 안 돼. 너 당장 내일이라도 맞선 봐. 그리고 올해 안에 시집 가!
모음	(답답하다는 듯) 맞선은 무슨 맞선. 엄마! 엄만 다른 건 다 깨인 사람이 왜 결혼에만 그렇게 옛날 사람처럼 굴어?
재숙	(버럭) 나처럼 굴곡 있게 살지 말라고!!!
모음	(멈칫해 보면)
재숙	(애달프게) 내 딸만큼은 명줄 긴 남자 만나 토끼 같은 자식 낳고, 애 크는 거 보며 나란히 늙고. 그렇게 평범하게 행복하라고!
모음	엄마. 나 지금도 행복해. 엄마 딸로 사는 거, 구급대원으로 일하는 거 다

충분히 행복하다고. 내가 기자님 좋아하는 것도 연두랑 함께하려는 것도 더 행복해지고 싶어서 그러는 거야.

재숙 (머리를 얻어맞은 듯한 기분에 순간 말문 막히면)

모음 빵은 한 개만 먹어. 늦어서 소화 안 돼. (하고 방으로 들어간다)

재숙 (그 자리에 가만히 서 있는)

S#29. 석류의 집, 지하실 (밤)

근식, 지하실 한구석에 쌓아놓은 상자들을 뒤적이며 뭔가를 찾는다. 근식이 꺼내 드는 것 바로 시화집이다. 펼쳐보면 이형기의 〈낙화〉 적혀 있다. 근식, 애틋한 눈빛으로 시가 적힌 종이를 만지작거리는데 미숙, 어깨 너머로 시화집 보며 시를 한 구절 읽는다.

미숙 가야 할 때가 언제인가를 분명히 알고 가는 이의 뒷모습은 얼마나 아름다운가.

근식 (뒤돌아보며) 뭐야. 언제 내려왔어.

미숙 (대답 대신 시화집 보며) 이거 당신이 직접 만들어 내 생일에 선물했던 건데.

근식 (웃으며) 기억하네. 그때가 스물둘이었나 셋이었나, 이젠 전생 같다.

미숙 (마저 읽고) 무성한 녹음과 그리고 머지않아 열매 맺는 가을을 향하여 나의 청춘은 꽃답게 죽는다.

근식 (가만히 듣고 있노라면)

미숙 인생이 계절이라면 지금 우리는 가을이려나?

근식 (쓸쓸하게) 가을 중턱쯤 왔겠네.

미숙 우리... 그래도 제법 열매 잘 맺었단 생각 들지 않아?

근식 응?

미숙 석류도 잘 컸고, 동진이도 이제 제자리 찾아 나가고 있고. 뙤약볕, 불볕더위 지나 우리 여름이 참 귀한 결실을 맺은 것 같아, 난.

근식 그치.

미숙 (웃어 보이며) 여보, 우리 분식집 여기서 접자.

근식	(멈칫해서 보면)
미숙	(근식 손 잡으며) 시 좋아하고 그림도 잘 그리던 손이 먹고살겠다고 연필 대신 프라이팬 잡고. 참 애썼어, 배근식 씨.
근식	(왈칵) 당신... 진심이야?
미숙	응! 그러니까 겨울 오기 전에 다 정리하고 우리 남은 가을은 단풍놀이처럼 살자.
근식	(살짝 웃고) 가을에 승효네랑 설악산 한 번 더 갈까?
미숙	(바로 현실적으로) 됐어. 또 사진을 얼마나 거지같이 찍어놓으려고.
근식	내가 이제 시간도 많겠다, 연습 열심히 해서 잘 한번 찍어볼게!
미숙	(못 이기는 척) 그럼 내장산 가. 갔던 델 뭐 하러 또 가.

S#30. 승효의 집 외경 (아침)

S#31. 승효의 방 (아침)

휴대폰 알람 소리와 함께 승효, 눈을 뜬다. 부스스하게 휴대폰 확인하면 액정에 D-DAY라고 떠 있다. 그러면 바로 정신이 번쩍 드는 승효, 침대에서 벌떡 일어난다!

승효	...오늘이다!

S#32. 승효의 집, 화장실 및 화장실 앞 (아침)

샤워기에서 물이 쏟아진다. 승효, 상쾌하게 샤워를 한다. 샴푸를 위해 머리에 거품 잔뜩 묻혔는데 갑자기 물이 안 나온다.

승효	뭐야. 물이 왜 안 나와?

승효, 머리에 거품 없은 채 급히 로브 걸치고 나오면 마침 경종이 생수 (500ml) 마시며 그 앞을 지나고 있다.

승효   (다급하게) 아빠. 화장실에 물이 안 나와요.
경종   엄마가 얘기 안 했어? 지금 물탱크 청소 중이라 12시까지 단순데.
승효   (경악으로) 네?
경종   (먹던 생수병 내밀며) 이거라도...?
승효   (받긴 받는데 물이 반도 안 남은) 아...

S#33. 승효의 방 (아침)

어떻게 수습하고 나왔는지 머리 멀끔해진 승효, 정성껏 셔츠를 다린다. 그때 명우에게 전화 오면 다리미 놓고 전화받는다. 승효, 일어나며 다리미판을 툭 건드린다.

승효   응, 형. 아, 그거? 아니. 그거 내 노트북에 있는데. 지금 사무실이야? 그럼 일단 켜봐. 응, 배경화면에 있는 폴더 중에서...

cut to.
승효, "응응. 수고해." 하고 통화를 마친다. 그리고 돌아서는데 다리미판에 펼쳐 둔 옷 위에 다리미가 엎어져 있다. 헉! 다리미 치우면 셔츠가 다리미 모양으로 처참하게 눌어붙었다. 망가진 셔츠를 들어 보는 승효의 망연자실한 표정!

S#34. 혜릉부동산 (아침)

재숙, 자신의 책상 앞에서 생각에 빠져 있는 가운데 혜숙과 미숙, 소파에 앉아 커피 마시고 있다. 혜숙 옆에 새것으로 보이는 가방 놓여 있다.

미숙	(슬쩍 보더니) 가방 샀냐?
혜숙	응. 백화점 갔다가 셀프로 은퇴선물 하나 했어.
미숙	비싸 보인다.
혜숙	(여유롭게) 그간 고생한 나한테 내가 이 정도 하나 못 사 줄까.
미숙	(부러움에 말 돌리는) 야. 재숙이 넌 아까부터 뭐가 그렇게 심각해? 뭐 계약이라도 빠그라졌어?
재숙	아니. 내 머리가 빠개지겠어.
혜숙	왜? 너 무슨 일 있어?
재숙	(단호와 모음의 일 얘기할까 말까 망설이는데)
인숙	(그사이 해맑게 들어오는) 얘들아!
미숙	(금세) 지지배야. 너는 네가 소집해놓고 제일 늦냐?
인숙	미안 미안. 여행사 들렀다 오느라 늦었어. 이것 봐. 내가 시중에 나와 있는 크루즈 상품 싹 다 뽑아 달라 했지? (하며 모두에게 자료 나눠 준다)
미숙	(받긴 하는데 편치 않은) 벌써? 가만 보면 참 성질 급해.
인숙	말 나온 김에 날짜 박아야지. 안 그럼 또 흐지부지돼.
혜숙	(자료 넘겨보며) 프리미엄 패키지네?
인숙	응. 인천에서 비즈니스 타고 이태리로 간 다음 거기서 크루즈를 타는 거야.
재숙	비즈니스면 가격이 더 세겠는데?
인숙	우리 넷이 가는 첫 해외여행이잖아. 미리 가는 환갑여행인 셈 치면 되지.
혜숙	(나쁘지 않은) 이탈리아랑 그리스, 튀르키예까지 도는 코스구나.
미숙	(말려야겠기에 괜히 웃으며) 야. 국내도 못 가본 데가 천진데 뭐 한다고 그 멀리까지 가. 괜히 갔다 배멀미하면 어쩌려고.
인숙	야, 요즘 멀미약 엄청 잘 나와. 그리고 국내는 더 나이 먹고 다님 되지. 지금 아니면 무릎 아파서 유럽이고 뭐고 못 가.
재숙	그거는 인숙이 말이 맞다. 요새 몸이 하루하루가 달라.

재숙까지 인숙의 의견에 동조하자 미숙, 순간 당황한다. 무엇보다 맞는 말이란 걸 안다. 여행 자료 보던 혜숙, 그런 미숙의 기색을 눈치채고 신경 쓰이는 듯 본다.

경종(E)	가게를 정리하신다구요?

S#35. 뿌리분식 (낮)

근식이 내준 분식을 먹던 경종, 놀란 눈으로 묻는다.

근식   예. 그래서 오시라고 한 거예요. 사장님이 미쳤어요니까 공짜로 많이 드시라고.

경종   아... 아쉬워서 어쩌죠? 떡볶이랑 특히 이 고추튀김 참 맛있었는데.

근식   우리 집 와서 드시면 되지. 한가하니 뭐 이제 맨날 놀 텐데요.

경종   그건 너무 실례죠.

근식   거래예요.

경종   (영문 모르고) 예?

근식   저 나중에 그 사진 잘 찍는 법 좀 가르쳐주세요. 애들 엄마가 어찌나 바가지를 긁는지 살 수가 없어요.

경종   (웃으며) 아, 그거요. 네. 제가 아주 제대로 전수해드리겠습니다.

근식   (고량주 꺼내는) 그러면 이것도 참 제가 아껴놨던 건데 수강료 미리 내는 의미로다가 오늘 까겠습니다.

경종   (싫지 않지만) 대낮부터 괜찮으시겠어요?

근식   (술 따르며) 아이, 제가 사장이에요. 그리고 그 사장님이 지금 미쳤다니까요.

경종   (받으며) 그럼 사양 않고 잘 마시겠습니다.

근식과 경종, 동시에 독주를 입에 탁 털어 마시고 크— 음미하며 동시에 잔을 내려놓는다.

S#36. 혜릉부동산 (낮)

테이블 위의 빈 커피 잔들을 치우는 손, 재숙이다. 라벤더 멤버들이 집으로 돌아간 직후 상황. 마침 부동산 문이 열리면 재숙, 쳐다보지도 않고 친구들이겠거니 하고 말을 건다.

재숙	왜? 뭐 놓고 갔어?
연두	할머니!
재숙	(멈칫해서 고개 들면 연두고) 여긴 어쩐 일이니?
연두	할머니한테 드릴 게 있어서요. (하며 종이꽃을 내민다)
재숙	(멈칫해서 보면)
연두	이거 제가 좋아하는 사람한테만 준 건데요. 할머니 주고 싶어서요. 제일 예쁜 색깔로 접었어요.
재숙	(당황한) 근데 그걸 나한테 준다고?
연두	(해맑게) 네! 할머니가 요즘 안 웃는 것 같아서요. 할머니 마음에도 벌레 생기면 어떡해요. 이거 받고 웃으시라구요.
재숙	(살짝 떨리는 손으로 꽃을 받는)
연두	저 시터 이모가 기다려요. 그럼 안녕히 계세요.

연두, 예쁘게 공손하게 인사하고 가면 재숙, 마음이 복잡해진다. 미안하고 뭉클하고 그래도 안 되겠는 마음. 꽃을 내려다보며 중얼거린다.

재숙	저렇게 이쁜데. 못 할 짓이다, 참.

S#37. 혜릉동, 꽃집* 및 꽃집 앞 (낮)

꽃집 앞 길가에 승효의 차가 주차돼 있다. 승효, 꽃집 문을 열면 사장, 기다렸다는 듯 반색하며 나온다.

꽃집사장	오셨네요? 준비 다 끝났어요.
승효	(긴장과 설렘으로) 네.

----

* 　9화 S#32와 같은 장소, 같은 인물이다.

꽃집 사장, 승효에게 차키를 돌려준다. 승효, 트렁크 열면 은은한 색감의 꽃들로 가득 채워져 있다. Will you marry me? 가랜드도 붙어 있고. 승효의 입가에 미소가 걸린다.

S#38. 석류의 방 (낮)

석류, 브로콜리플라워 닭가슴살 리소토 브이로그 영상을 보는데 조회수가 고작 79회다. 그 흔한 댓글 하나도 없다. 석류, 시무룩한 얼굴로 중얼거린다.

석류   조회수가 도통 늘지를 않네. 하긴 나 같아도 안 보겠다. 브로콜리에 콜리플라워에 닭가슴살이라니.

으으. 석류, 자신도 싫다는 듯 진저리를 치는데 마침 승효에게 전화 걸려온다.

석류   (깜빡했던) ...아, 맞다! 오늘 만나기로 했지!

S#39. 길가 및 승효의 차 안 (낮)

석류를 기다리는 승효, 길가에 깜빡이 켜고 잠시 정차 중이다. 긴장된 얼굴로 기다리고 있는데 석류가 조수석 문을 열고 올라탄다. 정장을 빼입은 승효와 달리 석류, 다소 언밸런스한 캐주얼한 차림에 머리도 제대로 못 말린 상태다.

석류   미안. 오래 기다렸어? 최대한 빨리 나온다고 나왔는데.
승효   괜찮은데 천천히 오지. 머리도 아직 젖었네. 감기 걸리면 어쩌려고.
석류   (덜 마른 머리 대충 털며) 괜찮아. 우리 오늘 뭐 해?

승효	(안전벨트 매주며) 일단 맛있는 것부터 먹자. 예약해놨어.
석류	(좋으면서 괜히) 아싸! 근데 나 너 때문에 살찌겠어.
승효	그게 내 꿈이야.

승효, 웃으며 차를 출발시킨다.

S#40. 도로 (낮)

석류를 태운 승효의 차가 도로를 달린다. 그때 갑자기 쾅! 소리 나며 차체 흔들린다. 뒤에서 오던 차에 후면을 들이받힌 것!

cut to.
승효의 차가 렉카에 실려 간다. 저 트렁크 안에 꽃이 가득한데... 멀어지는 차의 뒤꽁무니를 보는 승효의 표정이 슬프다 못해 아련하다.

석류	어떡해. 엉덩이가 완전 아작났네.
승효	(황급히 석류 살피며) 응? 너 아파? 어디? 엉덩이?
석류	아니! 나 말고 차.
승효	(아아) 너만 안 다쳤으면 돼. 그래도 혹시 모르니 병원부터 가자.
석류	됐어. 멀쩡하니까 밥이나 먹으러 가자. 나 배고프단 말이야.
승효	(걱정으로) 진짜 아픈 데 없어?
석류	그렇다니까. 가자! 맛있는 거 먹으러! (하며 승효의 팔짱을 낀다)

S#41. 자영동 레스토랑 (저녁)

승효와 석류, 가장 예쁜 창가 자리에 앉아 있다. 그런데 텅 빈 홀, 손님이 한 명도 없다.

| 석류 | (놀리는) 여기가 네가 상 받은 건축물이란 말이지? 오올, 최쓩. 내 뒤에서 |

빌빌거리던 꼬맹이가 많이 컸다.

승효 날 이렇게 대하는 여자는 네가 처음이야. 물론 마지막일 거고.

석류 (속닥이듯) 근데 여기 진짜 유명한 데 맞아? 손님이 하나도 없는데?

셰프 (음식 가지고 나왔다가 들은, 살짝 격앙될 뻔) 유명한 곳 맞습니다. 손님이 없는 이유는 오늘 사정이,

승효 (셰프 말문 막는) 그래! 셰프님이 얼마나 유명한 분이신데, 넌 알지도 못하면서!

석류 (꾸벅) 죄송합니다.

셰프 아니에요. 제가 오늘 좀 예민한 일이 있어서. 저희 첫 번째 음식은 브루스케타brustchetta입니다. 최상급의 엑스트라 버진 올리브 오일을 곁들인, (하는데 휴대폰 진동 오면 동공지진 나는) ...!

석류 (중요한 일이 있나) 받으세요. 괜찮아요.

셰프 죄송합니다. (전화받는데 눈물 범벅 되는) 뭐? 지금? 응. 알겠어. 고생했어.

승효 (당황해서) 무슨 일 있으세요?

셰프 (울먹) 아이가, 저희 아이가 방금 태어났다고. 와이프가 새벽부터 진통을 했거든요.

승효 (놀라서) 예? 셰프님 그런 일이 있으셨음 말씀을 하시죠.

셰프 저도 그러려고 했는데 준비도 다 해놨고 워낙 중요한 일이시니까.

승효 (셰프가 프러포즈 얘기 꺼낼까 봐 당황하는데) !

석류 (다급하게) 지금 이러고 계실 때가 아니네요. 얼른 가세요! 아내분께 가보세요!

승효 네. 가세요. 저희 신경 쓰지 마시고.

셰프 그럼 정말 죄송하지만, 저 좀 가보겠습니다! 아, 그리고 건축가님. (귀에 대고 속삭이는) 케이크는 부엌에 준비해뒀어요. 오늘 파이팅입니다!

승효, 난감한 얼굴로 끄덕이면 셰프, "재은아!!!" 와이프 이름 부르며 그대로 뛰쳐나간다. 레스토랑에 승효와 석류 둘만 남고. 테이블엔 달랑 에피타이저 두 접시만 놓여 있다.

석류 밥은... 다 먹은 것 같네. 이것만 먹고 우리도 일어날까?

승효   (정신 차리고) 셰프님이 디저트 준비해두셨다고. 그것까진 먹고 가자.

S#42. 자영동 레스토랑, 부엌 (저녁)

승효, 부엌 냉장고에서 케이크를 꺼낸다. 하얗고 우아한 디자인에 은색으로 또 Will you marry me?라고 적혀 있는 누가 봐도 프러포즈를 위한 느낌. 승효, 긴장감으로 혼잣말을 되뇐다.

승효   괜찮아. 아직 기회는 있어. 끝이 좋으면 다 돼. 지금 잘하면 돼. 할 수 있어. 할 수 있다. 할 수… 있겠지?

S#43. 자영동 레스토랑, 로비 (저녁)

케이크를 든 승효, 결심한 얼굴로 석류 향해 걸어간다. 그러나 순간 미끄러지며 삐끗하고! 케이크가 승효의 눈앞에서 바닥으로 추락한다. 석류, 놀라서 손으로 입을 틀어막고. 형체 잃은 케이크를 내려다보는 승효의 얼굴, 나라를 잃었다. 아니 지구가 멸망한 것 같다. 오늘 하루 모든 불운의 대미를 장식하는 진정한 The End다!

S#44. 석류의 집, 현관 및 부엌 (밤)

문이 열리며 혜숙, 들어온다. 부엌 식탁에 놓인 양푼 대야에 도토리묵이 한가득이다. 손에 비닐장갑 낀 미숙, 도토리묵에 정신 팔려 있다.

미숙   야, 너 마침 잘 왔다. 도토리묵 쒔는데 좀 가져가.
혜숙   나야 고맙지.
미숙   석류 아빠랑 승효 아빠는 가게에 같이 있다더라. 둘이 옆집 살면서도 데면데면하더니, 요새 갑자기 친해져서 저런다. 웃겨.

혜숙	(용건 있는 얼굴) 그러게. 저기 미숙아. 나 할 말 있는데.
미숙	(양푼 뒤집어 도토리묵 꺼내며) 해.
혜숙	우리 여행 가기로 한 거 있잖아. 크루즈. 그거 같이 가자.
미숙	(살짝 당황했지만) 글쎄. 생각 좀 해보고.
혜숙	(조심스럽게) 혹시 돈 때문이면 내가 네 것까지 같이 내줄게.
미숙	(멈칫했다가) 왜? 네가 왜 내 돈을 내주나?
혜숙	그야... 내가 너랑 같이 가고 싶어서 그러지. 그리고 큰돈도 아닌데 뭐. 친구끼리 그 정도도 못 하니?
미숙	(표정 관리 안 되는) 못 하지. 친구끼리 빌려주는 것도 아니고 누가 돈 천을 턱턱 내주냐. 난 그런 얘긴 들도 보도 못했다.
혜숙	우리가 보통 친구는 아니잖아. 너랑 나랑 벌써 40년인데. 뭣보다 네가 옛날에 승효 키워준 것도 너무 고맙고.
미숙	(차갑게) 돈 받고 한 거잖아.
혜숙	(멈칫) 응?
미숙	네가 나 월급 줬잖아. 돈 받으면서 한 일인데 그게 뭐가 고마워.
혜숙	(당황해서) 아니 그래도 고마운 건 고마운 거지. 승효가 너 좋아하는 것만 봐도 알아. 네가 얼마나 지극정성으로 봐줬나.
미숙	(자조적으로) 그러긴 했다. 그랬어, 나. 석류랑 승효 둘이 같이 아프면 승효부터 챙기고 승효부터 병원 데려갔어. 왜? 돈 받았으니까. 귀한 친구 아들 잘못 키웠단 소리 안 들으려고.
혜숙	(약간 화나는) 야. 너는 내가 너한테 언제 그런 말을 했다고.
미숙	(속마음 튀어나오는) 안 그랬지. 근데 은연중에 눈치 보이더라. 이번 달은 보너스 더 넣었단 얘기 들을 때마다 명절마다 수고했다고 상품권 쥐여 줄 때마다 내가 얼마나 비참했는지 알아?
혜숙	(충격) 너 지금까지 나 그렇게 생각했니? 너 날 친구로 여기긴 한 거야?
미숙	너야말로 나 시녀로 생각했겠지. 그렇지 않고서야 네가 왜 내 여행비를 내? 네가 뭔데 날 동정해?
혜숙	동정이 아니라 우정이었거든? 그렇게 느꼈다면 그건 네 자격지심 때문이겠지.
미숙	(도화선 건드린) 자격지심? 너, 너 지금 말 다 했냐?
혜숙	다 못 했다 왜! 아무도 그렇게 생각 안 하는데 스스로 낮춰 보는 거. 너 그

거 열등감이야. 콤플렉스라고!

미숙 (결국 폭발해 혜숙 머리채 잡는) 야!!!

혜숙 어머 어머 어머... (자기도 미숙 머리채 잡으며) ...이게!

미숙 (머리 쥐어뜯으며) 나쁜 년! 너 옛날부터 재수 없었어. 빽하면 사람 가르치기나 하고 맨날 깔보듯이 눈 요렇게 내려깔고.

혜숙 (머리끄덩이 안 놓는) 속으로 그렇게 내 욕 하며 지금껏 어떻게 친구 행세를 했냐? 속 다르고 겉 다른 너 같은 걸 친구라고 믿은 내가 미친년이다!

두 사람 난투극 벌이는데 마침 술 취한 경종과 근식, 함께 들어온다. 근식, "우리 집에서 2차 하자니까요. 승효 엄마도 부르고!" 하다가 개싸움을 목격한다! 거의 동시에 "여보!", "미숙아!"를 외치는 경종과 근식! 술이 번쩍 깨 "왜 이래, 당신.", "두 사람 지금 뭐 하는 거예요!" 혜숙과 미숙에게 달려들어 억지로 떼어내면, 산발이 되어 서로에게서 떨어진 둘.

혜숙 너랑은 이제 완전 절교야! 다시는 너랑 안 놀아!

미숙 내가 할 말이거든? 너 길 가다 마주쳐도 절대 아는 척하지 마.

혜숙 바라던 바네요! 야, 라벤더 단톡방에선 네가 나가라.

미숙 (유치뽕짝) 웃기시네. 재숙이랑 인숙이는 나랑 더 친하거든?

혜숙 (만만찮고) 애들은 날 더 좋아하거든?

경종 (혜숙 달래는) 여보. 오늘은 일단 집에 가고, 나중에 다시 얘기해.

혜숙 나중이 어딨어. 얘랑은 이걸로 끝이야! (하고 나간다)

미숙 (쾅 닫히는 현관문에 대고) 야! 너 내 반찬통은 내놓고 가라!

S#45. 건축 아틀리에 인, 테라스 (밤)

석류, 플라스틱 케이스에서 채소 및 각종 재료를 꺼낸다. 영상 촬영을 위해 장 봐 온 것들이다. 카메라 설치를 마친 승효, 구도를 잡고 테스트 촬영하듯 녹화 버튼을 눌러본다.

승효   결국 이 시간까지 밥도 못 먹었네.

석류   어차피 영상 찍으려고 했는데 잘됐지 뭐. 신메뉴 기대해.

석류, 레시피 노트를 펼쳐보는데 옆에 놓아뒀던 휴대폰에서 진동 소리 난다. 알림의 정체를 확인하는 석류의 표정, 멈칫한다. 승효, 심상찮음을 느낀다.

승효   왜? 뭔데 그래?

석류   (휴대폰 내려다보며 눈물 그렁해지는)

승효   무슨 일 있어? (하고 보면 석류의 지난 영상 아래 댓글 한 개 달려 있다)

소리(E)   저희 어머니께서 현재 항암치료를 받고 계십니다. 영양 섭취를 잘하셔야 하는데 식사를 잘 못 하셔서, 건강식을 찾다가 따라 만들어봤는데 오랜만에 한 그릇 뚝딱 비우셨네요. 감사합니다.

승효   (미소로) 진심이 전달됐네.

석류   (눈물 뚝뚝 흘리며) 응.

승효   (눈물 닦아주며) 근데 왜 울어.

석류   내 얘기 같아서. 나도 그때 그랬거든. 입안은 다 헐고 물마저 역한데 자꾸 뭐라도 먹어야 한다고. 근데 누군가 내가 만든 음식을 맛있게 먹었다니까 맘이 애달파.

승효   (마음 아파지는)

석류   그래서 계속하고 싶어. 나처럼 아팠던 사람들, 지금 아픈 사람들한테 괜찮을 거라고, 좋아질 거라고, 위로 한 그릇을 건네고 싶어.

승효   (진심으로) 아마 너보다 더 잘 할 수 있는 사람은 없을 거야.

석류   (활짝 웃으며) 영상 더 열심히 찍어야지! 레시피도 많이 개발하고.

승효   참 이상하지? 네가 이렇게 예쁘게 웃는데 난 지금 좀 눈물 날 것 같아.

석류   (영문 모르고 보면)

승효   앞으로도 네가 쌀을 안칠 때, 감자를 썰 때, 나물을 무칠 때도 가끔 마음이 아플 것 같아. 그때 너 아무것도 못 먹을 때 곁에 있어주지 못한 게 너무 미안해서. 사무쳐서.

석류   (뭉클해져서 보면)

승효   그래서 말인데 지금부터 있을 네 모든 날들엔 내가 함께면 안 될까?

석류	(무슨 소리지) 응?
승효	(살짝 허탈하게 웃는) 원래 내 계획이 이게 아니었는데. 꽃은 카센터에 가 있고, 음식은 날아갔고 케익마저 엉망이 됐지만 그래도 다행히 이건 남아서.

승효, 재킷에서 명품 주얼리 브랜드의 상자를 꺼낸다. 석류, 놀란 듯 멈칫하고 승효, 상자를 열어 보이면 그 안에 심플한 디자인의 팔찌 들어 있다.

승효	석류야. 나랑 결혼해주라.
석류	(가만히 팔찌를 내려다보다가) 미안.
승효	(멈칫해 보면)
석류	나 결혼 못 해. 아니, 안 해.

석류의 대답, 슬프지만 단호하고 담담하지만 굳건하다. 석류의 거절에 충격받은 승효, 하얗게 질렸다. 그런 두 사람의 모습에서 암전.

S#46. 건축 아틀리에 인, 미팅룸 (아침)

회의가 한창인 가운데 승효, 넋 나간 얼굴로 앉아 있다. 그때 명우가 새 안건을 꺼낸다.

명우	아, 맞다. 지난번 우리 프러포즈 거절했던 송한산업개발,
승효	(거절이란 말에 발끈) 거절은 누가 거절을 했다 그래!
일동	(이상하게 쳐다보면)
명우	(다시 말해주는) 송한산업개발. 일정이 겹쳐서 시공 어렵다고 우리 제안 거절했었잖아.
승효	(그제야) 아... 난 또 뭐라고. 미안. 잘못 들었어.
정민	(살짝 들어와 승효 보며) 대표님. 손님이 찾아오셨는데요.

S#47. 건축 아틀리에 인, 로비 (아침)

승효, 나와 보면 단호가 기다리고 있다. 손에는 직접 찍어 온 쪽방촌 사진들이 들려 있다.

단호   (반갑게) 건축가님. 그때 필요하다고 하셔서 쪽방촌 사진을 좀 찍어 왔는데.

승효   (울 것 같은 얼굴로) 기자님...

단호   (영문 모르고 보는) ?

S#48. 건축 아틀리에 인, 승효의 사무실 (아침)

승효, 단호를 붙잡고 폭풍 하소연한다. 단호, 얼결에 붙잡혀 그 얘기를 다 들어주고 있다.

승효   그날은 아침부터 이상했어요. 불운의 먹구름이 점차 조금씩 다가오는데 마치 신의 계시 같았어요. 너는 망할 것이다. 실패할 것이다. 거절당할 것이다!

단호   (팩폭) 그럼 좀 미뤄두는 선택지도 있으셨을 텐데.

승효   (멈칫) 예?

단호   아닙니다. 계속하시죠.

승효   결국 계획대로 된 게 하나도 없었어요. 그래도 코치받은 대로 관중은 없었고. 편지는 아니지만 제 진심도 전했고. 그리고 팔찌도... 아! 팔찌가 문제였을까요?

단호   (무슨 소리지) 팔찌요?

승효   나윤이가 반지를 사라고 했는데 제가 팔찌로 했거든요.

단호   (설마) 그것 때문은 아니었을 것 같은데요.

승효   그럼 뭘까요? 대체 석류는 왜 제 프러포즈를 거절한 걸까요?

단호   (곰곰이 생각하다가) 배가 고프셨던 게 아닐까요? 여자들은 배가 고프면 예민해진다고 들었습니다.

승효	(눈 커진) 아...! 맞네! 그거네! 걔가 원래 어릴 때부터 배고픈 걸 못 참았어요. 뭘 좀 먹이고 얘기했어야 됐는데.
단호	(뿌듯한 미소) 도움이 되셨다니 다행입니다.

S#49. 석류의 방 (아침)

석류, 동영상을 편집하려고 그간 찍은 파일들 눌러보는데 S#45의 카메라 앞에서 찍힌 영상이 섞여 재생된다. 승효의 프러포즈 장면 보며 멈칫하는 석류!

승효(E)	석류야. 나랑 결혼해주라.

석류, 더 못 보겠다는 듯 동영상을 꺼버리는데 마음이 좋지 않다. 한숨 쉬는데 아래층에서 격앙된 미숙의 목소리 겹치듯 들려온다. 석류, 힐끗 문가를 보는.

미숙(E)	못된 기집애. 가져오란다고 또 이걸 다 가져오냐.

S#50. 석류의 집, 부엌 (아침)

식탁 위에 승효네가 반납한 반찬통 쌓여 있다. 그걸 보니 더 화딱지가 난 미숙, 근식 붙잡고 혜숙 흉을 본다. 근식, 몰래 휴대폰 만지작거리며 미숙의 눈치를 살핀다.

미숙	통이 많기도 많다. 내가 미쳤다고 이걸 다 해다 바쳤지.
근식	엄밀히 말하면 해달라고 한 적은 없을걸?
미숙	(째려보면)
근식	(움찔하며) 아니 그냥 그렇다고.
미숙	싸가지 없는 기집애. 지가 뭔데 내 여행비를 내줘. 지가 부자면 부자지 어

디 친구한테 그런 얄팍한 돈 자랑을!

근식   (좋게 좋게 넘어가려는) 그런 뜻으로 얘기한 것 같진 않은데.

미숙   아니? 걔가 원래 그래. 착한 척 고상한 척 사람 약을 살살 올린다고.

혜숙(E) 걔가 원래 옛날부터 나를 시기 질투했어.

S#51. 경종의 서재 (아침)

경종, 책상에 앉아 있고 혜숙, 그 앞을 왔다 갔다 하며 흥분해서 미숙 얘기를 늘어놓는다.

혜숙   나를 그렇게 고까워했다니까.

경종   (슬쩍 미숙 편 들어주는) 그렇게 보이진 않던데.

혜숙   당신이 몰라서 그래! 나쁜 기집애. 나는 저 생각해서 제안한 건데. 내 선의를 몰라주고 어떻게 그럴 수가 있어?

혜숙, 계속해서 불만을 토로하는 사이 경종의 휴대폰 진동 울린다. 책상 밑으로 살짝 보면 근식에게서 온 메시지다.

근식(E) 거긴 어떠세요? 여긴 상황이 좋지 않습니다.

S#52. 석류의 집, 부엌 (아침)

미숙, 흥분해서 떠들고 있는 사이 경종에게서 답장이 왔다. 근식, 슬쩍 확인한다.

미숙   사람을 얼마나 쉽게 만만하게 봤으면 돈을 주냐고. 이건 적선이야. 나를 무시하는 거라고!

경종(E) 마찬가지입니다. 화가 쉽사리 풀릴 것 같지가 않네요.

S#53. 경종의 서재 (아침)

혜숙, 경종에게 억울함을 토로하는데 다시금 근식의 답장이 왔다. 경종 역시 몰래 확인하고 메시지를 보낸다.

혜숙   사람 성의를 어떻게 그렇게 짓밟을 수가 있어? 나는 돈 때문에 미숙이 혼자 소외되는 게 속상하니까 애들 모르게 그냥 살짝 도와주려던 건데.

근식(E)   이따 가게에서 접선하시죠.

경종(E)   네. 알겠습니다.

혜숙   당신 내 말 듣고 있어?

경종   (화들짝) 응응. 듣고 있지 그럼.

S#54. 혜릉동 골목길 (저녁)

재숙, 휴대폰 단체채팅방을 보며 걸어온다. 재숙과 인숙이 떠든 메시지만 몇 개 남아 있을 뿐 혜숙과 미숙은 흔적도 없다. 그마저도 안 읽은 숫자 2가 지워지지 않고 있다.

재숙   오늘따라 단톡방이 조용하네. 얘들은 메시지 읽을 시간도 없나.

재숙, 중얼거리고 고개 들면 저만치서 걸어오는 모음과 단호, 연두가 보인다.

재숙   저것들이 이제 동네에서 저렇게 대놓고!

재숙, 당장이라도 쫓아갈 기세인데, 그때 저 멀리서 모음이 연두의 발을 내려다본다. 연두의 운동화(컨버스류) 끈이 풀렸다.

단호   (얼른) 제가 할게요.

모음	아니에요. 제가 할게요. 연두야. 언니가 신발 끈 절대 안 풀리게 묶는 법 가르쳐줄까?

재숙, 모음의 말에 덜컥 걸음을 멈춘다. 그리고 어제인 듯 생생하게 떠오르는 기억.

S#55. 과거. 혜릉동 골목길 (낮)

1997년. 재숙, 모음과 함께 걸어가다가 모음의 운동화 끈이 풀린 걸 본다.

재숙	모음아. 끈 이렇게 질질 풀린 거 밟고 다니면 다쳐.
모음	자꾸만 풀린단 말이야.
재숙	엄마가 신발 끈 절대 안 풀리게 하는 마법 부려줄까?
모음	응!
재숙	(앞에 쪼그리고 앉아 가르쳐주는) 이렇게 나비 모양으로 만들어서 고리를 교차해주고. 여기는 뒤로 한 번, 이쪽은 앞으로 한 번. 요렇게 당기면 완성! 이제 모음이 슈퍼맨 백번 출동해도 안 풀릴걸?
모음	(신기하다는 듯 내려다보며) 정말?
재숙	(활짝 웃으며) 그럼.
모음(E)	됐다!

S#56. 혜릉동 골목길 (저녁)

몸을 숙인 모음, 연두의 운동화 끈을 묶어준 뒤 옛날 재숙이 그랬던 것처럼 활짝 웃어준다.

모음	언니가 마법 걸어놨거든? 그러니까 절대 안 풀릴 거야.
연두	고맙습니다. 언니!
단호	(신기하다는 듯) 진짜 이렇게 묶으면 안 풀려요?

| 모음 | (자기 발 내밀어 보이며) 당연하죠. 난 어릴 때부터 이렇게 묶었어요. 연두야. 언니가 재밌는 거 해줄까? |

연두, 고개 끄덕이면 모음과 단호, 양쪽에서 연두의 팔을 잡아 번쩍 들어 준다. 껑충 하늘을 나는 듯이 웃는 연두! 재숙, 모음이 했던 말 떠올린다.

| 모음(E) | 엄마. 나 지금도 행복해. 내가 기자님 좋아하는 것도 연두랑 함께하려는 것도 더 행복해지고 싶어서 그러는 거야. |

행복해 보이는 세 사람을 보는 재숙의 표정...

S#57. 모음의 집, 대문 앞 (저녁)

모음과 단호, 가운데 연두 손을 잡고 걸어오는데 대문 앞에 재숙이 기다 리고 섰다.

단호	(멈칫) 어머님...
재숙	(화난 표정으로) 정모음! 너 빨리 안 들어오고 뭐 해?
모음	(염려하듯 살짝 연두 보고) 어? 아, 그게...
재숙	너 기다리느라 아직 저녁도 못 먹었잖아. 빨리 중국집 시켜.
모음	어? 어어. (하며 할 수 없이 연두 손 놓는데)
재숙	(대뜸 단호 보며) 짜장이요, 짬뽕이요.
단호	(영문 모르고 보면)
재숙	(버럭) 기자님 뭐 먹을 거냐구요!
단호	(엉겁결에) 아, 저는 짬뽕.
재숙	(답정너) 기자님 잡채밥 먹어요. 내가 짬뽕 먹을 거니까.
단호	(어리둥절해 보는데)
재숙	(사르르 녹는 표정으로 바뀌며) 우리 연두는 짜장면 먹을 거지?
연두	(웃으며) 네. 좋아요, 짜장면.
재숙	(구시렁) 아니 메뉴를 골고루 시켜야 나눠 먹지. 사람 많아 좋은 게 뭔데.

모음	(허락이구나) 엄마...
재숙	(연두를 번쩍 안아 들며) 연두 들어가 손부터 씻고 할머니랑 짜장면 기다리자.
단호	(쫓아가며) 무거우실 텐데. 제가 안겠습니다!
재숙	애가 어디가 무거워요. 한참 말랐구만. 연두 밥 굶기는 건 아니죠?
단호	(손사래) 아뇨. 한다고 하는데 제가 재주가 없다 보니.
재숙	안 되겠네. 내일부터 할머니 밥의 무서움을 보여줘야겠어.
모음	(왈칵, 간질간질해진 코끝을 찡긋하고는) 같이 가시죠. 어머니!

집 안으로 들어가는 네 사람의 뒷모습. 그렇게 식구가 된다.

S#58. 뿌리분식 (저녁)

경종, 주변 살피며 뿌리분식 안으로 들어온다. 근식, 경계를 풀지 않은 채 그를 반긴다.

근식	뒤에 혹시 미행은 안 따라붙었죠?
경종	일단은요. 근데 여기 안전할까요? 혹시라도 석류 엄마 오시면...
근식	저녁땐 잘 안 와요. 그리고 지금 열받아서 드러누워 있어요.
경종	저희도 마찬가집니다. 오래 갈 것 같은데 어쩌죠?
근식	그러게요. 아주 살벌하게 싸우더라구요. 언니들 싸움은 스우파(스트릿우먼파이터)에서 본 걸로 충분한데.
경종	(못 알아듣고) 예? 스우... 뭐요?
근식	(소주잔 꺼내며) 모르시면 됐어요. 일단 한잔하시면서 방법을 찾아보죠.
경종	(말로만 그럴 뿐 잔 받으며) 이러면 안 될 것 같은데.

S#59. 석류의 집, 거실 (밤)

미숙, 바퀴 달린 앉은뱅이 의자에 앉아 바닥을 훔치다 문득 시계를 본다.

미숙   가게 문 닫을 시간 지났는데 왜 안 와. (하는데 마침 전화 걸려 오는) 응.
        강통장. 나야. 그럼. 별일 없지. 아니 아직. 뭐? 누구랑 있어???

S#60. 뿌리분식 앞 (밤)

부아가 치밀대로 치민 미숙, 팔 걷어붙이고 씩씩거리며 걸어온다. 때마
침 반대편에서 혜숙 역시 머리끝까지 화가 나 걸어오고 있다. 가게 앞에
서 딱 마주치는 혜숙과 미숙! 흥!!! 두 사람 눈에서 살벌한 불꽃이 인다.

S#61. 뿌리분식 (밤)

미숙과 혜숙, 문 열고 쳐들어가면 경종과 근식, 이미 만취한 상태로 러브
샷 하던 중이다. 미숙과 혜숙, 바람피우는 현장을 목격한 듯 눈에 핏발이
선다.

미숙   배근식! 어떻게 나한테 이럴 수가 있어!
혜숙   용서 못 해. 이건 나에 대한 배신이지!
미숙   어떻게 나 몰래 둘이 몰래 만날 수가 있어?
혜숙   (〈청춘의 덫〉) 당신 부셔버릴 거야!
근식   ('2% 부족할 때' CF처럼) 우리 그냥 술 마시게 해주세요!
경종   (〈부부의 세계〉인 줄) 우정에 빠진 건 죄가 아니잖아!!!

근식과 경종, 서슬 퍼런 호통에 바들바들 떨면서도 절대 떨어질 수 없다
는 듯 서로를 더 꼭 끌어안는다. 피가 거꾸로 솟는 미숙과 혜숙, 둘을 억
지로 떼어낸다.

미숙   당장 떨어져. 안 떨어져?!
혜숙   최경종 이리 와. 안 와?!

경종	(곧 울겠다) 근식아 인마! 형이야. 형만 믿어!
근식	(애절하게) 형! 혀엉!!!

S#62. 석류의 집, 옥상 (밤)

석류, 미니 텃밭을 들여다보며 재료와 레시피를 고민한다.

석류	상추, 루꼴라, 오이, 애호박, 블루베리. 이번에 뭘 만들어보지? (하는데 승효에게 전화 걸려 오는) ...여보세요. 네?!

S#63. 포장마차* (밤)

석류, 헐레벌떡 들어서면 지난번과 같은 구석 자리에 엎어져 있는 승효 보인다. 그리고 익숙한 얼굴의 사장님이 반겨준다.

사장	또 그 아가씨네.
석류	(꾸벅) 안녕하세요.
사장	사랑싸움을 왜 이렇게 자주 해! 또 저기 구석에서 혼자 깔짝깔짝하다 뻗더라고.
석류	네에... (승효를 안쓰럽게 보다가 멈칫) ...오늘도 계산 안 했죠? 얼마예요?

S#64. 혜릉동 횡단보도 앞** (밤)

석류, 승효를 질질 끌고 와 횡단보도 앞 원형 진입금지석 위에 털썩 내려 놓는다.

----

*   11화 S#27과 같은 포장마차. 사장 역시 같은 인물이다.
**   11화 S#28과 같은 장소다.

석류	(숨 몰아쉬며) 안주 없이 깡소주만 마신 주제에 뭐가 이렇게 무거워! 하... 여기도 벌써 두 번째네. 최쏭. 정신 차려봐. 야, 최쏭!
승효	(석류의 부름에 꿈뻑꿈뻑 눈 뜨는)
석류	야. 너 일어났어? 정신 좀 들어?
승효	(느릿느릿) 너 왜 나 거절했냐.
석류	(멈칫하면)
승효	(혀 꼬부라져서) 너 어떻게 나랑 결혼 안 한다고 할 수가 있어!
석류	(담담하게) 너 취했어. 술 깨고 나중에 얘기해.
승효	나는 너밖에 없는데... 네가 없으면 내 인생은 아무 맛도 안 나는데... 네가 소금이고 설탕이고 참기름인데... (하다가 고개 툭 떨군다)
석류	(잠시 멈칫했다가) 야, 최쏭. 일어나. 안 일어나면 두고 간다?

승효, 미동도 없으면 석류, 정말 승효를 두고 간다. 홀로 남아 고개 떨군 채 무거운 눈꺼풀을 툭 떨어뜨리는 승효... 화면 어두워진다.

S#65. 혜릉동 골목길 (밤)

꿈뻑꿈뻑. 눈을 뜨는 승효, 자신이 담벼락에 기대앉혀져 있음을 깨닫는다. 횡단보도 앞이 아닌 승효와 석류의 집으로 가는 길가의 어느 담벼락이다. 승효, 정신이 번쩍 든다.

승효	뭐야? 내가 왜 여기 있어.
석류	그야 내가 여기까지밖에 못 옮겼으니까.
승효	(옆을 보면 석류가 같이 담벼락에 기대앉아 있는) 배석류.
석류	(털고 일어나며) 엉덩이 배겨 죽는 줄 알았네. 이제 네 발로 걸어가.
승효	(따라 일어나서는) 내 청혼 왜 거절했냐?
석류	(멈칫하면)
승효	술 깨고 얘기하겠지? 나 이제 멀쩡해.
석류	(살짝 난감) 필름은 안 끊겼나 보네.

승효	너 나 사랑한다며. 근데 나랑 결혼은 못 하겠다는 이유가 뭐냐고.
석류	(멈칫했다가) 그야... 나 이미 한 번 결혼할 뻔했잖아. 경험해보니까 결혼이란 제도에 속박될 필요가 있나 싶어. 우리 지금 이대로도 좋은데, 굳이 뭐 하러.
승효	더 좋을 수 있잖아. 내가 네 지붕이 되어주고 네가 내 서까래가 되어주고. 비바람은 피하고 햇볕은 듬뿍 받으며 더 튼튼하게 아늑하게 둘이 오래오래 살 수 있잖아.
석류	(툭) 왜 오래오래라고 생각해?
승효	(멈칫하면)
석류	(숨겨뒀던 진심) 길지 않을 수도 있어. 나 지금은 괜찮아 보여도 언제든 안 괜찮아질 수 있다고.
승효	(재발을 걱정하는구나) 그런 생각을 뭐 하러 해.
석류	나도 하기 싫어. 근데 안 할 수가 없어, 승효야. 난 이제 언제 다시 아파도 이상하지 않은 몸이니까. 당장 내일 나한테 또 무슨 나쁜 일이 일어날지 아무도 모른다고.
승효	그건 나도 마찬가지야. 나 얼마 전 사고 날 뻔했던 거 잊었어? 우리뿐 아니라 다른 사람들도 다 똑같아. 삶은 유한하고 죽음은 필연적이고 모두 같은 조건 속에서 살아간다고.
석류	(눈물 날 것 같은)
승효	네가 걱정하는 그 일이 안 일어난다고는 말 못 해. 난 신이 아니니까. 하지만 이거 하나만큼은 확실하게 말할 수 있어. 나 너랑 살고 싶어.
석류	(눈물 그렁해져서 보면)
승효	(석류 안아주며) 백 년, 십 년, 아니 단 하루를 살아도 난 너여야만 해.
석류	(안긴 채) 나도. 사실은 나도.
승효	(더 꼭 안으며) 그럼 이제 내 프러포즈 승낙해주는 건가?
석류	(장난스럽게) 팔찌 아직 환불 안 했으면.
승효	(놀리듯) 어쩌지? 그날부로 바로 엿 바꿔 먹었는데.
석류	(순간 얼어붙은 듯 움찔, 표정 굳으면)
승효	(석류가 말 없자) 장난이야, 장난. 집에 있는데 내가 지금이라도 가져올,
석류	(승효 어깨 너머 보며) ...이모.

승효, 석류의 말에 흠칫해 돌아보면 혜숙과 미숙, 경종과 근식 네 사람 충격받은 얼굴로 서 있다. 서로를 엉거주춤 안은 채 부모님들을 보는 승효와 석류, 올 것이 왔구나! 싶다. 그 순간 하늘에선 번쩍 마른번개가 내려치고! 불길한 미래를 직감한 승효와 석류 위로 '사랑의 단맛' 떴다가 글자 바뀌며 **14화 엔딩 타이틀. 인생의 쓴맛**

15화

Bravo my life

Be my love

S#1.   혜릉동 골목길 (밤)

미숙, 근식을 질질 끌고 가고 혜숙, 역시 취한 경종을 힘겹게 부축해서 걸어간다. 둘 다 남편들에게 부아가 잔뜩 난 상태다.

근식   우리 동네에 언제 무빙워크가 깔렸지? 다리가 막 저절로 앞으로 가네?
미숙   (죽일까) 인간아! 몸 똑바로 못 가눠?
혜숙   당신 왜 이렇게 무겁니! 대체 떡볶이를 얼마나 먹은 거야.
경종   (주절주절) 튀김 먹었어. 콜레스테롤이 높긴 한데 그 맛있는 걸 어떻게 안 먹을 수가 있어...
미숙   (혜숙 쏘아보며) 왜 하필이면 이 길로 가고 난리야.
혜숙   어머. 지가 혜릉동 땅 다 전세 냈나 봐.
미숙   아이고. 그리고 싶어도 돈이 없어 못 한다!

혜숙과 미숙, 신경전 벌이며 가는데 저만치 두 남녀의 실루엣 보인다. 어둠 속이라 누군지 정확하게 보이지는 않는 듯하다. 한편, 승효, 석류에게 진심을 고백(14화 S#65)하고 있다.

승효	나 너랑 살고 싶어.
석류	(눈물 그렁해져서 보면)
승효	(석류 안아주며) 백 년, 십 년, 아니 단 하루를 살아도 난 너여야만 해.
석류	(안긴 채) 나도. 사실은 나도.
승효	(더 꼭 안으며) 그럼 이제 내 프러포즈 승낙해주는 건가?
석류	(장난스럽게) 팔찌 아직 환불 안 했으면.
승효	(놀리듯) 어쩌지? 그날부로 바로 엿 바꿔 먹었는데.
석류	(순간 얼어붙은 듯 움찔, 표정 굳으면)
승효	(석류가 말 없자) 장난이야, 장난. 집에 있는데 내가 지금이라도 가져올,
석류	(승효 어깨 너머 보며) ...이모.

승효, 석류의 말에 흠칫해 돌아보면 혜숙과 미숙, 경종과 근식, 네 사람 충격받은 얼굴로 서 있다. 서로를 엉거주춤 안은 채 부모님들을 보는 승효와 석류, 올 것이 왔구나! 싶다.

혜숙	(당황한) 승효야. 석류야. 너희가 여기서 왜...?
미숙	(믿기지 않는) 이게 지금 무슨 상황... 내가 잘못 본 거지?
경종	(역시 놀라서 보는데)
근식	(의심조차 않는) 야! 니들은 싸우다 싸우다 이제 몸통 박치기까지 하냐?
석류	(뭐라 설명해야 할까) 이게 어떻게 된 거냐면요,
승효	(선언하는) 우리 만나요!
미숙·혜숙·경종	(멈칫하는데)
근식	(혼자만 횡설수설) 인마, 만남은 노사연이 만남이고.
승효	저희 진지하게 사귀고 있어요.
석류	미리 말씀 못 드려서 죄송해요. 저희도 고민 많이 하고 내린 결정이라 조심스러울 수밖에 없었어요.
승효	얼마나 놀라셨을지 알아요. 걱정하실 것도 알구요. 근데 절대 가볍거나 얕은 감정 아니에요. (하며 석류 손을 꼭 잡는다)
근식	그니까 저게 악수가 아닌 거지?

뒤늦게 상황 파악한 근식, 믿을 수 없다는 듯 입을 떡 벌린다. 충격의 도

가니 속 다들 얼어붙어 있는 가운데, 미숙이 멍한 얼굴로 입을 연다.

미숙	...집에 가자.
승효	(얼른) 좋은 생각이야, 이모. 내가 집 가서 다 설명할게.
미숙	아니. 너는 니네 집 가고. 석류 너 가자고.
석류	(흠칫) 나, 나만?
승효	(온몸으로 석류 보호하며) 안 돼. 이모! 석류 혼자는 못 데려가. 나도 데려가!
미숙	(하! 어이없다는 듯 보는데)
혜숙	(애써 참으며) 승효는 엄마랑 할 얘기가 있지 않을까?
승효	나중에요. 일단 석류네부터 다녀올게요.
혜숙	(울컥하는 걸 누르고) 음, 엄마는 지금 들어야 할 것 같은데.
승효	(상황 파악 안 되고) 죄송해요. 좀만 이따가,
혜숙	(폭발한) Quel bondieu d'imbécile!
	[야, 이 빌어먹을 놈아!]
승효	(움찔하는) !
혜숙	(와다다) J'ai l'air si méprisable à tes yeux, c'est ça? Arrête de dire des conneries et viens immédiatement ici! Sinon, je te écrabouille!
	[네 눈에는 내가 아주 물로 보이나 봐, 그치? 말 같지도 않은 소리 하지 말고 당장 이리 와! 안 그러면 엄마 손에 죽을 줄 알아!]
승효	(얼굴 창백해지면)
석류	(작게) 이모가 뭐래?
승효	(식은땀 흐르는) 모, 모르는 게 나아...
혜숙	(속사포처럼 쏟아낸 뒤 숨 고르는데)
경종	(이 와중에 반한) 역시 당신 프랑스어는 언제 들어도 아름다워.
미숙	(빈정거리는) 또 또 고상 떨고 자빠졌다.
혜숙	(받아치는) 평생 친구인 척 가면 뒤집어쓰고 있던 너만 할까.
미숙	너 내가 그렇게라도 안 해줬음 친구 하나 없었어. 얼마나 찬바람이 쌩쌩 불었으면 별명이 서빙고였을까.
혜숙	야! 너 그거 인신공격이야!
석류	(당황) 엄마. 이모한테 왜 그래?

승효	두 분 싸우셨어요?
미숙	(혜숙을 홱 째려보고는) 배석류 너 따라와.
혜숙	(역시 미숙 노려본 뒤) 승효 너도 이리 와.

석류와 승효, 심상치 않은 분위기를 느꼈다. 슬픈 음악 깔리는 가운데 비련의 연인들처럼 자기만의 세계에 빠지는 두 사람.

석류	최쌤. 스페인 속담에 그런 말이 있대. 항상 맑으면 사막이 된다. 비가 내리고 바람이 불어야만 비옥한 땅이 된다. 우리가 더 단단해지기 위한 시련이라고 생각하자.
승효	아니! 나 너 혼자는 못 보내. 무슨 일이 있어도 우린 함께여야 해.
미숙	(꼴 보기 싫은) 여보 가서 쟤 끌고 와.
혜숙	(열받아서) 당신 승효 좀 데려와요.
근식	(바로 출동하는) 석류야. 우리나라엔 그런 말이 있어. 매를 번다.
경종	(승효에게 다가서며) 엄마가 놀란 것 같으니 일단 집에 가자.

승효와 석류, 그렇게 각자의 아빠에게 끌려가는데... 계속 애틋하게 돌아보며 이름 부른다. 멀리서 개 짖는 소리도 같이 들려온다.

승효	석류야...!
석류	최쌤...!
승효	(경종에게 끌려가며 미숙 향해) 이모! 석류 때리지 마! 걔가 때릴 데가 어딨어. 바람만 불어도 날아갈 것 같은 애를.
미숙	(미간이 꿈틀)
혜숙	(승효의 팔불출에 스팀 오르는)
승효	이모 차라리 나중에 날 때려! 내가 대신 맞을게!
혜숙	(못 참고) Ferme ta gueule!!!
	[입 닥쳐!]

S#2. 혜릉동 전경 (밤)

깨갱깽깽(E) 강아지 꼬랑지 내리는 소리 들린다.

S#3. 석류의 집, 거실 및 부엌 (밤)

동진, 생활스포츠지도사 2급 필기 문제집 보고 있는데 시끌시끌한 소리
와 함께 근식, 미숙, 석류가 들어온다. 미숙, 냉장고에서 물을 꺼내 컵도
없이 벌컥벌컥 마신다. 근식, "여보. 나도…" 하며 옆으로 가 얻어 마시고
석류, 그 모습 안절부절 본다.

동진   배석류. 너 또 뭐 잘못했냐? 사고 치는 건 내 전문인데, 너 요새 자꾸 내
      캐릭터 뺏어간다?
석류   넌 짜져 있어라.
미숙   (하… 숨 고르고) 이제 얘기해봐. 너랑 승효 어떻게 된 거야?
석류   아까 말한 그대로야. 우리 진짜 만나. 진지하게.
동진   (배 잡고 낄낄거리면)
석류   (울컥) 왜 웃냐?
동진   (안 믿는) 야, 어디서 약을 팔아. 승효 형이 약 먹었냐? 너 같은 걸 만나
      게?
석류   (빠직) 빠지라고 했다.
미숙   둘이 만난다. 그게 끝이야?
석류   최쌤은 먼저 허락받자고 했는데 내가 막았어. 엄마랑 이모 관계도 있고,
      그땐 솔직히 자신 없었거든. 근데 이제 확실하게 말할 수 있어. 엄마. 나
      승효 좋아해.
동진   (헐) 뭐야. 진짜야?
석류   우리 대충 사귀다 헤어지고 말 그런 사이 아냐.
근식   (놀라서) 그 말은 결혼까지 염두에 두고 있단 거야?
석류   ('응'이라고 대답하려는데)
미숙   (말 끊어내듯 강하게) 안 돼! 뭐가 됐든지 간에 승효는 안 돼.
석류   (반항조로) 왜 안 되는데? 엄마 승효 좋아하잖아.

미숙	(잠시 말문 막히지만) 하여튼 안 돼. 무조건 안 되는 줄만 알아.
석류	(어이없음의 버럭) 엄마?!
미숙	난 분명히 얘기했다! (하고 방으로 쾅 들어가버린다)
근식	(물병 가지고 따라가며) 여보. 감정이 격해질수록 물을 많이 마셔야 돼. 하루에 2리터씩. 응?
동진	(확신으로) 가스라이팅이네.
석류	(가뜩이나 짜증 나는데) 뭐?
동진	형이 너한테 세뇌당한 게 분명해. 그렇지 않고서야 어떻게 이런 걸. 왜 옛날부터 네가 막 형 쥐패고 애착 인형처럼 질질 끌고 다녔잖아.
석류	(머리끄덩이 잡으며) 너는 이 새끼야. 내가 찌그러져 있으라고 했어, 안 했어!

S#4. 승효의 집, 거실 (밤)

혜숙, 서슬 퍼런 얼굴로 앉아 있고 경종, 그런 혜숙의 눈치를 살핀다. 하지만 마주 앉은 승효, 무릎에 두 손 턱 올린, 공손하지만 당당한 자세다.

혜숙	(언중유골) 엄마 아빠랑 밥 먹고 싶어요 하던 애가 저녁마다 왜 코빼기도 안 비치나 했더니. 우리 아들이 연애하느라 바빴구나?
경종	(승효 편 들어주는) 그래도 아침은 같이 먹잖아.
승효	네! 열심히 참석하고 있습니다.
혜숙	(둘 다 조용히 하라는 듯 쳐다보고) 석류랑은 언제 어떻게 그렇게 된 거니? 누가 먼저 그런 거야?
승효	(대답하려는데)
혜숙	(자문자답) 당연히 석류가 먼저 좋다 그랬겠지. 앞뒤 좌우로 훑어봐도 이렇게 완벽한 내 아들이 옆에 있는데. 어떻게 아무 마음이 안 생길 수가 있겠어.
승효	(찬물 끼얹는) 제가 먼저 좋아했어요.
혜숙	(귀를 의심하는) 뭐?
승효	어릴 때부터 제가 좋아했어요. 다시 만나니까 그 마음이 커졌고 사실 석

류는 안 된다고 몇 번이고 밀어냈는데, 제가 밀어붙였어요.

혜숙   (믿기지 않는다는 듯) 잠깐. 잠깐만. 그러니까 석류가 너를 깠다고?

승효   아, 처음에는요. 근데 지금은,

혜숙   (분노로 화르륵) 어머 석류 걔 웃긴다! 내가 진짜 이쁘게 봤는데, 걔 눈 삔 거 아니라니? 아니 우리 아들이 어디가 어때서?

경종   (동조하는) 그러니까! 승효가 깡통이야, 연탄이야? 차길 왜 차! 내 아들 이라서가 아니라 너 어디 가서 그런 대접받을 애가 아냐!

승효   (말실수했나 싶은) 그게 처음엔 그랬는데요. 지금은 저희 잘 만나고 있고 프러포즈도 수락했고,

혜숙   (입이 떡) 프러포즈를 했어? 너 설마 막 이벤트 같은 것도 했니?

승효   (살짝 당황) 에?

혜숙   (흥) 했네. 했어. 트렁크에 꽃 채우고 풍선 달고 레스토랑 통째로 대관하 고 뭐 그러기라도 했니?

승효   (자기 몸 더듬더듬) 엄마 저한테 뭐 부착하신 거 아니죠?

혜숙   (하!) 아들 새끼 낳아봐야 아무 소용없다더니. 야. 너 내 생일에 선물한 목걸이, 엄마 이미 똑같은 거 갖고 있었거든?

승효   (난처해진) 몰랐어요. 그때 말씀을 하시지.

혜숙   (버럭) 그걸 치사스럽게 어떻게 말하니?

경종   (바른말) 지금 하고 있긴 한데...

혜숙   (경종 째려보면)

경종   (얼른) 목걸이 내가 사 줄게. 내일 당장 백화점 가자.

혜숙   됐어. 다 필요 없어!!! (하고 방으로 홱 들어가버린다)

승효   (경종에게 얘기하려는) 아빠.

경종   (혜숙 들으라는 듯 일부러 안방 향해) 아빠 설득할 생각이면 그만둬라. 난 무조건 엄마 편이니까!

승효   (보면)

경종   (승효에게 속삭이는) 아빠 코도 석 자다. 각개전투로 가자. (안방으로 쪼 르르 가며) 여보! 내가 발마사지 해줄까?

승효   (혼자 남아 하... 한숨 쉬는)

S#5.   석류의 집, 안방 (밤)

미숙, 벽을 보고 누워 있지만 잠이 오지 않는 듯 움직임 있다. 근식, 미숙
의 눈치를 살피다가 슬쩍 물어본다.

근식   여보. 나 뭐 하나 물어봐도 돼?
미숙   (바로) 안 돼.
근식   석류랑 승효 말이야. 왜 안 된다는 거야?
미숙   (멈칫하는)
근식   승효 엄마랑 싸워서 개인감정 때문에 그런 건 아니지?
미숙   (벌떡 일어나며 확 성질) 물어보지 말라니까 왜 자꾸 물어싸!
근식   (따라 일어나며) 아니 나도 팔이 안으로 굽어야 되는 게 맞는데. 솔직히
       승효만 한 사윗감이 어디 있냐. 인물 훤하지, 직업 좋지, 인성 반듯하지.
       어려서부터 봐서 알잖아.
미숙   (툭) 그래서 안 돼. 너무 오래 봐서 안 돼!
근식   응?
미숙   혜숙이도 똑같이 봤잖아. 석류 결혼 깨진 거, 아팠던 거, 다 알잖아.
근식   (그런 거였구나)
미숙   (왈칵) 괜히 그거 빌미로 내 새끼 약점 잡히는 거 싫어. 밑지고 들어가는
       것도 싫고, 뭣보다 우리 딸 마음 다칠까 봐 싫어!
근식   (같은 마음이기에)
미숙   (자식을 지키려는 엄마의 눈빛) 우리 석류 상처만 줬단 봐. 그게 누구든
       나 절대 가만 안 둬. 친구가 뭐고 없어!

S#6.   승효의 집, 안방 (밤)

혜숙과 경종, 가만히 천장 보고 누워 있다.

혜숙   당신 무슨 생각해?
경종   그냥 옛날에... 우리가 바빴을 때 승효 마음이 어땠을까. 그런 생각.

혜숙	우리가 애한테 참 못 할 짓 했지. 난 시간을 되돌릴 수 있다면 다시 그때 로 가고 싶어. 그래서 문 뒤에, 복도에 혼자 서 있던 일곱 살 승효를 꼭 안 아주고 싶어.
경종	그래도 그때 승효 옆에 석류가 있어줘서 참 다행이야.
혜숙	(같은 생각이고) ...여보. 위암 생존율이 얼마나 돼?
경종	(잠시 멈칫했다가 대답하려는데)
혜숙	(자신이 선 긋는) 아니다. 못 들은 걸로 해.

굳은 표정의 혜숙, 반대편으로 돌아눕는다. 경종 역시 심란한 얼굴로 한 숨 쉰다.

S#7. 석류의 방 (밤)

석류, 승효에게 전화를 거는데 받지 않는다. 신호 가다가 끊기면 석류, 커 튼을 걷는다. 창문 열고 승효를 부르려는데 마침 사다리를 기어오르던 승효, 석류와 눈 마주친다.

승효	(순간 놀라서 휘청) 으아아아!!!
석류	(역시 놀라서) 어어?!

석류, 뒤로 넘어가려는 승효를 재빨리 잡는다. 그리고 창문 안으로 끌어 당겨온다.

석류	어쩌려고 여길 기어올라 와! 다치면 어쩌려고.
승효	그럼 보고 싶은데 어떡해. 네 흉내 좀 내봤지.
석류	(걱정으로) 손목도 아직 다 안 나았잖아.
승효	이러면 다 나아. (하며 석류를 당겨 안는다)
석류	(안긴 채) 두 분 화 많이 나셨어?
승효	아니. 이모랑 아저씨는?
석류	그냥 좀 놀랐나 봐. 당황할 만하지.

승효	거짓말.
석류	자기도 했으면서. 근데 생각해보니 웃겨. 우리가 뭘 잘못했다고 이렇게 쩔쩔매야 돼?
승효	(피식 웃으며) 얼마 전까지 숨기자고 하던 사람 어디 갔지?
석류	어차피 걸렸는데 배째라 그래. 뭐 엄마가 허락 안 해준다고 안 만날 거야?
승효	그럴 리가. 나 여기까지 기어올라 온 거 보면 몰라?
석류	(불끈) 나 오랜만에 투쟁본능 올라와. 이마에 최승효 쟁취라고 띠라도 써서 둘러야 되나?
승효	(웃으며) 띠는 말고, 대신 이거 두르자.

승효, 품에서 14화 S#45의 주얼리 상자를 꺼낸다. 그리고 석류의 손목에 팔찌를 채워준다.

석류	(내려다보며) 예쁘다. 이래서 사람들이 결혼반지를 끼는구나. 이거 하나 했다고 소속감이 드네.
승효	(석류 손목 잡고 내려다보며) 맘에 들어?
석류	(끄덕이며) 너무. 근데 왜 반지가 아니고 팔찌야?
승효	그야...

flash back.
2화 S#19. 승효, "어디 남의 영업장에서 루머를 양산해. 허위사실유포죄로 쇠고랑 차고 싶어?" 석류, "이게 은혜를 원수로 갚네. 금팔찌는 못 해줄망정 뭘 채워?"

석류	(놀란) 그런 농담 따 먹기까지 기억하고 있었다고?
승효	일부러는 아니고. 그냥 내가 너의 일거수일투족을, 모든 말을 담아두고 있었나 봐.
석류	(뭉클해져서 보는)
승효	앞으로도 그럴게. 네 말 흘려듣지 않을게. 너와의 시간을 허투루 흘려보내지도 않을게. 너의 의미를, 그냥 너 하나만 꽉 붙잡고 움켜쥐고 그렇게

살게. 그러니까 석류야. 나랑 결혼해줄래?

석류   이런 프러포즈를 거절하면 그게 사람이냐? 인형이지.

석류, 승효에게 뛰어들듯 안긴다. 그렇게 영원한 사랑을 약속한 두 사람.
점차 화면 어두워지며 **15화 오프닝 타이틀. Bravo my life**

S#8.   뿌리분식 (아침)

근식, 문을 열고 들어오면 햇빛이 분분하게 비치는 분식집의 아침 모습
이 드러난다. 매일 보던 그 풍경이 유독 애틋하다. 근식, 자신의 청춘이
녹아 있는 가게를 찬찬히 본다.

S#9.   뿌리분식 앞 (아침)

근식, '○월 ○일까지만 영업합니다.'라고 손글씨로 적은 종이를 가게 앞
유리창에 붙인다. 네 귀의 테이프를 꾹꾹 눌러준 뒤, 종이를 가만히 쓸어
보는 근식의 쓸쓸한 뒷모습.

S#10.   모음의 방 (아침)

모음, 침대 위에 이 옷 저 옷을 잔뜩 꺼내뒀다. 이걸 입었다 벗고 저걸 입
었다 벗기를 몇 번 반복하느라 어느새 산발이 됐는데 그때 석류가 문을
벌컥 열고 들어오며 외친다.

석류   나 최씅이랑 만나는 거 엄마한테 걸렸어!
모음   (놀랍지도 않다는 듯) 그만하면 용케 오래 버텼네.
석류   아빠랑 혜숙 이모랑 경종 아저씨한테도 같이 들켰어!
모음   매를 한 번에 맞는 것도 나쁘지 않아.

석류	(심드렁한 반응에) 야. 넌 왜 놀라질 않냐?
모음	(씩 웃는) 난 엄마한테 허락받았거든.
석류	(눈 휘둥그레져서) 진짜? 어떻게?
모음	(드디어 옷 고른) 그게 다 방법이 있지.
석류	(다급하게) 뭔데, 뭔데? 나도 가르쳐줘!
모음	(옷 입으며) 짜장면이랑 짬뽕을 나눠 먹어. 잡채밥도.
석류	뭔 소리야.
모음	(단추 잠그며) 진정성으로 승부하란 뜻이야. 그거 외엔 답 없어.
석류	불난 집에 부채질하냐? 너 소방공무원 맞아?
모음	(거울 보며) 오늘은 비번이세요.

모음, 헤어 오일을 꺼낸다. 손바닥으로 캡슐 터뜨려 산발인 머리카락에 오일을 바른다.

석류	(보며) 그건 또 무슨 정모음답지 않은 행위지?
모음	머리에 기름칠하는 중이야.
석류	친구는 이렇게 푸석푸석한데, 혼자서만 찰랑찰랑 그러기 있어?
모음	(손으로 머리카락을 뒤로 날리듯 넘기며) 데이트 있거든.

S#11. 모음의 집, 대문 앞 (아침)

단호, 설레는 얼굴로 문 앞을 서성이고 있다. 그때 대문 열고 나오는 모음, 세상 환하게 웃으며 단호를 부른다.

모음	기자님!
단호	모음 씨!
모음	오래 기다렸어요?
단호	(쑥스럽게 웃으며) 아니요. 기다리는 시간마저 좋았습니다.
모음	(좋아죽는) 뭐예요!
석류	(슬쩍 모음의 집 대문 열고 따라 나오는)

단호	(석류 보고) 어? 안녕하세요.
석류	(후다닥) 네. 안녕하긴 한데, 저 신경 쓰지 마시고 하던 일 마저 하세요. 전 이대로 집을 향해 썩 꺼질 예정이라.
단호	(뭐라 대답하려는데 전화 오는) 잠시만요. 네, 건축가님.
석류	(건축가님이란 말에 눈 동그래지는)
모음	(단호에게) 설마 최승효예요?
단호	(고개 끄덕여주고 계속 통화하는) 네. 말씀하세요. 네? ...아, 지금이요?

단호, 뭔가 아주 곤란해진 얼굴로 모음을 본다. 가봐야 할 것 같다는 눈빛이다.

S#12. 건축 아틀리에 인, 테라스 (낮)

모음, 싱크대 앞에 서서 못마땅한 얼굴로 커피를 마신다. 옆에선 석류가 차를 마신다. 승효와 단호, 저만치서 사진과 도면 보며 진지하게 일 얘기하고 있다.

모음	(현타 온) 지금쯤 나는 월미도에서 디스코 팡팡을 타거나 한강에서 치맥을 하고 있어야 하는데. 나 왜 여기 와 있냐?
석류	(우쭈쭈) 우리 모음이 데이트에 로망이 많았구나.
모음	(화풀이) 너 남친 단속 이렇게밖에 못 해?
승효	(소머즈) 다 들린다.
단호	미안해요. 다음 주에 할머니 댁 리모델링을 하기로 했는데.
모음	(갸웃) 할머니요?
단호	동네에 저희랑 친분 있는 할머니가 계신데 혼자 사시거든요. 건축가님이 어렵게 시간 내서 해주시기로 했어요.
모음	(머쓱해져서) 좋은 일이네요. 되게 사람 할 말 없어지게.
승효	(다시 쪽방촌 사진 보며) 생각보다 더 심각하네요. 벽은 방음·단열에 취약한 목재합판에, 생활 필수 시설도 전무하고. 여기 이 자투리 공간에 화장실이나 부엌을 만들 수도 있었을 텐데.

단호	소유주들은 그럴 돈이 있으면 이런 방을 몇 개 더 만들어요. 그럼 몇 집이라도 월세를 더 받을 수 있으니까.
승효	(쓸쓸한) 그렇게까지 하는 이유가 뭘까요?
단호	돈이죠. 최근에 재개발 관련 소문까지 있는 것 같더라구요.
모음	엄마 부동산에도 문의 전화 되게 많이 온대요. 난 혜릉동 지금 그대로가 좋은데.
석류	나도.
승효	나도.
단호	저도요.
석류	(승효와 단호 보며) 근데 두 사람은 언제까지 존대할 거예요?
단호	(당황) 네?
승효	(역시 당황) 응?
모음	맞아. 한 동네 살고 동갑에 우리 다 친군데. 이참에 둘이 말 놔요.
승효/단호	(서로 눈 마주쳤다가 동시에) 괜찮아! / 괜찮습니다!
승효	우리는 이대로가 좋아. 확실해.
단호	적정 거리 유지가 우정의 핵심입니다!

석류와 모음, 왜 저래? 하는 느낌으로 두 사람을 본다.

S#13. 혜릉부동산 (낮)

미숙, 안에 혹시 혜숙이 있을까 봐 기웃거리며 들어온다. 책상에서 계약서 보던 재숙, 마시던 아이스 아메리카노(테이크아웃용 플라스틱 컵) 들고 소파로 온다.

재숙	야. 너는 요 며칠 왜 연락이 안 되냐.
미숙	혜숙이 기집애 안 왔다 갔어?
재숙	걔도 감감무소식이야. 단톡방도 조용하고... (하다가 번뜩) 니들 설마 나 빼고 새로 방 만들었냐?
미숙	마침 말 잘했다. 너 할 줄 알면 새로 방 하나 파봐. 서혜숙 빼고 너랑 나랑

인숙이랑 이렇게 셋만.

재숙   (영문 모르고) 에엥? 둘이 또 싸웠어?

미숙   나 이제 걔 다시 안 보기로 결심했어.

재숙   (흠칫) 뭐야. 심각한 거야?

미숙   (쌩하니) 서혜숙이 앞으로 내 인생에 없는 셈 칠 거야!

재숙   야. 그래도 40년 우정인데, 피보다 진하진 못해도 그렇게 맹물 취급해버
       리면 지난 세월이 좀 서글프지 않냐.

미숙   (괜히 더 삐딱하게) 앞으로 살날 많은데 새 친구 사귀지 뭐!

재숙   자고로 신발이랑 친구는 헐수록 편한 법이야. 앞으로 갈 길 먼데 괜히 새
       신발 신었다가 너 발 다 까진다.

미숙   (피잇) 너 원래 이렇게 말을 잘했냐?

재숙   내가 요새 느낀 게 많아서 그래. 거의 해탈의 경지에 올랐잖나.

미숙   왜? 너도 뭔 일 있었어?

재숙   모음이 강기자님이랑 만나.

미숙   (경악으로) 강기자님이면... 니네 옆집? 연두 아빠?

재숙   응.

미숙   (놀라서) 그래서 어떡했어? 너 설마 허락했어?

재숙   저들끼리 좋다는데 안 하면 어쩔 거야. 다릴 분질러 주저앉힐 거야, 머릴
       깎아 절로 보낼 거야. (하더니 목 타는 듯 커피 마시는데)

미숙   (가만 듣다가) 석류랑 승효도 사귄댄다.

재숙   (컥 사레들려서 커피 좀 흘리는) 앗, 뜨거! 아니 앗, 차거.

혜숙   (때마침 부동산으로 들어오는)

재숙   (살짝 당황) 혜숙아.

혜숙   (미숙 발견하고 바로 가려는) 재숙아, 미안. 나중에 다시 올게.

미숙   (자리 털고 일어나며) 재숙아. 나 간다!

혜숙   (정색하고) 내가 간다고.

미숙   재숙아. 본인 때문이 아니라 갈 때 돼서 가는 거라고 좀 전해줄래? 세상
       이 자길 중심으로 도는 줄 아나 봐. (하고 획 가버린다)

혜숙   (약 올라 죽겠는) 저게 진짜!

재숙   야. 니들 유치하게 왜 그래.

혜숙   저 기집애가 먼저 나를 건들잖아.

인숙	(때마침 들어오며) 미숙이 그냥 가네? 물어볼 거 있었는데.
재숙	물어볼 거? 뭐?
인숙	아니 오다 보니까 분식집 앞에 영업 종료한다고 붙어 있더라고.
재숙	(금시초문) 엥? 진짜?
인숙	니들 뭐 들은 거 없어?
혜숙	(내가 실수한 건가! 생각하는 표정 되는)

S#14. 혜릉동 카페 (낮)

연두, 천진한 얼굴로 밀크셰이크를 먹고 있다. 단호, 안절부절못하고 모음은 남자친구 부모님께 인사드리러 온 사람처럼 사뭇 공손하기까지 하다.

단호	(먼저) 연두야. 사실은 오늘 아빠가 연두한테 할 얘기가 있어. 그게 뭐냐면,
모음	(가로막으며) 제가 할게요. 제가 하고 싶어요.
단호	(물러나듯 끄덕이면)
모음	연두야. 언니가 연두한테 허락받고 싶은 일이 하나 있는데.
연두	뭔데요?
모음	언니에게 연두의 엄마가 될 기회를 주면 안 될까?
연두	(멈칫 보면)
모음	언니가 연두 진짜 엄마처럼은 못 하겠지만 그래도 몇 가진 약속할 수 있어. 억지로 시금치 당근 안 먹일게. 유치원 운동회 때 학부모 계주 달리기에선 꼭 일등 할게. 그리고 연두가 아플 때, 힘들 때, 옆에 꼭 있어줄게.
연두	(대답 없이 가만히 보면)
모음	(망설이다가) 근데 만약에, 만에 하나 그런데도 연두가 싫다면...
연두	(바로) 싫지 않아요. 아니 사실은 좋아요.
단호	(뜻밖의 반응에 조금 놀란)
모음	(기뻐하며) 정말?
연두	네. 이런 날이 오길 기다렸어요. 비밀인데요, 꿈도 꾼 적 있어요!

모음	(뭔가 생각난) ?!

flash back.
12화 S#28. "연두야!!! 잘 잤어? 외계인이랑 친구 먹는 꿈 꿨어?", "아니요. 다른 꿈 꿨어요.", "무슨 꿈?", "비밀이요. 나중에 얘기해줄게요."

연두	꿈에서 제가 달에 갔는데요. 거기서 언니랑 아빠랑 결혼했어요. 우주복 입고 둥둥 떠다니면서.
모음	(연두가 귀엽고 안심한 마음에 웃음 새어 나오는)
연두	(진지하게) 언니는 내 친구니까 우리 아빠한테도 좋은 친구가 돼주세요.
모음	(뭉클해지는) 당연하지.
단호	(감동으로 눈물 그렁해지는)
연두	아빠 울어?
단호	(고개 돌리며) 울긴 누가 울어. 아빠 잠을 못 자서, 아니 하품해서 그래.
모음	아닌 것 같은데. 누가 봐도 되게 감동해서 우는 것 같은데. 연두야. 우리가 아빠 울렸다!

모음, 눈 찡긋하며 연두에게 손 내밀면 연두, 자기 손바닥 부딪치며 짠 하이파이브한다. 단호, 눈 빨개진 주제에 "아니라니까요. 안 울었다니까요." 박박 우겨댄다.

S#15. 건축 아틀리에인, 승효의 사무실 (밤)

승효와 석류, 테이블 끝과 끝에 앉아 각자 일한다. 승효, 쪽방 리모델링 평면도를 보고 있고 석류, 자신의 브이로그 채널* 보고 있다. 새 댓글 알림 뜨면 재빨리 확인하는 석류.

----
* '브로콜리플라워 닭가슴살 리조또', '토마토 묵볶이', '봄나물 전골', '연잎 쌈밥', '가지피자' 섬네일 보인다.

소리(E)	투병 중이라 건강식 찾다가 보게 됐네요. 너무 맛있어 보이는데 요리할 기력이 없어서 따라 할 수가 없네요. 먹어볼 수 있으면 좋을 텐데.
석류	(댓글 보고 생각하는 표정 되는)
승효	(그런 석류 보고) 무슨 생각을 그렇게 골똘히 해?
석류	응? 별거 아냐. 근데 우리 한 시간 동안 각자 일하기로 했잖아. 말 걸면 반칙이지.
승효	도저히 안 되겠어. 딱 한 칸만 옆으로 가자. (하며 일어나려는데)
석류	(테이블 위에 가방 탁 올려놓으며) 어허! 어디 금을 넘어오려고. 우린 일과 사랑 두 마리 토끼를 다 잡는 아주 이상적인 커플이거든?
승효	(일어나며) 어쩌지? 일은 끝났고. 다른 걸 잡을 차례네?

승효, 말 마치자마자 석류 향해 장난스럽게 달려들면 석류, 꺄아아! 일어나 도망친다. 테이블을 가운데 두고 서로 쫓고 쫓기는. 두 사람 거의 나 잡아 봐라를 시전하다가 2층으로 올라가 사라지는데. 명우, 입구에 서서 그 모습을 보고 있다. 진저리가 난다는 표정.

명우	내가 토요일 밤에 뭔 대단한 일을 하겠다고 회살 와가지고 저런 꼴이나 보고.

명우, 절레절레 고개 저으며 테이블 쪽으로 걸어온다. 승효의 노트북 화면에 쪽방 리모델링 자료 띄워져 있고. 유심히 들여다보는 명우의 표정.

S#16. 석류의 집, 거실 (밤)

미숙, 근식 앉아 있는데 동진, 쭈뼛쭈뼛 다가오더니 그 앞에 종이가방 하나를 쓱 내민다.

미숙	이게 뭐냐?
동진	(쿨하게) 선물. 뜯어봐.
미숙	(어안이 벙벙) 여보. 혹시 나 지금 꿈속이니? 나 눈 뜨고 잠들었어?

근식	(매가 될 만한 것을 찾으며) 너 이 자식 또 뭐 잘못했지? 뭐야, 이번엔 또 뭔데?
석류	(때마침 현관에서 들어오다가 듣고) 뭐라고? 배동진 또 사고 쳤다고?
동진	아니거든? 그냥 월급 받은 김에 엄마 아빠 생각나서 산 거야.
근식	말이 되는 소릴 해! 야, 내가 너 학교 다닐 때 색종이 카네이션 이후로 너한테 뭘 받아본 적이 없어.
동진	(자기가 선물 대신 뜯어주는) 나 진짜 쓰레기였구나. 봐. 건강기능식품이잖아.
근식	(얼떨떨) 진짜네?
미숙	(보며) 나 이거 뭔지 알아.
동진	엄마 아빠도 나이가 있는데 당 관리하라고 좋은 거 샀지. 기왕 뜯은 거 하나씩 잡숴. (하며 미숙과 근식에게 하나씩 건넨다)
근식	그럴까? 이게 그렇게 좋다고? (하며 얼른 먹는다)
미숙	(차마 못 먹고 보며) 난 아까워서 못 먹을 것 같은데.
근식	(이미 다 먹은) 당신이 그러면 내가 뭐가 돼.
석류	엄마! 그거 진짜 고질병이야. 자식들이 주면 그냥 기쁘게 좀 받아라. 내가 사 준 화장품도 뜯고.
미숙	그래. 먹자! 내가 무병장수해야 니들 속 안 썩이지. (하며 먹는다)
석류	(기특한) 배동진 네가 드디어 인간이 됐구나.
동진	(칼차단) 넌 먹지 마라.
석류	(확 그냥) 이 새끼가 보자 보자 하니까 계속 누나한테 너, 너!
미숙	(근엄하게) 배석류. 배동진.
석류	(혼나는 줄 알고) 엄마. 우리 싸운 거 아냐.
동진	(맞장구) 그냥 잠시 대화가 격정적이어질 뻔한 거야.
미숙	그게 아니고 너희 둘한테 할 말이 있어. 여보. (말하라는 듯 근식 본다)
근식	아빠 가게 이만 정리하기로 했다.
석류	(놀라서) 정말?
동진	(바로) 왜?
근식	왜는 이 자식아. 아빠도 이제 은퇴할 나이야. 파이어족 모르냐, 파이어족?
동진	(모른다) 그게 뭔데?
근식	(사실 자기도 잘 모르는) 뉴스 좀 봐. 이 자식아.

S#17. 석류의 집, 마당 (밤)

근식, 마당에 쪼그리고 앉아 있는데 석류, 다가와 옆에 앉는다.

석류   아빠.

근식   너 승효랑 허락해달라고 조르러 온 거면, 아빠 힘없어. 엄마랑 해결 봐.

석류   그것도 없잖아 있긴 한데 승효는 잠깐 보류. 지금은 아빠 먼저.

근식   응? 아빠 왜.

석류   걱정돼서. 아빠 분식집 문 닫는 거 괜찮아?

근식   괜찮지 그럼. 솔직히 힘들었잖아. 나쁜 놈들한테 사기도 당할 뻔하고. 싹 다 해방된다고 생각하니 속 시원해. 날 더운데 얼음 한 바가지 와작와작 씹어 먹은 기분이야.

석류   다행이네. 그래도 만약에 혹시 속 시렵거나 속 시끄러워지면 나한테 티 팍팍 내줘야 해. 아빠 우리 집 새 가훈 기억하지?

근식   (피식 웃으며) 힘든 거 숨기는 거 금지.

석류   우리 아빠 착하다.

근식   가게 안 나가면 우리 딸 아빠랑 자주 놀아줄 거야?

석류   (팅기는) 나 좀 바쁜데.

근식   (흥) 왜? 그땐 아빠 보류해놓고 승효랑 놀려고? 너 내 허락은 꿈도 꾸지 마.

석류   (웃으며) 아빠는 거의 다 넘어왔고. 아, 엄마 어쩌지?

근식   너 인마 아빠 끝까지 반대할 거야. 우리 딸이 아까워서 안 돼.

석류   솔직히 그렇긴 하지? 내가 눈이 좀 이뻐.

근식   아니야. 넌 코가 더 이뻐. 높기가 그냥 에베레스트 저리 가라야.

자뻑 딸과 팔불출 아빠, 나란히 앉은 두 사람의 뒷모습이 짠하고 예쁘다.

S#18. 혜릉동 전경 (아침)

단호(E) 건축가님!

S#19. 건축 아틀리에 인 건물 앞 (아침)

새벽이 물러나고 막 밝아지기 시작한 이른 시간. 단호, 승효를 향해 달려
온다. 작업을 위한 캐주얼한 차림의 승효, 아틀리에 인 입구 쪽에 서 있던
참이다.

승효   오셨어요?
석류(E) 우리도 왔어.

승효 돌아보면 저편에서 석류와 모음도 오고 있다. 두 사람 역시 일할 준
비가 되어 있는 복장. 석류의 손에는 버너와 아이스박스 들려 있다.

승효   뭐야. 이 시간에 왜 죄다 출동이야?
모음   출동은 너보다 내가 더 전문이거든. 현장의 안전은 내가 책임진다.
단호   저는 기사 작성 및 도배 가능합니다. 아, 여기서 도배는 댓글 도배 아니고
        진짜 종이 도배요.
석류   나는 밥 담당. 새참 없이 어떻게 일을 하냐?
명우(E) 전문인력이 너무 부족한 거 아니에요?
승효   (돌아보면 명우도 와 있는) 형!
명우   (오합지졸 훑어보며) 의도는 좋다만 솔직히 이렇게 가면 승효 혼자 일하
        다 죽으란 뜻이지.
일동   (민망하고 멋쩍은 웃음)
승효   (역시 웃으며) 그래서 나 도와주러 온 거야?
명우   잊었냐? 널 해비타트로 인도한 사람이 나였단 거. 자자, 출발합시다. 해
        넘어가기 전에 일 끝내려면 한시가 급해요.

S#20. 쪽방촌 골목 및 방 안 (아침)

승효, 문을 열면 쪽방(5화 S#58)이 모습을 드러낸다. 생각보다 더 열악한 상황에 모두들 당황한 기색이 역력하다.

석류   (들여다보더니) 부엌이 없네. 밥은 그냥 이 가스버너로 해 드시는 거야?

모음   (문가 둘러보며) 여기 앞쪽이 너무 위험한데. 계단도 깨져 있고.

명우   (벽 살펴보며) 벽이 곰팡이투성이네. 다 뜯어야겠는데 이거.

단호   (걱정으로) 공간 자체가 워낙 좁아서. 가능할까요?

승효   (담담하게) 해봐야죠.

S#21. 쪽방 리모델링 몽타주 (아침-낮)

리드미컬한 음악과 함께 승효의 진두지휘하에 본격적인 쪽방 리모델링이 시작된다.
- 집 밖에 기존 낡은 가구와 생활 집기들 잔뜩 쌓여 있다.
- 물건을 모두 들어낸 빈방. 우선 내부의 노후화된 전기선을 교체, 매립형으로 변경하고 콘센트 역시 교체한다. 이 작업을 주도하는 것은 명우다. 허허실실 농담 따먹던 눈빛은 어디로 가고 명우, 프로페셔널하다.
- 빈방을 보는 승효와 명우. 승효, 계획이 있는 듯 벽을 가리키며 명우에게 뭔가 이야기(창문을 낼 계획)한다. 잠시 후, 곰팡이 벽지를 제거하고 도배한다. 단호, 도배를 해봤다며 자신만만하지만, 벽지가 자꾸만 울어 울고 싶어진다. 그런 단호를 토닥토닥하며 벽지를 쫙쫙 펴주는 모습.
- 노후로 인해 벗겨진 외벽 보수작업을 한다. 승효, 석류에게 페인트칠하는 법을 가르쳐주면 석류, 곧잘 따라 한다.
- 승효, 처마 밑 허물어져가는 천장 합판을 제거하고 재보수한다. 힘들법도 한데 고개 들어 뒤로 젖힌 불편한 자세로 일에만 집중하는 모습!

S#22. 쪽방촌 골목 및 방 안 (낮)

할머니, 방문을 열면 완전히 탈바꿈한 방이 모습을 드러낸다. 접이식 침대와 수납장, 미니 주방이 놓여 있다. 그리고 새로 세운 벽 한쪽에 창문이 나 있고, 밖으로 파란 하늘 보인다. 할머니 뒤로 승효와 단호 보이고. 미처 안에 들어오지 못한 석류와 모음, 명우는 밖에서 고개만 빼꼼한 채 이 감동의 순간을 함께한다.

할머니   세상에. 이게 우리 집이 맞아요?

단호   네, 할머니. 건축가님이 이렇게 바꿔주셨어요.

할머니   (믿기지 않는다는 듯 그저 방을 보고만 있으면)

승효   (설명하는) 생활하는 데 꼭 필요하실 것 같아서 간이부엌을 만들었어요. 이제 웬만한 취사는 가능하실 겁니다.

할머니   (붉어진 눈시울로) 창문이... 있네요.

승효   이 집을 보자마자 제일 먼저 생각했어요. 창문을 내드려야겠다. 하루를 마치고 돌아오시면 창문부터 여세요. 하늘도 보시고 숨도 크게 쉬시구요.

할머니   종일 폐지 줍고 와 방문을 열면 숨이 턱하고 막혔어요. 질긴 목숨 어쩌지 못하고 그저 죽을 날 기다리며 갇혀 있는 것 같았는데. 이제 사는 듯이 살 수 있겠네요.

일동   (뭉클해져서 보면)

승효   집 앞에 안전 계단과 손잡이도 설치했어요. 그건 윤대표님 생각이었구요. (하며 명우를 본다)

명우   (쑥스러운) 위험하실 것 같아서요. 항상 조심하세요.

할머니   고마워요. 정말 고맙습니다.

눈시울 붉어진 할머니를 보는 승효와 명우. 석류와 모음, 단호도 모두 감동한 얼굴이다.

S#23. 석류의 집, 안방 (저녁)

미숙, 앞치마 벗으며 들어오는데 마침 재숙에게 전화 걸려 온다.

미숙	어. 재숙아. 왜?
재숙(F)	아니. 그냥 너 뭐 하나 해서 전화했지.
미숙	뭐 하긴. 야, 밥 차려 먹고 치우니 이 시간이다.
재숙(F)	별거 없음 부동산 안 나올래?
미숙	지금?
재숙(F)	응. 내가 오늘 와인을 하나 선물 받았는데 이게 엄청 좋은 거래.
미숙	(와인이란 말에 눈이 반짝하는)

S#24. 혜릉부동산 (밤)

비싼 와인 마실 생각에 신난 미숙, 수다스럽게 문을 열고 들어온다.

미숙	야! 내가 비싼 와인 마신다고 와인색 립스틱까지 바르고... (하는데 소파에 앉아 있는 뒷모습 돌아보면 혜숙이다)
혜숙	(역시 당황한 듯하고)
미숙	(떨떠름) 네가 왜 여기 있냐?
혜숙	(멈칫했다가) 재숙이가 불러서 왔는데. 설마 너도?

그 순간 갑자기 불이 탁 꺼진다. 미숙과 혜숙, 당황하는데 밖에서 철컹 자물쇠 소리 같은 게 들린다.

미숙	뭐야. 뭐 잠그는 소리 아니야?
혜숙	우리 안에 있는데?
재숙(E)	지지배들아. 안에서 들어라.
미숙	(창에 달라붙으며) 야. 도재숙 너 뭐야!

S#25. 혜릉부동산 앞 (밤)

재숙과 인숙, 부동산 앞에 서 있다. 어둠 속 유리창에 얼굴 들이민 미숙과 혜숙의 얼굴 얼핏 보인다. 그러거나 말거나 재숙, 쩌렁쩌렁하게 안에 대고 외친다.

재숙   우리 쑥자매!

인숙   (질색팔색 고쳐주는) 라벤더!

재숙   (옜다) 그래. 구 쑥자매 현 라벤더 우리 네 사람. 열일곱에 만나 환갑 언저리까지 4인 5각으로다가 같이 잘 왔잖냐.

S#26. 혜릉부동산 (밤)

재숙의 말을 듣는 혜숙과 미숙의 표정...

재숙(E)   근데 갑자기 발목에 끈 싹둑 자르고 제 갈 길 가자니. 우리가 그걸 어떻게 두고 보냐?

S#27. 혜릉부동산 앞 (밤)

인숙, 부동산을 향해 카랑카랑하게 외친다.

인숙   그래! 그건 친구 된 도리가 아니지!

재숙   그래서 우리가 친히 화해의 장을 마련했거든? 술 처먹고 더 싸울까 봐 냉장고에 와인 대신 포도주스 넣어놨다.

S#28. 혜릉부동산 (밤)

잠시 멈칫했던 미숙과 혜숙, 밖을 향해 고래고래 외친다.

미숙	야! 문 열어. 너 이거 당장 안 열어?
혜숙	미쳤나 봐, 진짜. 니들 이거 감금이야!
재숙(E)	한 시간 뒤에 열어줄 테니까 그때까지 잘 있어라!
혜숙	야! 화장실은! 오줌 마려우면 어쩌라고!
재숙(E)	걱정 마. 책상 밑에 요강 구비해놨어.
미숙	(가서 보더니) 어머. 진짜 있어. 미친년.

S#29. 혜릉부동산 앞 (밤)

재숙, 이제 됐다는 듯 두 손 탁탁 털며 부동산 향해 외친다.

재숙	모쪼록 좋은 시간 보내라.
인숙	가자 가자.

S#30. 혜릉부동산 (밤)

친구들 소리가 사라지면 하... 순식간에 적막해지는 분위기. 혜숙, 고민하다 먼저 입을 연다.

혜숙	그땐 내가 미안했다. 내가 좀 생각 없이 말을 한 것 같아.
미숙	(빈정) 생각한 대로 말이 나온 거였겠지. 뇌랑 입이 연결된 줄 알았다.
혜숙	(참 나) 나 지금 먼저 사과하고 있는 거 안 보여?
미숙	(괜히) 누가 하라고 시켰냐.
혜숙	내 맘이 시켰다 왜!
미숙	(멈칫해 보면)
혜숙	아니, 승효랑 석류 보기 좀 그렇잖아. 우리끼리 이러고 있는 게 유치하기도 하고 치졸하기도 하고.
미숙	(조금 누그러져서) 목마르다. 주스 마실래?

혜숙	싫어. 그러다 진짜 화장실 가고 싶어지면 어떡해.
미숙	저거 쓰면 되지. (하며 요강 힐끗 보고 냉장고로 가 포도주스 꺼낸다)
혜숙	(침 꼴깍) 그럼 나도 한 모금만.

두 사람 컵 없이 병나발로 포도주스를 나눠 마신다. 하... 이제야 갈증이 가신다는 듯 숨 깊게 쉬고 미숙이 먼저 입을 연다.

미숙	생각해본 적 있냐? 석류랑 승효랑 이렇게 될 거란 거.
혜숙	(헛웃음) 아니. 상상도 못 했어. 어찌나 당혹스럽던지.
미숙	(혜숙의 말에 살짝 긁힌) 뭘 또 당혹스러울 것까지야.
혜숙	당연한 일은 아니잖아.
미숙	(심기 불편해진) 그래서? 넌 어쩌고 싶은데?
혜숙	우리가 어쩔 게 뭐가 있나? 들어보니 사귀기 시작한 지도 얼마 안 된 것 같은데.
미숙	(탁 건드려진) 승효가 그렇게 말하디?
혜숙	(얼버무리는) 아니 뭐 그건 아니긴 한데... 내 말은, 그냥 애들 선택을 존중하는 의미에서 좀 기다려보자고.
미숙	기다려? 넌 꼭 걔들이 헤어지길 바라는 사람처럼 말한다?
혜숙	그게 아니라 성급하게 판단하고 결정하지 말잔 뜻이야. 석류도 큰일 치렀고...
미숙	(툭 이성의 끈이 끊어지는) 큰일 뭐? 퇴사? 파혼? 아니면, 암?
혜숙	(멈칫하면) !
미숙	(화나서) 너 그딴 걸로 우리 석류 꼬투리 잡고 싶은 모양인데. 야, 됐어! 나도 반대야. 나도 니네 아들 사위 삼고 싶은 생각 일절 없어.
혜숙	야, 나미숙! 넌 대체 사람을 뭘로 보고! 그리고 우리 아들이 어디가 어때서?
미숙	승효야 아무 문제 없지. 네가 문제지. 너 같은 시어머니 자리? 내가 미쳤다고 그런 집에 딸을 시집보내냐?
혜숙	(부들부들) 야! 너 말 다 했어?
미숙	아직 남았거든? 요즘 같은 시대에 너 그 성격 안 고치잖아? 바로 승효 몽달귀신 만드는 지름길인 줄만 알아.

혜숙   (버럭) 야!!!

S#31. 혜릉부동산 앞 (밤)

재숙과 인숙, 시간이 되어 돌아온다.

재숙   이쯤이면 상황 종료됐겠지?

S#32. 혜릉부동산 (밤)

재숙과 인숙, 문 열고 불 켜면 혜숙과 미숙의 뒷모습 보인다. 하나는 바닥
에 하나는 소파에 철퍼덕 주저앉아 있는데... 바닥엔 포도주스 병 나뒹굴
고, 액체가 흥건하다. 얼마나 대단한 난투극을 벌였는지 산발에 옷에는
온통 보랏빛 물 들어 있다. 불이 켜졌는데도 돌아보지도 않는 두 사람, 화
낼 기력도 없는 듯하다. 그저 서로를 향해 마지막 악을 쏟아낼 뿐.

미숙   (헐떡이며) 내가... 너랑 다시... 상종하면... 아주... 성을 간다...
혜숙   (숨넘어가는) 나야말로... 너랑... 다시 말 섞잖아? ...그럼 내가... 멍멍 강아
        지다.

재숙과 인숙, 망했음을 직감한 듯 속닥거린다.

재숙   (쩝) 작전 실패.
인숙   (수미상관) 가자 가자.

재숙과 인숙 다시 문을 닫고 도망치듯 나온다. 조용히 문이 닫힌다.

S#33. 건축 아틀리에 인 전경 (아침)

S#34. 건축 아틀리에 인, 승효의 사무실 (낮)

일하던 승효, 석류의 브이로그 채널에 접속한다.

승효 (리스트 보며 아빠 미소) 조회수가 좀 늘었네.

그리고 가장 최근 영상 눌러보는데, 영상 아래 댓글(S#15에서 석류가 봤던 댓글) 보인다. "투병 중이라 건강식 찾다가 보게 됐네요. 너무 맛있어 보이는데 요리할 기력이 없어서 따라 할 수가 없네요. 먹어볼 수 있으면 좋을 텐데." 승효, 생각하는 표정이 된다. 그때 똑똑 소리와 함께 명우, 한껏 신난 표정으로 들어온다.

명우 승효야! 얼른 나와. 응?

S#35. 건축 아틀리에 인, 미팅룸 (낮)

승효와 명우, 고급스러운 차림을 한 40대 후반 남자와 마주 앉아 있다.

승효 김치운 교수님께서 저흴 추천하셨다구요?
의뢰인 네. 요새 핫한 건축가님이라고 하도 칭찬을 하셔서 오기는 왔는데. 강남에서 출발하려니 차가 너무 막히더라구요. 사옥을 이렇게 서울 외곽에다 지으신 이유가 있어요?
승효 제가 자란 곳입니다. 부지를 찾는 과정에서 마침 좋은 자리가 나기도 했구요.
의뢰인 (눈 반짝) 혜릉동 재개발 소문 있던데, 혹시 뭐 정보라도 있으셨던 거예요?
승효 네?
의뢰인 요즘 이렇게 낙후된 데서 힙한 거 찾는 게 대세잖아요. 알짜배기 정보라

	도 귀동냥하셨나 해서요.
명우	저도 듣긴 했는데 그냥 소문입니다. 아직 뭐 진행된 것도 없구요.
승효	네. 그런 것 때문에 온 건 아닙니다.
의뢰인	(표정 바뀌며) 그럼 실망인데. 아니 난 또 혹시 돈 굴리는 감각이 탁월하신가 했거든요. 근데 단순히 여기가 좋아서 왔다니 좀 황당해서요.
승효	(저도 모르게 미간 찌푸려지는)
의뢰인	내가 이번에 빌딩을 하나 올릴 계획이거든요? 투자하는 만큼 뽑아낼 수 있는 능력이 있어야 되는데, 이렇게 현실감각이 없으신 분들이면 곤란하죠.
승효	(점점 표정 안 좋아지는)
의뢰인	오다 보니까 여기 상권도 죽고, 저편으론 쪽방촌에. 동네가 후지던데.
승효	아무래도 다른 건축사사무소를 찾아보셔야 할 것 같습니다.
의뢰인	예?
승효	(냉랭하고 단정하게) 맞게 보셨어요. 건축주님의 니즈를 충족시켜 드리기엔 저희가 역부족입니다.
의뢰인	(헛웃음) 내가 말 좀 세게 했다고 이러시나 본데. 그래도 그렇지. 소개로 온 의뢰를 거절한다구요?
승효	(대답하려는데)
명우	(승효보다 먼저) 네. 의뢰 하나 거절한다고 저희 먹고사는 데 지장 없습니다.
의뢰인	뭐라구요?
명우	저흰 지향점이 다른 클라이언트를 받는 걸 지양하는 편이라서요.
의뢰인	(기막힌 표정으로 보는)

S#36. 건축 아틀리에 인, 테라스 (낮)

승효, 명우를 쫓아가며 말한다.

승효	형. 진짜 괜찮아?
명우	뭐가.

승효	아니. 다른 것도 아니고 건물이잖아. 아깝지 않겠어?
명우	네가 먼저 안 한다고 선빵 날렸잖아.
승효	그야 그렇지만. 나는 뭐 맨날 그런 놈이고 형은...
명우	형은 돈 냄새 귀신같이 맡아서 계산기 딱딱 두들기는 놈 같냐?
승효	(피식 웃으며) 형은 합리적 실리주의자지.
명우	근데 어쩌지. 나 낭만주의에 물들어가는 중인데.
승효	응?
명우	지난번 실버타운 건도 그렇고. 이번 쪽방 리모델링하면서 생각이 많아졌다. 그 어떤 삐까뻔적한 일을 할 때보다 맘이 충만한 거야.
승효	나도. 내가 건축을 하는 이유가 이거였지 싶더라.
명우	(멱살 잡는 시늉) 너 이러려고 이 동네에다 사옥 짓자 그랬지! 나 물들여 놓으려고.
승효	(웃으며) 다 내 큰 그림이었던 걸로 하자.
명우	망했어. 나 우리 쌍둥이 영어유치원 보내야 되는데. 강남에 아파트도 사야 하는데!
승효	영어는 석류한테 배우면 되고. 집은 내가 지어줄게.
명우	(눈 번쩍) 너 약속했다. 구두계약도 계약이야!
승효	(웃음기로) 그냥 가서 서류 만들어 와. 도장 찍을게.
명우	아. 나 구청에 서류 내러 갔다가 봤는데 이런 게 있더라? (하며 휴대폰 뒤적여 뭔가를 승효에게 내민다)

S#37. 혜릉동 카페 (낮)

승효, 석류에게 휴대폰을 내밀고 있다. 석류, 명우가 찍어 온 포스터 속 글씨를 읽는다.

석류	우리 동네 건축가? 이게 뭐 하는 건데?
승효	구청에서 하는 프로그램인데, 주민들 상대로 무료 건축 상담도 해주고 낙후된 공간들 환경 개선도 하고.
석류	쪽방 리모델링처럼?

승효	응. 문 닫는 가게랑 사라져가는 골목길 많잖아. 그런 동네 문화도 보존하고.
석류	뭐야. 최승효 완전 혜릉동 지킴이 되는 거네?
승효	뽑혀야 되는 거지.
석류	백 번 천 번 뽑히고도 남지! 체육관이랑 수영장도 곧 착공한다며. 멋있어, 최쓩. 너 꼭 혜릉동 담당 건축가 같애!
승효	(쓰읍) 그게 다들 나를 건축가라고 부르는데, 사실은 내가 건축사거든? 건축사와 건축가의 차이가 뭐냐면,
석류	(꿈꾸는 표정으로) 나도 분발해야겠다.
승효	(멈칫) 응?
석류	네가 멋지게 헤엄치는 거 보니까 나도 그러고 싶어져. 지금은 아직 영상 찍는 것밖에 못 하지만 사람들한테 진짜 내 음식을 먹이고 싶어. 행복을 냄비째로 끓여주고 싶어.
승효	(생각하는 표정으로 석류 보는)

S#38. 뿌리분식 (낮)

근식과 경종, 마주 보고 앉아 있는데 뻘쭘하다.

근식	우리가 이렇게 같이 앉아 있는 게 어색하게 될 줄은 꿈에도 몰랐네요. 석류, 승효 일로 보자고 하신 거죠?
경종	승효 엄마랑 석류 어머니 일도요.
근식	거기야말로 뭐 총, 칼, 대포, 미사일. 언제 핵이 떨어져도 이상하지 않은 상황이긴 하죠.
경종	우리가 비무장지대로서 중심을 잡아야 하지 않겠습니까.
근식	그렇긴 하죠? 근데 그런 건 또 맨정신으로 각 잡고 하는 것보단 살짝 풀어진 평화로운 분위기에서 해야... (하며 소주병 꺼내 든다)
경종	(침 꼴깍) 예로부터 취중진담이란 말이 있긴 하죠. 근데 오늘은 고량주가 아니라 그냥 소주네요?
근식	(투덜) 어떻게 맨날 비싼 걸 까요. 가게 정리하는 사람한테 바라는 게 많

으셔.

S#39. 혜릉동 골목길 (낮)

미숙, 걸어가는데 저만치 앞에서 사람들* 모여 쑥덕이고 있다.

과일가게주인 들으셨어? 뿌리분식 문 닫는 거?
주민1   원래 장사 안 됐잖아. 손님 하나 없고.
주민2   그러게. 그 집 떡볶이 위엔 파리 새끼 한 마리도 안 앉는 것 같더라.
미숙   (표정 험악해지는) !
과일가게주인 딸 백수 된 것도 모자라 남편 가게까지 망하고. 그 양반 팔자도 참.
미숙   (뒤에서) 내 팔자가 뭐?
과일가게주인 (흠칫) 혀, 형님.
미숙   그땐 김치였는데 오늘은 내가 너 담근다! 나 놓고 떠드는 건 괜찮아. 근데
         우리 딸이랑 남편. 내 식구 건드리는 건 가만 안 둬! (하며 과일가게 주인
         에게 달려든다)
과일가게주인 (미숙이 밀어도 꿈쩍 않는) 가만 안 두면 뭐 어쩔 건데!
미숙   (당황) 뭐야. 왜 꿈쩍도 안 해!

자신보다 덩치 큰 과일가게 주인의 힘에 밀리는 미숙, 결국 패대기쳐지
듯 바닥으로 넘어지는데 그 순간 들려오는 목소리!

혜숙   야!!!!!

장바구니 들고 오던 혜숙, 그 광경을 보고 뛰어든다. "니들 뭐 하는 짓이
야?" 하며 과일가게 주인 무리에게 장바구니를 마구 휘두르는데 무게를
감당 못 해 자기가 휘청거린다.

----
*   2화 S#24에 나왔던 과일가게 주인과 주민1·2다.

과일가게주인 이 양반은 왜 끼어들어! (하며 혜숙 밀친다)

혜숙 어머어머...! (하며 힘없이 나가떨어지듯 넘어진다)

미숙 (발끈) 야! 너 지금 누굴 밀어!

미숙, 눈 돌아서 과일가게 주인에게 달려들면 주민1·2가 합세해 뒤에서 미숙을 잡아당긴다. 혜숙, 오뚜기처럼 일어나 주민1·2에게 달려들지만 오히려 머리끄덩이와 멱살을 잡힌다.

미숙 아오. 하여튼 저건 공부 빼곤 잘하는 게 없어! (달라붙어 있는 무리 밀쳐내고 바닥의 장바구니에서 대파 꺼내며) 이게 익숙하니 손맛이 제일 좋지. 야압!!!

미숙, 대파를 휘두르며 과일가게 주인 무리에게 달려든다. 그러면 혜숙역시 바닥에 나뒹구는 양파망을 들어 쌍절곤처럼 휘두르며 뛰어든다!

S#40. 혜릉 경찰서 외경 (낮)

근식(E) 미숙아!

경종(E) 혜숙아!

S#41. 혜릉 경찰서 (낮)

근식과 경종, 각자 와이프의 이름을 부르며 뛰어든다. 매무새가 다소 망가진 미숙과 혜숙, 둘의 등장에 돌아본다.

미숙 왜 둘이 동시에 와?

혜숙 술 냄새! 설마 또 둘이 같이 있었던 거야?

경종과 근식, 당황해서 어버버 대답 못 하는데 그 순간 승효와 석류가 뛰어 들어온다.

석류	엄마! 이모!
승효	두 분 괜찮으세요?
혜숙	(하아) 또 세트로 오네. 니들도 같이 있었니?
승효·석류	(걸렸다! 멈칫하면)
미숙	(넷을 보며) 쌍쌍이서 아주 잘들 하는 짓이다.
근식	지금 둘이 그런 말 할 처지는 아니지 않을까?

혜숙과 미숙 뒤로 코피 터지고 머리 쥐어뜯기고 옷 단추까지 뜯긴 처참한 모습의 과일가게 주인 무리 보인다. 멋쩍은 두 사람 딴청 피우듯 허공을 본다.

S#42. 경찰서 앞 거리 (밤)

승효 가족과 석류 가족, 경찰서에서 나와 걸어간다. 경종 손엔 혜숙의 장바구니 들려 있다.

미숙	합의를 왜 해줘! 지들이 먼저 잘못했는데.
근식	그냥 치료비라고 생각해. 누가 봐도 그쪽이 많이 맞았잖아.
경종	그쵸. 전치 2주 정도는 나왔으니까.
혜숙	여보. 당장 변호사 알아봐. 우리도 모욕죄로 고소할 거야!
미숙	(손목 스트레칭하며) 그래도 오랜만에 몸 풀었더니 속은 시원하다.
혜숙	(웃음기로) 너 기억나? 옛날에 골목에서 나 흑장미 언니들한테 삥 뜯길 때 네가 구해줬던 거.
미숙	(깔깔) 맞아. 내가 양손으로 책가방이랑 도시락 가방 돌리면서 뛰어들었잖아.
혜숙	(역시 깔깔) 그중 제일 무서운 언니, 네 양푼에 맞아가지고 눈탱이 밤탱이 되고 우리 막 몇 달씩 피해 다니고.

석류   (갑자기 화기애애해진 분위기에 얼떨떨하게 승효 보면)

승효   엄마. 이모. 두 분 화해하신 거예요?

미숙·혜숙 (멈칫하며 서로를 보는)

S#43. 석류의 집, 옥상 (밤)

미숙과 혜숙, 평상에 나란히 앉아 있다. 미숙, 혜숙의 장바구니 힐끗 보더니 말한다.

미숙   웬 장바구니냐. 내가 너 그런 거 들고 다니는 걸 본 역사가 없는데.

혜숙   시간이 많아졌잖아. 이제 밥도 좀 해 먹어보고 그래야지.

미숙   괜한 재료 버리게 생겼네.

혜숙   (툭) 그럼 좀 가르쳐주든가. 고사리를 샀는데 어떻게 해 먹는지 알 수가 있어야지.

미숙   요즘 요리책 잘 나오는데 뭐 한다고 나한테 배워.

혜숙   네가 해준 게 제일 맛있단 말이야.

미숙   손맛이 가르쳐서 되는 건 줄 아냐? 내일 해놓을 테니까 그냥 갖다 먹어.

혜숙   (피식) 너랑 싸우고 다시는 못 먹는 줄 알았는데.

미숙   (어이없다는 듯) 너는 절교하는 마당에 고사리나물 생각이 나든?

혜숙   그럼. 그게 어떤 음식인데. 나 한국 돌아오면 항상 제일 먼저 해줬잖아. 발령받아 외국 나갈 때도 매번 아이스팩 잔뜩 해서 싸 주고.

미숙   (쑥스러움에 괜히) 내가 그랬었나.

혜숙   반찬통 열 때마다 네가 꽉꽉 채워둔 우정이 흘러넘치는데 내가 그걸 어떻게 잊냐.

미숙   (가만 듣다가) 너 왜 나를 자꾸 작은 사람 만드냐? 그래! 나 솔직히 자격지심 있었다.

혜숙   (멈칫해 보면)

미숙   너는 영어도 잘하고 프랑스어도 하고 외국 가서 막 멋지게 쏼라쏼라하며 돈 버는데. 나는 승효 봐주면서 돈이나 받고. 네 아들인데, 돈 안 받고 그냥 돌봐줄 수 있으면 참 좋았을 건데.

혜숙	미쳤냐? 그게 얼마나 귀한 노동인데 돈을 안 받아!
미숙	(보면)
혜숙	우리 승효 반듯하게 큰 거 다 네 덕분이야. 사람 키워내는 거 그거 진짜 대단한 일이고 아무나 못 하는 일이라고. 너 나한테도 그랬어.
미숙	(무슨 소리지 싶어) 응?
혜숙	입학하고 나 친구 없이 혼자 밥 먹는데 네가 와서 그랬잖아. 너 이름이 혜숙이라며? 우리 쑥자매 멤버 하나 모자라는데 너 할래?
미숙	(그때 생각에 피식 웃음 나는데)
혜숙	그니까 나 너 사부인이라고 안 부를 거야.
미숙	(무슨 뜻이지) 서혜숙...?
혜숙	그래. 그렇게 이름 불러. 나도 너 계속 미숙아 하고 부를 거니까.
미숙	(멍하니 보면)
혜숙	애들 결혼해도 우리가 친구인 게 우선이다?
미숙	(놀라서) 너 석류랑 승효 허락하는 거야?
혜숙	처음부터 반대할 생각 없었거든?
미숙	웃기지 마. 너 탐탁지 않아 하는 눈치였어. 너 솔직히 석류 아픈 거 신경 쓰잖아!
혜숙	(버럭) 신경 쓰지 당연히!
미숙	(그럴 줄 알았다는 듯 보는데)
혜숙	석류가 아프다는데 어떻게 걱정을 안 할 수가 있어! 생떼 같은 네 자식. 눈에 넣어도 안 아플, 내 제일 친한 친구 딸인데!
미숙	(멈칫해 보면)
혜숙	나도 석류 얼마나 예뻐하는데. 근데 어떻게 내가 아무렇지 않을 수 있겠어.
미숙	(눈물 그렁) 나는 그런 줄도 모르고. 네가 싫다 그러면 우리 석류 무너질까 봐. 나 모르는 데서 혼자 아팠던 내 새끼, 내가 지켜야 되니까...
혜숙	(미숙 손 잡으며) 내가 같이 지킬게. 네가 우리 승효 키워준 것처럼 나도 석류 아끼며 돌볼게.

S#44. 석류의 집, 옥상 계단 입구 (밤)

옥상에서 들려오는 미숙과 혜숙의 대화에 석류, 소리 없이 운다. 역시 눈가 붉어진 승효, 석류의 어깨를 다독여준다. 근식과 경종, 올라오는 감정을 추스르며 가만히 듣고 있다.

S#45. 석류의 집, 옥상 (밤)

눈물 그렁그렁한 미숙과 혜숙, 옥상 입구를 보며 말한다.

미숙   거기 있는 거 다 아니까. 다들 그만 기어 나와.

그러면 승효와 석류, 근식과 경종 하나둘씩 옥상으로 나온다. 미숙과 혜숙, 일어나 아이들에게 다가간다. 그리고 미숙이 승효를, 혜숙이 석류를 안아준다.

혜숙   어릴 적부터 그렇게 야무지고 의지가 되더니 이렇게 되려고 그랬나 보다. 석류야. 앞으로도 우리 승효 잘 부탁해.

석류   (왈칵) 네. 네, 이모.

미숙   최승효. 너 반은 내 아들인 거 알지?

승효   (뭉클해져서) 알지 그럼.

미숙   석류 지지배가 때리고 괴롭히고 그러면 앞으로도 이모한테 일러. 혼구녕을 내줄 테니까.

승효   (웃는데 울 것 같은) 응.

근식   나이 먹으면 여성 호르몬이 많아져서 눈물도 많아진다더니. 그거 진짜예요, 승효 아부지? (울면서 돌아보는데)

경종   (이미 눈물 줄줄 흘리고 있는) 정확히는 남성 호르몬이 줄어드는 겁니다. 여성 호르몬 비율이 상대적으로 높아지는 거예요.

근식과 경종, 결국 참지 못하고 서로를 끌어안는다. 그리고 흐엉 소리 내어 운다. 진정한 가족이 탄생하는 밤이다.

S#46. 혜릉동 전경 (아침)

S#47. 석류의 집, 안방 (아침)

씻고 들어온 근식, 옷장 문을 연다. 빛바랜 카라티를 옷걸이에서 꺼내다가 멈칫한다. 마지막 출근인 까닭이다. 잠시 후, 단정한 셔츠를 골라 입은 근식, 맨 위의 단추까지 단정하게 잠근다. 그러고는 평소엔 잘 안 쓰는 싸구려 스킨도 발라본다. 거울 앞에 선 근식의 표정.

S#48. 석류의 집, 거실 (아침)

근식, 방에서 나오면 미숙, 부엌에서 나와 그를 맞는다.

근식   애들은?
미숙   글쎄. 아직 자는지 미동도 없네. 마지막 출근하는 기분이 어때?
근식   그냥 똑같지 뭐.
미숙   문 닫고 일찍 들어와. 저녁에 소주나 먹게.
근식   알았어. (하고 현관으로 가 신발 꿰어 신고 나간다)

S#49. 혜릉119안전센터, 격납고 (낮)

출동 마치고 돌아온 모음, 구급차에서 내린다. 그때 안에서 다른 구급대원이 나오며 모음에게 말한다.

구급대원 정반장님, 센터장님 호출이요.
모음   지금요? 이제 막 들어왔는데.

센터장(E) 축하해. 정반장.

S#50. 혜릉119안전센터, 센터장실 (낮)

센터장, 환한 얼굴로 모음에게 말한다. 모음, 어리둥절한 얼굴로 묻는다.

모음 네? 뭘요?

센터장 아이고. 이 눈치로 그 먼 데 가서 어떻게 적응하려고 그래. 정반장 남극
과학기지 안전요원으로 선발됐어.

모음 (놀라는) 제가요? 정말요?

센터장 응. 좀 전에 공문 내려왔어. 여자는 최초라더라. 2주 뒤부터 현지 적응 훈
련과 소양교육, 직무교육 있을 거고. 마치는 대로 다음 달 초 바로 출국하
는 일정이야.

모음 (당황) 그렇게 빨리요?

S#51. 뿌리분식 (낮)

근식, 손님 없는 식탁에 우두커니 앉아 있다. 시계가 오후 5시를 가리키
고 있다. 떡볶이 거의 그대로 남아 있다. 근식, 허무하고 쓸쓸하게 중얼거
린다.

근식 마지막 날도 이렇게 공치네.

대학생 (기웃거리며 들어와 묻는) 영업하세요?

근식 (벌떡 일어나며) 아이, 그럼요. 편한 데 앉으세요.

cut to.
근식, 대학생 앞에 떡볶이와 함께 순대, 어묵을 놓아준다.

대학생 저 어묵은 안 시켰는데요?

근식	서비스예요. 맛있게 드세요.
대학생	(피식 웃으며) 옛날에도 사장님이 어묵 하나 더 주셨었는데.
근식	예?
대학생	저 10년 전에 이 동네 살았거든요. 기말고사 망치고 떡볶이 먹으러 왔는데, 사장님이 힘내라고 그때도 이렇게 어묵 주셨어요.
근식	(신기하기도 반갑기도) 진짜요? 아, 내가 그랬었구나.
대학생	친구 만나러 왔다가 생각나서 와봤는데. 사장님도 어묵도 똑같네요.
근식	(뭉클해져서) 어묵 더 먹어요. 순대도 좀 줄까?
대학생	예? 아니에요. 괜찮아요.
근식	내가 주고 싶어서 그래요. 사실은 내가 오늘 장사 마지막 날이거든요.
대학생	안 왔으면 후회할 뻔했어요. 맛있게 잘 먹겠습니다.
근식	(맛있게 잘 먹겠단 말에 울림이 있는)

S#52. 뿌리분식 외경 (저녁)

어느덧 노을이 지기 시작한다.

S#53. 뿌리분식 (저녁)

붉은 노을 바라보던 근식, 자리를 털고 일어난다. 끝났구나... 하는 표정이다. 그리고 앞치마를 벗으려는데 미숙과 석류, 승효, 동진이 들어온다.

미숙	여보!
동진	아빠 우리 왔어!
근식	뭐야. 다들 갑자기 웬일이야?
석류	웬일은. 배근식 셰프님 떡볶이 먹으러 왔지.
승효	손님이 저희만이 아닌 것 같은데요?
혜숙	(들어오며) 석류 아빠 저희 튀김 좀 주세요. 여보 뭐가 맛있다 그랬지?
경종	(바로) 고추튀김! 아직 남아 있죠?

근식	(좋고도 쑥스러운) 아이, 뭐 이렇게 유난들을 떨고 그래요. 좁은 가게에 다 어떻게 앉으시려고.
인숙	(들어오며) 다닥다닥 붙어 앉으면 되죠.
재숙	(연두 손 잡고) 저희도 왔어요. 연두 아직 떡볶이 먹어본 적 없다 그랬지?
연두	(끄덕) 네.
재숙	좋겠다, 연두는. 인생 첫 떡볶이가 뿌리분식 떡볶이라니.
미숙	야. 니네 테이블 붙일 거면 이따 갈 때 다 정리해놓고 가라.
동진	됐어, 엄마. 내가 하면 돼. 이러려고 키운 근육이야.
모음	(단호와 함께 들어오는) 뭐야. 우리가 마지막이에요? 퇴근하자마자 바로 달려온 건데.
단호	(근식에게 명함 내밀며) 처음 뵙겠습니다. 청우일보 강단호 기자입니다.
근식	(받으며) 아, 예.
모음	(팔짱 끼며) 제 남자친구예요.
재숙	(친구들 보며) 쟤가 저렇게 푼수데기일 줄 누가 알았겠어.
근식	아이고. 고마워요. 여기까지 와주시고.
단호	아닙니다. 제가 은퇴 관련 특집기사를 준비 중인데 혹시 괜찮으시면 인터뷰를 좀 부탁드려도 될까요?

S#54. 뿌리분식 앞 (밤)

유리창으로 시끌시끌한 안이 들여다보인다. 그 앞에 플라스틱 간이용 의자를 내놓고 근식과 단호, 마주 앉아 있다. 근식, 조금 긴장한 얼굴이다.

단호	은퇴하시는 소감이 어떠신가요?
근식	아직 잘 모르겠어요. 채소 손질하고 육수 내고 떡 불리고. 매일 아침 하던 걸 안 하게 돼서 몸이 편해지면, 그때쯤 실감 나려나.
단호	그러시겠네요. 그럼 은퇴를 앞두고 가장 후회되는 것, 가장 기대되는 게 있으세요?
근식	후회되는 건 없네요. 내 뜻대로 되지 않은 게 태반이었지만 그게 인생 아니겠어요? 오히려 여기서 행복했던 기억이 더 많네요. 맛있다, 그 말 들

는 게 참 좋았어요. 그리고 기대되는 건... (하며 가게 안을 본다)

S#55. 뿌리분식 (밤)

다들 왁자지껄 떠들며 분식을 먹고 있는 즐겁고 행복한 모습. 웃고 있는 미숙, 석류, 동진, 마지막으로 승효의 얼굴까지 차례로 비추는 가운데 겹쳐지는 목소리.

근식(E) 가족이요. 먹고산다는 핑계로 아등바등 평생을 분주했거든요. 이제야 비로소 진짜... 가족에게로 돌아갈 수 있겠구나 싶어요.

S#56. 뿌리분식 (밤)

시간이 흘러 어느새 텅 빈 홀. 근식, 부엌에서 홀로 설거지를 한다. 냄비, 프라이팬 등을 뽀득뽀득 정성껏 닦는다. 마른행주로 물기까지 싹 닦아준다. 그 위로,

단호(E) 그간 고생한 자신에게 해주고 싶은 말이 있으신가요?

S#57. 과거, 뿌리분식 앞 (밤)

조금 전 근식과 단호의 인터뷰 회상 장면이다. 근식, 정면을 보며 웃는 얼굴로 말한다.

근식 ...수고했다. 애썼다, 배근식.

S#58. 뿌리분식 (밤)

모든 뒷정리를 마친 근식, 앞치마를 벗어 잘 개어놓은 뒤 불을 끈다.

S#59. 뿌리분식 앞 (밤)

그와 동시에 뿌리분식 간판에 불도 꺼진다. 석류와 미숙, 동진이 빛을 잃은 간판을 애틋하게 올려다보는데 마침 근식, 가게에서 나온다.

근식   (가족들 발견하고) 깜짝이야. 안 가고 왜 기다렸어.

미숙   그럼 먼저 가냐? 설거지랑 뒷정리 우리가 같이 한다니까.

근식   혼자만의 시간이 필요했어.

동진   그래, 엄마. 남자의 고독은 좀 지켜줘라!

석류   아빠. 가게랑 작별 인사는 잘했어?

근식   아주 진하게 했지!

미숙   잘했네. 그럼 이제 집에 가십시다.

석류   (걸어가며) 아빠 이제 진짜 자유네. 내일은 뭐 할 거야?

근식   글쎄. 아들. 우리 당구나 치러 갈까?

동진   나 시험공부 해야 되는데.

미숙   (근식 팔 찰싹 때리며) 당신은 왜 애 공부하는 걸 방해하고 그래.

근식   (문지르며) 아퍼! 석류야. 나 논다고 네 엄마 벌써 괄시 시작했다.

석류   됐어. 둘이 편먹으라 그래. 아빠는 나랑 배드민턴 치자.

근식   (질색하며) 싫어. 너는 너 이길 때까지 계속 치자 그러잖아.

석류   아냐, 아빠. 나 이제 안 그래.

동진   아빠 믿지 마. 나 옛날에 쟤한테 붙들려서 부루마블만 7시간 했어.

석류   그러게 왜 자꾸 서울을 사고 지랄이야.

미숙   (하품하며) 이 시간까지 깨어 있으니까 졸리다.

조용할 겨를 없이 저마다 할 말 하며 걸어가는 뒷모습. 넷의 그림자가 정답게 길어진다.

S#60. 승효의 방 (밤)

승효, 씻고 들어온다. 아직 물기 남은 머리카락을 수건으로 터는데 휴대폰 진동 울린다. 메시지를 확인하는 승효의 표정...!

S#61. 혜릉고 교정 (밤)

편한 복장에 내추럴한 모습의 승효, 헐레벌떡 달려온다. 캄캄한 밤, 스탠드에 홀로 앉아 있는 석류의 뒷모습 보인다. 승효, 석류 부르며 성큼성큼 다가간다.

승효   석류야!
석류   (돌아보는) 최쌤.
승효   (옆에 앉으며) 이 시간에 혼자 여기서 뭐 해. 위험하게.
석류   너 기다렸지.
승효   오늘 같은 밤은 가족들끼리 있어야 할 것 같아서 연락 안 했던 건데. 아저씨는? 괜찮으셔?
석류   응. 아까 보니까 엄마랑 소주 들고 옥상 올라가더라.
승효   좋다. 이런 날 옆에 누군가가 있다는 거.
석류   나 너 줄 거 있어. (하며 가방에서 통 꺼내 내민다)
승효   (열어보면 지짐누름적 들어 있는) 산적이네?
석류   그때 주려고 했는데 못 줬잖아.
승효   (그때 생각에) 이 맛있는 걸 못 먹고. 내가 내 복을 찼지.

승효, 옷에 손을 쓱쓱 문질러 닦더니 지짐누름적 하나를 집어 먹는다.

승효   (눈 커지는) 와. 너무 맛있는데?
석류   그럼. 도라지, 당근, 쪽파, 소고기 이거 다 일일이 손질해서 볶고 꼬치에 꽂고 계란물 입혀서 부치고. 이게 얼마나 손이 많이 가는지 알아?

승효   (순순히) 그래 보여.

석류   거기다 기름 냄새는 또 얼마나 많이 나는지. 내가 식용윤지, 식용유가 난
       지 물아일체를 경험할 수 있다니까?

승효   (머리 쓰다듬어주며) 우리 석류 고생했네.

석류   근데, 그래도, 그럼에도 불구하고 평생 해줄게. 질려서 더는 못 먹겠다고
       하지 않는 한, 산적은 무한 공급해준다, 내가.

승효   (웃으며) 나 땡잡았네.

석류   (툭) 이거 프러포즌데.

승효   응?

석류   (쑥스러움에 딴 데 보며) 나 혼자만 두 번이나 프러포즈를 받은 게 좀 과
       한 것 같아서. 균형을 맞춰보려고.

승효   (미소로) 그럼 나 이제 평생 무지개를 먹을 수 있는 건가?

석류   빨주노초파남보. 원하는 대로 얼마든지.

승효   와. 세상에서 제일 고소한 프러포즈다.

석류   그럼 수락해주시는 건가요?

승효   네! 기꺼이요.

승효, 대답과 함께 석류에게 가볍게 입 맞춘다. 석류, 다시 화답하듯 승
효에게 쪽 뽀뽀한다. 행복한 연인의 모습. 그리고 운동장 위로 펼쳐진 까
만 밤하늘에 Bravo my life 떴다가 글자 변형되며 **15화 엔딩 타이틀. Be
my love**

16화

끝

끝과 시작

S#1. 석류의 집, 거실 (아침)

승효와 석류, 미숙과 혜숙, 경종이 교자상에 빙 둘러앉아 있다. 근식, 부엌에서 주방장갑 끼고 뚝배기 들고 나와 가운데 놓는다.

근식   오래 기다리셨습니다! 바지락 넣고 시원하게 된장 한번 끓여봤는데 맛이
        어떠려나 모르겠네.

경종   (민망한 웃음) 저희 이렇게 매일 얻어먹어도 되는지 모르겠네요.

혜숙   은퇴도 하셨는데, 이제 평일엔 늦잠도 좀 주무시고 하세요.

미숙   (퉁명스럽게) 앞으로 하루 한 끼는 본인이 하시겠대. 다 제 살길 찾는 거지.

근식   말 좀 말랑말랑 부드럽게 해주면 안 되냐. 이 사람 그간 고생했잖아요. 앞
        으로는 제가 살펴 모셔야죠.

미숙   (못마땅) 왜 남자들은 이렇게 다 늙어 정신 차린 척을 하나 몰라.

석류   (웃으며) 아빠 엄마가 버리고 갈까 봐 무서운가 보다.

승효   이모 난 절대 안 그럴게. 지금부터 납작 엎드릴 준비 돼 있어!

미숙   (타박하듯) 그런 건 소리 없이 조용히 실천해야. 네 엄마 듣는 데서 팔
        불출 짓을 하면 어떡해.

혜숙   됐어. 나 벌써 면역력 생겼어. (하며 깻잎 먹으려는데 붙어서 잘 안 떨어

진다)

경종	(얼른 젓가락 대며) 당신 깻잎은 평생 내가 떼어줄게. 아무 논쟁 없게.
혜숙	(배시시) 나 저기 저 나물이 손에 안 닿는데.
경종	(호들갑) 뭐? 콩나물? 참나물? 비름나물?
미숙	(그게 부럽고) 여보. 나도 장조림 먹고 싶은데.
근식	(눈치 없이) 당신이 나보다 더 가까워. 손 뒀다 뭐 해.
미숙	뭐 하긴. 이거 하지. (하며 근식의 옆구리 꼬집는다)
근식	(펄쩍 뛰며) 아, 아퍼! 손에 갈퀴가 달렸나.
미숙	그럼 아프라고 꼬집었지 내가 간지러우라고 꼬집었겠냐?

근식, 미숙 티격태격하는 사이 석류, 슬쩍 일어나며 승효에게 눈짓과 턱짓을 한다. 승효, 2층으로 올라오라는 석류의 뜻을 바로 알아차린다.

S#2. 석류의 방 (아침)

승효, 들어오면 기다리고 있던 석류, 애교 섞인 투정을 부린다.

석류	요즘 왜 이렇게 얼굴 보기가 힘들어? 며칠째 데이트도 못 하고.
승효	(역시 애교로) 미안. 일이 너무 많아서. 나 일주일만 더 봐주면 안 돼?
석류	일주일 너무 긴데.
승효	(석류 안아주며) 나야말로 일주일이 천년 같을 예정이야.

석류, 승효 품에 딱 들어맞는 퍼즐처럼 꼭 안겨 있는데 방문 벌컥 열리며 동진, 면도기 들고 들어온다.

동진	배석류. 너 또 내 면도기 썼지? (하다가 두 사람의 포옹 보고) 으앗! 내 눈! 엄마! 아빠! 얘네 또 방에서 이상한 짓 해!
승효	(당황해서) 야, 야. 동진아.
석류	(버럭) 이상은 무슨! 이제 합법적으로다가 양가 허락하에 만나는 공식 인증받은 관계거든?

동진	내가 허락 못 해! 형. 지금이라도 다시 생각해봐.
석류	(어금니 꽉) 네가 아주 목숨을 내놨구나.
동진	(면도기 들어 보이며) 애 이거 완전 바야바야! 맨날 내 면도기 훔쳐 쓴다고!
석류	(입 막으러 달려들며) 미친 새끼가! 어디서 개소리를!
동진	(석류 손 피하며) 형 인생을 위해 해주는 말이야. 면도날 무뎌지는 속도가 배석류 아무래도 턱수염 나는 것 같애!
석류	(얼굴 빨개져서) 닥쳐! 안 닥쳐?
승효	(툭) 상관없어.
동진	(놀라서) 어?
승효	(진지하게) 난 석류가 바야바든 외계인이든 상관 안 한다고.
석류	(감동의 입틀막) 최쏭...
동진	나 이 대사 어디서 들었어. 맞네! 이 형 커피프린스를 너무 재미있게 봤네! 형, 정신 차려. 그건 드라마고 이건 현실이야!
승효	(지갑에서 5만 원권 지폐 뭉텅이로 꺼내 주며) 자격증 시험 얼마 안 남았다 그랬지? 나가서 시원한 거라도 마시면서 해.
동진	(바로 태세 전환) 매형...! 이제 매형이라고 부를게요.
승효	(당황스럽지만 싫지 않은) 응? 으응, 그래. 처남.
동진	생각해봤는데 배석류, 아니 우리 누나가 그렇게까지 엉망진창은 아녜요.
석류	(문을 향해 밀며) 나가.
동진	(나가며 계속 떠드는) 주로 호박이긴 한데 줄 그으면 수박 비스무리한 걸로 변신도 가능하고. 그리고 면도기는... 원래 털이 많으면 미인이라고,
석류	(동진 밀어내고 문 쾅 닫은 뒤) 내가 쓴 거 아니야. 진짜야.

승효, 알 수 없는 미소로 석류를 그저 보고 있다. 석류, 당황해서 "진짜 아니라니까?" 바득바득 우기고 승효, 그런 석류가 귀엽다는 듯 "알았어. 알았어." 한다. 석류, "너 안 믿지? 면도기 국과수로 보낸다!" 발끈하고, 둘의 귀여운 투닥거림 위로 **16화 오프닝 타이틀. 끝**

S#3. 혜릉119안전센터 앞 (아침)

단호, 모음을 기다리고 있는데 야간 근무 마치고 퇴근하는 연반장과 박반장 나온다.

박반장 엇, 기자님! 여긴 어쩐 일이세요.

단호 안녕하세요. 잘 지내셨죠?

연반장 못 지냈죠. 초복 중복 말복 중 온다더니 코빼기도 안 비추시고 말이야.

단호 죄송해요. 취재가 많아서. 제가 다음 달쯤에 다시 날 잡아 오겠습니다.

연반장 됐어요. 오긴 뭘 와. 그땐 정반장도 없을 건데.

단호 (갸웃) 정반장님이 왜 안 계세요?

박반장 정반장님 남극 발령 났잖아요. 과학기지 안전 담당 요원으로.

단호 (충격으로 보는데)

연반장 꼭 가고 싶다고 시간 쪼개가며 얼마나 착실히 준비했나 몰라요.

S#4. 혜릉119안전센터, 탈의실 (아침)

옷을 갈아입은 모음, 구급대원 활동복을 옷걸이에 건다. 그리고 사물함 속 사용하기 편하게 마구잡이로 놓여 있던 짐들을 정리한다. 조만간 사물함을 비울 것에 대비하는 것이다. 모음이 정리하는 물품들 중 헤어오일도 비춰진다.

연반장(E) 결국은 꿈 이룬 거지.

곧 떠나야 하는 상황, 아직 말조차 하지 못했다. 모음, 심란한 얼굴로 사물함 문을 닫는다.

S#5. 혜릉119안전센터 앞 (아침)

모음, 터덜터덜 나오는데 앞에 서 있는 단호 보인다.

모음	(놀라서) 기자님! 연락도 없이 웬일이에요?
단호	(미소로) 퇴근 시간 맞춰서 데리러 왔죠.
모음	오, 감동인데?
단호	피곤하죠? 집에 가서 얼른 좀 자요.
모음	아니 차에서 잘래요. 시간 아까워. 우리 데이트해요.
단호	(보면)
모음	아직 데이트다운 데이트도 못 해봤잖아요.
단호	(다정하게) 뭐 하고 싶어요?

S#6. 월미도 놀이공원 (낮)

단호와 모음 앞에서 디스코 팡팡이 인정사정없이 돌아가고 있다. 날아가 거나 미끄러지는 사람들 보인다. 여유만만한 미소를 띤 모음과 달리 단 호의 얼굴, 창백하게 질려 있다.

단호	(정신 혼미) 월미도 디스코 팡팡이 농담이 아니었군요?
모음	이게 싫으면 바이킹 탈래요?
단호	(바로) 이걸 타겠습니다. 가시죠!
모음	(엉뚱한 방향으로 가는 단호 붙잡으며) 그쪽 아니고 이쪽.

cut to.
모음과 단호, 디스코 팡팡 탄다. 단호, 출발 전부터 이미 긴장한 얼굴인데 모음, 신났다.

단호	근데 이 놀이기구 괜찮은 겁니까? 허리, 어깨, 무릎, 아니 안경이 날아가지 않을까요?
모음	그러고 보니 기자님 안경 벗은 모습을 본 적이 없네요.
단호	저 초고도근시입니다. 안경 쓰고도 시력이 많이 안 나와요.
모음	(가까이 붙어 앉아 안경 벗겨주며) 이러면 안 보여요?
단호	보여요, 모음 씨는. 아무리 멀리 있어도 보일 거예요. (하는데 출발 음악

나온다)

모음 (다시 안경 씌워주며) 봉 꽉 잡아요. 그리고 걱정 마요. 내 옆이 제일 안전하니까!

단호, 그런 모음을 잠시 잠깐 애틋하게 보는데 DJ의 목소리와 함께 디스코 팡팡이 작동한다. 원형판이 돌면서 통통 팅길 때마다 모음과 단호, 흔들린다. 모음과 단호, 이렇게까지 크게 웃어본 적이 있나 싶게 웃는다. 귀엽고 사랑스럽고 시끄러운 한때.

S#7. 혜릉부동산 (낮)

재숙, 연두의 머리를 빗겨주고 있다. 인숙, 석류와 승효 소식에 눈이 휘둥그레진다.

인숙 세상에 석류랑 승효가 만난다니. 그럼 이제 니네 둘이 사돈 맺는 거네?

재숙 내가 보기엔 석류 승효보다 미숙이 혜숙이 얘네가 더 인연이야. 둘이 안 만났어 봐, 걔들이 어떻게 맺어져.

인숙 (깔깔) 그러게. 전생에 부부였던 거 아니야?

미숙 야. 어디 그런 끔찍한 소릴 하고 있어.

혜숙 내가 할 말이거든? 말 나온 김에 나 예단 필요 없다.

미숙 (보면)

혜숙 명품백, 다이아, 현금, 아니 수저 한 벌도 준비하지 마. 애들만 잘 살면 되지. 나 그런 거 하나 원치 않아.

미숙 해줄 생각도 없었어. 귀한 딸 보내는데 그거면 충분하지.

혜숙 (살짝 발끈) 야. 보내긴 뭘 보내. 요즘은 아들을 보내는 거라더라.

미숙 (코웃음) 말만 그렇지 실제로 살아봐라. 사위보다 며느리가 훨씬 힘들지!

혜숙 시집살이 안 시킬 테니 걱정하지 마. 나 애들 일에 일절 관여 안 할 거야.

미숙 나도 마찬가지거든? 야. 저기 결혼식은 내년 봄에 하자. 날씨 좋고 꽃 피고 한 5월 중순쯤?

혜숙 무슨. 쇠뿔도 단김에 빼랬다고 올해 가기 전에 해.

미숙	야. 그건 준비가 너무 빠듯하지.
혜숙	플래너 끼고 하면 금방 해. 식은 호텔에서 하자.
미숙	미쳤냐? 호텔 식대가 얼마나 비싼데. 우린 그럴 돈 없어!
혜숙	(한발 물러나는) 그럼 스몰웨딩 어때? 가까운 사람들끼리만 오붓하게.
미숙	안 돼, 야! 지금까지 뿌린 게 얼만데. 그건 거둬들여야지.
혜숙	이것도 싫다 저것도 싫다 그럼 어쩌라고!

혜숙과 미숙 티격태격하는 뒤로 인숙, 하루 이틀이 아니라는 듯 즙을 빨아 마시고 있다. 재숙, 어느새 연두의 머리를 다 묶어주고 역시 동태 눈깔로 그 광경 보고 있다.

인숙	(즙 한 방울까지 털어 먹으며) 저것들은 애 보는 데서 뭐 하는 짓이야.
재숙	연두야. 친구랑 사이좋게 지내야 돼. 저렇게 싸우면 안 되는 거야.
연두	(끄덕이며) 네.
인숙	교훈은 있네.

S#8. 혜릉헬스장 (밤)

동진, 구석에 앉아서 공부하고 있다. 나윤, 운동하러 들어와서 누구를 찾는 듯 두리번거리다가 동진을 발견한다. 나윤, 웬일로 먼저 다가가 인사한다.

나윤	안녕하세요.
동진	(힐끗 올려다보고) 네, 안녕하세요.
나윤	공부하나 봐요?
동진	(책에 시선 둔 채) 시험이 얼마 안 남아서요.
나윤	(괜히 얼쩡거리며) 그렇구나. 아, 저 피티를 한번 해볼까 하는데 누구한테 물어보면 돼요?
동진	(손 번쩍 들더니) 관장님! 여기 회원분 피티 상담받고 싶으시대요.
슬기	(득달같이 달려와) 이리로 오시면 됩니다.

나윤	(이게 아닌데) 네? 아... 네에.
슬기	(안내하며) 피티 받아보신 적 있으세요?
나윤	(떨떠름) 예전에 한 번 잠깐이요.
슬기	(신나서) 저희 체육관에서는 차원이 다른 피티를 경험하실 수 있을 겁니다. 제가 선출로서 체계적으로 시스템을 짜드리구요.
나윤	(따라가다가 돌아보고) 뭐야. 원래 저렇게 생겼었어?

한껏 집중한 동진의 얼굴, 날렵한 옆선이 평소보다 더 잘생겨 보인다. 아무도 모르는 사이 나윤의 얼빠 본능이 시동을 걸고 있다.

S#9. 뿌리분식 앞 (낮)

걸어가던 석류, 뿌리분식 앞에 멈춰 선다. 유리창에 '해당 점포에서 공사로 인한 소음이 발생될 수 있으니 양해 부탁드립니다.'라고 공사안내문 붙어 있다.

석류	다음 들어올 가게 공사 시작하나 보네.

석류, 착잡하고 서운한 맘에 안을 기웃거린다. 그리고 조심스럽게 문을 열어보는데 열린다.

S#10. 뿌리분식 (낮)

석류, 문 열고 들어온다. 집기들 일부만 정리됐을 뿐 거의 원래 모습 그대로인 식당을 가만히 바라본다. 이곳에서의 추억이 많은 만큼 애틋하고 뭉클한 눈빛인데, 감회에 오래 젖을 새도 없이 모음에게서 전화가 온다. 피식 웃으며 전화받는데.

석류	응. 모음아. 지금? 밖이지. 왜? ...뭐? 진짜???

S#11. 모음의 방 (낮)

모음, 심란한 얼굴로 누워 있는데 석류, 호들갑스럽게 들어온다. 머리엔 고깔모자 쓰고 손에는 헬륨풍선과 고깔모자와 케이크 등이 바리바리 들려 있다.

석류 축하해, 정모음!

모음 (뻘한 얼굴로) 뭐냐. 보따리상이냐.

석류 (모음에게 고깔모자 씌우며) 축하사절단이지! 우리 모음이가 남극엘 간다는데 어떻게 빈손으로 와. 알록달록하게 준비해봤어.

모음 (멍하니 남극 사진 보는데)

석류 (상자에서 케이크 꺼내며) 언제 발표 난 거야? 오늘?

모음 (덤덤하게) 아니. 지난주.

석류 (초와 성냥 꺼내며) 와, 그걸 왜 이제야 말해! 입 안 간지럽든? 내가 너였으면 골목 앞에 셀프로 현수막 걸었다.

모음 (텅 빈 눈동자) 그럴까? 그러면 기자님도 볼 거잖아.

석류 (그 생각은 못 한) 아...

모음 (울고 싶은) 말 못 하겠어. 도저히 입이 안 떨어져.

cut to.
어둑어둑해진 주변. 불붙이지 않은 초와 성냥 그냥 바닥에 대충 놓여 있다. 석류와 모음, 밥숟가락으로 그냥 케이크 대충 퍼 먹은 듯하다. 둘 다 아직 고깔모자는 삐딱하게 쓰고 있다.

모음 어떻게 된 게 당을 이렇게 때려 넣어도 머리가 안 돌아가냐. 무슨 말을 어디서부터 꺼내야 할지 모르겠어.

석류 난 알 것 같은데.

모음 진짜? 그럼 좀 가르쳐줘.

석류 (모음이 했던 말 돌려주는) 진정성으로 승부해.

모음	(울컥) 복수하는 거야? 그거 내가 했던 말이잖아!
석류	맞는 말이더라고. 큰일일수록 솔직하고 정직하게. 정말 하고 싶은 일이라고, 1년만 기다려달라고 기자님한테 말해.
모음	내가 그렇게 얘기하면 기자님 마음이 어떨까.
석류	나 유학 갈 때 승효 마음이 이랬으려나.

석류, 그때 생각에 미안하기도 하고 뭉클해지기도 하는데 마침 승효에게서 전화 온다. 석류, 슬쩍 모음 눈치 살피며 휴대폰 뒤집어놓는데 모음, 이미 승효의 연락임을 눈치챘다.

모음	가.
석류	(의리를 지키겠단 일념) 가긴 어딜 가. 나 오늘 자고 갈 거야.
모음	잠은 집 가서 자.
석류	왜 자꾸 보내려고 그래?
모음	침대 넓게 쓰고 싶어 그런다 왜.
석류	나 진짜 가?
모음	가라고 몇 번 말해.
석류	(못 이기는 척 짐 주섬주섬 챙기며) 가긴 가는데, 너 이거 절대 송별회 아니다. 상다리 부서지게 다시 하는 거야!

S#12. 혜릉동 골목길 (밤)

승효, 기다리고 있으면 저 멀리서 석류, 다다다 뛰어온다.

승효	천천히 와. 넘어져.
석류	1초라도 더 빨리 보고 싶어서.
승효	나도. 네 얼굴 한 번이라도 더 보려고 오늘 일 미친 듯이 했어. 칭찬해줘. (하며 머리 쓰다듬어달라는 듯 고개 살짝 숙여 내민다)
석류	(머리 쓰다듬어주며) 고생했어. 아이, 잘했어.
승효	(만족의 웃음으로 석류 손 잡으며) 가자.

석류	저녁은 먹었어?
승효	아니. 우리 우동 먹고 들어갈까?
석류	완전 좋아. 케이크 반 통을 먹었더니 속 너무 느글거렸어.
승효	케이크는 왜?
석류	모음이 그거 됐대. 남극!
승효	정말? 와, 정모음 진짜 한다면 하는구나.

일상적인 대화하며 걸어가는 두 사람의 뒷모습 예쁘게 비춰지며 암전.

S#13. 승효의 집, 거실 (낮)

혜숙, 봉지 열어 보이면 말린 고사리 한가득 들어 있다. 미숙, 내려다보며 묻는다.

미숙	밑도 끝도 없이 집으로 오라더니, 고사리 자랑하려고 불렀냐.
혜숙	아니. 너 나 요리 가르쳐주기로 했잖아.
미숙	진심이었어?
혜숙	(트왈드주이 패턴의 화려한 앞치마 꺼내며) 그럼. 만반의 준비를 마쳤다고.
미숙	(앞치마 보며) 이거 사러 어제 또 백화점 갔지?
혜숙	(앞치마 두르며 머쓱) 응.
미숙	그래. 내가 요리 가르쳐줄 테니까 너도 나 뭐 하나 좀 가르쳐줘라.
혜숙	뭘?
미숙	(쑥스러움에 툭) 영어.
혜숙	영어는 갑자기 왜?
미숙	(숨은 진심) 그냥. 언제가 될진 모르지만, 나도 해외여행 가서 음식 주문도 해보고 싶고. 외국 사람들이랑 얘기도 해보고 싶어서.
혜숙	(그 마음 알겠고) 그래. 서로 가르쳐주자. 공평하게.
미숙	(피식 웃으며) 학원비 굳었네.

S#14. 승효의 집, 부엌 (낮)

미숙, 혜숙에게 '고사리나물 볶음' 만드는 법을 가르쳐준다.

미숙   (밥솥에 고사리 넣고 뚜껑 닫으며) 말린 고사리는 하루 전날 불려야 되는 데 그럴 시간이 없을 땐 밥솥에 삶으면 돼.

혜숙   (멀뚱멀뚱 보고 있으면)

미숙   뭐 해? 버튼 안 누르고.

혜숙   (아무거나 눌러보는데 '잡곡쾌속', '누룽지', '보온취소', '취소', '취소', '취소'... 엉뚱한 소리만 계속 나는)

미숙   (한심하게 보며) 너 이 밥솥 안 써봤지?

혜숙   (민망한) 바꾼 지 얼마 안 됐어. 새삥이야.

cut to.
어느새 삶은 고사리 준비돼 있고 미숙, 절구에 깐 마늘 넣고 찧는 시범을 해 보인다.

미숙   이렇게 다지면 돼. 해봐.

혜숙   (엉성한, 그러다 결국 마늘 하나가 미숙의 눈에 튀는)

미숙   (눈 감싸며) 아! 아오, 매워. 야, 조심해야지. 눈에 다 튀었잖아.

혜숙   괜찮아? 어머, 어떡해.

미숙   (물로 닦으며 버럭) 이건 뭐 하나 제대로 하는 게 없어. 이런 일머리로 외무고신 어떻게 봤냐?

혜숙   (발끈) 야. 나 당시 기준으로 최연소 합격이었어!

미숙   그럼 뭐 하냐고. 마늘 하날 못 다지는데. 거기 파나 썰어!

혜숙   (분하지만 칼 잡고 파를 자르는데)

미숙   야. 그걸 세로로 가르면 어떡해. 가로로 작게 송송송 썰어야지. 얘는 무슨 말귀를 못 알아듣네. (하며 칼을 뺏는다)

혜숙   (거듭되는 무시에 분한 눈으로 미숙을 보는)

S#15. 승효의 집, 거실 (낮)

혜숙과 미숙, 마주 앉아 있다. 미숙, 영어 회화책과 필기 노트, 펜 등을 꼼꼼하게 준비했다.

혜숙 책 덮어. 그런 거 하나도 안 필요하니까.

미숙 (눈 동그래져서) 그럼 뭘로 공부해?

혜숙 바로 실전으로 가야지. 영어는 컨벌세이션conversation이 제일 중요해.

미숙 컨벌... 뭐?

혜숙 (가르치듯) 대화. 회화.

미숙 (살짝 당황) 너무 오래돼서 단어가 기억이 안 나네. 그래. 말만 통하면 되지. 뭐 무슨 얘기부터 해볼까?

혜숙 오늘 오후에 뭘 할 예정이니?

미숙 나? 슈퍼 갈 건데.

혜숙 (유창하게) 그걸 영어로 하면 What are you going to do in the afternoon?

미숙 (더듬더듬) 왓 아 유 고잉 투... 야, 천천히 좀 해봐.

혜숙 (또박또박 한 번 더) What are you going to do in the afternoon?

미숙 (힘겹게) 왓 아 유 고잉 투 두 인 더 애프터눈.

혜숙 더 아니고 디. 정관사 the는 몇몇 예외 사항을 빼곤 모음 앞에서 '디'라고 읽어야지.

미숙 (얼굴 빨개져서) 맞다. 그랬었지. 야, 너무 오래돼서 다 까먹었다야.

혜숙 난 슈퍼에 갈 거야. I'm going to go to supermarket.

미숙 그건 쉽지. 나도 옛날엔 성문 영어 곧잘 외웠어. (혀 있는 그대로 굴려) 암 고잉 투 고 투 슈퓔말켓.

혜숙 슈퍼 아니고 수퍼. 혀를 꽈배기처럼 꼬지 말고 있는 그대로 담백하게 수퍼.

미숙 ...수퍼.

미숙, 더럽고 아니꼽고 치사하다는 듯 슬쩍 째려본다. 이렇게 한 방씩 주고받는 두 사람...!

S#16. 석류의 집, 부엌 (낮)

경종과 근식, 식탁에 마주 앉아 있다. 경종의 발치에는 커다란 쇼핑백 하나 놓여 있다.

근식   와이프들은 저쪽 집 가 있고 우린 여기 있고. 끼리끼리도 괜찮네요?

경종   앞으로도 종종 이런 시간 가지시죠. 제가 너무 얻어먹기만 한 것 같아서 뭐 하날 가져왔는데... (하며 위스키를 꺼낸다)

근식   어우, 눈부셔. 외관부터 고급스러운 게 나 비싼 놈이라고 떡하니 쓰여 있네요. 근데 집에 소주잔이랑 맥주잔밖에 없는데.

경종   그냥 물컵에 마셔도 됩니다. 그리고 이것도... (하며 카메라 내민다)

근식   (어리둥절) 카메라네요?

경종   새건 아니고 제가 원래 갖고 있던 건데, 쓰시기 어렵진 않을 거예요.

근식   이걸 저를요? 에이, 두 개는 반칙이죠. 얘가 술보다 비싸게 생겼는데.

경종   사진 찍는 법 가르쳐 달라면서요. 무기 없이 어떻게 전쟁터에 나갑니까.

근식   아, 또 그렇게 말씀하시면... 예. 그럼 일단 한잔하고 제가 전투적으로 배워보겠습니다. (하며 위스키를 딴다)

S#17. 석류의 집 외경 (밤)

찰칵찰칵(E) 카메라 셔터 누르는 소리 연신 터져 나온다.

S#18. 석류의 집, 부엌 및 거실 (밤)

식탁 위 바닥난 위스키병과 따라 마신 머그컵 두 개 놓여 있다. 시점 이동해 거실로 가면 고주망태가 된 경종, 역시 취한 근식에게 사진 찍는 법을 가르친다. 그런데 그 방식이 스파르타! 경종이 모델 역할을 하고 근식이 사진을 찍는데, 확인할 때마다 혼내고 다시 찍게 한다.

경종	(근식이 찍은 사진 보며) 다시! 수평을 똑바로 맞춰야지!
근식	(다시 찍고) 이, 이렇게요?
경종	(고압적인) 피사체가 기울어져 있잖아! 다시!
근식	(다시 찍으며) 화내지 마세요... 무서워요...
경종	사진을 무릎에서 끊으면 어떡해! 다리가 짧아 보이잖아! 다시!
근식	(쭈굴) 네.
경종	비율이 엉망이잖아! 중앙 말고 살짝 옆으로 방향 틀어서! 최소 8등신 이상으로 찍으려면 허릴 숙이고 시선도 낮추고!
근식	(한껏 숙이며) 이렇게요?
경종	더 낮춰! 더 엎드려! 유격 훈련이다 생각해! 군대 안 갔다 왔어?
근식	(울먹) 저 방위예요.
경종	바닥과 완전 밀착! 카메라와 한 몸이 돼!
근식	(바닥에 드러누워 사진 찍으며) 살려주세요.

S#19. 단호의 집, 현관 앞 (아침)

단호, 문을 열면 모음이 서 있다. 손에는 선물상자를 들고 있다.

단호	모음 씨.
모음	출근 전에 잠깐 들렀어요. 이건 선물!

S#20. 단호의 집, 거실 (아침)

단호, 상자를 열어보면 예쁘게 개어진 티셔츠 놓여 있다.

단호	티셔츠네요?
모음	내가 하나 사 준다 그랬잖아요.

flash back.

9화 S#39. 모음, "저기요 기자님! 앞으로 그 티 입지 마요. 아, 내가 더 좋은 거 사 줄 테니까 그만 입어요!"

단호	(피식 웃으며) 저 갯벌티 아직도 금지인 거예요?
모음	그럴 리가요. 그 티 입었을 때가 제일 멋있는데요?
단호	(슬쩍) 다른 거 입었을 때도 나쁘지 않을 텐데.
모음	어쩔 수 없어요. 갯벌맨이 내 첫사랑이라. 아, 첫사랑은 스파이더맨이구나 참.
단호	그다음은 아이언맨, 헐크, 토르, 캡틴 아메리카인가요? 경쟁 상대가 너무 막강해서 전의를 상실하게 되네요.
모음	그래도 제 최애는 갯벌맨이거든요? 맞는지 한번 입어봐요.
단호	네. (웃으며 티셔츠 드는데, 아래 티셔츠가 또 있는) 커플티예요?
모음	반은 맞고 반은 틀려요. 그 아래도 봐요.
단호	(모음의 티셔츠 들면 아래 어린이용 티셔츠 보이고) !
모음	그건 연두 꺼. 맨 밑에는 우리 엄마 꺼.
단호	(뭉클해져서) 단체티네요?
모음	(고쳐주는) 가족티예요.
단호	...나도 줄 거 있어요. (하더니 커다란 쇼핑백 꺼내 와 모음에게 건넨다)
모음	뭐가 이렇게 커요?

모음, 열어보면 플리스 재킷, 패딩, 목도리, 귀마개, 털부츠 등 방한용품 가득하다. 모음, 설마 하는 눈빛으로 단호를 본다. 단호, 담담하고 따뜻하게 말한다.

단호	남극은 겨울에 영하 25도까지 내려간대요. 이거 입고 두르고 신고 조심히 따뜻하게 잘 다녀와요.
모음	(왈칵) 기자님. 어떻게 알았어요?
단호	지난번에 데리러 갔다가 반장님들께 들었어요.
모음	미안해요. 바로 말 못 해서.
단호	미안해야 해요. 모음 씨 날 너무 작은 사람으로 봤거든요. 나 능력 있는

	여자친구 발목 잡는 그런 찌질한 놈 아니에요.
모음	그런 거 아니에요. 우리 이제 겨우 마음 확인했는데 너무 갑작스러울까 봐. 연두한테도 어떻게 말해야 할지 모르겠고.
연두(E)	언니. 저도 다 들었어요.
모음	(돌아보면 잠옷 차림의 연두 서 있는) 연두야...
연두	남극 가서 황제펭귄 만나면 꼭 사진 찍어 보내주세요.
모음	황제펭귄?
연두	네. 황제펭귄은 엄마가 먹이를 찾아 떠난 동안 아빠가 알을 품어서 새끼를 부화시킨대요. 우리 아빠처럼요.
모음·단호	(뭉클해져서 보면)
연두	아빠랑 같이 기다리고 있을게요.
모음	(팔 활짝 벌리며) 이리 와, 연두야.
연두	(모음에게 와 안기면)
모음	(연두 꼭 안고) 다녀올게. 먹이 잔뜩 찾아서 멋지게 돌아올게.
단호	(모음과 연두를 안으며) 고마워요. 나한테 와줘서. 우리한테 와줘서.

S#21. 석류의 방 (낮)

석류, 새로운 브이로그 영상을 업로드한다. '렌틸콩채소스프'다. 그러고 나서 새로운 댓글에 답을 달기 시작한다. 손목에는 승효가 선물한 팔찌가 걸려 있다.

소리(E)	요새 몸이 좀 안 좋은 것 같아서 건강 식단 찾다가 봤는데 만들어볼게요.
석류(E)	와주셔서 감사합니다. 건강하고 맛있는 식탁 되시길 바라요.
소리(E)	요리 과정이 친절해서 따라 하기 좋아요. 가지피자 엄청 맛있었습니다.
석류(E)	도움이 되었다니 다행이네요. 가지 말고 애호박이나 감자 등으로 응용하셔도 좋아요.

그리고 지난번의 "투병 중이라 건강식 찾다가 보게 됐네요. 너무 맛있어 보이는데 요리할 기력이 없어서 따라 할 수가 없네요. 먹어볼 수 있으면

좋을 텐데."라는 댓글을 다시 본다. 석류, 뭐라고 달아야 할지 망설이는데 그때 똑똑 소리 난다. 석류, 창문 열면 반대편 창에 승효 보인다.

석류 (반갑게) 최쓩!
승효 (웃으며) 나올래?

S#22. 석류의 집, 대문 앞 (낮)

석류, 대문 열고 와다다 나오면 승효, 기다리고 있다.

석류 낮에 막 이렇게 나와도 돼? 바쁜 건 다 끝났어?
승효 응. 우리 오랜만에 다 같이 돌자 동네 한 바퀴 할까? (하며 손을 내민다)
석류 (활짝 웃으며 그 손을 잡는)

S#23. 혜릉동 상가거리 (낮)

승효와 석류, 손잡고 동네를 걷는다. 아늑하고 정겨운 동네 가게들 비춰진다.

S#24. 과거. 혜릉동 상가거리* (낮)

걷고 있는 승효와 석류, 어린 시절 모습으로 바뀐다. 조금 빛바랜 느낌의 화면. 30년 전이지만 주변 환경 거의 변함없다. 손잡고 걸어가는 승효와 석류. 석류는 한쪽 옆구리에 승효의 저금통(2화 S#18-6)을 끼고 있다.

----

* 1995년

S#25. 혜릉동 상가거리 (낮)

다시 승효와 석류, 현재 모습으로 바뀌며 승효, 건물 가리킨다.

승효   여기 기억나? 옛날에 문방구 있었던 거.
석류   그럼. 요 앞에 뽑기 기계 있고 좌판엔 불량식품 쫙 깔려 있고. 돈 생기는
       족족 다 갖다 바쳤는데.
승효   (쓸쓸한 미소) 주로 내 저금통이었지.
석류   (장난스럽게 웃으며) 주로 내가 그렇게 말했지. 애기야, 가자!

S#26. 과거. 혜릉동 상가거리* (낮)

걸어가는 석류와 승효, 하복을 입은 고등학교 시절 모습으로 교차된다.
석류의 '애기야' 소리에 승효, 기겁과 정색으로 돌아본다.

승효   한 번만 더 그렇게 부르면 죽는다.
석류   (더 크게) 애기야!!! 노래방 가자!
승효   (주변 사람들 돌아보면 쪽팔리고) 죽는다고 했다!
석류   (거의 몸부림) 아아, 가자! 서비스 타임에 너 혼자 다 부르게 해줄게.
승효   됐거든? 그래 놓고 맨날 듀엣곡 만드는 주제에.
석류   이번엔 진짜로!
승효   싫어. 저 밀폐된 공간에 둘이 들어가는 거 누가 볼까 무서워. 더 이상의
       오해로 내 인생을 오염시킬 순 없어. (하고 간다)
석류   (때릴 기세로) 이 자식이! 사람을 오염물질 취급을 해?

그러면 승효, "어어?!" 석류 피해 다다다 도망간다. 석류, "야. 너 거기 안

----

*   2008년

서!" 하며 쫓아가고 천진난만하게 청량하게 거리를 달리는 두 사람.

S#27. 상가거리 및 뿌리분식 앞 (낮)

같은 풍경에서 교복 차림의 승효와 석류, 현재 모습으로 바뀐다. 그리고
손잡은 두 사람 어느새 뿌리분식 앞에 도착했다.

석류	여기 공사 다 끝났나 보네.
승효	그러게.
석류	(기웃거리며) 뭐가 들어오는 거지?
승효	(툭) 한번 들어가 볼래?
석류	응?

S#28. 뿌리분식 (낮)

승효, 문 열고 들어온다. 따라 들어오는 석류, 승효답지 않은 행동에 약간
당황한 눈치다. 완전히 변한 내부, 따뜻한 색감에 짙은 원목을 사용해 퓨
전 한옥 같은 느낌 난다.

석류	야. 이렇게 막 안에 함부로 들어가도 돼?
승효	(대답 대신 들어가 공사 끝난 실내 쭉 둘러보는)
석류	우리 아빠 분식집에 뭐가 들어올까 괜히 얄미웠는데 되게 멋있게 바뀌었네.
승효	(아무 반응 없는)
석류	(부엌 보며) 다음에 들어올 가게도 음식점인가 봐. 예쁘다, 부엌.
승효	(툭) 네 부엌이야.
석류	(멈칫) 응?
승효	(미소로) 여기 네 가게라고.
석류	(눈 휘둥그레져 보는데)

S#29. 과거. 건축 아틀리에 인, 테라스 (낮)

승효, 테이블에 앉아 노트북으로 작업하고 있다. 그때 문가에서 인기척과 함께 근식이 그냥 들어와도 되나 망설이는 얼굴로 쭈뼛쭈뼛 주춤주춤 들어온다.

승효   (놀람과 반가움) 아저씨?
근식   (한 손 들어 보이며) 어, 승효야. 일하는데 내가 방해한 거 아니냐?
승효   (맞이하며) 아니요. 들어오세요.
근식   (두리번거리며) 내가 여기 안에는 또 처음 들어와본다. 그치?
승효   (웃으며) 편히 둘러보셔도 돼요. 근데 무슨 일 있으세요?
근식   너한테 부탁할 게 있어서.

S#30. 과거. 건축 아틀리에 인, 미팅룸 (낮)

근식과 승효, 마주 앉아 있다.

승효   뿌리분식을 리모델링하고 싶으시다구요?
근식   응. 그 자리에다 석류 식당 내주려고.
승효   (놀람과 감동) 아저씨...
근식   내가 석류한테 해준 게 아무것도 없거든. 젊을 적엔 은퇴할 때쯤 되면 돈 한 보따리 쌓아놓고 우리 딸 우리 아들 뭐 하나씩 척척 물려줄 수 있을 줄 알았는데. 그래도 이거 하나는 해줄 수 있지 않을까 싶어서.
승효   (미소로) 석류가 많이 기뻐할 거예요.
근식   (걱정스럽다는 듯) 그럴까? 사람도 없고 너무 후줄근한 자리라 내가 괜한 짓 하는 거 아닌가도 싶은데.
승효   그 어떤 자리보다 좋아할 거예요. 아저씨를 이어받아 그곳에서 새로 시작하는 거잖아요.
근식   (뭉클해져서) 그럼 해주는 거지?

승효   (끄덕이고) 철저히 비밀리에 진행할게요.

S#31. 과거. 건축 아틀리에 인, 승효의 사무실 (밤/낮)

승효, 밤낮없이 일한다. 석류의 새 식당 디자인에 여념이 없다. 수많은 고심과 수정 끝에 완성된 리모델링 도면 비춰지고.

S#32. 뿌리분식 (낮)

도면이 실제로 구현되어 리모델링된 뿌리분식 내부 비춰진다. 석류, 믿기지 않는다는 듯 주변을 둘러보고 묻는다.

석류   그럼 그간 나 몰래 이거 하느라 바빴던 거야?
승효   응. 작은 거 하나도 타협할 수가 없더라. 세상에서 배석류를 제일 사랑하는 두 남자의 합작이거든.
석류   (감동으로 눈물 왈칵 나는) 너무하네 진짜. 이렇게 나 울리기 있어?
승효   (다정하게) 여기서 가장 너다운 요리를 해. 사람들에게 위로와 치유를 줘.
석류   (부엌 보며 왈칵) 진짜 대단하다, 최승효. 내 방을 고치고 내 맘을 고치고 이제는 가게까지.
승효   (백허그하며) 아직 시작도 안 했어. 앞으로 네가 있을 모든 공간은 내가 만들 거거든.
석류   (미소로) 땡은 내가 잡았네.

석류, 자신을 안은 승효의 손을 포개 잡는다. 석류의 팔목에 걸린 팔찌가 반짝인다.

S#33. 혜릉헬스장 (낮)

동진, 공부를 마친 듯 홀가분한 얼굴로 책을 탁 덮는다. 처음부터 끝까지 문제집을 다 공부했는지 군데군데 포스트잇 플래그들 붙어 있다. 슬기, 다가와 묻는다.

슬기   내일 시험이지? 공부는 다 끝냈냐.
동진   네. 저 이 책 처음부터 끝까지 다 본 건 이번이 처음이에요. 되게 뿌듯하네.
슬기   이번엔 붙겠네. 받아라. (하며 장식해뒀던 복싱 챔피언 벨트를 준다)
동진   (영문 모르고 받으며) 이거 뭐요. 닦으라구요?
슬기   가지라고. 공식적으로 널 내 제자로 인정한단 뜻이다.
동진   제 의사는 안 물어보세요?
슬기   방에 걸어라. (하고 나간다)
동진   아니 이 냄새나고 못생긴 걸 얻다 놓으라고. 차라리 월급을 더 주든가. (그러면서도 챔피언 벨트 슬쩍 차보는) 되게 무겁네.
나윤   (뒤에서) 잘 어울리네요.
동진   (당황해서 얼른 풀며) 어울리긴 무슨. 피티 받으러 오셨어요?
나윤   아뇨. 상담만 받고 안 하기로 했어요.
동진   왜요? 뭐가 맘에 안 들었어요?
나윤   나중에 받고 싶어져서요.
동진   아...
나윤   (솔직담백하게) 시험 잘 봐요. 그리고 자격증 따서 나 피티 해줘요.
동진   (멈칫) 네?
나윤   지난번 러닝 때 보니까 가르치는 데 소질 있더라구요. 그러니까 내가 해 줄게요, 첫 회원. (하고 러닝머신 향해 간다)
동진   (잠시 어안이 벙벙했다가) 그거 작동 안 해요. 왼쪽 걸로 해요.

S#34. 편의점 (밤)

승효와 석류, 모음과 단호, 편의점 앞 테이블에 앉아 있다. 그 앞에 다시 돌아온 솔의 귀, 홍차의 현실 시로티, 쌕쌕, 2% 부족할 때가 놓여 있다.

석류	상다리 부서지게 하자니까. 편의점 앞 송별회가 말이 되냐.
승효	그래. 가면 한참 못 볼 텐데 지나치게 조촐하다, 이건.
모음	됐어. 각 잡고 하면 석류 저거 오랫동안 사귀었던 정든 내 친구야 울고불고할 거 뻔한데.
석류	(벌써 울먹) 모음아...
모음	(스읍) 뚝 해! 근데 기자님. 오늘은 솔의 귀 많았는데 왜 이거예요?
단호	그때와 똑같이 재현해봤습니다. 우리의 근본 같아서요.
승효	다시 생각해도 신기하네요. 뭐 하나 같은 게 없는데 어쩌다 우리가 친구가 된 건지.
석류	엄마들끼리 친구 아니었으면 절대 불가능한 조합이었다고 본다.
모음	그래도 난 좋았어. 좌청룡 우백호를 거느린 기분이었거든. (하며 승효와 석류를 차례대로 어깨동무한다)
단호	(끼고 싶은) 그럼 저는 뭡니까? 남주작? 북현무?
모음	기자님은... 내 사랑이죠.
단호	(충격과 감동) 저도요. 모음 씨 사랑합니다.
석류	(승효에게) 야. 가자.
승효	(바로 일어나며) 나도 더는 못 앉아 있겠다고 생각했어.
모음	(가소롭다는 듯) 나는 니들 지랄 삽질하는 것만 십수 년을 봤거든?
석류	(승효에게) 야. 앉아.
승효	(바로 앉으며) 마침 다리가 아파서 앉아야겠다고 생각했어.
모음	(솔의 귀 내밀며) 딱 1년만 기다려. 그때 또 이렇게 넷이 동네 들썩거리게 노는 거다?

승효, 석류, 단호 각각 자신의 음료를 솔의 귀에 부딪친다. 짠! 송별회의 밤이 지나간다.

S#35. 혜릉동 전경 (아침)

S#36. 모음의 집, 대문 앞 (아침)

대문 앞에 단호의 차가 정차되어 있다. 단호, 모음의 이민용 가방을 트렁크에 싣는다. 재숙, 연두의 손을 잡고 모음을 보는데, 감정이 살짝 올라오는 듯하다.

재숙   어려서부터 유별스럽더니 끝내 남극 땅을 밟아보는구나, 네가.
모음   (뭉클) 엄마 덕분이야. 엄마가 내 세계를 좁히지 않아서 이렇게 클 수 있었어.
재숙   시집이나 갈 것이지, 뭐 한다고 그 추운 데를.
모음   (에라이) 아, 또 그놈의 시집. 눈물이 쏙 들어가네.
재숙   너 도착하면 소금 좀 사서 부쳐. 인숙이 말이 남극해 소금이 그렇게 좋대.
모음   (뉘예뉘예 느낌) 예예. 라벤더 멤버 네 분께 모두 보내드리죠.
연두   언니. 잘 다녀와요. 후두염, 편도염, 폐렴 조심하구요.
모음   응. 언니가 전화, 아니 영상통화 자주 걸게.
재숙   (괜히) 애미한테도 걸어라, 지지배야.
모음   당연히 걸지. 설마 엄마 빼먹을까.
재숙   (모음 안아주며) 내가 이 말을 한 적이 있나 모르겠는데, 장하다 우리 딸.
모음   (살짝 울컥) 당연하지. 누구 딸인데.
단호   (그 모습 뭉클하게 보는)
재숙   (모음에게서 몸 떼며) 기자님. 얘 이제 데려가요. 이러다 늦겠어.
단호   제가 공항까지 잘 바래다주고 오겠습니다.
재숙   (괜히 딴 데 보며) 다녀와. 연두야. 들어가 밥 먹자.
연두   언니 안녕.

재숙, 눈물 날 것 같은 걸 참으며 연두의 손을 잡고 들어간다. 그 뒷모습 보는 모음, 콧잔등이 시큰해져 코를 찡긋거린다. 단호, 모음의 어깨에 위로하듯 손을 얹으며 말한다.

단호   이제 갈까요?

S#37. 골목길 (아침)

골목을 빠져나가는 단호의 차 뒤꽁무니가 비춰진다. 그 위로 모음과 단호의 목소리.

모음(E) 내가 단호 씨 얼마나 좋아하는지 말한 적 없죠?
단호(E) 네?
모음(E) 남극 빙하 개수만큼 사랑해요.
단호(E) 지구 온난화 때문에 지금 빙하 계속 녹고 있는데.
모음(E) 그래서 내가 지금 그런 거 막으려고 남극 가는 거잖아요!
단호(E) ...난 모음 씨 있는 동안 남극에 내릴 눈송이 개수만큼 사랑해요.

S#38. 석류의 방 (낮)

석류, 브이로그에 달린 댓글들을 본다. 그리고 "투병 중이라 건강식 찾다가 보게 됐네요. 너무 맛있어 보이는데 요리할 기력이 없어서 따라 할 수가 없네요. 먹어볼 수 있으면 좋을 텐데."라는 댓글에 이제야 비로소 답을 한다. 키보드 두드리는 소리와 함께...

석류(E) 제가 곧 식당을 오픈합니다. 가게 이름은...

S#39. 무지개 부엌* 외경 (낮)

'무지개 부엌'이라는 예쁜 새 간판 달려 있다.

석류(E) 무지개 부엌이에요.

----

* 구 뿌리분식, 현 무지개 부엌.

S#40. 무지개 부엌 (낮)

영업 준비 중인 실내. 석류와 승효, 설거지한 그릇의 물기를 닦고 있다.

승효 　기분 어때? 오픈 얼마 안 남았는데.

석류 　(퀭한) 잠이 안 와. 그거 알아? 내 방 천장에 별 1300개 넘는다?

승효 　(경악) 그걸 다 셌어? 광기다. 역시 너는 배석류야.

석류 　(사돈 남 말) 그걸 다 붙이고 앉았던 너는 퍽이나 평범한 줄 아나 봐.

미숙 　(문 열고 들어오는) 엄마 왔다!

근식 　(함께) 아빠도 왔다!

석류 　(반갑게) 엄마. 아빠.

승효 　오셨어요?

근식 　(둘러보며) 이야. 다시 봐도 여긴 참 승효가 내 속에 들어갔다 나온 것처럼 만들었어.

석류 　아빠. 고마워. 나 진짜 열심히 할게.

근식 　열심히 하지 마. 즐기면서 해. 그게 더 어렵겠지만.

승효 　커피 한 잔씩 타 드릴까요?

근식 　괜찮아. 난 집에서 벌써 한잔 때렸어.

미숙 　이모는 한잔 줘. 얼음 가득 넣어서 시원하게.

승효, 커피머신에서 커피를 내린다. 그리고 얼음정수기에서 얼음을 내리면 컵에 차르르 얼음 떨어지는 소리 난다. 얼음 가득한 컵에 커피를 부으면 냉커피 완성이다.

승효 　(미숙에게 커피 내밀며) 커피 대령했습니다.

미숙 　(한 모금 마시고) 시원하니 좋다. 근데 석류 너 혼자 괜찮겠냐? 음식에 서빙에 계산, 청소. 식당이 할 일이 얼마나 많은데.

석류 　일단 한번 해보는 거지.

미숙 　급하면 니네 아빠 갖다 써.

석류 그러잖아도 나 아빠한테 부탁하고 싶은 거 있는데. 아빠. 무지개 부엌의 고문이 되어줘.

근식 (얼떨떨) 고문? 주리 트는 고문 말고, 그 조언 같은 거 해주는 고문?

석류 응. 아빠가 선배잖아. 메뉴 개발, 가게 경영, 리스크에 대처하는 노하우. 다 쏙쏙 뽑아먹을 거야. 그니까 나 지도 편달해줘.

미숙 그래! 나 밥하는 데 옆에서 들들 볶지 말고 애한테 돈 받고 잔소리해.

근식 (맘에도 없는 소리) 은퇴한 지 얼마나 됐다고 또 일을 시키려고.

승효 그러지 마시고 석류 좀 도와주세요. 배근식 고문님.

근식 (못 이기는 척) 뭐 상근직은 아니니까. 그러든가 그럼. 갑자기 목 타네, 이거. 승효야. 나도 커피 한 잔만.

승효 (싹싹하게) 네! 믹스로 드릴까요?

근식 (사람 뭘로 보냐는 듯) 커피는 아아지.

S#41. 건축 아틀리에 인, 테라스 (밤)

검은 모니터 화면에 복잡한 수식이 뜬다. 안경 쓴 석류, 코딩 중이다. 프로덕트 매니저로 일할 때와 같은 프로페셔널한 모습이다. 승효, 옆에서 그 모습 신기하게 본다.

승효 나 방금 너한테서 빌 게이츠와 마크 주커버그를 봤어.

석류 (안경 아래 눈빛 빛내며) 이게 원래 내 본캐였었지.

승효 색다른 모습 좋긴 한데. 이게 데이트야? 주경야독이지.

석류 오픈 전까지 준비 마치려면 어쩔 수가 없어.

승효 그니까 이게 무지개 부엌 어플이라고?

석류 응. 이걸로 예약도 하고, 커스텀 신청도 받으려고. 고객들 기호나 취향, 특히 건강 상태에 따라 메뉴를 변경하거나 신청할 수 있게.

승효 코딩하는 셰프라니. 아마 다들 상상도 못 할 거야.

석류 나 좀 뿌듯해. 그때의 내가 헛되지 않은 것 같아서.

승효 그럼. 네가 걸어온 길이 차곡차곡 켜켜이 쌓여서 지금의 너를 만든 거야.

석류 (조금 뭉클해져서) 잘 살았네, 배석류.

승효	(예쁘게 보며) 기특하다, 배석류.
석류	(몽글몽글한 마음에 작게 웃는데)
승효	(뭔가 생각난 듯) 아. 내일 우리 어디 가는지 안 잊었지?

S#42. 드레스숍 (낮)

승효, 누군가를 기다리듯 방 안을 서성인다. 그때 커튼 열리며 드레스 입은 석류가 청초하고 단아한 모습을 드러낸다. 승효, 별다른 반응 없이 그저 보고만 있다.

석류	이상해? 왜 아무 말도 안 해?
승효	(멍한) 머릿속에서 지금 내 맘을 표현할 만한 말을 찾아봤는데, 아무리 생각해도 이것밖에 없다. 예뻐.
석류	(웃으며) 이렇게 불편한데 당연히 예뻐야지. 나 가슴도 답답하고 허리도 조이고 팔도 다 안 올라가.
승효	(농담하는) 오. 그럼 그 옷 입으면 헤드락은 못 걸겠네? 사 줄게, 그 드레스. 평소에 입고 다녀라.
석류	비쌀 텐데?
승효	뽕 빼면 되지. 장 볼 때도 입고 목욕 갈 때도 입고.
석류	(드레스 지퍼 쪽 돌아보며) 최쏭. 잠깐 이리 와서 여기 좀 봐봐.
승효	(다가오며) 왜? 뭐 문제 있어?
석류	(등 쪽 신경 쓰며) 뒤에 어디 집힌 것 같아.
승효	(옆에서) 봐봐.
석류	(바로 헤드락 거는) 이 자식이! 이거 입으면 내가 못 할 줄 알았지?
승효	(커헉) 야. 너는 드레스샵에서까지 이러고 싶냐?
석류	(계속) 그러게 왜 감히 내 실력을 의심해! 의복 따위는 중요하지 않아!

때와 장소를 가리지 않는 두 사람이다...

S#43. 레스토랑, 정원 (낮)

스몰웨딩 하기에 적합해 보이는 예쁜 외관의 레스토랑. 그 앞의 정원은
산뜻한 꽃 장식과 쉬폰 캐노피 등이 장식되어 있다.

S#44. 레스토랑, 룸 (낮)

신부대기실처럼 꾸며진 공간. 똑똑 노크와 함께 턱시도 차림의 승효가
들어온다. 승효, 살짝 긴장한 표정으로 보면 웨딩드레스를 입은 뒷모습.
돌아보는 사람, 석류가 아닌 혜숙이다!

승효   엄마. 준비 끝나셨어요?
경종   (뒤따라 들어오다가 혜숙 보고) 여보. 다 됐...!
혜숙   (떨리는) 나 어때? 이 나이 먹고 드레스라니 너무 주책맞지 않아?
경종   (한눈에 반한 듯) 예뻐. 눈부셔서 똑바로 쳐다보질 못하겠어.
혜숙   (좋으면서 괜히) 애 듣는 데서 못 하는 소리가 없어.
승효   (웃으며) 엄마. 저 벌써 서른네 살이에요.
혜숙   그래도 엄마 눈엔 평생 애야.
석류   (예쁜 원피스 차림으로 들어오며) 이모. 진짜 너무 예뻐요.
혜숙   고마워. 석류야. 네 덕에 이렇게 드레스도 입어본다.

S#45. 과거. 드레스숍 (낮)

S#42에서 이어진다. 헤드락에서 겨우 풀려난 승효, 목을 부여잡고 말한다.

승효   나 이제 곧 매일 이렇게 생명의 위협을 느끼며 살게 되는 거야?
석류   (은근슬쩍) 곧은 아닐지도.
승효   (무슨 뜻인가 싶어 보면)
석류   우리 결혼 1년만 미루자.

승효	(충격으로) 뭐?
석류	고민 많이 했는데, 나 아직 해야 할 일이 너무 많아. 레스토랑도 키워야 되고, 우리 결혼식에 모음이가 못 오는 것도 말 안 되고. 뭣보다 나 너랑 30년 치 밀린 연애가 더 하고 싶어.
승효	(무표정으로 보면)
석류	화났어?
승효	응. 이유가 왜 이렇게 타당하고 마땅하고 개연성 넘쳐? 도저히 안 된다고 할 수가 없잖아.
석류	(웃으며) 기다려주는 거야?
승효	드레스 입은 모습이 이렇게 예쁜데, 이걸 1년 뒤에 보라니 너무하네.
석류	(뭔가 좋은 생각 난) 나보다 더 잘 어울릴 것 같은 사람이 있긴 한데.

S#46. 레스토랑, 정원 (낮)

드레스 입은 혜숙, 경종과 함께 서 있다. 포토그래퍼, 잠시 카메라를 세팅 중이다. 혜숙, 자신이 들고 있는 은방울꽃 부케를 내려다보며 경종에게 말한다.

혜숙	당신 기억나? 나 결혼식 때 은방울꽃 부케 들고 싶어 했던 거.
경종	응. 근데 결혼식이 겨울이라 못 구했잖아.
혜숙	맞아. 그걸 리마인드 웨딩에서 들어보네.
경종	당신 은방울꽃 꽃말이 뭔지 알아?
혜숙	(모르는 듯 보면)
경종	다시 찾은 행복이래.
혜숙	(경종의 말에 마음 뭉클해지는)
포토그래퍼	됐습니다. 자, 자연스럽게 이쪽 보실게요. 입꼬리 살짝 미소.

혜숙과 경종, 진심으로 우러나온 행복한 미소를 짓는다. 눈부신 가을 햇빛 속 사진 속에 기록되는 두 사람. 잠시 후, 승효도 앵글 속으로 들어온다. 혜숙과 경종 사이에 선 승효, 행복한 미소를 짓는다. 혜숙, 이제 편안

하게 승효의 팔짱을 끼고 어깨에 기대기도 한다.

승효   드디어 우리도 가족사진이 생겼네요.
혜숙   아직은 아니지. 석류야!
석류   (포토그래퍼 옆에 서 있다가 달려오는) 네, 이모! 어디 불편하세요? 립스
        틱 수정해드릴까요?
혜숙   아니. 너도 사진 같이 찍자고. 이제 우리 가족인데.
석류   (눈 동그래져서) 네?
승효   (웃으며) 여기 서.

혜숙과 경종, 승효와 석류를 가운데 두고 사진 찍는다. 다시 혜숙과 경종
이 가운데로 가고 승효와 석류가 양옆에 서서 찍기도. 그때 시끌벅적한
소리와 함께 라벤더와 근식이 등장한다. 네 사람 모두 연보랏빛 들러리
드레스를 맞춰 입고 라벤더 부케를 들었다.

미숙   야. 뭔 놈의 가족사진을 그렇게 오래 찍어!
재숙   그래! 기다리다 실신하는 줄 알았잖아!
인숙   얘 사진 찍는다고 글쎄 이틀을 굶었대.
재숙   이거 내 첫 드레스란 말이야. 나 향교에서 전통혼례 했잖아.
근식   (경종이 준 카메라 들고) 저도 오늘 옆에서 사진 찍어드리러 왔습니다.
경종   (웃으며 혜숙에게) 난 이만 빠져드려야 할 것 같은데?
혜숙   (친구들 향해) 라벤더! 이리 모여!

라벤더, 까르르 웃으며 혜숙 옆으로 간다. 소녀처럼 맑게 들뜬 모습으로
우정 사진을 찍는 네 사람. 포토그래퍼 옆에서 근식도 경종에게 배운 대
로 열심히 사진을 찍어본다. 경종, 근식의 사진이 맘에 안 드는지 "각도가
그게 아니잖아요." 코치하다가 못 참고 "이리 주세요." 하고 카메라 뺏는
다. 시끌시끌한 분위기 속 모두 행복해 보인다.

S#47. 레스토랑, 룸 (낮)

밖에서 촬영이 계속되는 가운데 석류, 잠깐 짐 챙기러 들어온다. 승효, 뒤따라 들어온다.

석류   이모들이랑 엄마 진짜 행복해 보이지? 쉰일곱이 아니라 열일곱 소녀들 같아.

승효   고마워. 너 아니었으면 난 이런 생각 하지도 못했을 거야.

석류   하여튼 아들들 엄마 참 몰라. 지금도 그래. 짐 챙기는 데 왜 따라 들어와. 이모 옆에 더 있어야지.

승효   지금까지 아들 했으니까, 이제부터 연인 하려고.

석류   응?

승효   (석류 안아주며) 30년 치 밀린 연애하려면 한시가 급해.

석류   (승효에게 뽀뽀하며) 이렇게?

승효   그렇게. (하며 석류에게 다시 가볍게 입 맞춘다)

미숙(E)   야. 둘이 좀 떨어져!

밖에서 들려오는 미숙의 목소리에 승효와 석류, 화들짝 놀란다. 그때 이어지는 소리.

혜숙(E)   그래. 더워죽겠는데 왜 이렇게 들러붙어.

재숙(E)   이렇게 찍어야 친해 보이지.

인숙(E)   니네 앞으로 좀 가라. 나 얼굴 좀 작아 보이게.

라벤더, 자기들끼리 하는 말이었다. 도둑이 제 발 저렸던 승효와 석류, 그제야 픔 하고 웃는다. 그리고 석류, 승효를 올려다보며 말한다.

석류   나 꿈이 하나 더 생각났어. 나이 들어서도 우리 부모님들처럼 너랑 계속 함께하는 거.

승효   (실망이라는 듯) 그걸 이제야 생각했단 말야? 난 진작부터 그랬는데?

석류   (단호하게) 아니? 내가 먼저일걸? 사실은 그게 내가 제일 처음 가졌던 꿈인 것 같아.

승효	(멈칫해서 보면)
석류	내가 옛날부터 너 엄청 많이 좋아했다고.
승효	(감동으로 석류 어깨 감싸 안으며) 우리도 30년 뒤에 저렇게 사진 찍자.
석류	(승효 어깨에 기대며) 다정하게 따뜻하게 사랑 가득하게.

창밖 부모님들을 보는 두 사람의 표정. 먼 미래의 자신들을 보는 듯하다.

S#48. 혜릉동 전경 (아침)

[자막] 10개월 후

S#49. 혜릉동 약수터 (아침)

모든 게 묵음이다. 노이즈캔슬링 이어폰을 꽂은 재숙, 나무에 등치기 중이다. 이어플러그 꽂은 인숙, 운동화와 양말 벗어 던지고 맨발 걷기 중이다. 그리고 저만치서 미숙과 혜숙이 침묵 속에서 입씨름을 벌이고 있는 듯하다. 눈 마주치는 재숙과 인숙, 이어폰과 이어플러그 귀에서 뽑으면 그제야 들려오는 소리.

미숙	야. 웃기지 마. 이게 더 대단하지.
혜숙	무슨 소리야. 이쪽이 훨씬 어렵거든?
미숙	야. 승효 그 바쁜 와중에 서울시 공공건축가로 위촉이 됐다잖아. 도시재생사업인가 뭐 그런 것도 한다 그러고. 클라이언트들이 돈 싸 들고 와서 줄을 서도, 세상에 공익이 우선이래다.

S#50. 폐공장 골목 일대 (아침)

승효, 명우와 담당자(시청 공무원)와 함께 폐공장이 즐비한 거리를 살펴

보며 대화한다. 문화공간으로 재개발이 예정된 곳이다. 승효, 살펴보며 말한다. "이 공장 앞 설비들은 철거하지 않고 그대로 두는 게 좋을 것 같아요. 이 골목에 깃든 사람들의 시간을 고스란히 보여주는 거죠." 명우, "공간 특성상 사람들 유입이 좀 어려울 것 같은데 그건 어떻게 보강하지?" 승효, "접근성을 높일 방법을 찾아봐야지." 등의 대화 이어진다. 그 위로 미숙의 목소리.

미숙(E) 역사와 문화를 보존하는 것도 건축가 역할이라나 뭐라나. 승효 국회로 보내야 되는 거 아니니?

S#51. 혜릉동 약수터 (아침)

이번엔 혜숙의 차례다. 혜숙, 흥분한 목소리로 다다다 쏟아낸다.

혜숙 야, 석류는 또 어떻고. 오픈한 지 6개월 만에 벌써 오렌지 리본을 받고. 이번에 청우일보에 석류 레스토랑 기사 실린 거 너도 봤잖아.

S#52. 일하는 석류 몽타주 (낮)

계산대 옆 벽에 오렌지 리본 판넬 붙어 있다. 석류, 부엌에서 음식을 만든다. 요리와 서빙을 모두 담당하고 있는 모습. 석류, 손님 있는 테이블에 그릇 내려놓으며 "브로콜리플라워 리조똔데요. 저희 무지개 부엌의 시그니처 메뉴입니다." 메뉴 설명한다. 다른 테이블에 그릇 놓으며 "이건 사모사라고 인도 만두를 응용한 음식인데요. 통밀가루 반죽에 각종 야채와 커리, 고기, 치즈 섞인 소를 넣었구요. 튀기는 대신 담백하게 구워냈습니다." 얘기한다. 맛있게 먹는 손님들 보는 석류의 입가에 뿌듯한 미소가 걸린다.

혜숙(E) 몸 아프고 마음 아픈 사람들 치유해주는 식당이라고. 맛있는데 건강하기까지 한 음식, 그 어려운 걸 석류가 해냈다?

S#53. 혜릉동 약수터 (아침)

미숙과 혜숙, 그걸로 그치지 않는다.

미숙   (목의 스카프 보이며) 야. 이건 우리 승효가 해외 출장 다녀오며 사다 준
       거야. 이게 엄청 비싼 뭐라더라. 하여튼 명품이래, 명품.
혜숙   (입술로 음파음파) 이 립스틱 이건 우리 석류가 나한테 잘 어울릴 것 같
       다고 선물한 거야. 석류 말이 내가 여름 쿨톤 라이트라네?
재숙   이젠 둘이 반대로 며느리, 사위 자랑이냐?
인숙   니들은 참 주접도 가지가지로 떤다.
재숙   야. 우리 연두는 요번에 유치원생 코딩 대회에서 상 탔어. 나중에 커서 나
       사NASA 들어갈 거래.
혜숙   (축하해주는) 어머, 진짜? 연두 대단하네.
미숙   (웃으며) 그러니까. 야, 손녀 자랑은 이길 도리가 없다.
인숙   (툭) 우리 기훈이 취직했다?
재숙   진짜?
혜숙   어머 잘됐다. 어디?
인숙   복사기 회사 영업사원. 이제 일주일 됐어.
미숙   야, 너는 진작 말을 하지.
인숙   처음엔 이게 맞나 착잡하더라고. 근데 엊그제 기훈이가 그러더라. 자기
       넥타이 매고 지하철로 출근하는 게 꿈이었다고. 그제야 정신이 번쩍 드
       는 거야. 뭐 고시 패스한 인생만 인생이냐.
미숙   (진심으로) 그래. 기훈이 사람 좋아하잖아. 잘할 거야.
재숙   그럼. 당연하지! 그러잖아도 우리 부동산 복사기 간당간당했는데 기훈이
       한테 전화해야겠네.
혜숙   넥타이는 내가 사 줄게. 우리 기훈이 취직했다는데 이모가 선물은 해야지.
인숙   (웃으며) 그래. 너 당장 하나 팔아주고. 넌 비싼 걸로 사 줘라.
미숙   나만 입으로 때우네? 진짜 진짜 축하한다고 전해줘!

시끌벅적 웃는 라벤더. 꼭 대단하고 거창하고 화려한 삶만 가치 있는 것이 아님을 아는 나이에 이르렀다.

S#54. 혜릉헬스장 (아침)

슬기, 나르시시즘이 느껴지는 자신의 바디 프로필 사진을 벽에 건다. 그리고 그 옆에 상반신 탈의한 동진의 바디 프로필 사진도 나란히 걸어준다. 사진 옆에 경력 사항이 함께 나와 있는데 생활 지도사 2급 자격증뿐만 아니라 맨즈 피트니스의 핏 콘테스트 본선 진출 경력도 나와 있다. 슬기, 뿌듯한 표정으로 저편을 보면 동진, 누군가에게 운동을 가르치고 있다. 동진이 가르치고 있는 사람, 바로 나윤이다. 나윤, 힘겹게 데드리프트 동작하고 있다.

동진	열여덟. 열아홉. 마지막으로 하나 더! 발바닥 전체로 땅 밀어내면서 바벨 일직선으로. 시선 안 떨어지게 정면 보고.
나윤	(낑낑대며 마치면) 하아...
동진	회원님 엉덩이가 자꾸 빠지거든요? 허리 밀리지 않게 후면부 근육 전부 쓰면서 열 개 더 갑시다.
나윤	(숨 헐떡이며) 좀만 쉬었다 해요!
동진	안 돼요. 오늘 아직 할 운동 많이 남았어요.
나윤	(데이트 신청) 끝나고 나랑 치맥 할래요?
동진	회원님. 이렇게 운동하고 맥주를 마시겠다구요? 몸한테 안 미안합니까?
나윤	(황당과 당황) 아니, 나는 그게 아니라...
동진	(가르쳐야겠다는 일념) 자, 다시 바벨 잡구요.
나윤	(엉겁결에 다시 데드리프트 자세 잡는)
동진	상체 잡고 날개뼈 내리고 광배에 힘 빡 주면서... 하나! 둘! 셋!

나윤, 어버버하며 다시 동진의 스파르타 훈련을 받는다. 동진의 눈이 이글이글하다.

S#55. 배드민턴장 (아침)

근식과 경종, 동네 실내체육관에서 배드민턴을 친다. 네트를 사이에 두고 천천히 랠리하며 대화하는 두 사람.

근식   석류가 비건 메뉴를 추가하고 싶다 그래서 요새 채소를 공부 중인데, 항암 효과 있는 거 뭐가 없을까요?

경종   글루코시놀레이트란 성분에 항암, 항산화 효과가 있어요.

근식   그건 어디 많이 들어 있어요?

경종   브로콜리, 양배추, 무 그런 데 많죠? 근데 그 성분이 열에 약해요. 가열하지 말고 생으로 먹는 게 좋아요.

근식   그럼 샐러드를 개발해야겠네요.

경종   그러는 게 좋죠. (하며 헤어핀으로 셔틀콕을 톡 넘긴다)

근식   (못 받으면) 좀 얍삽하시다.

경종   기술입니다.

근식   (셔틀콕 주워 톡 넘겨주며) 내일은 뭐 하실래요?

경종   출근해야죠.

근식   아, 이제 은퇴 좀 해요. 뭔 병원을 그렇게 열심히 나가.

경종   (귀찮다는 듯) 친구가 저밖에 없으세요?

S#56. 남극기지, 회의실 (낮)*

단호가 선물한 플리스 재킷을 입은 모음, 월동대원들과 회의하고 있다.

월동대장   내일은 연구 샘플 채취를 위한 해양정점 조사가 있지? 정모음 대원.

----

*   남극 장보고기지의 시차는 우리나라보다 4시간 빠르다.

모음	(익숙한 듯) 네. 사전안전교육 있으니까 다들 1시간 일찍 모여주세요.
연구원들	(여기저기서) 네! / 알겠습니다. / 예.
모음	(쾌활 씩씩하게) 그리고 다음 주에는 소방 훈련도 있습니다. 기지 화재 발생 가정하에 구조, 응급처치, 화재 진압까지 리얼리티 쩔게 실시할 예정이거든요? 각오 단단히들 하세요!

S#57. 교차편집. 남극기지, 복도 + 모음의 집, 거실 (낮)

모음, 설레는 얼굴로 영상통화 걸고 있다. 화면 속 얼굴을 비추는 건 바로 단호와 연두다! 남극과 한국이 교차로 보여진다.

모음	(반갑게) 단호 씨! 연두야!
연두	언니!
단호	모음 씨!
모음	(단호의 뒷배경 보더니) 근데 거기 우리 집 아니에요?
단호	맞습니다.
모음	엄마는요?
단호	라벤더 모임 가셨습니다.
모음	(너털웃음) 누가 보면 그 집 사는 사람인 줄 알겠어요.
연두	저 거의 여기 살아요. 어제도 할머니랑 같이 잤어요.
모음	(오구오구) 그랬어?
단호	어머니께서 뭐 하러 두 집 쓰냐고. 당장 저희 집 부동산에 내놓으시겠대요.
모음	뭐야. 나 없는 사이 찐가족 되는 중이에요?
단호	(미소로) 그렇게 됐습니다.
모음	(역시 웃고) 연두야. 언니 연두 너무너무 보고 싶어.
연두	저두요. 그래서 제가 언니한테 아주아주 큰 선물을 보낼 거예요.
모음	(갸웃) 응? 선물?
연두	(단호에게 속삭이듯) 아빠. 얼른 말해.
단호	그 선물이 바로 접니다. 저 다음 달에 모음 씨한테 갑니다.
모음	(놀라서) 네? 그게 무슨 말이에요?

단호	공식적으로 남극기지 체험 특집기사 쓰러 가요. 허락 떨어졌어요.
모음	(왈칵) 그럼 우리 곧 만날 수 있어요?
단호	네. 모음 씨가 있는, 아름다운 지구 끝에서요.

모음과 단호, 어쩐지 눈물이 날 것만 같다. 더 이상 말하지 않아도 서로의 그리움을 알 것만 같기에. 그렇게 여운으로 서로를 본다.

S#58. 무지개 부엌 (낮)

석류, 포스기 앞에 서서 계산한다. 20대 후반 여성과 그의 어머니다.

석류	(계산한 카드 돌려주며) 식사는 입에 맞으셨어요?
손님	네. 너무 맛있었어요. 감사히 잘 먹었습니다.
석류	(예쁜 크래프트지 봉투를 내밀며) 제가 더 감사하죠. 이건 오늘 드신 메뉴들 레시피예요.
손님	(놀라며) 이걸 그냥 주셔도 돼요? 영업비밀 같은 거 아니에요?
석류	어차피 브이로그에 올리기도 하는걸요. 저는 저희 고객님들 좋은 음식을 맛있게 많이 접하시면 그걸로 충분해요.
손님	(웃으며) 꼭 만들어볼게요. 감사합니다.

S#59. 건축 아틀리에 인, 승효의 사무실 (낮)

시간 경과를 보여주듯 훌쩍 큰 석류나무, 꽃이 예쁘게 피어 있다. 승효, 심각한 표정으로 뭔가를 수정, 또 수정하고 있다. 그때 노크와 함께 명우, 들어온다.

명우	최대표. 그레이프 플래그십 스토어 다음 주 착공인 거 들었지?
승효	(모니터에 시선 고정) 응. 내가 계속 현장 팔로우할 거니까 걱정하지 마.
명우	사람이 왔는데 쳐다도 안 보고. 너 또 그거 보고 있지?

승효	(이층집 건축 설계도면 보고 있는)
명우	야. 넌 우리 집 지어준다고 지장까지 찍어놓고 니네 집 먼저 짓기 있냐?
승효	좀 봐줘라. 나도 장가 좀 가자. (하다가 시계 보고) 언제 시간이 이렇게 됐지?

S#60. 건축 아틀리에 인, 테라스 (낮)

승효, 짐 챙겨 나온다. 그런데 테라스가 북적북적하다. 벽면에는 동네 소식을 붙이는 게시판이 걸려 있다. '혜릉동 음악회', '혜릉인 탁구대회' 등의 행사 소식이 붙어 있다. 책 읽는 아이도 보이고, 나이 지긋한 할머니 두어 분도 보인다. 나윤은 동네 주민을 상대로 무료 건축 상담해주고 있다. 승효, 그 광경 흐뭇하게 보는데 뒤에서 명우가 말한다.

명우	네가 1층을 개방하자고 했을 때 그게 무슨 소린가 싶었는데. 난 이제 여기가 건축사사무손지 어린이집인지 경로당인지 잘 모르겠다.
승효	좋은데 왜. 건축사사무소의 문턱이 높단 편견을 허물었잖아.

그때 약수터에서 운동을 마친 라벤더 멤버들 들어온다.

승효	엄마. 이모.
미숙	(굳이 영어로) 굿 애프터눈!
혜숙	승효 있었구나.
명우	어머니 오셨네요. 오늘도 승효랑 붕어빵이십니다.
혜숙	고마워요. 윤대표님. 드릴 거 있는데. (하며 책을 꺼내 준다)
명우	맞다. 승효한테 들었는데 이번에 책 내셨다고.
혜숙	네. 외교관 인생 30년에 대한 회고록이랄까요. 다음 주에 소보문고에서 저자 사인회도 해요. 아. 너희도 시간 되면 올래? (하며 친구들 돌아본다)
재숙	일단 책 나온 기념으로 한턱 쏴봐 봐. 돼지 말고 소로.
인숙	그래. 카드에 사인이나 해.
미숙	(가방에서 전단지 꺼내며) 승효야. 나도 저기다 뭐 좀 붙여도 되지?

| 승효 | 당연하지. 줘. 내가 붙여줄게. |

승효, 전단지 받아 드는데 집에서 한글로 작성한 듯 양재샤넬체로 쓴 조악한 페이퍼, '나미숙의 동화 교실'이라 적혀 있다.

승효	동화 교실?
미숙	응. 내가 원래 얘길 재미나게 하잖아. 혜릉동 새싹들한테 물 좀 주려고.
승효	(미소로) 나도 이모가 읽어주는 전래동화 좋아했어.
미숙	나 너희 엄마한테 영어 계속 배우고 있거든? 내년엔 여기서 나미숙의 잉글리쉬 페어리 테일 클래스도 진행할 거야.
승효	얼마든지. 이모 꿈을 펼쳐.

승효, 전단지를 게시판에 붙여주면 미숙, 뿌듯하게 본다. 꿈을 되찾은, 그 어느 때보다도 생기 넘치는 눈빛이다.

S#61. 무지개 부엌 (낮)

저녁 영업을 위한 프렙prep을 마친 석류, 문에 걸린 나무 팻말을 '쉬는 시간'이라는 글씨가 밖으로 보이게끔 뒤집는다. 브레이크타임이다. 이제 잠깐 숨을 돌리는데, 딩동 알림음 들린다. 석류, 휴대폰 보면 1년 전 댓글 아래 대댓글이 달렸다. "투병 중이라 건강식 찾다가 보게 됐네요. 너무 맛있어 보이는데 요리할 기력이 없어서 따라 할 수가 없네요. 먹어볼 수 있으면 좋을 텐데." └"제가 곧 식당을 오픈합니다. 가게 이름은 무지개 부엌이에요." 아래에 └"1년의 투병 생활을 마치고 오늘 음식을 먹으러 갔어요. 쑥스러워서 직접 말 못 했지만, 음식에서 따뜻한 위로와 응원을 받았습니다. 레시피도 정말 감사합니다."라 적혀 있다.

| 손님(E) | 1년의 투병 생활을 마치고 오늘 음식을 먹으러 갔어요. 쑥스러워서 직접 말 못 했지만, 음식에서 따뜻한 위로와 응원을 받았습니다. 레시피도 정말 감사합니다. |

댓글의 주인공이 조금 전 다녀간 그 손님(S#58)이었음을 알게 된 석류의 눈에 눈물이 그렁해진다. 자신이 가장 원하던 일을 하고, 그 노력을 전부 보상받은 느낌이다. 감동으로 잠깐 울먹이는데 휴대폰에 승효의 메시지 들어온다.

승효(E)   왜 안 와?
석류   (경악으로) 맞다. 최쏭!

S#62. 혜릉동 거리 (낮)

승효, 불퉁한 표정으로 석류를 기다린다. 마침 석류, 저편에서 헐레벌떡 달려온다.

승효   왜 이렇게 늦어.
석류   (숨 고르며) 미안. 많이 기다렸어?
승효   (손목시계 보고) 아까 전화했을 때가 이미 30분 기다린 시점. 도합 45분이네.
석류   미안해... (하다가) 근데 너 좀 변했다? 옛날엔 넘어진다고 조심히 오라더니. 이젠 막 길바닥에서 화를 내네?
승효   화낸 게 아니라 물어본 거야.
석류   눈썹이랑 미간 빠직했거든? 목소리도 반 톤 높아졌거든?
승효   너야말로 변했지. 나랑 한 약속이 얼마나 하찮으면 거의 한 시간을 늦나? 오늘이 얼마나 중요한 날인데. 우리 집 시공해줄 대표님이랑 미팅이었는데. 취소했잖아!
석류   (미안함에) 그냥 너 혼자 가지 그랬어.
승효   (울컥) 뭐?
석류   아니 네가 전문가니까 네가 알아서 하면 되는데 뭐 하러 날... 난 진짜 아무거나 상관없단 말이야.
승효   (마음에 상처) 아.무.거.나? 너랑 내가 살 집을 그렇게 취급한다고?

석류	아니 난 그런 뜻이 아니라...
승효	입장 바꿔서 넌 가게에 온 손님이 그냥 성의 없이 떡 아무거나 달라고 하면 기분이 어떨 것 같아?
석류	(대수롭지 않게) 별생각 없을 것 같은데. 그냥 추천해줄 거야.
승효	(삐딱선) 아. 그러니까 나만 예민한 놈이다? 그러네. 나만 쫌생이네. 나만 소인배야.
석류	(인내심에 한계) 그만 좀 해. 피곤하게 왜 그래 진짜.
승효	(빈정) 밤새 설계도만 쳐다본 나만큼 피곤할까.
석류	(버럭) 아 진짜! 너 원래 이렇게 뒤끝이 만리장성이야? 원래 이렇게 말꼬리 잡는 스타일이냐고!
승효	(잠시 멈칫했다가) 우리 지금 싸우고 있는 거지?
석류	(살짝 누그러져) 사이좋게 있는 건 아니지.
승효	그럼 싸울 때 규칙 공식 발효해야겠네.
석류	(먼저) 싸울 때는 꼭 손잡고 싸우기.
승효	(이어받는) 손은 상황이 종료되면 놓을 수 있다.

승효와 석류, 살짝 데면데면한 상황에서 손을 잡는다. 멋쩍게 잠시 있다가 무작정 걷기 시작한다. 오르막 다음에 내리막길로 이어지는 혜릉동 언덕배기가 펼쳐진다.

석류	(침묵을 깨려) 무슨 생각 해?
승효	(여전히 삐친) 우리 집 생각. 비록 너는 관심 없겠지만.
석류	(확 그냥) 한 마디만 더해라. 너 그 집에 혼자 들어가 살게 되는 수가 있다.
승효	30년을 기다리고, 10개월째 더 기다리고 있는 나한테 그게 할 말이야?
석류	(홧김에) 아, 나 요청 사항 생겼어. 안방 침대는 싱글 2개 놔라.
승효	(어림없다는 듯) 무조건 더블 1개야. 킹도 안 돼. 퀸으로 해.
석류	(어이없어하며) 나보고 의견을 뭐 하러 내라 그런 거야.
승효	난 너랑 붙어 있을 거거든. 슬플 때나 더울 때나 짜증 날 때나 싸울 때나.
석류	(승효가 보내는 화해 시그널에 멈칫해 보면)
승효	싸울 때 규칙에 조항 하나 더 추가해야겠어. 각방 금지. 각 침대도 금지.
석류	(툭) 시공사 대표님한테 전화해봐. 지금이라도 가면 안 되냐고.

승효	진짜?
석류	응. 나도 너만큼이나 궁금하고 보고 싶어. 우리 집.
승효	(바로 전화하는) 안녕하세요. 대표님. 네. 혹시 실례가 아니라면 지금 찾 아봬도 될까요? 아, 가능하세요? 네네. 네...

걸어가는 승효와 석류의 뒷모습이 저 내리막길 아래로 사라진다. 통화하는 승효의 목소리도 점차 멀어진다. 두 사람이 사라진 자리, 혜릉동의 정다운 골목길 비춰지며 '끝' 새겨진다. 그리고 그 옆에 '과 시작'이 추가되며 **16화 엔딩 타이틀. 끝과 시작**

〈엄마 친구 아들〉 16화의 마침표를 찍고 스태프님, 배우님, 감독님들께 편지를 쓰는 일이 1화 대본의 첫 문장을 쓸 때처럼 떨리고 설렙니다. 대본을 뒤져보니 '싱그러운 산. 연초록색 나무들과 호젓한 등산로와 나무계단 등의 풍경이 비춰진다.'라고 적혀 있군요. 하지만 사실 이건 제가 쓴 첫 문장이 아닙니다. 1화 최종고가 나오기까지 수없이 많은 수정 과정이 있었거든요. 작가가 대본을 쓴다는 건 그런 일입니다. 뭘 얼마나 썼는지 기억나지 않을 만큼 고치고 또 고치는 일. 그렇게 고치고도 불안해 발을 동동거리며 인쇄용 파일을 드리곤 합니다.

미흡한 대본을 여러분께서 살뜰히 보살펴주신 덕분에 드라마가 만들어질 수 있었습니다. 뜨거운 현장, 각자의 자리에서 귀한 움직임을 해주신 여러분께선 정말이지 능력 만렙 '육각형 인간'이셨습니다. 잦은 비, 불볕더위, 매미 소리를 이겨낸 진정한 '히어로'셨고요. 사람을 담아내는 '따뜻한 드라마꾼'들이셨습니다. 그리고 세상 그 누구와도 비교될 수 없는, 존재 자체로 귀한 '엄친아, 엄친딸'들이십니다.

드라마가 끝나면 우리 모두 또 다른 바쁜 일상을 만나게 되겠지요. 그렇게 살다가 어느 날 문득 혜릉동에 머물렀던 기억이 떠오르신다면, 어린 시절 소꿉장난처럼 귀엽고 애틋한 기분이 들었으면 좋겠습니다.

안녕. 배석류.

오늘은 우리 결혼식 전날이야. 밤이 깊었고, 저 창문 너머에는 네가 있어. 불도 꺼져 있고 전화해도 안 받는 걸 보니, 태평하게 자고 있는 것 같네. 난 떨려서 잠도 안 오는데. 그리고 아마 지금 내 눈앞에 있는 널 보면서도 여전히 떨고 있을 것 같다. 드레스를 입은 네가 너무 눈부셔서, 오랫동안 간절했어서.

물론 너도 (분노로) 떨고 있겠지. 네가 혼인서약문 다 썼냐고 백 번도 더 물었는데, 그걸 결혼식 전날 썼단 사실을 지금 처음 알게 됐을 테니까. 변명이 아니라 일부러 지금까지 아껴 둔 거야. 가장 솔직하고 애틋한 맘으로 쓰려고. 진짜야. 진짜라니까? 아무리 화나도 헤드록은 걸면 안 돼. 너 지금 세상에서 제일 예쁜 신부고, 많은 사람들이 보고 있다.

석류야. 넌 내가 이날을 얼마나 기다려왔는지 아마 상상도 못 할 거야. 결혼을 미룬 일 년을 얘기하는 게 아니라, 나 최승효가 온 생을 걸고 바라온 일이거든. 여탕에서 너와 함께 손발이 쪼글쪼글해질 때까지 앉아 있던 다섯 살 때부터... 너에게 마음 대신 메달을 걸어주었던, 올림픽보다 뜨거웠던 열일곱의 봄을 지나... 돌고 돌아 겨우 사랑을 고백했던 어리석었던 서른넷의 날을 건너... 지금 우리가 이렇게 마주 서 있네.

며칠 전에는 아주 중요한 일이 있었어.

네가 사옥 오픈 때 선물했던 석류나무 있잖아. 널 닮아서 정말 성질이 급해. 어찌나 무럭무럭 자라는지. 그 친구를 화분에서 해방시켜줬어. 새로운 곳으로 옮겨 심었지. 거기가 어디냐면 우리 집 앞마당. 맞아. 너와 내가 함께 사랑하며 살아갈 그곳 말이야. 신혼여행을 다녀와 대문을 열면 아마 제일 먼저 그 녀석이 우리를 맞아줄 거야.

이상하지. 그토록 오래 함께였는데 나는 너와 마주하는 모든 순간이 떨려.

이제 곧 우리가 옆집이 아닌 한집에 살게 된다는 게 믿기지 않아.

너와 함께할 꿈결 같은 모든 날들에 약속할게.

석류나무가 커다랗게 자라난 마당에서, 해마다 열리는 첫 열매를 따 줄게.

네가 사랑하는 부엌에서 가장 아름다운 하늘을 볼 수 있게 매일 창을 닦을 거야.

내 전완근은 매일 너의 팔베개를 위해 쓰일 거고,

출장을 떠날 때면 꼭 근처 맛집의 음식들을 공수해다 줄게.

가자미식해 아니라 삭힌 홍어, 가오리까지도 가능해.

무지개 부엌 AS는 평생 무료로 제공될 테고, 또 뭐가 있으려나.

아, 내 면도기는 얼마든지 써도 좋아. 난 정말 다 괜찮아.

너와의 시간을 찬찬히 떠올리다 보니 다시금 깨닫게 되는 게 있어. 네가 나의 전부라는 것. 나에게서 너를 빼면 아무것도 남는 게 없거든. 내가 인생에서 처음 만난 또라이. 나를 아득한 첫사랑에 풍덩 빠뜨린 배석류. 난 아마 평생을 그 안에서 버둥거리겠지만, 수영 국가대표 출신의 자존심 따위 버리고 그 운명을 기꺼이 받아들일게.

석류야.

나의 모든 처음이자, 모든 지금인 배석류.

사랑해. 사랑한다. 그 어떤 말로도 대체가 되지 않아. 세상 어느 미사여구를 가져와도 내 마음을 다 담을 순 없을 거야. 그러니까 사는 내내 증명할게. 너의 가장 좋은 친구로 남을게. 심장 뛰게 하는 연인으로 있을게. 따뜻한 일상을 나누는 남편이 될게. 영원히 네 편인 가족이 되어줄게.

널 위해 그 모든 역할을 수행할 수 있다면, 영광일 거야.

Hello Bae Seok-ryu.

Today is the day before our wedding. It's late at night and you're across the window. Seeing that your lights are off and that you are not picking up my calls, I imagine you're sleeping peacefully. I'm too nervous to fall asleep. I'll probably be nervous seeing you in front of me now because you look so radiant in your dress and I've been wanting this for so long.

I'm sure you're also nervous (with anger). Because you're finding out for the first time that the wedding vows you've asked me to write over a hundred times were finished just yesterday. I'm not saying this as an excuse, but I was waiting to write them on purpose. I wanted the letter to include my most authentic feelings. I'm not kidding! No matter how angry you are, you can't put me in a headlock, okay? Right now, you're the prettiest bride in the world and there are many eyes on you.

Seok-ryu. You don't know how long I've been waiting for this day. I'm not talking about how we postponed our wedding for a year. I, Choi Seung-hyo, have been waiting for this my entire life. Ever since we were five years old sitting in the women's bath house until our hands and feet got all pruny... After I hung a medal around your neck instead of telling you my feelings and our seventeenth spring passed by hotter than the Olympics... After, gathering my courage, finally confessing to you as a foolish thirty-four year old... Now, we're here facing each other like this.

※ 해외 독자들을 위해 영어 번역본을 함께 실었습니다.
English translation is included for international fans.

A few days ago, something very important happened.

You know that pomegranate tree you gifted me when the office opened? Well, it takes after your impatience. It's been growing so fast that I had to let it out of its pot. I planted in a new spot: our front yard. Yes, the place where we will share our lives loving each other. When we return from our honeymoon and open the front gate to our house, the tree will probably be the first to greet us.

You know, it's strange. Despite having been together for so long, you still make me nervous every moment.

I can hardly believe we'll soon be living together, not as neighbors, but in the same house.

I'll promise to make every day together like a dream.

Every year, from our yard where the pomegranate tree grows tall, I will pick the first fruit for you.

Every day, I will wipe the windows so that you can see the most beautiful sky from the kitchen you love.

Every day, my forearms will be a pillow for your head.

Every business trip, I'll be sure to bring you food from tasty restaurants.

I can get you fermented flounder, fermented skate, and even stingray.

Rainbow kitchen repair services will be free for life. What else is there?

Oh right, you can use my razor anytime. I'm fine with anything.

As I reflect on my time with you, I realize again that you are my everything. Without you, I would be left with nothing. You are the first crazy person I met. You plunged me in my first love. I'll probably be floundering in my feelings for you forever, but I'm willing to abandon my pride as a former member of the national swim team and accept my fate.

Seok-ryu.

You were all of my firsts and now, Seok-ryu, you are my everything.

I love you. I truly do. There are no better words to use. No flowery phrases are enough to convey the depth of my feelings for you. So I will spend my life proving it to you. I will be your best friend, a lover who makes your heart race, a husband who shares warm, ordinary days with you, and a family member who will always be on your side.

For you, I can fulfill all of these roles and it would be nothing short of an honor.

안녕, 최씅. 안녕, 승효야. 아니, 자기야.

지금 널 부르는 말만 몇 번을 고쳤다 지웠다, 내가 종이를 몇 장째 구겨 버리고 있는지 모를 거야. 대체 결혼식 날 혼인 서약을 편지로 대신하자고 한 사람이 누구니? ...나지. 나였지. 난 왜 갑자기 그런 낭만적 발상을 하고야 만 걸까. 그때의 나 자신을 매우 치고 싶다.

그러고 보니 너를 부르는 호칭이 참 다양하게 변해온 것 같아.

처음에는 '애기'였는데. 쪼끄맣던 게 언제 이렇게 커서 나한테 장가를 다 오고 기특하다.

그때는 내가 연약한 널 보살펴줘야겠다고 생각했는데

아니다. 생각해보니 안 그런 순간들이 많았다.

옛날에 내가 수영장 구석에서 물이 무섭다고 쪼그려 앉아 울고 있을 때. 네가 내 귀를 막아줬던 순간, 세상이 멈춰버렸어. 물소리가 아득해서였는지, 귀가 먹먹해서였는지, 날 보던 네 눈동자가 너무 가까워서였는지. 전부 다였겠지. 너는 모르겠지만, 어쩌면 내가 먼저였어. 승효야.

여름방학 때 프랑스에 다녀온 네가 나보다 키가 커졌을 때. 네가 내 목에 금메달을 걸어줬을 때. 그때도 내 귓가에 물소리가 들렸던 것 같아. 왜 사랑에 빠지면 종소리가 들린다는 말이 있잖아. 나는 물소리였어. 아주 깊고 먼 진공 상태의 소리. 파랗게 어른거리며 내 마음에 파문을 일으키던 소리. 그 소릴 듣고도 내 마음의 정체를 몰랐던 날, 그래서 너무 늦게 너에게 가닿은 날 용서해줄래? 내가 평생에 걸쳐 두고두고 갚을게. 잘해줄게. 사랑해줄게.

승효야.

아팠던 후로 나는 사실 사는 게 좀 무서웠어. 행복을 뒤집으면 반대편에 불행이 기다리고 있을까 봐, 두려운 순간들이 많았지. 너를 만나고도 그랬어. 너무 행복해서 불안해졌어. 모든 게 엉망이 되어버릴까 봐. 운명이 우릴 망칠까 봐. 그런데 네 사랑이 너무 단단해서, 나를 꽉 붙잡아줘서, 나는 이제 더는 내일이 무섭지 않아. 어떤 일이 있어도 너와 함께라면 분명 이겨낼 수 있을 거란 확신이 들거든. 아무리 캄캄한 밤이 와도 야광별처럼 날 비춰주는 네가 있으니까.

곧 있으면 우리는 이제 진짜 부부가 되겠지. 아마 우린 꽤 많이 싸울 거야. 세 살 버릇 여든까지 간다는데, 우리도 다섯 살 버릇 백 살까지 가지 않을까. 그러니까 그렇게 열심히 싸우면서 우리 백년해로하자. 난 너와 다툰 날에도 저녁이면 어김없이 부엌에 들어가 맛있는 요리를 할 거야. 그리고 너와 한 식탁에서 밥을 먹을 거야. 콩을 먹네 마네 하며 또 목소리가 높아질지도 모르지만, 콩 한 쪽도 사이좋게 나눠 먹자. 이런 게 '부부싸움은 칼로 물 베기'라는 거겠지? 아, 물론 설거지는 네가 해라.

승효야. 난 원래 세상이 나에게 좀 야박하지 않나 생각했어. 좀 더 편하게 별일 없이 무탈한 생들도 있을 텐데, 나는 거기 해당이 안 됐으니까. 너무 치열했고 그러다 고꾸라졌고 상처도 많이 입었고. 그런데 돌이켜 생각해보니 아니야. 나에게 널 줬잖아. 가장 친한 친구와 사랑하며 평생을 함께할 수 있는 기회를 얻다니. 아마 나는 세상에서 가장 운이 좋은 사람일 거야.

그리고 그게 너라서 나는 지금 더할 나위 없이 행복해.

Hi Choisseung. Hi Seung-hyo. No. Honey.

I keep changing and erasing how I'm going to call you. You probably have no idea how many sheets of paper I've crumpled and thrown away. Whose idea was it to write letters instead of wedding vows? ...Oh right, it was me. Why did I have to go and suddenly be such a romantic? I really want to hit my past self.

Come to think of it, the nicknames I've called you have changed so much.

The first one was "baby." It's amazing how you've grown from that tiny boy to a man who's now going to marry me. Back then, I thought I had to be the one to look after you but, now that I think about it, there were many moments when that wasn't the case.

When we were little, I was crying in the corner of the pool because the water scared me. You covered my ears and that moment, it felt like the world had stopped. Maybe it was the distant sounds of water, maybe it was the pressure in my ears, or maybe it was the depth of your dark eyes looking at me. It must have been all of it. Seung-hyo, you probably don't know, but I think I was the one who fell first.

When you came back from France during summer vacation taller than me and when you hung a gold medal around my neck, I thought I heard the sound of water in my ears. You know how they say you hear bells when you fall in love? For me, it was the sound of water. A deep, distant sound that caused ripples through my heart.

But even after I heard that sound, I didn't recognize my feelings. Will you forgive me for realizing so late? I will make it up to you for the rest of my life. I will take good care of you. I will love you.

Seung-hyo.

After I got sick, I was honestly a little afraid of living. I was anxious that on the flip side of happiness was misfortune. I felt that way after meeting you. I was so happy that it made me anxious. I was worried that everything might suddenly fall apart, that fate would ruin us. But because your love was so strong and you held onto me so tight, I'm no longer afraid of tomorrow. No matter what the future holds, as long as I am with you, I am certain that I can overcome anything. Even on the darkest nights, I have you to shine on me like a glow in the dark star.

Soon we'll really become a married couple. We'll probably fight quite a bit. Habits from when you're three are said to stay with you until you're eighty. Maybe our habit of bantering from when we were five will stay with us until we're a hundred. Even so, let's live happily together until we're a hundred. On days we argue, I will always make delicious food for you in the kitchen and we'll share a meal at the same table. We may nag and raise our voices at each other for something trivial like eating or not eating beans, but we can make up by sharing a bean in half. That's what the saying "marital disputes are like cutting water with a knife" means, right? Oh, and of course you do the dishes.

Seung-hyo. I always felt that the world was a little unforgiving to me. There must be some people who get to live peaceful, ordinary lives, but I'm not one of them. I've gone through tough experiences that have left me hurt many times. But looking back on everything, it was all nothing because I ended up with you. I can't believe that I have the chance to love my best friend and spend my life with him. I think I'm the luckiest person in the world.

And because that person is you, I couldn't be any happier.

작가 인터뷰

☆ 혜릉동을 배경으로 한 소꿉남녀의 사랑 이야기를 써야겠다고 아이디어
가 싹튼 시기와 계기가 있을까요?

〈갯마을 차차차〉를 보신 분들만 이해하는 답변이 될까 걱정되지만,
드라마에 '이준'과 '보라'라는 캐릭터가 나옵니다. 아주 귀여운 친구들이었는데
요. 반듯하고 선비 같은 이준과 세상 왈가닥 보라, 두 사람이 티격태격하며 함
께 자라 어른이 된다면? 이라는 상상을 해봤어요. 둘 사이에 이성적 감정이 싹
튼 적이 없었을까? 정말 친구이기만 할 수 있었을까? 그런 생각에서 이야기가
확장된 것 같아요. 그런데 사실 한동네에서 함께 자란 소꿉친구의 사랑 이야기
는 그동안도 충분히 많았습니다. 그래서 그 관계의 시작이 두 사람이 아닌 엄마
들부터면 어떨까 하는 설정을 추가해봤습니다. 우리 모두 살아가며 엄마 친구
의 아들, 딸에 대한 얘기들을 종종 듣게 되잖아요? 이런 관계성들이 얽힌다면
또 다른 느낌의 소꿉친구물이 될 수 있지 않을까 하는 마음으로 작업을 시작했
던 것 같습니다.

☆ 5살 때부터 소꿉친구였던 승효와 석류는 부부가 되어서도, 부모가 되어
서도 다른 연인과는 좀 다르지 않을까 싶습니다. 서로의 일거수일투족을
알고 있고, 얽힌 관계도 많고, 아무래도 좀 더 편한 관계라 자주 싸우기도,
쉽게 화해하기도 하겠지요. 부부가 된, 부모가 된 이들의 일상이 어떨지
상상해본 장면이 있는지요?

원래 16화 엔딩에 에필로그처럼 둘의 미래를 쓴 장면이 있었어요. 결
국은 삭제했지만요. 승효는 석류와 자신이 함께 살아갈 집을 지었어요. 신혼여
행에서 돌아온 두 사람을 맞아준 게 바로 그 집이었죠. 마당에는 석류나무가 자

라고 있고, 부엌과 침실은 승효가 가장 신경 써서 만든 공간이에요. 부엌은 석류의 꿈이 담긴 곳이고, 침실은... 말 안 해도 아시죠? (웃음) 그리고 얼마 후, 승효와 석류는 또 하나의 공간을 정성스럽게 만듭니다. 포근한 느낌의 벽지와 따뜻한 색감의 커튼, 사랑스러운 모빌, 그리고 둘이 함께 천장에 야광별을 붙이죠. 아니, 정확히는 승효 혼자 붙여요. 석류는 (하는 것도 없는 주제에) 잔소리 담당이죠. 맞아요. 두 사람에게 아이가 생겼어요. 이름은 석류 집안의 전통을 따라 태몽에서 따왔답니다. 석류가 길 가다 귤 한 바구니 받는 꿈을 꿨거든요. 그래서 아이의 이름은 귤이에요. 최귤!

귤은 어느새 다섯 살이 되었고, 석류를 닮아 콩을 싫어해요. 승효처럼 물에 들어가는 걸 좋아하지만 수영을 그다지 잘하진 못해요. 귤은 요즘 엄마 아빠 나이가 헷갈려요. 왜냐하면 정신연령이 자기랑 별 차이가 없는 것 같거든요. 귤한테 콩 꼭 먹으라고 잔소리하면서 둘 다 서로 밥그릇에 콩을 덜어 내느라 정신없고, 설거지고 청소고 뭐만 했다 하면 다 내기로 정해요. 매일 서로를 쫓아다니며 장난을 치는데 술래잡기, 얼음땡도 그것보단 덜 격렬할 거예요. 다섯 살이 보기에도 두 사람은 좀 유치 뽕짝이지만, 그래도 그런 엄마와 아빠를 구경하는 건 꽤 재미있답니다. 귤이 안 보는 데서 싸우기도 많이 싸워요.

어떤 날은 무지개 부엌을 찾은 석류의 팬이 '셰프님. 너무 아름다우세요.'라고 너튜브에 단 댓글 때문에. 어떤 날은 시상식에서 톱스타와 함께 사진을 찍은 승효 때문에. "아름답... 웃기시네! 너 그날 아침부터 팅팅 부었었는데 뭔 말도 안 되는 소릴!" 하며 흥분하거나 "와. 되게 다정해 보인다. 둘 사이에 간격이 10mm도 안 되겠네." 하며 어금니를 꽉 깨물죠. 이런 사소한 걸로도 질투하는 걸 보면 둘은 여전히 사랑을 하고 있는 것 같습니다. 이 정도면 세기의 사랑 아닐까요? 부모가 되었지만, 여전히 연인으로 둘은 언제나 승효와 석류답게 잘 지내고 있을 겁니다. 먼 미래에도 아마 그럴 거예요. 아주 염병첨병하며 환갑을 넘어 일흔, 여든... 석류의 말 그대로 백년해로할 겁니다.

☆   승효의 모든 시작은 석류였습니다. 혜릉동도, 수영선수도, 공부도, 건축사도, 사랑도. 둘이 붙어 있는 시간 속에서 승효는 언제나 석류를 바라보고 있었는데요. 석류가 승효의 사랑을 눈치챈 적은 단 한 순간도 없는 걸까

요? 더불어 석류가 승효에게 잠깐이라도 이성적인 감정을 느꼈던 적은 없을까요?

승효의 모든 시작이 석류였듯, 사실 석류의 시작도 승효였어요. 물을 무서워하는 석류에게 승효가 수영장에서 귀를 막아주며 무서워하지 않아도 된다고 이야기했을 때, 그 진공 상태의 적막이 어쩌면 석류의 첫사랑의 순간이었을 겁니다. 자신보다 키가 커져서 나타난 승효는 석류를 조금쯤 두근거리게 했을 거고, 승효를 위해서는 가로본능도 1등도 포기할 수 있었어요. 이게 사랑이 아니면 뭐가 사랑이겠어요? 하지만 석류는 그런 마음을 내비친 적이 없죠. 텍스트로도 화면으로도요.

석류는 아마도 그 당시 그게 사랑인 줄 몰랐을 거예요. 너무 오래 한 가족처럼 지내 와서, 발가벗고 있어도 아무렇지도 않고 동성에 가깝다고 외쳤던 그 수많은 말들에 스스로도 속은 거죠. 조금은 모른 척했을 수도 있고요. 사실 자기도 줄곧 승효를 바라보고 있었으면서.

개인적으로 "아, 애들아. 좀!!!" 싶은 속 터지는 순간들을 제공한 것에 대해 죄송한 마음을 갖고 있습니다. 그런데 둘의 관계가 사실 보통은 아니잖아요. 엄마들끼리 친구고, 옆집에 살고, 같은 학교에 다니고, 서로 얽히기가 만수산 드렁칡 수준이었던지라... 이 끈끈한 연결고리 중 뭐 하나만 없었더라도 이 둘은 서로에게 좀 더 빨리 솔직했을지도 모르겠습니다. 그리고 승효가 금메달을 걸어주던 순간, 분명 석류도 잠깐은 설렜을 거라고 생각합니다. '엿이나 처먹으라 이거야?' 사이에 마가 뜨는 걸 느끼셨을 거예요.

☆ 석류가 미국에서의 삶을 내려놓고 한국으로 돌아올 수밖에 없었던 건 위암과 우울증 진단 때문이었습니다. 주인공이 겪을 수 있는 여러 고난 중 위암을 선택해야만 했던 작가님의 이유가 있었을 듯싶은데요. 자세히 들어볼 수 있을까요?

2019년 〈왕이 된 남자〉를 끝내고 크다면 크고 작다면 작은 수술을 하나 받았습니다. 30대 초반이었어요. 그 무렵 또래 친구들도 아프기 시작했어요. 누군가는 암이었고 누군가는 퇴사를 하고, 또 누군가는 이혼을 하고 누군가는 산후우울증에 걸렸습니다. 치열하게 살았을 뿐인데 벌써 여기저기 고장이 나버리더라고요. 그때부터였던 것 같습니다. 아픈 청춘들의 이야기를 해야겠다고 생각했던 게... 정확히는 아프고 난 다음, 그다음을 살아가는 청춘들의 이야기를 하고 싶었어요.

가장 심각하게 아픈 순간은 지났는데 그래서 극복했다고 믿었는데, 사실은 여전히 그 흉터가 남아 있는 거죠. 그래도 아직 젊어 사랑도 하고 꿈도 꾸고 계속 살아가야 하는데, 뭔가 생각 같지 않아 힘도 들고요. 그런 딜레마를 갖고 있는 인물이 바로 석류입니다. 그런 석류가 자신의 상처를 딛고 나아가 꿈을 이루길 바랐어요. 대단하고 거창한 게 아니라 작고 성실한 방식으로요. 사람들이 살면서 소소하게 행복을 느끼는 것 중 하나가 식食, 바로 먹는 거잖아요. 그런데 분주한 일상에 치이면 가장 쉽게 포기하는 게 먹는 즐거움이더라고요. 바쁘다 바빠 현대 사회에서 샌드위치나 삼각김밥으로 끼니를 때우며 일해본 경험 다들 한 번쯤 있으시잖아요. 사실 나에게 신선하고 따뜻한 음식을 주는 것, 그건 자신을 사랑하는 가장 기본적인 방법인데 말이에요. 한국으로 돌아오기 전까지 석류의 삶도 그랬을 거예요. 그래서 석류에게 위암이라는 설정과 요리사라는 꿈을 동시에 주었습니다. 꿈을 실현하는 것이 곧 자신을 사랑하는 법을 실천하는 것이 되길 바랐거든요. 그리고 자신과 비슷한 아픔을 겪은 사람들에게 건강한 행복을 주는 데까지 성장한 석류의 미래를 저는 계속 힘차게 응원하고 싶습니다.

☆ 태희와 현준의 존재를 그리 반가워하지 않은 시청자도 있었습니다. 승효와 석류가 '서로의 첫사랑이자 끝 사랑'인 설정도 분명 고민해보았을 텐데요. 그 방식을 택하지 않고, 전 연인들을 (심지어 너무나 멋진 어른들로!) 등장시킨 이유가 궁금합니다.

질문 주신 대로 '원 앤 온리' 판타지가 주는 매력이 뭔지 너무나도 잘 압니다. 그런데 극 중 승효와 석류는 만으로 서른셋, 한국 나이로는 서른넷. 평균 수명을 100세로 계산해도 벌써 3분의 1을 넘게 산 이들의 상황을 생각했을 때, 좀 더 현실적인 사랑 이야기를 하고 싶었어요. '이렇게 멋진 사람들이 모쏠 이라는 게 말이 되냐! 그렇게 살 거면 그 얼굴 나나 줘라!'라는 마음의 소리가 있었고요. (웃음) 사실 우리는 살면서 다양한 사랑을 하게 되잖아요. 이별도 마 찬가지고요. 저는 이들이 누군가를 사랑하고 이별한 경험이 약점이나 단점이 될 수 없다고 생각했습니다. 그래서 위험부담이 있다는 걸 알고 있었지만, 승효 도 석류도 전 연인과의 관계를 부정적인 방식으로 그리지 말아야겠다고 다짐 했던 것 같아요. 우리가 인생에서 만나는 다양한 사랑의 형태를 온전히 보여주 자 생각했죠.

태희는 한때 누군가의 첫사랑이었을 것 같은, 아름답고 강한 도예가예요. 승 효에게도 석류에게도 모두 좋은 선배 같은 느낌이죠. 승효에게는 석류를 향한 마음을 깨닫게 해주고, 석류에게는 꿈을 찾는 힌트를 주고, 마지막에는 합환주 를 본뜬 잔까지 선물해주며 퇴장하는데요. 미래에 대한 복선까지 제시해줬으 니 일정 부분 작가적 시점을 대신해줬다고도 볼 수 있을 것 같습니다.

그리고 석류는 현준과 분명 사랑했습니다. 석류의 투병 기간, 휴직까지 하고 그 곁을 지킨 현준의 마음이 진심이 아니었을 리 없어요. 석류는 현준을 생각해 서 항암 과정을 씩씩하게 이겨내고 빠르게 복직도 했지만, 오히려 무리하다가 탈이 나버렸죠. 실제로 수술 후 우울증을 겪는 환자들이 많더라고요. 현준 역시 행복한 미래를 위해 석류를 빨리 일으켜 세우려고 했지만, 그게 석류에게 무리 였다는 걸 알지 못했어요. 둘은 분명 서로에게 최선을 다했는데, 애석하게도 서 로를 위한 방향이 맞지 않았습니다. 그래서 결국 헤어졌지만, 한 번은 다시 만 나 제대로 된 이별을 하는 게 좋겠다고 생각했어요. 한때 사랑했던 사람을 향한 감사와 예의, 그리고 그다음을 응원할 수 있는 성숙한 이별의 모습을 보여주고 싶었죠. 그 과정을 잘 마쳐야 석류가 진짜 홀가분하게 승효에게 갈 수 있을 것 같았거든요.

하지만 로맨스 장르에서 시청자분들이 기대하는 것이 무엇일까를 생각했을 때, 아쉬워하시는 부분도 충분히 이해합니다. 그래서 석류가 진짜 필요로 하는 사람, 석류를 치유시킬 수 있는 사람은 현준이 아니라 승효라는 부분을 확실히 보여줘야 한다고 생각했어요. 승효는 석류를 바다에 던져버리는 사람이죠. 무 겁고 축축한 솜을 혼자 지게 하지 않고, 함께 물속으로 들어가 슬픔과 아픔을 소금처럼 녹여주는 사람이에요. 그 확실한 대비를 통해서 석류와 승효는 결국 서로일 수밖에 없음이 더 잘 보여지길 바랐습니다.

☆　　이 드라마를 보고 눈물 흘린 K-장녀가 많을 것 같습니다. 너무나 현실적
　　　인 대사들이라 보고 있으면 마음 아파진다는 후기도 많았지요. 작가님의
　　　경험담이 녹아 있을지 궁금하고, 드라마 엔딩 이후에 석류가 'K-장녀 콤
　　　플렉스'에서 어느 정도 해방되었을지도 궁금합니다.

　　　예상하신 대로 K-장녀가 맞습니다. 그렇다고 작품을 통해 한풀이를
한 건 아니고요. 아무래도 조금 더 현실감이 있지 않았을까 생각은 합니다. 둘
째도 막내도 저마다의 고충이 있겠지만, 장녀로 산다는 건 참 녹록치 않은 일
이죠. 눈이 은은하게 돌아 있단 말이 괜히 있겠어요. 가족을 챙겨야 한다는 압
박감 같은 게 늘 있거든요. 엄마한테도 딸 역할을 해야 한다는 의무감이 있고
요. 누가 칼 들고 협박한 것도 아닌데, 그게 자연스럽게 그렇게 되더라고요. 집
안의 공기가 습도가 온도가 그냥 그렇게 만드는 것 같습니다. 그런 경험들이 석
류에게 조금은 덧씌워져 드라마에 배어 나오지 않았을까 생각해봅니다.
　　석류가 K-장녀 콤플렉스에서 해방되었냐고요? 아니요. 그건 해방되는 게 아
닙니다. 예를 들어 아마 미숙과 근식의 환갑은 석류가 챙겼을 겁니다. 칠순이라
고 안 그랬겠어요? 동진이 녀석이야 돈이나 좀 보탰겠죠. 근데 아마 훨씬 더 잘
다루게 되었을 거예요. 책임감이야 여전하겠지만, 드라마 속에서 보인 솔직한
고백들을 통해 서로에 대한 이해와 배려가 생겼거든요. 사실 석류 본인이 아등
바등하는 거지, 가족들이 많이 변했어요. 미숙은 요리하는 석류를 응원하고, 동
진은 자기 헬스장 낼 날을 꿈꾸며 열심히 일하고, 근식은 무지개 부엌의 든든한
고문이고요. 석류의 옆에는 현명한 중재자 승효도 있습니다. 결국 가족들이 서
로의 문제에 직면하는 중요한 경험을 했기 때문에 다 같이 성장한 거라고 생각
해요.

☆　　구급대원 모음 역의 김지은 배우가 '순직소방관 유가족'을 위한 기부를
　　　해 큰 화제가 되었습니다. 모음이 덕분에 이제 시청자들도 일상에서 구

급대원을 만나면 응원하는 마음 가득 담아 따뜻한 시선을 보내게 될 것 같은데요. 작가님이 구급대원에 처음 관심을 갖게 된 계기가 무엇인지, 참고한 실제 인물이 있는지 궁금합니다. 그들의 고충이 현실감 있게 그려졌는데 조사는 어떻게 이루어졌나요?

구급대원이라는 직업을 떠올린 건 혜릉동을 어떤 사람들로 채울까 고민할 때였어요. 정말 서울 외곽 어딘가에 있음직한 동네였으면 좋겠다, 그곳에 사는 사람들에겐 저마다의 꿈이 있었으면 좋겠다. 그렇게 승효와 석류가 탄생했고, 그들에겐 몽상가형 엉뚱발랄 괴짜 친구가 하나 더 있을 거야, 하며 모음이 생겨났죠. 그런 친구는 어떤 어른이 될까 상상하다 보니 자연스레 구급대원을 생각하게 되더군요. 바로 수소문해 인터뷰를 진행했는데, 책이나 자료를 보는 것보다 역시 실제로 만나 뵙는 게 훨씬 도움이 됐습니다. 정말 멋진 여성들이었거든요. 드라마에서 표현된 현실감 넘치는 에피소드들은 모두 그분들을 통해 알게 된 것들입니다. 서점 화장실에서 클래식 음악이 들리는 순간 심장이 툭 떨어지며 뛰쳐나갈 뻔했다는 이야기도 실화고, 방광염부터 심장질환까지 다양한 직업병이 있단 것도요. 모음의 꿈인 남극 과학기지 발령도 인터뷰를 통해 알게 되었는데, 아직까지 여성이 파견된 적은 한 번도 없네요. 모음을 통해 한계를 깨부수고 싶었습니다. 그리고 실제로 제 사촌 동생도 구급대원이라 걸핏하면 질문 세례를 퍼부었어요. 이렇게 취재를 하며 구급대원분들이 우리가 미처 알지 못했던 일상의 그늘을 얼마나 열심히 돌봐주고 계신지 알게 되었습니다. 정말이지 조용히 세상을 지켜주는 히어로들이십니다.

그리고 구급대원님들뿐만 아니라 건축가님, 기자님, 셰프님 등 드라마에 등장하는 다양한 직업군들의 인터뷰 역시 진행했는데, 이분들 역시 각자의 자리에서 세상을 빛내고 계셨어요. 이 자리를 빌려 도와주신 모든 분들께 다시 한번 감사하단 말씀을 드리고 싶네요.

☆　모음이와 똑 닮아 똘똘하고 사랑스러웠던 연두. 연두의 존재는 이 드라마에서 어떤 의미일까요? 단호, 모음, 재숙에게 연두가 있을 때와 없을 때, 삶의 모습이 어떻게 달라질지 궁금합니다.

아이는 어른에게 보호의 대상이기도 하지만, 자신을 투영하는 거울이고 성장시켜주는 촉매제인 것 같아요. 그런 의미에서 새싹 같은 연두 씬을 쓰는 게 저에게 큰 기쁨이었습니다. 혜릉동의 사람들이 연두를 통해 인연을 만들어 나가고, 또 그들이 연두를 함께 돌보는 모습은 어쩌면 제가 바라는 가장 이상적인 공동체의 모습이기도 해요. 아이는 온 마을이 키운다는 말이 있잖아요. 가족의 형태가 어떻든, 아이들이 무조건적으로 행복했으면 하는 소망을 연두에게 듬뿍 담았습니다.

단호에게 연두는 아마 세상과 연결된 유일한 끈이었을 겁니다. 하루아침에 가족을 잃은 그가 재앙과도 같았던 슬픔을 견디고 살아내야 했던 건, 어머니와 형수가 품에 안아 살린 조카를 지키기 위해서였을 테니까요. 그렇게 연두는 단호의 어제를 지워주는 오늘이자 내일이 되었고, '아빠'라는 또 다른 삶도 선물해주었죠.

모음과 재숙의 경우, 연두가 없었던 시절의 삶이 부족했다거나 결핍이 있었다거나 그렇지는 않았을 거예요. 물론 아빠, 남편의 부재가 있었지만 이미 이걸 충분히 애도하고 극복해낸 건강한 모녀였으니까요. 모음과 재숙은 씩씩하게 꿈꾸고, 넉넉하게 마음을 나눠 주는 아주 멋진 어른들이잖아요? 그렇다고 해서 모음과 재숙이 연두를 안타깝게 여겼다거나 도와주고 싶었다거나 하는 그런 마음은 아니었을 겁니다. 행복을 가진 사람이 또 다른 아주 작고 귀여운 행복을 만나 더 큰 행복을 만들어가는 그런 관계에 가깝죠.

남극에서 돌아온 모음과 단호, 재숙, 연두는 진정한 가족이 되었을 겁니다. 재숙은 라벤더에게 연두를 자랑하는 게 일상이고요. 단호는 밖에서 놀다 다쳐 들어오는 연두 덕분에 집에 약국을 차리다시피 했지만, 그래도 예전처럼 걱정하진 않아요. 넘어져도 다시 툭툭 털고 일어나면 된다는 걸 알고 있으니까요. 모음은 이들의 응원 아래 오늘도 사이렌을 울리며 달려 나갈 테고요. 모음과 단호의 사랑은 더욱 굳건해졌을 거예요. 아, 단호가 승효와 머리를 맞대고 프러포즈를 고민하다가 갯벌맨 의상을 제작하려 한다는 소문이 있습니다.

★ 기획의도에서 이 드라마를 '인간의 생애주기와 다양한 관계성에서 나오

는 희로애락'이란 문장으로 설명했지요. 석류와 승효의 직업이 '의식주' 중 각각 '식'과 '주'에 해당하는 것도 이와 연결되어 있지 않을까 합니다. 평소 다양한 사람들 속 다양한 관계에 대한 속사정을 어떻게 포착해 그려내는지요?

저는 사람 사는 이야기에 귀가 자동으로 쫑긋하는 것 같아요. 그런데 애석하게도 내향형 인간에 파워 집순이라 사람을 만날 일이 그렇게 많지는 않네요. 그래도 기회가 될 때마다 사람의 이야기를 수집하려 노력하는 편입니다. 책도 읽고, 엄마랑 수다도 떨고, 시장에 가서 사람들도 보고, 여행도 가고요. 직간접적으로 사람을 겪는 일이 가장 중요한 것 같아요. 결국 드라마란 늘 사람의 이야기잖아요. 그렇게 계속 보다 보면 사람이 예뻐 보여요. 이해가 되고 관심이 생겨요. 아이디어도 결국 여기에서 나오고요. 내 가족의 말버릇, 내 친구가 좋아하는 것, 누군가의 결혼식장, 장례식장. 일상의 모든 것들이 켜켜이 쌓이는 것 같아요. 아직은 얇고 얕아 밀푀유처럼 천 겹의 층을 갖게 되길, 벽돌집처럼 단단하고 튼튼하게 제 글의 버팀목이 되어주길 바라고 있습니다.

말씀해주신 것처럼 석류의 직업과 승효의 직업이 '식'과 '주'에 해당되는 것도 이들의 직업이 삶 속에 밀착되어 있길 바랐기 때문이에요. 왜 사람들이 누가 힘들다고 하면 "맛있는 거 사줄까?", "내가 같이 있어줄까?" 하잖아요. 먹고, 머무르는 것만큼 일상적이면서 동시에 위로가 되고 행복이 되는 일은 없는 것 같아요. 앞으로도 어떤 글을 쓰든지 간에 사람들에게 찰싹 달라붙어 있고 싶습니다.

☆ 승효와 석류의 사랑 못지않게 중년 부부의 로맨스도 큰 사랑을 받았습니다. 결혼 후 서로에게 진심을 전하지 못하고 오랜 기간 떨어져 지내다 뒤늦게 마음을 확인한 혜숙과 경종. 결혼 후 매일같이 붙어 지내지만 또 매일같이 싸우는 미숙과 근식. 너무나 다른 이 두 부부의 이야기로 전하고 싶은 메시지는 무엇이었나요?

이 두 부부는 겉보기에는 굉장히 극과 극처럼 보입니다. 일상을 공유하는 태도, 대화의 빈도, 경제력까지 무엇 하나 같은 게 없죠. 혜숙·경종은 같이 있기만 해도 공기를 시베리아로 만들어버리고, 미숙·근식은 뜨겁다 못해 걸핏하면 활화산이 터집니다. 그렇다고 해서 누가 더 낫다 틀리다를 얘기하고 싶었던 건 아니에요. 오히려 두 부부에겐 공통점이 있거든요. 서로의 진심을 제대로 나누지 못한 시간이 있다는 것. 혜숙과 경종이 그토록 오래 서로를 오해했던 것도, 근식이 미숙에게 사기당한 일을 숨겼던 것도 결국은 같은 맥락이거든요. 상대의 생각을 지레짐작하고 자신의 마음을 숨기는 것.

신데렐라, 백설공주, 콩쥐팥쥐. 동서양의 수없이 많은 동화童話들이 결혼이라는 해피엔딩을 맞지만, 사실 결혼은 끝이 아닌 시작이고 인생은 동화보다는 우화寓話에 가깝죠. 어리석은 선택, 후회, 뒤늦은 깨달음 같은 것들이 필연적으로 따라오니까요. 그렇게 현실을 살아가는, 정말 있음직한 부부의 모습을 보여주고 싶었습니다. 그리고 얘기하고 싶었어요. 너무 멀어도 가까워도 잘 보이지 않는다고. 서로를 투철하게 볼 수 있는 거리에서 눈 맞추고 진심을 얘기하라고. 사람이 이렇게 복잡한 언어체계를 발전시킨 건 결국 의사소통을 하기 위해서잖아요.

미숙과 근식, 혜숙과 경종은 이제 좀 더 솔직할 수 있을 겁니다. 서로를 제대로 마주하는 경험을 했으니까요. 하늘이 데려갈 그날까지, 아니 그다음 어디인지 모를 사후세계까지 징그럽게 붙어 다닐 거고요. 은방울꽃의 꽃말처럼 다시 찾은 행복을 놓치지 않을 테죠. 가을 중턱에 다다른 부부들에게 봄날의 설렘과 여름의 무성함은 없을 수도 있겠지만, 대신 서로를 은은하게 물들일 겁니다.

☆ 이 드라마를 본 모두가 한 번쯤 생각했겠죠? '나에게도 쑥자매(라벤더) 같은 친구가 있으면 좋겠다!' 외교관, 부동산 중개업자, 가정주부. 직업도 환경도 다른 쑥자매지만, 이들이 '희자매'와 다르게 오래도록 끈끈한 우정을 지속할 수 있었던 힘은 무엇일까요? 더불어 크루즈 여행은 못 가더라도, 평소 다니던 산이나 절이 아닌 다른 먼 어딘가로 여행을 떠나는 데 성공했을까요?

모음이 했던 말 중에 "친구도 가족이다!"란 대사가 있어요. 이 대사는 승효-석류-모음에게도 해당되겠지만 그보다 앞서 쑥자매, 아니 라벤더의 관계를 설명해주는 말일 겁니다. 사실 학창 시절 친구와 수십 년의 우정을 지켜나간 다는 게 쉽지만은 않은 일이잖아요. 교복 입고 떡볶이 먹던 시절이야 차이랄 게 별로 없었겠지만, 어른이 되면 슬프게도 많은 것들이 달라지니까요. 주어진 환경, 각자의 선택 등에 따라 너무도 다른 길을 가게 되죠. 그래서 저도 모르게 서로가 비교되는 순간, 작아지고 치사스러워지는 순간이 생기게 되고요. 그럼에도 불구하고 계속 관계를 유지할 수 있는 건, 바로 우정 때문이겠죠. 그리고 저는 우정이 사랑의 또 다른 이름이라고 생각해요. 친구 사이도 연인이나 가족처럼 노력이 필요하잖아요. 그 노력이라는 건 잘 보이기 위한 인위적인 행동을 말하는 게 아니라, 진짜 그 사람을 들여다보기 위한 마음 씀을 뜻하고요. 친구가 좋아하는 노래, 싫어하는 음식, 스트레스를 푸는 법 이런 것들을 기억하고 이해하는 것이요. 라벤더는 그걸 아는 친구들이죠.

혜숙이 일과 육아 사이에서 곤경에 처했을 때 미숙이 승효를 봐주겠다고 먼저 손 내밀었던 것. 재숙이 남편을 잃었을 때 장례식장에서 밤새 함께했던 일. 석류의 위암 사실을 알게 됐을 때 날 선 미숙의 진심을 끄집어내 울게 했던 것도 모두요. 열일곱에서 시작된 우정이 40년 세월을 거쳤을 땐 그런 깊고 진득하니 숙성된 모습이 되는 것 같아요.

그래서 라벤더는 크루즈 여행을 갔냐고요? 당연히 갔죠. 그런데 그건 환갑보다 시간이 조금 더 흐른 뒤의 일입니다. 승효와 석류가 보내주겠다고 했지만, 미숙은 그 여행만큼은 자기 힘으로 떠나고 싶었거든요. 무엇보다 영어를 쏼라쏼라 잘할 수 있을 때 가고 싶었대요. 외국 사람들한테 '우리 사위가 세상을 이롭게 하는 건축가다', '우리 딸이 영혼을 위로하는 음식을 만드는 요리사다'를 자랑하려면 시간이 좀 더 필요했다는 후문입니다.

그래서 환갑에는 다른 곳으로 여행을 떠났어요. 바로 경주로요! 열여덟 수학여행을 추억하는 아주 기념비적인 여행이었죠. 뚜껑 열리는 멋진 오픈카를 렌트하고, 델마와 루이스처럼 선글라스에 스카프 날리며 불국사 다보탑과 석가탑 앞에서 사진을 찍었을 그들의 모습을 상상하면 웃음이 나오네요. 아, 그리고 크루즈 여행 다음을 위해서 라벤더 통장도 만들었습니다. 칠순에는 어디로 떠날지 기대되는 가운데, 재숙이 자꾸만 '남극'을 얘기하고 있다는 걸 보면 그 엄마에 그 딸인 것 같습니다.

☆ 각 화의 엔딩 타이틀이 무엇일지 추측해보는 것도 이 드라마를 보며 누린 큰 즐거움이었습니다. 오프닝 타이틀이 살짝 바뀌며 엔딩 타이틀로 변화하는 아이디어는 어떻게 탄생했나요? '오프닝-엔딩 타이틀'이 가장 흡족했던 화와 떠올리기 가장 힘들었던 화는 무엇인지 궁금합니다.

원래 처음 대본을 쓰기 시작했을 때에는 오프닝 타이틀만 있었습니다. 그런데 2화까지 초고를 쓰고 다시 한번 대본을 찬찬히 들여다보니 이 타이틀만으로는 변화하는 감정과 관계를 담아내기에 좀 아쉽다는 느낌이 들었습니다. 1화의 '컴백'이라는 제목은 석류가 돌아왔다는 이야기적 의미를 담지만, 여기에 '홈'을 추가하면 "다녀왔습니다." 하듯이 석류가 고된 시간에서 벗어나 진짜 마음 쉴 수 있는 집으로 돌아왔다는 느낌을 주게 되죠. 2화의 '미움'도 획 하나가 움직여 '마음'으로 바뀌는데, 실제로 살면서 느끼는 많은 미움들이, 그 뒤에 감춰져 있던 작은 진심을 발견하는 순간 애정으로 얼굴을 드러낼 때가 있거든요. 석류와 미숙의 관계처럼요. 그렇게 오프닝 타이틀과 엔딩 타이틀에 변화를 주기 시작하니, 쓰는 저도 이번 회차에서는 어떤 변화가 생길까 하는 설렘이 생기더군요. 보시는 분들도 이야기의 흐름을, 인물의 감정선을 좀 더 즐기면서 따라가실 수 있지 않을까 싶어졌습니다.

가장 흡족했던 회차는 2화와 4화입니다. '미움'이 '마음'으로 변하는 순간, 텍스트의 외형 변화와 주제 변화가 정확히 일치한다는 부분에서 쾌감이 있었죠. 승효의 대사 중 "마음이 없으면 밉지도 않아."라는 말이 있는데, 저는 이게 가족이 서로에게 정말 자주 느끼는 감정 같아요. 애증이란 말이 괜히 있겠어요. 전적으로 내 편이었으면 하는 가족이 나에게 상처를 준다고 생각할 때, 정말 밉잖아요. 그런데 시간이 지나고, 그 미움에서 한 획만 떼서 옮기고 나면 감춰진 마음이 보일 때가 있어요. 물론 내가 스스로 그 한 획을 옮겨 마음을 만들 때도 있고요. 그렇게 오늘도 아주 많은 사람들이 미움에서 마음으로 옮겨가고 있지 않을까요? 또 감독님께서 제가 생각한 이상으로 별자리를 예쁘게 이어주셔서 더 근사한 씬이 된 것 같아요. 저도 사람이다 보니 살다 보면 또 미움의 순간들을 만나게 되겠지만, 그때마다 '마음'으로 이어지던 반짝반짝한 별자리를 떠올려 보려 합니다. 그리고 4화는 승효의 마음 변화를 문법에 비유해 보여준 타이틀이었어요. 승효는 여러 가지 이유로 석류를 향한 자신의 마음을 접었고, 그걸 이미 지나간 '과거완료'라고 생각했어요. 하지만 타임캡슐 속 편지를 맞닥뜨리고, 이미 끝났다고 생각했던 마음을 발굴하게 되죠. 과거에 형광펜으로 밑줄 그어뒀던 그 마음을 이미 빛바랬다고 여겨보지만, 사실은 속절없이 흔들려요. 석류가 온전하지 않아 보이거든요. 그리고 미국에서 외로웠을, 고됐을 석류의 상처를 맞닥뜨리는 순간 더더욱 석류를 혼자 내버려둘 수가 없는 거예요. 석류의 그림자를 조용히 따라 걷고, 발이 아플 것 같아 슬리퍼를 사다 주고, 유치하게 자물쇠에 저주를 걸면서 석류를 위로하죠. 그리고 석류가 (의도치 않게) 승효를 껴안는 순간, 미국에서의 기억이 떠오릅니다. 결국 승효의 마음은 과거완료일 수 없어요. 영원한 현재완료 진행형인 거죠.

가장 떠올리기 힘들었던 회차는 13화였습니다. 오프닝 타이틀이 '사랑'이었는데, 이미 회차의 주제가 집약되어 있다 보니 굳이 다른 걸로 변환시키는 게 억지스러워 보였어요. 그때 제가 구성해둔 씬 리스트에서 라벤더의 캘리그라피 수업 장면이 떠올랐고, 이곳에 녹여낼 수 있지 않을까 싶어 사랑에 대한 '말'들을 찾기 시작했습니다. 명언, 속담을 다 뒤지다가 프랑스 작가 앙드레 지드의 말을 발견했습니다. '가장 큰 행복은 사랑하고 그 사랑을 고백하는 것이다.' 처음 승효의 사랑한다는 말에 약간 머뭇거렸던 석류가 결국 사랑한다고 외치게 되는, 13화의 시작과 끝에도 딱 맞아떨어지는 문장이었죠. 그래서 혜숙의 글씨를 통해 프랑스어로 먼저 보여주고, 엔딩에서 한국어로 변환하면 되겠다고 생각했습니다. 다만 이전의 타이틀에 비해 워낙 길다 보니, 가독성이 괜찮을까에 대한 걱정이 있었어요. 하지만 감독님께서 원고지 느낌의 화면으로 타이틀을 띄워주신 걸 보고 감동했습니다. 저도 매 회차 시청자의 마음으로 타이틀이 어떻게 변할지를 기대하며 봤는데, 저의 이상을 현실로 구현해주신 감독님께 감사하단 말씀을 드리고 싶어요.

☆ 모든 대사 다 어렵게 고민하고 마음에 담으며 썼겠지만, 그럼에도 가장 좋아하는 대사 하나를 꼽자면 무엇인가요?

가장 좋아하는 대사는 11화 엔딩에 나온 석류의 대사입니다. "네가 없으니까 꼭 목욕하고 바나나우유 못 먹은 기분이야. 그래서 말인데, 나랑 바나나우유 먹으러 안 갈래?" 굉장히 일상적이고 단순한 내용처럼 보이지만, 사실 이 대사는 많은 걸 함의하고 있거든요. 승효와 석류, 두 사람의 관계의 시작점이 담겨 있고, 아주 힘이 센 추억도 들어 있죠. 승효의 사랑이 꾸준하게 드러난 것에 비해 극 중 석류의 각성이 늦은 만큼 그 모든 걸 담아낼 수 있는 대사가 필요했어요. 누군가를 좋아하는 마음을 자각하는 순간은 정말 다양하겠지만, 전 무엇이든 함께하고 싶은 사람으로 승효를 떠올리는 게 가장 석류답다고 생각했습니다. 사실 그 고백 씬의 석류 대사가 모두 그래요. 심심할 때 제일 먼저 불러내고 싶은 사람, 없으면 시간이 안 가는 사람, 만화책을 같이 보고 싶은 사람, 재미있게 놀고 싶은 사람. 그 소소하고 생활감 짙은 대사들을 통해 일상을 공유한다는 게 얼마나 큰 의미인지, 승효가 석류에게 얼마나 큰 존재인지를 보여주고 싶었어요. 한 탕에 몸을 담근 인권 유린의 역사로 시작해 해바라기밭에서의 달콤한 입맞춤으로 끝났으니, 두 사람의 바나나우유는 정말 잊지 못할 각양각색의 맛이었을 것 같습니다.

☆　혜릉동 사람들에게 마지막 인사를 건네주세요.

작가는 작품을 할 때만큼은 창조주가 됩니다. 별 반짝일 '혜빡' 자에 언덕 '릉陵' 자를 쓰는 '혜릉동'도 제가 만들어낸 동네였어요. 세상에 없는 곳이죠. 하지만 제 마음속에서는 아주 익숙하게 지도가 펼쳐집니다. 여기 이 골목으로 들어가면 조금 오래된 구식 양옥 석류네 집이 있고, 그 옆에 장미 넝쿨 가득한 조금 더 세련된 승효네 집이 있고… 저쪽 길로 가면 석류가 승효 저금통을 뻥 뜯어 뽑기 하던 문방구가 있고… 저기엔 지금은 없어졌지만 옛날에 석류와 승효가 '기적(김동률, 이소은)'이나 'All for you(쿨)'를 부르던 노래방이 있고… 이런 식으로요. 저는 이곳에서 몇 년을 살았습니다.

미숙과 혜숙, 재숙과 인숙. 찬란한 라벤더. 마음만큼은 언제나 열일곱 소녀인 나의 엄마와 엄마의 친구들과 세상 모든 엄마들을 응원하는 마음을 담았어요. 보랏빛 향기 풍기며 더 아름다운 계절을 살아가길 바랍니다. 경종과 근식. 새로 시작된 두 분의 우정을 전폭적으로 지지하며, 앞으로도 계속 사랑꾼의 행보를 보여주세요. 10년 안에 대한민국 최고의 건축사사무소가 될 아틀리에 인의 임직원들과 혜릉119안전센터의 숨은 영웅들에게도 파이팅을 보냅니다. 혜릉헬스장도 기구 대신 진정성으로 승부하며 그 자리를 오래오래 지킬 테지요. 제 생각엔 결국 동진이 물려받게 되지 않을까 싶은데, 본인은 격렬히 거부 의사를 드러내네요. 초록을 향해 무럭무럭 자라날 연두의 미래가 저도 궁금합니다. 정말로 NASA에 들어갈지는 알 수 없어요. 어린이의 꿈은 손바닥 뒤집듯 계속 바뀌어야 마땅하거든요. 남극에서 돌아온 모음과 갯벌맨 단호는 더 좋은 세상을 위해 각자의 자리에서 파워 업! 할 겁니다. 물론 사랑도 파워 업! 입니다.

마지막으로 승효와 석류. 지름길로 바로 만나게 하지 않고, 미로에 넣어 한참을 헤매게 했다가 에움길로 돌고 돌게 한 것에 대한 심심한 사과를 전하며... 눈비 오고 진눈깨비 흩날리는 날도 있겠지만 굳건하게 함께 나아가길. 너무 많이 싸우지 말고, 아니 그래도 솔직하게 조금은 싸우고, 승효의 목디스크를 염려하며 헤드록은 자제하길. 둘은 결국 서로여야만 하니까 오래오래 건강하고 행복하길.

처음엔 분명 제가 만든 인물들이었는데, 나중엔 다들 막 자기주장 강하게 이 골목으로 뛰쳐나가고 정글짐에도 올라가고 해서 쫓아다니느라 급급했어요. 저는 어느새 창조주가 아니라 그냥 그들을 매우 사랑한 이웃이 되었습니다. 활자로 쓰인 우리의 이야기는 여기서 끝이지만, 앞으로도 여러분이 제 삶에 문득문득 찾아올 거란 걸 알아요. 그럼 그때 우리 웃는 얼굴로 반갑게 다시 인사해요. 그리고 사는 얘기 나누어요.

그때까지 안녕, 여러분. 안녕, 나의 혜릉동.